Regine Kölpin (Hg.)
Chillen, killen, campen

In dieser Reihe bisher bei KBV erschienen:

Aufgebockt und abgemurkst - Regine Kölpin (Hg.)
Das Campen ist des Mörders Lust - Ralf Kramp (Hg.)

regine kölpin (hg.)

chillen, killen, campen

kurzkrimis aus wohnmobil, zelt und caravan

1. Auflage Februar 2015
2. Auflage Juli 2017
3. Auflage Februar 2019
4. Auflage März 2021
5. Auflage November 2025

© KBV Verlags- und Mediengesellschaft mbH
Am Markt 7 · DE-54576 Hillesheim · Tel. +49 65 93 - 998 96-0
info@kbv-verlag.de · www.kbv-verlag.de

Bei Fragen zur Produktsicherheit wenden Sie sich bitte an unsere
Herstellung: info@kbv-verlag.de · Tel. +49 65 93 - 998 96-0

Umschlaggestaltung: Ralf Kramp unter Verwendung von:
© Stephanie Kretz und © pure-life-pictures - Fotolia.com
Druck: Druckhaus Nord GmbH, Bremen
Printed in Germany
ISBN 978-3-934638-224-2

inhalt

vorwort

Campen … für die einen ein Schimpfwort, das Gänsehaut verursacht. Eine Horrorvorstellung, sich für längere Zeit auf engstem Raum zusammenzutun und sich dabei auch noch erholen zu wollen. Ameisen im Küchenschrank, mit dem Kulturbeutel zum Klohaus und die immerwährende Grillwolke über dem Platz.

Für die anderen ist das Campen die schönste Form Urlaub zu machen. Freiheit, Unabhängigkeit, mit der Natur leben. Ob im Wohnwagen, Zelt, Wohnmobil oder Mobilheim. Ob auf dem Campingplatz oder auf einem Stellplatz am Fluss.

Bei solch extremen Vorstellungen sind mörderische Ideen vorprogrammiert. Nachdem der erste Band *Aufgebockt und abgemurkst* ein solch positives Echo hervorgerufen hat, war ich sehr motiviert, ein weiteres Mal auf den Camping- und Stellplätzen dieser Welt morden zu lassen.

Ich bin seit Jahren bekennender Camper. Es begann in meiner Jugend im Zelt, später mit Familie und Wohnwagen und jetzt quer durch die Lande mit dem Wohnmobil. Auch wenn ich hin und wieder durchaus in einem Hotel Urlaub mache, wäre das für einen längerfristigen Urlaub im Augenblick keine Option für mich. Ich liebe und brauche die Unabhängigkeit, die das Campen bietet.

Glücklicherweise sind mir dennoch all die Dinge, die ich und meine Kollegen hier verfasst haben, in exakt dieser Form noch nicht untergekommen. Aber kennt man nicht doch diesen oder jenen, der schon …

Ich wünsche viel Spaß und ein mörderisches Campingvergnügen mit *Chillen, killen, campen - Kurzkrimis aus Wohnmobil, Zelt und Caravan*.

Regine Kölpin

REGINE KÖLPIN

L 'animateur

In diesem Jahr war für mich Camping angesagt. Allein, weil mein Geldbeutel nicht mehr hergab und ich dringend Sonne und Abstand brauchte. Frankreich war mein Ziel. Côte d'Azur, in der Nähe von Saint-Tropez. Mir wäre ein schicker Hotelurlaub entschieden lieber gewesen, aber da mein Arbeitgeber es nach einer gewissen Unstimmigkeit (ich hatte es gewagt, in einem Anfall von Heißhunger in der Klinik ein übrig gebliebenes Essen zu vertilgen und das zum dritten Mal), vorgezogen hatte, mich auf die Straße zu setzen, war ein Zelturlaub an der sonnigen Küste Frankreichs immer noch besser als nichts.

Schon auf dem Weg durch die Provence stellte sich das nötige Urlaubsgefühl ein. Ich war plötzlich froh, keine Katheterbeutel mehr leeren oder mich früh am Morgen auf das Verteilen des Frühstücks konzentrieren zu müssen. Nach so vielen Dienstjahren als Krankenschwester war ich frei. In meiner Akte in Deutschland wurde ich nun als Diebin gelistet. Zumindest war das für mich so ersichtlich, auch wenn sie es anders nannten. Aber Pflegekräfte werden ja immer gebraucht. Ich wollte mir jetzt nicht darüber den Kopf zerbrechen. Kommt Zeit, kommt Rat.

Der Platz in der Nähe von Saint-Tropez stellte sich wider Erwarten als sehr luxuriös heraus. Eine gigantische Poollandschaft, ein großes Amphitheater für Aktivitäten, Sportplätze und von einigen Parzellen aus konnte man durch den

Pinienhain tatsächlich das Mittelmeer erahnen. Nur über die klobrillenfreien Toiletten möchte ich an dieser Stelle keinen Kommentar abgeben. Bestimmte Dinge behält man einfach besser für sich.

Da ich nicht vorhatte, mich zu langweilen, beschloss ich, mich dem Animationsprogramm anzuschließen, denn dort erhoffte ich mir unkomplizierte Kontaktpflege. Das hatte schon in meinen Club-Hotels, als ich sie mir noch leisten konnte und nicht im Zelt residierte, super geklappt.

Als Erstes begegnete mir Chantal, ein kurz geschorenes grauhaariges Kampfweib vom Kaliber eines Mähdreschers mit ausladendem Maiserntevorsatz. Kennen Sie so ein Ding? Vorne bestückt mit fulminanten Zylindern, in die der Mais durch die schmal zulaufenden Spitzen gesogen und dann im Dreschwerk zerstückelt wird. Diese Monster gibt es in verschiedenen Farben. Wenn ein solches Gerät über die Felder stampft, hilft nur Reißaus.

Chantal hatte sich jedenfalls für die Grundkolorierung Grau entschieden. Ihre ewig heruntergezogenen Mundwinkel hoben sich nur, wenn l'animateur auftauchte. Allerdings fuhr sie zeitgleich ihre bunten Krallen in meiner Richtung aus, sodass an Entwarnung nicht zu denken war.

L'animateur hatte lange dunkle Haare, die er zu einem Zopf gebunden trug, lässige Jesuslatschen und einen unmerklichen Heiligenschein. Er lief nicht, er schwebte, und während er das tat, schmolzen sämtliche weibliche Animationswesen dahin. L'animateur war ein Guru, ein Übermensch und mir war augenblicklich klar, warum seine Animationsproben a) vornehmlich von Frauen und b) außergewöhnlich gut besucht waren. Die unverhohlene Anbetung der Damen nahm er als selbstverständlich zur Kenntnis, auch die Chantals.

»Louis«, stellte er sich mir vor und reichte mir die mit Lederbändchen geschmückte Hand. Ich nickte ihm zu und mir wurden, genau wie Chantal und all den anderen, die Knie weich. Solche Augen. Solche Hände. Und es musste kommen, wie es kam. Es war unvermeidbar. Zwanzig Jahre Krankenpflege hatten ihre Spuren in meinem Denken und Handeln hinterlassen. Einmal Schwester, immer Schwester.

Ich warf nämlich einen Blick auf Louis' Unterarme. Dieser Mann hatte Venen. Nicht irgendwelche Miniäderchen, nein echte Supervenen, aus denen man Blut abnehmen könnte, ohne zu stauen. Theoretisch jedenfalls. Meine Neigung, Männer nicht nach der Größe ihres Hinterns oder ihres besten Stücks zu beurteilen, sondern nach ebendiesen Vorzügen, war etwas ungewöhnlich, aber individuell. Ich schielte stets als Erstes auf die sich bläulich abzeichnenden Linien.

Nach diesem Kennerblick war ich Louis verfallen. Chantal sah das nicht gern, aber was hatte sie schon meiner extrem schlanken Figur und dem schwingenden Honighaar entgegenzusetzen? Auf Mähdrescher mit Maisschneidwerk standen allenfalls gestandene Landwirte, ganz sicher nicht Männer wie Louis!

Der plante als Erstes eine Fire-Water-Show im Pool. Er wollte Frau Holle mit Goldmarie und Pechmarie inszenieren. Chantal bekam die erste und Louis gedachte mir die zweite Hauptrolle zu. Chantals Lächeln verflog rasch, als sie hörte, dass Louis ihr den Part der Pechmarie geben wollte. Ich hingegen durfte in voller Schönheit glänzen, die Herzen der Zuschauer würden mir zu Füßen liegen.

Als ich abends den Grill vor meinem Zelt anwarf, die marinierte Putenbrust verzehrte und den umliegenden Campingplatzgeräuschen lauschte, war ich höchst zufrieden. Mich störte weder das sich lautstark streitende Ehepaar vom

Nebenplatz, noch die Fußball spielenden Kids, die sich meine Zeltwand als Tor auserkoren hatten. Die singenden Holländer gaben dem Platz das echte Camperambiente, und sogar der im lauen Mittelmeerwind flatternden Wäsche, die ich zwischen zwei Eukalyptusbäume gespannt hatte, gewann ich einen Hauch von Romantik ab. Und als bei einem Toilettengang eine Eidechse über meine Flip-Flops eilte, fühlte ich mich im Campingparadies angekommen.

Chantal ließ sich in den nächsten Tagen nicht beirren, sie gab alles, um Louis zu imponieren und sich in die Rolle der Pechmarie einzufinden. Sie übte Kopfstand (wofür immer sie ihn auch brauchte), wedelte mit ihren Baumstumpfwaden fröhlich in der Luft herum, bis sie nicht mehr konnte und mit hochrotem Kopf aufgab. Ihre Figureninterpretation fand ich höchst eigenwillig, doch ich hielt mich dezent zurück.

Sie war auch nicht kleinlich und ließ sich von mir anstandslos im Pool versenken, denn Louis hatte die Dramaturgie des Märchens Fire-Water-mäßig umgeschrieben und damit die Handlung etwas abgewandelt. Vermutlich wollte der Campingplatzbetreiber kein Pech in seinen Pool gekippt haben, obwohl das bestimmt äußerst effektvoll gewesen wäre, wenn sich durch das klare Wasser ein schwarzer zäher Streifen gezogen hätte. Aber er sparte schließlich auch an Klobrillen, wen wunderte also dieser Geiz.

Nach der Premiere zog Louis mich hinter eines der Mobilheime, ich fühlte seine Finger an meinem Rücken, seinen heißen Atem an meinem Hals. »Mit dir habe ich Großes vor«, flüsterte er heiser. Meine Gänsehaut erblühte, warf regelrechte Blasen auf der Haut. Ich stellte mir, während Louis mich berührte, vor, wie anmutig sich eine Braunüle in seine Vene schmiegen würde, wie rasch die Infusionsflüssigkeit von diesem wundervollen Körper aufgenommen werden würde. Mein l'animateur!

»Du bist die Frau für die Hypnoseshow in der kommenden Woche. Danach muss ich weiterziehen zum nächsten Platz. Meine Zeit ist dann hier zu Ende.«

Den letzten Satz überhörte ich. Ich hatte nur ein Wort im Kopf. Hypnose! Das hatte was von Narkose und Louis in diesem Zustand war der Gipfel aller erotischen Vorstellungen! Er vor mir, willenlos! Ich habe eine Zeit lang so gern im OP gearbeitet. Nicht nur, weil mir dort niemand widersprach.

»Du wirst aber ihm schutzlos ausgeliefert sein«, warnte mich eine innere Stimme, die ich unwirsch beiseitewischte. Dann war es eben so herum. Ausgeliefertsein war erotisch. So oder so. Und mich vertrauensvoll in Louis' Hände zu begeben, glich in meinen Vorstellungen dem Himmel auf Erden.

Wie gut, dass ich hierher zelten gefahren war und mir in diesem Sommer den Hotelurlaub nicht hatte leisten können. Ich liebte Camping. Ich liebte diesen Platz. Ich liebte die Animation. Ich würde wiederkommen. Zu Louis. Jedes Jahr. Dachte ich …

Louis schlief mit mir (natürlich draußen in der Natur, weil das zum Campen gehörte, wie er sagte), zeigte, dass er fähig war, mich auch ohne seine Hypnosekünste willenlos zu machen. Dennoch bestand er darauf, sein Können vor der Show einmal an mir auszuprobieren. Ich ließ ihn gewähren, konnte mich im Nachhinein an gar nichts mehr erinnern.

Chantal hingegen grinste wissend, klapperte mit ihren Nägeln. Obwohl mich ihre Anwesenheit mehr als störte, wehrte ich mich nicht, denn ich wollte Louis nicht verärgern. Die letzten Tage mit ihm genießen, weil ich lange davon zehren musste.

Abends, wenn die Proben und alle anderen Animationsprogramme des Platzes vorbei waren, ging ich allein zu meinem Zelt, schlüpfte in den Schlafsack und lauschte den Zikaden oder dem Kauz, der seinen Ruf über den jetzt stillen Platz schallen ließ. Der Duft des Eukalyptusbaums benebelte mich und stärkte die Sehnsucht nach meinem l'animateur, der aber nicht einen Abend die Luftmatratze in meinem Kugelzelt mit mir teilte. Ich wusste nicht einmal, wo genau er residierte. Er war wie ein Vogel, den man keinesfalls in einen Käfig sperren sollte. Ich träumte von seinen Venen, von seiner wunderschönen Blinddarmnarbe, die nicht besser hätte genäht werden können. Da war ein echter Fachmann am Werk gewesen.

Ich verzichtete weiter auf einen entspannten Camping- und Strandurlaub, um in seiner Nähe zu sein. Das Fulltime-Animationsprogramm stand auf dem Plan. Mich bräunen und faulenzen konnte ich später noch. Wenn Louis hier fort war. Ich schwebte aber heimlich in der Hoffnung, er würde sich noch umentscheiden. Meinetwegen.

Deshalb hielt ich mich ausschließlich im Amphitheater des Platzes auf, bekam die Grillorgien und den Wasserspaß der übrigen Camper nur noch am Rande mit. Sie würden mich aber schon bald in Aktion erleben, die gesamte Campergemeinde würde mir zu Füßen liegen. Nach der Hypnoseshow war ich ein Star!

Chantal beobachtete mich weiterhin argwöhnisch, mittlerweile war sie dazu übergegangen, mit jedem zweiten Schritt in den Spagat zu fallen. Ich fürchtete einen Bänderriss oder eine Ohnmacht, denn sie lief jedes Mal puterrot an. Stellen Sie sich einen Mähdrescher mit ausgefahrenem Maisschneidwerk bitte mal in einer anmutigen Pose vor! Oder nein, tun Sie das besser nicht.

Und haben Sie eine Vorstellung von Chantals Venen? Grottenschlecht, die Arme zu dick! Was tun, wenn sie wirklich umfiel und Hilfe brauchte? Da hätte jeder Sani seine Not, die Braunüle zu platzieren. So etwas ging gar nicht und müsste verboten werden.

Louis war derweil mit der Ausrichtung der finalen Show beschäftigt. Ich war das Vorzeigemodell (von Opfer möchte ich an dieser Stelle noch nicht reden).

»Wir werden außer dir noch Freiwillige aus dem Publikum rekrutieren. Wenn die dran sind, bist du bereits wieder wach«, versicherte Louis mir. Chantal machte er zu seiner Assistentin. »Du bist mutiger, du bist mein Star, du Schöne. Chantal traut sich das nicht.« Louis warf ihr einen verächtlichen Blick zu, was sie mit einem einarmigen Handstand kommentierte. Dieses Mal knackte es in den Knochen und ich sah mich bereits einen Gipsverband anlegen. Ich überlegte aber, dass zumindest die Haarwäsche im Bett bei Chantal kein Problem für das Pflegepersonal darstellen würde, kurz geschoren, wie ihr Kopf so war. Meine Sorgen und Überlegungen stellten sich allerdings als nichtig heraus. Chantal war unverwüstlich und von gutem Material, dazu trotz ihrer körperlichen Konstitution sehr gelenkig und weit entfernt von einer beginnenden Osteoporose. Sie brach sich einfach nichts. Campen härtete definitiv ab.

Dann kam der Abend der Abende. Das Wetter spielte mit, die Zikaden legten mit ihrem untermalenden Gesang noch einen Zahn zu. Die Ränge des Amphitheaters waren rappelvoll. Es war Vollmond. Mehr ging nicht.

Louis begann das Spektakel mit einer Feuerschluckernummer. Im Geiste überlegte ich, wie viel Brandsalbe ich im Gepäck hatte, falls er abrutschte und sich versengte. Es wäre mir eine Wonne, sie auf seine Haut zu streichen und steril zu verbinden. Lange musste ich aber nicht darüber nachdenken, weil er nahtlos zur Hypnoseshow wechselte und mich sofort in einen tiefen Schlaf versetzte.

Als ich wieder zu mir kam, war die Show vorbei, das Amphitheater wie leer gefegt. »Warum war ich so lange hypnotisiert?«, fragte ich.

Louis zuckte mit den Schultern. »Du wolltest einfach nicht zurückkommen.« Sein Blick streichelte mich weich und ich überlegte, ob er meine Willenlosigkeit ausgenutzt hatte. Was für ein wundervoller Gedanke!

Ich fasste mir an den Kopf, konnte mich ums Verrecken an nichts erinnern. Hatte er getan, wovon ich träumte, wäre diese Erinnerungslücke wirklich schade.

»Ich reise schon jetzt ab«, sagte Louis schließlich. »Sofort. Oui.«

»Wir sehen uns nicht mehr? Gar nicht mehr?« Meine Stimme brach.

Er schüttelte den Kopf und ich war viel zu müde, um darauf zu reagieren.

Am nächsten Tag war auf dem Platz die Hölle los. Gendarmen durchkämmten Toiletten, Rezeption und Amphitheater. Dort stand Chantal einem der Uniformierten Kaugummi schmatzend Rede und Antwort. Als sie mich sah, grinste sie. Fuhr ihre bunten Schneidewerke auf, schmiss den dunklen Motor an. »Die war es!«

Ich konnte gar nicht so schnell gucken, wie sich Handschellen um mein Gelenk legten. Obwohl ich fast perfekt in Französisch parlieren kann, dauerte es vor lauter Aufregung eine Weile, ehe ich verstand, was man mir vorwarf. Erst als man mich, einer Hexe gleich, über den Campingplatz zerrte, begriff ich, was geschehen war. Immer mehr Camper wiesen mit ausgestrecktem Finger auf mich, schüttelten angewidert ihre Köpfe.

»Diebstahl auf dem Campingplatz, wo wir doch alle eine Gemeinschaft sind!«, rief einer von ihnen auf Deutsch. »Camper sind ehrlich untereinander!«

»Sie haben Ehre und bestehlen sich nicht! Wo ist das Diebesgut?«

Diesen Ausbrüchen folgten Redeschwälle in allen europäischen Sprachen.

Es war mir im Verhör (und der guten Zusammenarbeit mit den deutschen Behörden sei Dank) nicht von Vorteil, dass ich auch in Deutschland als Diebin bezichtigt wurde.

Die Gefängnisse in Frankreich lassen wirklich jeglichen Komfort vermissen. Ich muss mich auf eine längere Zeitspanne einrichten, schließlich weiß ich nicht, wo das Diebesgut ist, selbst wenn ich es während der Show aus den umliegenden Mobilen, Caravans und Zelten gestohlen habe. So wie Louis es mir während der Show befohlen hat. Als ich mich so frei und leicht fühlte. Kein Hypnotiseur kann einen zu etwas zwingen, was man nicht will, zu was man im normalen Leben nicht fähig wäre. Mein Problem war: Für Louis war ich zu allem fähig! Ich wollte ihm an diesem Abend gefallen, wollte, dass er meinetwegen bleibt. Wer glaubt denn schon, dass ich mich an nichts erinnern kann? Ich glaube es ja nicht mal selbst, kann ich mich doch entfernt an das Ratschen der aufgezogenen Zeltreißverschlüsse erinnern. Oder an das Knacken der Wohnwagenschlösser. Es waren ja auch nur ein paar im Umkreis des Amphitheaters. Louis hat sich so gefreut, als ich mit der Beute kam. War ich in Trance? Willenlos? Irgendwie schon. Für ihn hätte ich alles getan.

Chantal hat mir nach der Verhaftung einen Ring zugesteckt. »Soll dir einen Gruß bestellen. Von Louis, meinem

Mann. Du warst das beste Hypnoseopfer, das er je hatte. Eine solch reichliche Ausbeute gab es noch nie.«

Ich habe nun viel Zeit, über meinen l'animateur nachzudenken. Viel zu viel Zeit. Wenn ich mich jetzt an seine Venen erinnere, stelle ich mir immer noch vor, ihm Blut abzunehmen. Nun aber in rauen Mengen. In wahrhaft rauen Mengen. Bis nichts mehr kommt. Oder ihm mittels einer dicken Braunüle eine Infusion zu legen. Kalium in hohen Dosen, dann würde sein Herz bald nicht mehr schlagen und seine ach so tollen Venen würden in sich zusammensacken. Vielleicht würde ich mich auch für ganz viel Insulin entscheiden oder für Digitalis in fünffacher Dosis ... Der Fantasie sind da keine Grenzen gesetzt.

der camperkönig vom pulvermaar

Ich hab hier den Längsten.«
Horst Schabulski lehnte sich im weich-milden Licht der untergehenden Abendsonne zufrieden mit der Schulter an seinen alten Camper, nahm einen kräftigen Zigarrenzug auf Lunge und kratzte sich wohlig im Schritt.

»Ganz sicher.«

Der freche Lümmel war ja jetzt nicht mehr der allerneuste, aber im top Zustand. Hier und da 'ne Delle, leichte Lackschäden, aber der Gute hatte ja auch schon einige Meter hinter sich. Also, jetzt ... der Caravan.

»Obwohl ... wir beide auch«, grinste Horst und gab dem kleinen Horsti in der lilafarbenen Jogginghose einen frechen Schubs.

Dann wanderte sein entspannter Blick auf den jüngsten Spross seiner Familie, der vor ihm auf dem Stellplatz mit seinem Kettcar wilde Kreise drehte. Dessen Eltern hatten ihm und seiner Marita den kleinen Jonas mit auf die Campingreise in die Vulkaneifel gegeben, weil in diesem Jahr für die beiden beruflich bedingt kein Sommerurlaub möglich war. Da sind sie gerne eingesprungen, die Marita und er. Man unterstützte die Jugend doch, wo man konnte. Und der kleine Jonas war für seine sieben Jahre schon ein richtig cleveres Bürschchen. Feinster, ruhradeliger Nachwuchs. Scharfer Blick, ganz schnelle Auffassungsgabe. Der Kurze wusste, worauf es ankam.

»Die guten Schabulski-Gene.«

Mit sich und der Welt im Frieden tätschelte Horst seinen Langen. Ein Prachtkerl. Sein Wohnmobil war das längste auf dem ganzen Campingplatz. Neulich noch amtlich vermessen. Auf der Fähre nach Helsinki. Kriegten sonst nichts gebacken, die tückischen Finnen, aber da waren sie gründlich. Die feilschten um jeden Zentimeter Gebühr!

Er inhalierte zufrieden. Der Zigarrendampf kratzte heiter in der Kehle, die Lungenflügel klatschten Beifall. Herrlich. Weil sein Wohnmobil Übergröße hatte, durfte er mit seinem Gefährt ganz nach hinten ans Ende des Platzes durchfahren, dorthin, wo es dann nur noch die Klippe runter zum malerischen Pulvermaar gab.

»Pool Position, quasi!«

So wurden seine Marita, der kleine Jonas und er schon frühmorgens mit einem grandiosen, unverstellten Blick über den beeindruckenden Kratersee zwischen Gillenfeld und Immerath belohnt.

»Das Leben kann so schön sein.«

So schön … für den *Camperkönig vom Pulvermaar*, wie er sich selbst getauft hatte. Weil sein Caravan eben nichts Anderes war, als das kleine Königsschlösschen. Und er war der ungekrönte …

»Mensch, wat is dat denn?«

Horst Schabulski schnappte nach Luft. Der Zigarrenstummel rutschte ihm von der Unterlippe und landete vor seinen Sandalen im Gras. Vor ihm bog … ein Neuer aufs Gelände. Aber hallo! Horst strich sich entsetzt durch die verschwitzten Nackenhaare, die sich automatisch in die Senkrechte kommandiert hatten. Das Ding da nahm gar kein Ende. Was war das denn für ein Wohnmobil, verflucht? Schwarz und im Licht der untergehenden Sonne funkelnd, steuerte das dicke Teil direkt auf ihn und seinen Stellplatz zu.

Der kleine Jonas hatte sein Tretfahrzeug gebremst und starrte das riesige Gefährt staunend mit offenem Mund und weit aufgerissenen Augen an.

»Komm her, Jonas!«, kommandierte Opa Horst seinen Enkel heran. »Was gibt es denn da zu glotzen?«

Der Kleine gab wieder Gummi und stoppte zu Großvaters Füßen. »Cool. Das ist aber ein geiles Teil!«

Horst schnaufte. »Sei ruhig und geh rein in den Wagen. Feierabend für heute!«

Rotznase! Total leicht zu beeindrucken, keine eigene Meinung.

Das schwarze Wohnmobil raubte Horst jetzt den letzten Rest Sonnenlicht. Mit einem feisten Schnaufen parkte sein Fahrer das glänzende Ungeheuer auf dem Stellplatz auf der anderen Seite des Weges direkt gegenüber dem seinen.

Ein drahtiger, junger Mann mit schulterlangen, gelockten, schwarzen Haaren, in kurzer, abgeschnittener Jeans und orangefarbenem Tank-Top sprang forsch aus dem Führerhaus. »Hallo!«

Horst hob widerwillig die Hand.

»Na, da stehen wir beiden Langen ja gerade richtig beieinander, was?«, lachte der fröhliche Jungspund.

Der Kerl sah aus wie Jürgen Drews, bevor er irgendeine von seinen Dingern ins Kornfeld zu ziehen pflegte, trat über die Straße auf ihn zu und grinste mit einer schon abstoßenden, breiten Freundlichkeit. »Ich bin Raphael.«

»Horst Schabulski, Wattenscheid. Alleine unterwegs?«

»Mal ja, mal nein. Ich hab eine kleine Firma und brauch ab und zu mal Abstand. Von der Firma. Und von meiner Familie. Verstehste, knick, knack?«

Horst blinzelte und zermalmte unauffällig die zu Boden gefallene Zigarre unter der Sandalette. Knick, knack? Der hatte wohl knick, knack im Kopp, der Trottel!

Den stummen Rest der nicht zustande kommenden Unterhaltung beendete Marita, die in diesem Moment in der Tür des Wohnmobils erschien. »Horst, Abendessen ist fertig!«

Raphael grüßte. »Hallo, junge Frau!«

»Hallo!«, grüßte Marita aufgeräumt zurück.

Horst beeilte sich. »Ja, dann. Man sieht sich.«

»Bestimmt. Ich habe vor, den Rest der Saison zu bleiben.«

Auch das noch, dachte Horst und sagte: »Bis dann!«

* * *

»Der junge Mann sah aber nett aus«, summte Marita und schaufelte eine zweite Ladung Kartoffelbrei auf den fröhlich-bunten Teller aus Melamin.

»Geht so. Bisschen runtergekommen«, knurrte Horst und fischte eine Bockwurst aus dem Topf.

»Bleibt er länger?«

»Die sind aber dünn, die Würstchen.«

»Die sind so wie immer«, runzelte Marita Schabulski verwundert die Stirn.

»Ich find sie lecker, Oma«, freute sich der kleine Jonas.

Horst verdrehte die Augen. So ein Schleimer! Horst nahm sich vor, mit dem kleinen Weichei demnächst mal angeln zu gehen. So richtig, für Männer. Mit dickem Wurm aufspießen, Kopf abhauen, ausnehmen und alles.

»Er reist alleine?«, fragte Marita.

»Vielleicht hat er ja eine ansteckende Krankheit«, brummte Horst.

»Ach? Der junge Mann sah aber ausgesprochen gesund aus«, fand Marita.

»Der Kartoffelsalat schmeckt nach Gurke«, meinte Horst.

Am Abend war die Luft in *Christas Campingklause* nur mit einer Machete zu durchtrennen.

»Na, Horst, da haste aber einen langen Nachbarn bekommen?«, summte Dieter Stollwerk.

Wenn der doofe Dieter eine offene Wunde sah, dann legte er einen Finger hinein. Immer. Salz war sein Lieblingsgewürz.

»Auf die Länge kommt es nicht an«, grunzte Horst und nippte am Bitburger.

»Hat meine Anna auch immer gesagt«, knurrte Werner Knoblauch düster. »Und dann ist sie mit Pferde-Paul durchgebrannt. Pferde … Paul. Muss ich mehr sagen?«

Die drei Männer stierten stumm in ihre Gläser. Nein, musste Werner nicht.

»Auf jeden Fall war es das dann ja wohl«, stellte Dieter fest.

»Was?«, wollte Horst wissen.

»Das mit dem *Camperkönig vom Pulvermaar*.«

»Wieso das denn?«, schnaubte Horst.

»Na, der schwarze Caravan vom Neuen ist ja wohl deutlich länger als deiner.«

»Das täuscht, das macht die schwarze Farbe.«

»Die Farbe? Ach?«, zog Dieter seine Augenbrauen hoch.

»Schwarz sieht länger aus«, erklärte Horst.

Werner Knoblauch schnaufte. »Hat Anna auch immer gemeint.«

»Ne, ne«, blieb Dieter bei seiner Meinung. »Da hab ich ein gutes Auge für. Mindestens zehn Zentimeter Unterschied werden das sein.«

»Die Stoßstange steht ziemlich weit über.«

»Ich mein schon so ganz richtig. Korrekt gemessen wie ein Finne!«

Werner räusperte sich. »Auf jeden Fall sieht die Kiste verdammt gut aus. Das glänzende Schwarz ... Hat was. Meine
Tochter, die Heike, die ist sehr, sehr angetan.«

Horst Schabulski verkniff sich eine spontane Bemerkung.
Werners Tochter war insgesamt sehr leicht, sehr gerne und
sehr oft sehr, sehr angetan. Ob weiß, ob schwarz oder grün-
blau kariert. Kam wahrscheinlich auf die Mutter.

Wim, der holländische Sachverständige aus Zandvoort,
hatte mitgehört und meldete sich von der Theke. »Das Ding
müsste tatsächlich ein Stückchen länger sein als wie deiner,
Horst, mein Freund. Ist ein Modell, wo heute gar nicht mehr
gebaut wird.«

»Wird schon seinen Grund haben«, brummte Horst, dem
das Bier irgendwie nicht mehr richtig schmeckte.

Was mischte sich der Grachtenschaukler denn ein? Blöder
Kiffer!

»Der mit dem Zweitlängsten ist auch nicht schlecht«, gibbel-
te Dieter und stupste seinen Nachbarn an, Werner gluckste.

Horst war jetzt endgültig bedient. Drei Pils später zahlte er,
furzte gemein und ging.

* * *

An Schlaf war nicht zu denken. Was fiel diesem langhaarigen
Bombenleger mit seinem schwarzen Ungetüm ein, hier in
seinem kleinen Königreich aufzutauchen und schlechte Stimmung zu machen? Horst drehte sich auf die Seite.

Marita schnarchte mit weit offenem Mund.

»Auch das noch.«

Horst wälzte sich zurück. Und dann noch diese Ungewiss-
heit! War seiner jetzt kürzer? Oder nicht? Horst fragte sich,
ob er mit einem Unentschieden würde leben können.

»Auf keinen Fall«, entschied er, rutschte aus dem Bett und schlüpfte flink in die Schlappen.

Horst musste es wissen. Jetzt. Sofort! In der Schublade der Anrichte ertastete er einen Zollstock. Die Taschenlampe würde er nicht brauchen, draußen strahlte der Vollmond. Er wankte vorsichtig Richtung Ausgang.

»Wo willst du hin, Opa?«, flüsterte Jonas.

Horst zuckte zusammen. Wieso war der Kleine denn noch wach? »Äh, Kontrollgang.«

»Darf ich mitkommen?«

»Auf keinen Fall.«

»Manno.«

»Schlaf!«

»Ich will nach Hause!«

Undankbarer Fratz, dachte Horst und schloss hinter sich behutsam die Tür des Caravans. Vorsichtig lugte er nach links und rechts, aber es war keine Menschenseele zu sehen. Auf Zehenspitzen huschte er lautlos zum schwarzen Gegenstand allen Übels. Schnell klappte er den hölzernen Zollstock auseinander und legte eine der beiden Spitzen in Höhe der Stoßstange auf den Boden. Vorsichtig und leise schob er den Maßstab übers Gras, bis er endlich Gewissheit hatte. Und diese Gewissheit boxte ihm mit Schmackes in die Magengrube.

»Verdammt.«

Elf Zentimeter. Verfluchte elf Zentimeter war das schwarze Monster länger als sein Königsschlösschen. Elf verflixte … Was war das? Horst hörte Stimmen und drückte sich in das kleine bisschen Schatten, das der volle Mond über den Campingplatz warf.

»Ich kann dir ja mal zeigen, wie die Dusche funktioniert«, erkannte Horst die Stimme von Raphael.

»Mit der Regenwasserfunktion?«

»Mit allen Funktionen, die zu einer entspannenden Dusche dazugehören«, deutete der langhaarige Neuling schwülstig lüsterne Fantasien an.

»Hihi«, kicherte das Mädchen. »Bestimmt hat man da viel mehr Platz als in den fiesen, engen Kabinen bei den Gemeinschaftsduschen.«

»Gaaaaanz sicher. Und man ist so schön unter sich.«

»Hihi.«

Horst Schabulski erkannte Heike, die Tochter von Werner Knoblauch. Knick, knack? Das ging ja flott! Schnell machte Horst sich so klein und schmal es irgendwie ging, aber die beiden schmachteten sich derartig innig an, dass sie ihn übersahen und kichernd ins Wohnmobil kletterten.

Horst hatte den Kaffee auf! Erst die elf Zentimeter Gewissheit und jetzt die Heike, die genau auf diese schisseligen elf Zentimeter länger reinfiel. Da sah man es. Das war alles so … so … so oberflächlich.

Giftig stampfte Horst zurück in seinen Camper, in sein Schlösschen, in sein mobiles Königsschlösschen, in sein …

»Ach, Scheiße«, fluchte Horst gallig und warf sich ins Bett.

* * *

Am darauf folgenden Tag wurde es richtig schlimm. Gleich rudelweise kamen die Dauercamper angeschlufft und begafften staunend das strahlende Gefährt. Es wurde *geaht* und *geuht*, es war furchtbar. Und nervte so richtig. Heike schwärmte in den höchsten Tönen von dieser berauschenden Nacht mit dem wilden, wilden Raphael. Und von der sensationellen Brause mit der sensationellen Regenfunktion.

Am nächsten Morgen konnte Christa aus der *Klause* beim Frühbier mit verträumtem Blick das wirklich, wirklich bestätigen. Beides. Das Wilde, Wilde beim Raphael und das Sensationelle der Dusche.

Die Christa … Die sollte gucken, dass ihr Bier die richtige Temperatur hatte, die doofe Kuh. Zu Hause musste Horst sich erst mal mit einem honigsüßscharfen *Strohner Bärenfang* beruhigen.

»So eine schöne, geräumige Dusche ist ja auch was Feines«, summte Marita am Abend neben ihm im Bett.

»Fang du auch noch damit an!«

»Na ja, wir werden auch nicht jünger. Und du wirst auch nicht schlanker!«

Horst Schabulski hatte allergrößte Mühe, eine ganz, ganz freche Bemerkung runterzuschlucken.

»Da hat man richtig viel Platz, da kann man sich drehen und kommt überall besser dran. Ich will auch so eine Dusche«, forderte Marita mit geschürzter Lippe. »Die ollen Gemeinschaftsduschen sind immer verstopft, überall Haare. Da ist es schimmelig. Und da stinkt es.«

Horst schnaufte. Ihm stank es auch! Aber so richtig!

Marita hatte dann neben ihm schnarchend schon wieder mehrere Bäume gefällt, da war er immer noch wach. Deshalb bekam er mit, dass Raphael auch in dieser Nacht wieder eine seiner spektakulären Duschvorführungen zelebrierte. Horst meinte, die beiden Lehmann-Zwillinge zu erkennen. Die hatten auch nur Verstand für eine!

Fehlte jetzt nur noch, dass das schwarze Ungetüm erotischen Kultstatus bekam! Nicht auszudenken. Das würde er sich nicht den ganzen Urlaub lang antun.

»Ganz. Sicher. Nicht.«

* * *

Drei Tage später wurde Horst Schabulski klar, dass er handeln *musste*. Zügig. Sein minderbefähigter Enkel hatte sich schon ein paar Mal vor der schwarzen Bestie fotografieren lassen. Irgendein Spaßvogel aus *Christas Campingklause* hatte anschließend die Bilder für ihn auf Facebook gepostet. 64 Likes. Einmal durfte er sogar ins Führerhaus klettern und die Hupe betätigen. Dieser widerliche Raphael zog wirklich jedes traurige Register, um das willensschwache Balg zu beeindrucken. Wieder zu Hause würde er in Sachen Kindeserziehung mit seinem Sohn mal ein ernstes Wörtchen reden müssen.

Über die Lärmbelästigung hatte er sich natürlich sofort anonym bei der Platzleitung beschwert.

Marita servierte zum dritten Mal hintereinander Kartoffelsalat mit Fertigfrikadellen. Auch kein gutes Zeichen!

Nachts funktionierte Raphaels Regenwasserdusche besser als ein gut geleimter Fliegenfänger. Werners Heike gab sich ein zweites Mal lautstark der wilden Körperpflege hin, in der folgenden Nacht röhrte die Dörthe von der Parzelle nebenan und zuletzt zeigte Raphael seine Flexibilität und aalte sich zusammen mit dem schönen Schorsch aus dem Kiosk bis in die frühen Morgenstunden.

Horst fasste einen Entschluss. »So nicht!«

* * *

Am frühen Nachmittag stand die Sonne hoch am Himmel. Es herrschten Temperaturen, hoch wie ein Windrad. Der Campingplatz war wie leer gefegt. Wer konnte, hatte sich ans Wasser verschlagen.

Horst Schabulski grinste teuflisch. Die Gelegenheit war perfekt.

Schnell sprang er an Raphaels Wagen, ruck zuck war die Tür aufgeknackt. Das Fahrzeugmodell kannte Horst nicht, aber er hatte in der vergangenen Nacht ja Zeit genug gehabt, sich im Internet ein paar Dinge anzulesen. Über sensible Flüssiggasanlagen, Dichtheit und Funktionstüchtigkeiten, Zuluft und Abgaskästen. Wie wichtig es war, dass ausströmendes Gas jederzeit ins Freie verfliegen konnte. Alles schwer kompliziert, aber hochinteressant.

Horst zog entschlossen die Rohrzange hinten aus dem Gürtel und wusste ganz genau, welche Hebel er zu drehen und zu öffnen hatte, damit sich mit fröhlichem Zischen und Schnaufen ganz schnell ein gefährliches Gasgemisch bilden konnte.

Jetzt noch ein paar Spül- und Handtücher fies über die Lüftungsschlitze am Gaskasten drapiert und dann aber nichts wie weg.

Er hatte die Wohnwagentür fast hinter sich verschlossen, da meinte er, ein Geräusch aus der Duschzelle zu hören.

»Äh …«

Er lauschte entsetzt, aber … nichts, da war nichts. Erleichtert wischte er sich durchs Haar. Er wollte ja nicht, dass jemand zu Schaden kam. Er wollte ja nur, dass er wieder König war. Der *Camperkönig vom Pulvermaar*.

Er zog die Wagentür hinter sich mit kräftigem Ruck in den Rahmen und porkelte sich auf dem Weg zurück in seine mobile Bleibe eine Zigarre an die Lippe. Schnell steckte er sie an, nahm einen kräftigen, beruhigenden Zug und blinzelte hoch zum grellroten Lorenz. Dann auf den Gasflaschenkasten direkt hinter der Deichsel. Er grinste. Sah gut aus, das mit dem König!

Zufrieden bestieg er seinen Camper … und hielt inne.

»Was machst du denn hier?«, fuhr er den kleinen Jonas an, der schon wieder über seinem Laptop hing.

»Spielen«, antwortete Jonas, ohne aufzublicken.

»Das sehe ich. Warum bist du nicht am Strand?«

»Oma war es zu heiß.«

»Ach.« Horst Schabulski blickte sich um. »Und wo ist die Oma?«

»Duschen«, antwortete Jonas.

»Aha«, brummte Horst Schabulski.

Und fuhr zusammen. Duschen? Mit der Rechten riss er sich entsetzt die Zigarre von den Lippen, mit der Linken strich er sich durchs Haar.

»Scheiße!«

Duschen … Das Geräusch im Wagen gegenüber. Dann war da doch jemand unter der Dusche gewesen. Marita! Horst fuhr herum, stürmte los und hastete zum schwarzen Wohnwagen. Schnell zerrte er den Eingang auf, sprang die beiden Stufen hoch und kriegte die Tür zum Bad zu packen. Mit einem Ruck riss er sie auf.

»Leer! Aber …?«

Sein Blick fiel durch die dunkel getönten Fenster des Wohnmobils nach draußen auf den Eingang der Gemeinschaftsduschen. Er entdeckte Marita, die in diesem Moment die Haare ausschüttelnd den Nassbereich verließ. Dann sank sein Blick auf den Zigarrenstummel, den er immer noch in seinen Fingern hielt. Und auf die aufgedrehten Gashähne.

Das war dann auch sein letzter Blick.

Rums.

familientherapie

Jetzt kann ich es ja zugeben: Vor Marseillan-Plage waren wir keine richtige Familie. Schon lange nicht mehr. Vielleicht sogar nie gewesen, ich kann mich jedenfalls nicht daran erinnern. Man konnte nicht einmal von einer Interessengemeinschaft sprechen – die setzt schließlich mindestens ein gemeinsames Interesse voraus, und davon ließ sich bei unserer 15-jährigen Tochter Marie, dem 12-jährigen Yannick, meiner Gattin Renate und mir absolut nichts erkennen. Gestatten, mein Name ist Rolf Perleberg, 45 Jahre, Sachbearbeiter im Dienste eines großen Versicherungskonzerns. Dokumentation und Ablage, aber ich will Sie nicht mit unwichtigen Details langweilen. Obwohl mir diese Arbeit jahrelang wirklich alles bedeutet hat. So sehr, dass ich keine Überstunde, kein in der Firma verbrachtes Wochenende je als Last empfunden hätte. Zumal die Alternative zur dienstlichen Abwesenheit ja immer die Anwesenheit daheim bedeutete – und das, Sie ahnen es, war nun wirklich nicht der Ort, an dem ich sein wollte. Neugierig auf einen kleinen Einblick in meine Heimathölle? Bitte sehr:

Marie pubertiert heftig, gefühlt bereits seit ihrem 9. Lebensjahr. Alles ist peinlich, vor allem ihre Eltern. Ihre Vorlieben wechselt sie so schnell, dass man nie eine Chance hat, sie zu teilen – bis man erfasst, worum es eigentlich geht, ist längst wieder etwas anderes angesagt und man ist peinlich, weil man sich mit dem Zeug von gestern beschäftigt. Yannick dagegen zeigt gar keine Vorlieben, jedenfalls keine erkennbaren, abgesehen von pädagogisch höchst bedenklichen PC-Ballerspielen und Fast Food. Da wir ihm beides nicht rund um die Uhr gestatten, hängt er die restliche Zeit teilnahmslos herum – in der Schule übrigens auch, wie seine Zeugnisse gnadenlos offenbaren. Vermutlich verfügt Yannick trotzdem über mehr Gelegenheit zum Ballerspielen, als gesund für ihn ist. Renate, meine Gattin, lehnt es nämlich ab, die Rolle der Exekutive zu bekleiden. Sie trauert jetzt schon um die Jahre, die sie dem ganzen sinnlosen Kinderkram ihrer Kinder opfern musste und noch opfern muss. Ohne dieses Opfer hätte sie erfolgreicher mit Sport und Wellness um den Erhalt ihrer Erscheinung kämpfen können. Renate fühlt sich seit so langer Zeit unattraktiv und ungeliebt, dass sie – hätte sie recht mit ihrer Einschätzung – eigentlich längst eine verschrumpelte Trockenpflaume sein müsste. Was sie nicht ist, sondern eine durchaus ansehnliche Mittvierzigerin. Sage ich ihr das, zählt das nicht, weil ich ja bloß ihr Trottel von Gatte bin, der so etwas sagen muss, will er zuhause wenigstens ab und zu mal ein warmes Mittagessen bekommen. Also halte ich die Klappe und bin arbeiten, so oft und lange wie nur möglich.

Darauf konnten sich meine Vorgesetzten immer verlassen. Rolf Perleberg kloppt klaglos Überstunden, sogar ohne Belohnung. Deshalb beförderten sie erst Schmidt, dann Hauser an mir vorbei nach oben. Als ich neulich endlich fest damit rechnete, Bereichsleiter zu werden, nahmen sie Kollwitz – obwohl der erstens eine Flachpfeife und zweitens nicht halb so lange dabei ist wie ich. Darauf hätte ich gerne reagiert wie gewohnt: Mit verbissenem Einsatz und noch mehr Überstunden. Aber das machte mein Körper nicht mehr mit. Burn-out, mehr muss ich Ihnen wohl dazu nicht sagen. Jedenfalls riet man mir in der Klinik zu einem längeren Urlaub, am besten im Kreise der Familie, es stünden ja Schulferien an. Ein Campingurlaub sei naturverbunden, mache Kindern Spaß und wäre meiner Konstitution garantiert förderlich. Meine Firma stellte mich auf unbestimmte Zeit vom Arbeitsplatz frei, mit scheinheiligsten Genesungswünschen. Ein Bekannter bot uns sein Wohnmobil kostengünstig zur Ausleihe an. Meine Familie zeigte sich von dieser Gesamtkonstellation überrumpelt. Ich auch. Bereits einen Tag später saßen wir vier in einem betagten, schwach motorisierten Alkovenmobil und zuckelten mit Tempo 80 gen Süden.

Über diese Fahrt möchte ich nicht reden. Lieber nicht. Prädikate wie »Tour des Grauens« oder »Höllenfahrt am Abgrund« erfassten nicht annähernd die Qualen, die sich allein aus dem Umstand ergaben, drei Tage lang rund um die Uhr zusammen auf ein paar Quadratmetern eingepfercht zu sein – auf dem Weg durch Hitze, Regen, endlose Staus und fragwürdige Umleitungen. Aus dem Nebel des Vergessens, den ich über diese Tage breite, ragen wie die Gipfel eines karstigen Gebirges unauslöschlich ein paar besonders garstige Momente heraus. Zum Beispiel Marie, die inmitten eines Drogeriemarktes in Aachen hyperventilierte bis zum Zusammenbruch, weil direkt jemand vor ihr genau den allerletzten Lippenstift wegschnappte, den sie aus unerfindlichen Gründen ausgerechnet in diesem Moment haben musste. Die Szene eskalierte in tränenreicher Anklage gegen das Dasein im Allgemeinen und ihre vernagelten, peinlichen Anverwandten im Besonderen, bis ein herbeieilender Notarzt ihrem Operettenmonolog, der mittlerweile die Passanten einer kompletten Fußgängerzone aufs Feinste unterhielt, endlich mittels Beruhigungsspritze ein Ende setzte.

Oder Yannick, dem wir im McDonalds-Schnellrestaurant an der Rue Nationale irgendwo zwischen Beaune und Chalon-sur-Saône klarmachten, dass vor dem Tresen dieses

Restaurants ein derartiges Gedränge herrschte, dass von »schnell« keine Rede mehr sein könne und alle anderen Familienmitglieder nicht gewillt seien, ewig darauf zu warten, bis er sein XXL-Menü ausgehändigt bekäme – zumal er erst zwei Stunden zuvor eine kleine »Big Mac«-Zwischenmahlzeit einschieben durfte. Als wir Yannick mit vereinten Kräften aus dem Lokal zerrten, übertönte sein Protestgebrüll sogar den Motorenlärm eines soeben davor startenden Harley-Davidson-Geschwaders. Hätte mein Sohn gewusst, wie sich das analog veranstalten ließe, wäre in diesem Moment der Weltuntergang zweifellos fällig gewesen.

Renate erregte die Aufmerksamkeit einer breiten Öffentlichkeit auf einem Rastplatz bei Clermont-Ferrand mit einer Eifersuchtsszene von epischer Vehemenz, in deren Verlauf sie abwechselnd mit Suizid und Amoklauf drohte. Auslöser dafür war die Tatsache, dass ich der Frauenstimme meines Navigationsgeräts blindlings in eine Sackgasse gefolgt und sodann ergeben umgekehrt war, ohne mich großartig darüber zu beklagen. Hätte sie selbst mich früher per Landkarte falsch navigiert, behauptete Renate, wäre ich stinksauer gewesen. Es dauerte eine ungute Stunde, bis ich meine Gattin endlich zum Einsteigen ins Wohnmobil und zur Weiterfahrt bewegen konnte. Als wenig später mein offenbar schon länger nicht mehr aktualisiertes Navigationsgerät inmitten eines Gebirgstunnels zwischen massiven Felswänden die unsinnige Ansage tätigte, ich solle jetzt scharf rechts abbiegen, war ich in größter Versuchung.

In all diesen Krisen hielt uns nur der Gedanke ans Ziel aufrecht: das Mittelmeer. Weiße Gestade. Kristallklar glitzernde Fluten. Sonnenstrahlen auf nackter Haut. Warmer Sand unter den Füßen. Und endlich, endlich war es so weit: Im Abendlicht eines langen Tages erreichten wir Marseillan-Plage. Auf der langen Hauptstraße zum Strand herrschte dichtes Treiben. Urlauber in allen Bräunungsstufen, amüsierwütiges Volk aus aller Damen und Herren Länder, dazwischen Jogger mit Goldkettchen und breit zur Schau getragenem Brusttoupet. Oder auch Joggerinnen in pinken Knackwurstpellenhöschen, die meisten davon so hässlich entstellend, dass Renate auf der Stelle sichtlich auflebte – weil sogar meine mit ihrem Aussehen notorisch unzufriedene Gattin erkannte, dass sie hier durchaus mehr zu bieten hatte. Die Architektur beiderseits dieser touristischen Lebensader entsprach dem Stil einer im Goldrausch über Nacht zusammengezimmerten Westernstadt, aber das machte nichts. Marie brach angesichts zahlreicher Boutiquen voller grellfarbener Modefummel und Accessoires in helle Verzückung aus. Und alle Gebäude, die keine Boutiquen beherbergten, waren Schnellrestaurants: Crêpes, Croques, Burger, Pizza. Ein Anblick, der umgehend den entspannten Ausdruck seliger Zufriedenheit ins Gesicht meines Sohnes zauberte. Dieses Lächeln konnte man bei Yannick zuletzt erleben, nachdem er die inoffizielle Schulmeisterschaft im Hotdog-Verzehr für sich entschieden hatte – hier war es wieder und blieb. Jedenfalls, bis am Ende der Straße allmählich die Einfahrt des Campingplatzes in Sicht kam, den wir ausgesucht hatten, weil er – laut Campingführer – über einen eigenen Strandzugang verfügte. Hier zogen wieder die üblichen Schatten über Yannicks Antlitz auf.

»Ich will aber einen Platz direkt am Wasser, Papa«, forderte er nachdrücklich.

»Genau, hast du versprochen«, unterstützte Marie in seltener Geschwistereinigkeit.

Hatte ich zwar nicht, aber als jetzt auch noch Renate bekräftigte, das wolle sie auch, war es in Stein gemeißelt und sollte mir Gesetz sein. Zumal mich die Aussicht, endlich einmal die komplette Familie mit einer simplen Aktion zufriedenstellen zu können, in Hochstimmung versetzte. Die gute Laune erhielt leider bereits an der Rezeption einen Dämpfer.

»Haben Sie reserviert?«, erkundigte sich die Dame hinterm Tresen.

Hatte ich nicht. Und erntete Achselzucken.

»Bedaure. Wir sind ausgebucht.«

Sie musste es mir wohl angesehen haben, dass in mir etwas brodelte und unmittelbar bevorstand – Aus- oder Zusammenbruch, darüber ließ sich in dieser Sekunde noch spekulieren, aber irgendwas in der Art stand bevor, und sie ließ es nicht darauf ankommen. Sie knallte ein Blatt Papier auf den Tresen. Ich erkannte den Geländeplan des Campingplatzes und atmete leise auf.

»Es sind alle Plätze belegt, aber vielleicht reist morgen jemand ab. Es gibt einen Notplatz, den wir Ihnen für die halbe Normalgebühr anbieten können. Aber nur für eine Nacht, mehr geht nicht – die Behörde, wissen Sie ...«

»Egal«, unterbrach ich sie hocherfreut. »Nehmen wir!«

Sie nahm einen Bleistift zur Hand, setzte ein energisches Kreuzchen aufs Papier und schenkte mir ein Lächeln, aus dem kaum verhohlenes Mitleid sprach. »Willkommen in Marseillan-Plage.«

Der Notplatz erwies sich als schattenloses Fleckchen Asphalt zwischen Toilettenhaus und Müllcontainer, unmittelbar am Zaun zur Straße hin gelegen. »Immerhin kostet er nur die Hälfte«, verteidigte ich unsere Errungenschaft lahm gegen die vorwurfsvollen Blicke meiner Familie.

»Hier bleibe ich nicht!«, erklärte Renate kategorisch.

»Geht sowieso nur bis morgen früh«, beschwichtigte ich.

»Wir wollen aber nicht weg aus Marseillan-Plage!«, plärrten Marie und Yannick unisono.

»Vielleicht reist jemand ab und wir ziehen auf einen netteren Platz«, versuchte ich die Wogen zu glätten. »Kommt, wir unternehmen einen Rundgang übers Gelände und schauen mal, ob irgendwo schon jemand zusammenpackt.«

Das taten wir. Der Platz präsentierte sich in der Tat rappelvoll. Jede Stellfläche belegt mit Zelten, Wohnwagen, Campingmobilen, Mobilhomes. Menschen, die zuhause gemütliche Wohnungen, beschauliche Eigenheime und lauschige Gärten ihr Eigen nannten, verbrachten hier ihre teuer erkauften Ferien auf überfüllten Parzellen, die – wären die Urlauber Kaninchen – unweigerlich sämtliche militanten Tierschutzorganisationen dieser Erde auf den Plan gerufen hätten. Tagsüber beherrschten Kindergebrüll und schimpfende Mütter die Szenerie, nachts würde jede Ehefrau nicht bloß das Schnarchen des eigenen Gatten ertragen müssen, sondern das komplette Sägewerk aller umliegenden Schlafröchler. Ehrlich gesagt, ich weiß auch nicht genau, warum sich das so viele Leute freiwillig antun. Doch im hinteren Bereich des Campingplatzes schienen die Stellflächen ein wenig großzügiger geschnitten, gleichzeitig ruhiger zu sein. Üppige Strandkiefern spendeten gnädig Schatten. Es war, als tauche man in eine bessere Welt.

Und dann sahen wir das azurblaue Meer.

Gut, davor erhob sich noch ein übermannshoher Maschendrahtzaun, der den Campingplatz vom Strand trennte. Das hatte zwar einen Hauch von Guantanamo, musste aber wohl sein – am Strand tummelte sich jede Menge zwielichtiges Volk und wer will schon, dass einen fliegende Andenkenhändler und Eisverkäufer bis ins Wohnmobil verfolgen. Aber es waren unbestritten die besten Campingparzellen vor Ort. Als Mieter der Plätze Eins bis Fünf campierte man sozusagen auf der Pole Position. Natürlich waren auch diese Plätze belegt.

»Hier möchte ich hin«, hauchte Renate ergriffen. Und dieses Mal waren wir wirklich alle der gleichen Meinung – die Kinder, meine Gattin und ich. Ein warmes Gefühl durchrieselte mich. Von göttlichem Energiestrahl möchte ich nicht reden, ich bin nicht besonders gläubig – aber mir war, als hätte ich plötzlich meine Bestimmung entdeckt und eine höhere Order erhalten.

»Wir regeln das«, behauptete ich im Brustton der Überzeugung und sah in den Augen der Meinen neben leisen Zweifeln doch auch Funken der Hoffnung blitzen, die mich sofort beflügelten.

Als Nächstes verteilten wir uns generalstabsmäßig über den Platz und befragten sämtliche Parzellenmieter, ob sie vielleicht am nächsten Morgen abzureisen gedächten. Anschließend trafen wir uns vor unserem Wohnmobil und zogen Bilanz. Die Kinder und Renate hatten nur Nieten gezogen: Ende der Woche würden vermutlich ein paar Parzellen frei werden, Platz 87 vielleicht sogar übermorgen – aber selbst das wäre für uns zu spät. Wir hatten nur diese eine Nacht, und es war bereits dunkel.

»Ich habe einen!«, platzte ich stolz mit der guten Nachricht heraus, die jauchzende Anerkennung meiner Lieben genießend. Ich hatte wirklich einen. Nummer 64, klein, bestenfalls halbschattig, aber ein fester Ankerplatz. Der Mieter, ein alleinstehender, griesgrämiger Wurzelzwerg aus Hanau, war bereits beim Verstauen seiner Sachen gewesen, als ich ihn angesprochen hatte. Trotzdem zeigte er sich wankelmütig, was den Zeitpunkt seiner Abreise anbetraf – bis ihn zweihundert Euro aus unserer Urlaubskasse bewogen, morgen früh die Heimfahrt anzutreten und uns seinen Platz zu vermachen. Das mit dem Geld erzählte ich meiner Familie lieber nicht.

Es tat gut, mal der Held zu sein.

Spät in der Nacht trieb mich der Druck meiner Blase aus dem gemütlichen Alkoven. Vor den nebenan gelegenen Toiletten begegnete mir der Wurzelzwerg von Nummer 64. Er grinste schief und wies auf unseren armseligen Behelfsplatz zwischen Maschendraht und Müll. »Hier campen Sie? Da möchte man ja nicht tot überm Zaun hängen!«

»Hat morgen früh ein Ende«, erwiderte ich, worauf er mir frech ins Gesicht lachte: »Genau. Weil Sie abreisen. Ich gedenke meinen Urlaub nämlich zu verlängern, bin ja jetzt wieder bei Kasse ...«

Ich bin zurückhaltend und von Natur aus zögerlich. Aber diesmal zuckte grellweißer Zorn durch mein Gemüt und brachte sämtliche Sicherungen zum Schmelzen. Ich packte den Widerling mit ungeahnter Kraft, riss ihn hoch und ließ ihn in Richtung Zaun segeln. Dort prallte er in den Maschendraht, stürzte ab und knallte auf den Asphalt. Es gab ein leise matschendes Geräusch, als seine Schädeldecke barst – dann herrschte Ruhe. Um drei Uhr nachts war sogar in Marseillan-Plage kein Betrieb mehr. Nur meine Familie war aufgewacht und versammelte sich jetzt alarmiert neben mir und der Leiche.

»Er wollte nicht abreisen«, erklärte ich.

»Dann hat er's verdient«, äußerte sich Renate lapidar. Die Kinder nickten zustimmend. Damit war für mich die Sache durch. Blieb nur noch das Problem mit der Leiche.

Letztlich erwies sich des Wurzelzwerges Spruch vom »tot überm Zaun hängen« als probate Lösung. Wir hoben ihn an, hakten seine Füße in den Zaun und ließen ihn kopfüber baumeln, wobei sein Kopf die Betonplatten des Weges touchierte. Es sah aus, als hätte er auf dem Weg vom Ort zum Campingplatz die Abkürzung über den Zaun gewählt, wäre dabei mit den Schuhen hängen geblieben und hätte sich beim Absturz den Schädel eingeschlagen.

Der Meinung war die Gendarmerie am nächsten Morgen auch. Bereits zum Mittagessen hatte man Fahrzeug und Wohnwagen des Verblichenen abgeräumt. Wir hielten Einzug auf Platz Nummer 64 und schmiedeten Pläne.

»Nummer 57 verfügt über einen eigenen Wasseranschluss«, bemerkte meine Gattin träumerisch.

»Auf der 49 kann man die Musik von der Disko hören«, schwärmte meine Tochter sehnsüchtig.

»36 hat 'ne miese Elektronik, aber das W-LAN läuft hervorragend«, stellte mein Sohn sachlich fest.

»Es sind Ferien«, verkündete ich großzügig, »ihr dürft machen, was ihr wollt.«

Ich habe meine Familie noch nie so glücklich gesehen. Es war ein großartiger Urlaub. Wir wechselten noch öfters den Stellplatz. Wir standen ein paar Tage auf Nummer 57, nachdem die Vormieterin mit einem Herzstillstand in der Duschkabine des Waschhauses aufgefunden worden war. Renate hat nie genau erzählt, wie es passiert ist – aber sie war zur gleichen Zeit in der Kabine nebenan und ich habe gesehen, wie sie zuvor etliche Exemplare einer besonders fies aussehenden Spinnenart zwischen den Strandkiefern eingesammelt und in eine Tupperdose gesperrt hat.

Auch auf Nummer 49 verbrachten wir eine schöne Zeit. Vor uns campte hier eine Gruppe junger Männer, allerdings nur, bis sich einer der ihren von einem hübschen Bikini-Mädchen zum Wettschwimmen im offenen Meer provozieren ließ. Hier herrschen ziemlich gefährliche Strömungsverhältnisse. Marie ist übrigens Leistungsschwimmerin seit frühester Kindheit. Und während sie vor unserem Wohnmobil genüsslich den Klängen der nahen Disco lauschte, trieb der Kadaver des unvorsichtigen Jungspunds vermutlich bereits vor Afrika.

Der W-LAN-Empfang auf Platz Nummer 36 funktionierte so reibungslos, dass selbst die aufwendigsten Ballerspiele störungsfrei liefen. Mittlerweile konnten wir alle diesem Genre etwas abgewinnen, und so gehören die Stunden, in denen wir zu viert an Yannicks Laptop blutgierige Zombies, mordlüsterne Außerirdische und heidnische Armeen abschlachteten, zu den heitersten Erinnerungen an unseren Sommer am Mittelmeer. Den Platz selbst verdankten wir übrigens einem tragischen Kurzschluss, der den dort abgestellten Wohnwagen samt Vormieter in Schutt und Asche legte. Unser Yannick erwägt seitdem eine Berufswahl als Elektriker, und wir finden alle, dafür besäße der Junge wirklich Talent.

Die letzte Woche standen wir auf dem Ziel unserer Träume – Stellplatz Nummer Eins, mit Blick aufs Meer. Fragen Sie mich nicht, wie wir das geschafft haben. Nur soviel: Es war ein Gesamtkunstwerk. Eine Familienleistung. Denn das hat Marseillan-Plage aus uns gemacht: eine Familie. Eine ausgesprochen glückliche Familie.

Wir sind nicht mehr dieselben Menschen wie vor dem Urlaub. Glauben Sie nicht? Gut, dann will ich Ihnen noch kurz von unserer Rückfahrt erzählen: Noch vor Clermont-Ferrand schmiss Renate kurzerhand das Navigationsgerät aus dem Fenster. Sie sagt jetzt die Richtung an und ich tue, was sie sagt – ihre Stimme klingt sowieso viel schärfer als die Blech-Elli aus dem GPS-Kasten.

Im McDonalds an der Rue National zwischen Chalon-sur-Saône und Beaune war es immer noch knüppelvoll. Wir mussten trotzdem nur zwei Minuten auf Yannick warten. Diese Zeit genügte ihm, um einen pickligen Jüngling beim Verlassen des Restaurants per Kopfnuss zu Boden zu schicken und ihm das komplette Menü mit McNuggets, Fritten und XL-Cola zu entreißen.

In Aachen gab es offensichtlich immer noch einen Engpass bei der Lippenstiftversorgung, aber Marie ergatterte trotzdem einen. Dabei befand sich das letzte Exemplar bereits im Einkaufskörbchen einer zugeschminkten Edelschnepfe. Dann ging plötzlich alles so schnell, dass ich selbst kaum hätte sagen können, was passiert war. Jedenfalls stand Marie Sekunden später mit dem Lippenstift an der Kasse, während von der Schnepfe nur noch ein Fuß im pinkfarbenen Stiletto unter dem Strumpfregal hervorlugte.

Ich bin stolz auf sie. Stolz auf meine ganze Familie. Und ich freue mich auf die Arbeit. Da gibt es viel zu tun. Erst Schmidt, dann Hauser und schließlich Kollwitz, die Flachpfeife – das wird nicht lange dauern, und dann ist meine Beförderung fällig. Als Bereichsleiter kriege ich drei Urlaubstage mehr. Nächstes Jahr wollen wir wieder nach Marseillan-Plage.

Sie auch?

Guido M. Breuer

forficula auricularia

Ich hasse Ohrwürmer. Jeglicher Art. Also ich meine, da gibt es diese Schlager, die einem nicht mehr aus dem Kopf gehen. Die man nachsummen muss, obwohl man dabei im Schwall kotzen könnte. Bei denen es fast eine Befreiung ist, wenn sie zum x-ten Male im Radio plärren, weil man sie dann ja in echt hört und diese stumpfe Melodie nicht nur blöde im Kopf herumlungern lässt und sich vorwerfen muss, dass man ja selbst schuld ist.

Und dann gibt es noch diese Tierchen. Ohrwürmer. Ohrenkneifer. Dermaptera. Genauer: der gemeine Ohrwurm, Forficula auricularia. Ich nenne ihn den Campingschreck. Gut, fette Spinnen finde ich noch ekliger. Und die gibt's ja beim Campen auch genug. Aber der gemeine Ohrwurm ist für mich ein besonderer Fall.

Ich habe die halbe Kindheit, ach was die ganze, auf Campingplätzen verbracht. Sie waren immer da. Überall. Sie krabbeln nachts unter deine Matratze. Wandern die Zeltplane und das Gestänge hinauf und hinunter. Lassen sich, oben im First angekommen, herunter plumpsen, als hätten sie einen Heidenspaß daran, klatschen dir ins Gesicht oder sonst wohin. Du stehst auf, ziehst deinen Parka an (so etwas trug man in meiner Kindheit, es handelt sich dabei um eine in die Zivilwelt übertragene Bundeswehr-Oberbekleidung) und spürst sofort, dass du wieder einmal vergessen hast, die Ohrwürmer aus dem Teil zu schütteln. Von der Trainingshose (blau, mit weißen Streifen, in den 1970er Jahren unvermeidliches Pendant zum Parka, der jüngere Mensch suche im Internet nach Bildern von Hennes Weisweiler) einmal ganz abgesehen, in der es auch herrlich krabbelt. Und die Socken. Und die Gummistiefel.

Und nun, vier Jahrzehnte später, was soll ich sagen, ich habe es ja eigentlich auch nicht anders erwartet – es gibt sie immer noch. Immer noch in Massen, immer noch wuselig, sich vom Dach meines Innenzeltes herunterfallen lassend, in den Klamotten steckend, über mich weg und unter mir herlaufend. Wenn ich könnte, würde ich sie alle umbringen.

Alle.

Aber deswegen bin ich nicht hier.

Mein Zielobjekt heißt Lotte Overath. Jahrgang neunzehnhundertzwanzig. Lohnt nicht nachzurechnen, wie alt sie heute ist. Uralt eben. Lang. Hager. Hässlich. Kann sich kaum noch bewegen, so ausgemergelt soll sie sein. Lebt in einem Großfamilienzelt, das sie so gut wie nie verlässt. Nicht mal zum Kacken. Warum zahlt jemand fünfzigtausend Euro dafür, eine solche Frau umzubringen? Eigentlich sollte es mich gar nicht interessieren. Stört eher bei der Erledigung des Jobs. Aber in diesem Falle konnte ich nicht widerstehen. Tatsache ist: Die lange Lotte ist steinreich und besitzt mehrere Häuser in der Kölner Innenstadt. Und die sollen einem jugendlich frischen Modelabel weichen. Outlet mitten in der City. Cooles Konzept.

Wenn da nicht die dürre Lotte wäre. Sie verkauft nicht. Und sie stirbt nicht. Die Investoren werden nervös, drohen sich abzuwenden. Sie kommuniziert nicht einmal. Nur über ihren Rechtsverdreher. Und der ist mein Auftraggeber. Er will sich seine schmierigen Anwaltspfoten nicht mit Blut besudeln, hat aber keine Probleme, seine Mandantin ans Messer zu liefern. Irgendwie macht ihn das fast schon wieder sympathisch.

Egal, ich schweife ab. Sorry, aber ich bin ein bisschen durch. Mit den Nerven, meine ich. Und der Schlafmangel. Ich hätte ein Fünf-Sterne-Hotel in der Nähe buchen, das Zelt der Alten in die Luft jagen und mich vom Acker machen können. Aber nein, Lotte Overath muss eines natürlichen Todes sterben. Sonst ist es Essig mit der Verwertung ihres Erbes. Hat ihr Anwalt gesagt. Die lange Lotte sei schlau.

Also muss ich Lottes Umgebung sondieren, mich einleben, nach Möglichkeiten suchen, ihren Abgang so zu gestalten, dass niemand auch nur ansatzweise an einen unnatürlichen Tod denkt. Und dieser beschissene Campingplatz ist so ein Öko-Teil, auf dem nicht mal Wohnwagen erlaubt sind. Weil die sich optisch und werkstofftechnisch nicht in die national-parkgeschützte Umwelt einpassen, oder so'n Scheiß.

Nur Zelte.

Das natürliche Habitat der Forficula auricularia. Lesen Sie mal auf Wikipedia nach. Dort finden Sie einen sehr wichti-gen Satz: *Bisher gibt es keine Bekämpfungsmöglichkeiten.*

Was erzähle ich. Es geht ja um Lotte Overath. Ich kaufe mir also ein Zelt, aus dreifach genähtem Bio-Leinen und naturfarben versteht sich, Innen- und Außenzelt, beim Auf-stellen garantiert ohrwurmfrei. Aufgebaut mit geschlosse-nen Reißverschlüssen, diese auch nur sekundenweise offen gelassen.

Was soll ich sagen. Ich liege den ersten Abend im Zelt, will das Licht löschen und – platsch! Fällt mir so ein Scheißdrecks-ding von oben auf den Schlafsack und krabbelt unter meine Matratze. So als hätte sich in den letzten vierzig Jahren nichts geändert. Habe gleich mal im Schlafsack nachgeschaut, ob ich wieder sieben Jahre alt bin. Nein, kein Zeitsprung. Ich bin nicht mehr der kleine Junge, der sich vor Ohrwürmern ekelt. Jetzt bin ich ein abgebrühter, erfolgreicher, etwas über mittelalter Profikiller, der sich vor Ohrwürmern ekelt. Was soll ich weiter erzählen, ich will zu Potte kommen.

Habe also die erste Nacht nicht geschlafen. Siebzehn Forficula auricularia mit meinem sizilianischen Stiletto enthauptet. Mindestens ebenso viele nicht erwischt. Den ganzen Tag dann das Zelt der langen Lotte beobachtet. Keiner rein, keiner raus.

Im Kiosk ein Nähzeug-Set gekauft. Die siebzehn Köpfe auf siebzehn Nadeln gespießt und zur Warnung am Zelteingang aufgestellt. Die Körper darunter gelegt. Bin mir nicht sicher, ob ich die Körper den richtigen Köpfen zugeordnet habe. Vermutlich deswegen hat die Zurschaustellung der Übeltäter ihre abschreckende Wirkung verfehlt.

In der folgenden Nacht zweiundzwanzig Forficula auricularia hingerichtet. Mit dem Zippo. Einziger nennenswerter Effekt: Habe mir zwei Riesenlöcher in den Hightech-Schlafsack gebrannt. Am Morgen ging es mir nicht gut. Ich meine, ich bin ein Profi, durchtrainiert und mit eisernem Körper und Geist ausgestattet, Entschuldigung. Entschuldigung!

Aber nach fünfzig Stunden ohne Schlaf und neununddreißig getöteten Ohrwürmern nebst einer unbekannten Anzahl Entkommener wird es langsam eng. Sorry, ich wollte zu Potte kommen. Bin echt durch.

Also gut, ich konzentriere mich aufs Wesentliche. Bin ja Profi, wie gesagt, und hab gleich gewusst, noch so eine Nacht, und der Erfolg der Mission ist ernsthaft gefährdet. Hatte zwar noch kein Konzept, war aber zum schnellen Handeln gezwungen, wie jeder sofort einsehen wird.

Ich beobachte also weiter das Zelt der langen Lotte. Keine Bewegung. Ist die überhaupt da? Kann ja keinen nach ihr fragen, das wäre zu auffällig. Ich tu so, als mache ich einen Spaziergang über den Platz, schlendere so nah wie möglich an der lotteschen Parzelle vorbei. Bleibe stehen.

Lausche.

Nix.

Doch, ein schabendes Geräusch, als wenn die Lotte Kartoffeln auf der Reibe schnippeln würde. Ich sehe mich um, ob ich beobachtet werde, lungere noch etwas unschlüssig herum, gehe an die Hinterseite des Zeltes, wo eine hohe Hecke dafür sorgt, dass man mich nicht sieht, als ich versuche, durch einen Lüftungsschlitz ins Innere zu spähen.

Schrecke zurück, weil plötzlich etwas aus diesem Lüftungsschlitz heraus kommt. Forficula auricularia.

Gänsehaut,

Fluchtreflex.

So hat das keinen Sinn. Langsam wird es lächerlich. Ich warte einfach, bis Lotte rauskommt, dann puste ich sie weg. Schalldämpfer, plopp-plopp-plopp, fertig. Dann ist es eben doch kein natürlicher Tod. Arsch geleckt. Mist, ich habe keine Vorkasse verlangt. So geht das nicht. Diesen Job hatte ich mir wesentlich leichter vorgestellt.

Erst einmal Rückzug, irgendwohin wo kein Forficula auricularia meine Gedanken stört.

Nerven behalten.

Leichter gesagt als getan, hundemüde und durch den Wind, wie ich bin. Und seit Tagen nicht gekackt. Das Klogebäude sieht sauber aus. Da kann ich vielleicht das Nützliche mit dem Angenehmen verbinden.

Am Eingang hängt ein riesengroßes Exemplar einer Araneus diadematus. Fette Kreuzspinne. Daneben krabbelt eine Eratigena atrica. Große Winkelspinne, auch Hausspinne genannt. Gut. Kacken wird überbewertet. Und denken kann ich auch im Freien. Wenigstens scheint die Sonne. Da kann man sich ins Gras setzen, umzingelt von Lasius niger, der allseits ebenso beliebten wie verbreiteten schwarzen Gartenameise. Aber ich bin ein eiskalter Auftragsmörder und alles andere als empfindlich. Wenn diese kleinen bissigen wuseligen Arschlochkrabbeltiere mir den letzten Nerv rauben, dann nur, weil ich total übermüdet bin. Habe Spinnweben im Gesicht. Wische mir mit der Hand über die Augen, über die Wangen, jetzt scheint das Zeug in meinen Mundwinkeln zu hängen. Krame meinen kleinen Taschenspiegel heraus. Da ist nix, keine Spinnweben. Aber wenn ich den Spiegel wegnehme, weiß ich, dass sie doch da sein müssen. Fühlt sich echt eklig an. Hole den Spiegel wieder heraus. Da ist nichts.

Drehe den Spiegel so, dass ich das Zelt der langen Lotte beobachten kann. Total unauffällig. Gut, dass man ein erfahrener Profi ist. Und gut, dass die Sonne untergeht und es bald Nacht sein wird. Alte Weiber gehen ja bekanntlich früh schlafen. Damit sie in aller Herrgottsfrühe aufstehen und Kartoffeln reiben können. Gehe noch mal ganz beiläufig am Zelt der dürren Langen vorbei. Ob es nach Bratkartoffeln riecht? Nein, tut es nicht. Hat sie vermutlich gar nicht zubereitet, oder es ist schon zu lange her und der Duft ist längst verflogen. Wie dem auch sei. In einer Stunde gehe ich rein und mache Schluss. Ich kann nicht mehr. Die gute alte Kissen-ins-Gesicht-Nummer muss es richten. Ob ich ein Kissen mitnehmen soll? Quatsch, irgendetwas in der Art wird die Lotte ja wohl im Bett griffbereit haben, klassischerweise unter dem Kopf. Ich muss nur Kopf und Kissen vertauschen und zwei Minuten zudrücken. Jesus, das hätte ich schon vorletzte Nacht tun können. Aber gut, für fünfzigtausend Mäuse kann ich ja wenigstens drei Tage und Nächte arbeiten. Ist ja nicht zu viel verlangt. Bin ja Profi. Nun also ist die Zeit.

Das Zelt der langen Lotte liegt im Dunkeln. Die nächste Laterne ist dreißig Meter entfernt. Gegrillt wird nebenan auch nicht. Alles still hier. Sehr gut. Ich trete an die Rückwand heran. Lausche. Da ist wieder dieses Geräusch. Reibt sie denn schon wieder Kartoffeln? Oder schnarcht die Alte etwa so? Egal.

Mein Stilett pickst ein kleines Loch in die Zeltwand. Der Ohrenkneifertöter, haha. Beinahe widerstandsfrei gleitet die Klinge durch den Stoff. So weit, dass ich mich lautlos hindurchwinden kann. Ich bin im Vorraum. Leer. Die Schlafkabine ist abgetrennt. Daraus kommt dieses seltsame schabende Geräusch. Meine Augen sind an die vorherrschende Dunkelheit angepasst. Der Eingang zu ihrer Bettstatt ist offen, aber ich muss ein paar Schritte gehen, um hineinsehen zu können.

Ich stocke. Etwas ist mir auf den Kopf geplumpst. Wuselt in meinem Haar herum. Oh ihr verdammte Brut, ich kenne das Gefühl. Mit einer schnellen Handbewegung wische ich den ekligen Kerf von mir ab. Er fällt vor meinen Füßen auf den Boden, läuft weiter, als wäre unsere Begegnung nur ein Zufall. Ein kleiner Schritt, und es ist ein Ex-Ohrwurm. Nix da, meine Sohlen sind zu weich, er krabbelt ungeniert weiter. Richtung lange Lotte. Ich folge ihm. Baaah! Da sind noch mehr Forficula auricularia. Viel mehr! Scheiße, ich werde eine Schmutzzulage verlangen. Ekelbonus sozusagen. Noch ein Schritt, dann werde ich sie sehen. Da höre ich diese Stimme und zucke zusammen:

»Hansi, ich habe auf dich gewartet.«

Habe ich das wirklich gehört? Sehr leise kamen die Worte, und kaum zu verstehen, als hätte jemand beim Sprechen die Lippen gar nicht bewegt. Und überhaupt – Hansi hat man mich schon seit Jahrzehnten nicht mehr genannt. Johannes heiße ich oder Joe the Butcher in Fachkreisen. Aber Hansi? So hat meine Mama mich früher gerufen und ich habe es immer gehasst. Was denke ich nur? Einbildung. Bin total übermüdet. Schnell ran an die Lotte und den Job erledigen.

Ich trete näher. Wieder dieses Geräusch. Scheiße, schläft die Alte vielleicht wirklich nicht? Noch ein Schritt. Ein widerlicher Geruch schlägt mir entgegen, als ich in den Eingang der Schlafkabine trete. Und da sehe ich – ES.

Lotte ist keine Frau. Sie ist nicht einmal ein Mensch, sie ist ein ... ein ... Forficula auricularia! Das kann nicht sein, ich bin echt durch, meine Augen spielen mir einen Streich. Ich kann nicht anders, ich hole mein Zippo aus der Tasche und entzünde es. Im Schein der Flamme windet ES sich auf der Matratze, der lange glatte Körper, braun glänzend und eklig, wie diese Dinger halt sind. Mir ist schlecht, ich kann mich nicht rühren. ES sieht mich an, die langen Fühler bewegen sich hin und her, wie Antennen, die sich auf ein Ziel ausrichten.

Auf mich.

Am Fußende, verdammt nah an mir dran, die zangenartigen Kneifer, sie gehen auf und zu, reiben aneinander. Dies verursacht jenes schabende Geräusch, das mir durch Mark und Bein geht.

»Hansi«, sagt das Ding und richtet sich auf. Ich mag nicht mehr, das ist zu viel. Mein Feuerzeug, ich kann es nicht mehr festhalten, es entgleitet meiner zitternden Hand. Fällt auf den Boden, die Flamme leckt an dem Teppich, züngelt an der Zeltwand hoch, wächst schnell. Der riesige Insektenkörper zuckt zurück, rollt sich krampfartig zusammen. Panik ergreift mich, was weiß ich, was das Monster macht, wenn ihm heiß wird. Ich mache auf dem Ansatz kehrt und springe aus dem Zelt.

Ich drehe mich nicht um, will gar nicht sehen, ob ES mir folgt. Ich renne und renne, mein eigenes Domizil wird mich nicht vor diesem Riesenkerf schützen, ich hetze weiter, in Richtung des Parkplatzes, wo mein Auto steht. Dort angekommen bemerke ich, dass ich natürlich keine Schlüssel dabei habe, also renne ich, bis die Muskeln übersäuern und meine Lunge aus dem letzten Loch pfeift. Ich bleibe stehen und drehe mich um.

Flammen lodern in den Nachthimmel und zeigen, dass Lottes Zelt komplett Feuer gefangen hat. Ich kann nicht mehr. Setze mich an den Straßenrand. Jetzt kommt das große Zittern. Die Nerven spielen verrückt. Ich habe meinen Körper nicht unter Kontrolle.

Shit, ich glaub, ich hab mich eingenässt. Ich sollte besser aufstehen. Kann aber nicht. Selbst dann nicht, als sich Sirenen und Blaulicht nähern. Ein Feuerwehrzug donnert an mir vorbei. Ich höre die lauten Stimmen, Kommandos werden gerufen, die Jungs werden wohl versuchen zu löschen, was zu löschen ist. Langsam bin ich wieder Herr meiner Glieder. Raffe mich auf, und schleppe mich den Weg zurück.

Vor Lottes Zelt, oder besser gesagt, was davon übrig ist, steht eine Menge Volk. Die Feuerwehr ist damit beschäftigt, das Feuer nicht auf die übrigen Zelte übergreifen zu lassen. Das Domizil der langen Lotte ist nicht mehr zu retten.

Ich hoffe, das Monster hat es nicht geschafft, den Flammen zu entkommen.

Feuer.

So kann man Forficula auricularia bekämpfen. Ich werde morgen das Zelt abbrechen, nach Köln fahren und meine Kohle einsacken. Hin und wieder fackelt schon mal ein Zelt ab. Das gehört quasi zum Campen dazu. Genau wie Ohrenkneifer. Aber davon werde ich dem Anwalt nichts erzählen. Die lange Lotte ist in ihrem Zelt verbrannt. Böser Unfall. Kinder und alte Leute sollten nicht mit Feuerzeugen spielen. Sonst war da nichts. Mein Gott, bin ich durch. Ich muss schlafen. Wenn ich kann. Irgendwo, wo es garantiert keine Forficula auricularia gibt.

toskanische nacht

Wir waren achtzehn Jahre alt, wir hatten gerade das Abitur gemacht, und wir waren so verliebt, wie man in diesem Alter nur verliebt sein kann. Und wir hatten ein kleines Zelt. Drei Wochen blieben uns bis zum Beginn von Jans Ersatzdienst. Zeit genug, um zusammen durch die Toskana zu fahren.

»Aber dass ihr nicht wild zeltet, Sandra«, sagte mein Vater, als wir uns auf dem Bahnhof verabschiedeten. »Das musst du mir versprechen. Das ist gefährlich. Geht immer auf ausgewiesene Campingplätze.«

Wir waren schon im Zug, der uns über Nacht nach Florenz bringen würde. Ich beugte mich durch das Fenster hinaus. Die Trillerpfeife des Schaffners ertönte.

»Ich verspreche es«, rief ich. Der Zug ruckte an. Mein Vater winkte, während der Bahnsteig vorbeiwanderte. Kurz darauf sank ich in den Sitz des Abteils zurück.

Wir hatten Schlafsäcke. Wir hatten Interrail-Tickets, etwas Bargeld, einige Reiseschecks. Den Euro gab es noch nicht. 1000 Lire waren eine Mark.

Jan hatte mir zugeflüstert, dass wir die Schlafsäcke vielleicht kaum brauchen würden. In Italien war es warm.

Jan kannte sich in Kunstgeschichte aus. Und in der Literatur. Das beeindruckte mich am meisten. Seit Wochen betete er mir herunter, was wir alles zu sehen bekommen würden. Den Dom von Florenz. Die Uffizien mit den berühmtesten Bildern von Botticelli. Michelangelos David-Statue. Den

Ponte Vecchio – die berühmte mit Häusern überbaute Brücke mit dem legendären Korridor, durch den die Angehörigen der Medici von der Innenstadt in ihren Palast auf der anderen Arnoseite gelangen konnten, ohne sich unter das gemeine Volk mischen zu müssen. Jan kannte sich aus. Er sagte natürlich *der* Ponte Vecchio, denn im Italienischen war *die Brücke* männlich und hieß *il ponte*.

Begeistert erzählte er mir von der großartigen Dichtung Dantes, der in dieser Stadt geboren worden war, von Boccaccios »Dekameron«, den Gedichten von Petrarca. Und oft las er mir stundenlang daraus vor.

Aber Florenz sollte nur eine Station unter vielen sein. Unsere Reise ging nach Lucca, nach Pisa zum berühmten *Schiefen Turm*, von dem mir Jan zu berichten wusste, dass Galileo Galilei an der sich neigenden Mauer physikalische Experimente durchgeführt hatte. Dann standen Siena und Arezzo auf dem Programm.

Nach einer knappen Woche in Zügen und Bussen, auf Zeltplätzen und in Jugendherbergen geschah es. Im kleinen Bergstädtchen Volterra vergaßen wir, dass Samstag war, und verpassten den letzten Bus, der uns nach San Gimignano hätte bringen können. Wir saßen fest.

Jan wollte San Gimignano unbedingt sehen – die Stadt mit den berühmten Türmen, den Wahrzeichen und Machtsymbolen alter toskanischer Familien.

Wenigstens hatten wir uns in den winzigen Gässchen von Volterra in einem kleinen *Alimentari* kurz vor Ladenschluss noch mit Brot, etwas Käse, Obst und Wasser versorgen können. Aber wenn wir nicht auf einer Parkbank oder unter einer Brücke übernachten wollten, musste uns etwas einfallen.

Wir konsultierten die Karte und fanden ein weiß eingezeichnetes, sich quer durch grünes Niemandsland hinschlängelndes Sträßchen, das die Straße nach San Gimignano ein gutes Stück abkürzte und zu einer größeren Hauptstrecke führte. Weiß eingezeichnet hieß, dass es sich um eine Schotterstrecke handelte.

»Wie wär's, wenn wir diesen Weg zu Fuß gehen?«, schlug Jan vor. »Wenn wir noch bei Helligkeit an die andere Landstraße kommen, finden wir vielleicht einen anderen Bus.«

Ich dachte gar nicht lange darüber nach. Im Notfall hatten wir ja unser Zelt. Wir hatten zu essen. Und wir hatten eine herrliche Landschaft um uns herum. Sie war so malerisch, wie man sie von unzähligen Toskana-Bildern kennt. Geprägt von sanften, welligen Hügeln, auf deren Kämmen sich immer wieder die charakteristischen dunkelgrünen Zypressen reihten. An die Mahnung meines Vaters dachte ich auch nicht mehr.

Wir wanderten los. Schreckten gelegentlich in der Sonne dösende Eidechsen auf, die vor unseren Schritten flohen und raschelnd ins Unterholz wuselten. Hin und wieder sahen wir in den kleinen Tälern ockerfarbene Häuschen, die Felder von silbrig schimmernden Olivenbäumen zu bewachen schienen. Es waren unbewohnte Reste von alten Höfen. Wenn wir näher daran vorbeikamen, erkannten wir leere Fensterhöhlen und zerbrochene Dächer, aus denen manchmal sogar ein Baum wuchs. Immer wieder führte der Weg durch überraschend dunkle Eichenwälder.

Jan hatte in Florenz die Leidenschaft fürs Zeichnen entdeckt und einen kleinen Zeichenblock und Stifte gekauft. »Wenn du zeichnest, siehst du alles viel genauer«, begeisterte er sich. Waren es in den Städten noch Details wie Fenster und Simse von Palästen gewesen, die er aufs Papier bannte, beschäftigte er sich jetzt mit ganzen Landschaftsansichten. Fast jedes Mal, wenn sich ein neuer Ausblick bot, blieb er versonnen stehen, setzte sich an den Wegesrand und versank darin, den Eindruck aufs Papier zu bringen. Ich schmiegte mich an ihn und genoss unser freies Leben.

Kein Wunder, dass sich die Wanderung hinzog. Als Jan am Beginn einer steil abwärts führenden Serpentinenstrecke mit Blick auf ein fernes von Zypressen überragtes Gehöft wieder ins Zeichnen vertieft war, verschwand auf der anderen Seite des Tales die Sonne. Und es näherte sich ein Geräusch. Unverkennbar das Geknatter von Motoren.

Hinter der letzten Serpentine knatterten fünf Mopeds herauf. Auf jedem saß ein junger Kerl. Der vorderste rief den anderen etwas auf Italienisch zu und hielt vor uns an. Nun erreichten uns auch die anderen, von Schotterstaub umwölkt. Die Motoren erstarben. Alle fünf grinsten. Ein anderer sprach uns an. Wir verstanden nichts. Italienisch hatten wir nicht gelernt.

Jan runzelte die Stirn. Er ärgerte sich, dass man ihn beim Zeichnen störte. Doch die Kerle, alle nicht älter als wir, machten sich nichts daraus. Einer von ihnen hatte eine markante Narbe neben der Oberlippe. Er ließ sein Moped zu Jan rollen und nahm ihm einfach den Block weg. Er lachte. Die anderen johlten, als er ihn in die Höhe hielt. Jan war wütend aufgesprungen, aber der Junge warf den Block zu einem der Kumpane. Während der mit der Narbe Jan festhielt, blätterte der andere neugierig die Seiten auf, wobei seine schmutzigen Finger dunkle Spuren auf dem Papier hinterließen, und stieß schließlich auf ein Bild, das Jan von mir gezeichnet hatte.

Es war eine Zeichnung im Stil einer antiken Figur, mit freiem Körper, ohne viele Details, aber für die Kerle immer noch freizügig genug, sodass sie sich jetzt alle wieder johlend um den Block scharten, und der mit der Narbe mir anzüglich zuzuzwinkern begann. Jan wollte dazwischengehen, aber sie schubsten ihn einfach weg, besprachen irgendwas, und bewegten sich dann wieder auf mich zu. Einer packte mich am Arm, rief etwas, und wollte anscheinend, dass ich mich hinter ihn auf sein Moped setzte.

Es war Samstagabend, sie waren wohl auf dem Weg in die nächste Stadt, ich sollte mitkommen. Auf Jan konnten sie verzichten. Der war ohnehin damit beschäftigt, seinen Block aufzusammeln, der im Schotterstaub lag. Ich fing fürchterlich an zu schreien und mich zu winden, woraufhin mich der junge Italiener losließ. Ein anderer sagte etwas Beschwichtigendes. Als wäre alles ein schlechter Scherz gewesen, rollte er mit dem Moped etwas zurück. Jetzt kam endlich auch Jan und zog mich von ihnen weg. Die ganze Gruppe startete die Motoren und gröhlend und winkend fuhren sie weiter. Jan hatte nur Blicke für seinen Block, den er vergeblich sauber zu wischen versuchte.

Unsere Freude an der Reise hatte einen ordentlichen Riss bekommen. Stumm gingen wir weiter. Wir hatten keine Ahnung, wie weit wir schon waren. Im allerletzten Licht des Tages gelangten wir an einen tunnelartig überwucherten Hohlweg, von dem ein Pfad zu einer grasbewachsenen Anhöhe abzweigte. Weiter oben begannen Reihen von Olivenbäumen.

»Hier könnte ein bewirtschafteter Hof in der Nähe sein«, sagte ich. »Vielleicht sollten wir dort fragen, ob sie uns in einer Scheune oder so übernachten lassen.«

»Können wir Italienisch?«, brummte Jan. »Und was machen wir, wenn sie nein sagen? Und wo soll dieser Hof überhaupt sein? Bis wir den gefunden haben ...«

Ich schwieg. Unsere Taschenlampe hatte nur noch eine schwache Batterie. Im gelben Glimmen des Lichtscheins gelang es uns, an den ersten Bäumen das kleine Zelt aufzubauen. Wir entrollten die Schlafsäcke, legten uns aber noch nicht hin, sondern setzten uns vor das Zelt, während die toskanische Nacht heraufzog. Mich hatte auf dem letzten Stück immer wieder die Frage beschäftigt, ob die Mopedfahrer zurückkommen würden. Und was wir dann unternehmen könnten. Langsam beruhigte ich mich wieder. Und hier würden sie uns nicht finden. Jedes Motorengeräusch war von weither zu hören.

Um uns herum begann das Schauspiel der Glühwürmchen, die hier in der Toskana im Takt von Herzschlägen pulsierend blinkten. Je dunkler es wurde, desto mehr schwebten durch die Nacht. Und so umhüllte uns ein stummes geisterhaftes Elfenfeuerwerk.

In der Ferne schrie etwas. Es klang wie ein heiser bellender Hund. Geäst brach.

»Das ist nur ein Rehbock«, sagte Jan. Er musste es wissen. Sein Vater war Hobbyjäger. Er holte das Buch mit den Petrarca-Sonetten aus seinem Rucksack. Die wenigen Minuten, bis die Taschenlampenbatterie leer war, las er daraus vor.

Ich sah der höchsten Schönheit zarte Blüte, / den Reiz, der meine Sinne so verwirrt, / dass alles sonst mir Traum und Schatten wird, / gepaart mit Sittenhuld und Engelgüte; / und sah, von stummer Wehmut wie berauscht, / ihr helles Aug im Tau der Tränen schwimmen …

Es gefiel mir, ihm zuzuhören, aber ich war dann doch froh, als wir uns ins Zelt zurückzogen. Das Wandern hatte mich müde gemacht.

Ich schrak aus dem ersten Schlaf auf, als mich Motorengeräusch weckte. Jan hob den Kopf. Sein Schlafsack raschelte.

»Da sind sie wieder«, sagte er.

»Bist du sicher?«

»Still!«

Es waren die Mopeds. Da gab es keinen Zweifel. Noch schienen sie weit weg zu sein, aber sie kamen näher. Dann veränderte sich die Lautstärke nicht mehr. Sie standen irgendwo in der Nähe im Leerlauf. Und plötzlich herrschte Stille. Sie hatten ihre Motoren abgestellt. Jemand sprach. Ich glaubte, die Stimmen der Kerle zu erkennen. Wieder dieses Johlen. Der Schotter auf dem Weg unten knirschte. Es waren Schritte. Urplötzlich packte mich die Angst.

»Was sollen wir machen?«, fragte ich.

»Leise«, hauchte Jan.

In mir tobten Bilder. Von dem Narbigen, der eine Taschenlampe hatte und uns hier entdeckte – kilometerweit vom nächsten Haus entfernt ... wie er mich gepackt hatte ...

Da ertönte leises Plätschern. Einer von ihnen pinkelte.

Die anderen auf dem Weg sprachen. Aber da war noch eine andere Stimme, eine tiefere. Hatten sie noch jemanden mitgebracht?

Die Schritte entfernten sich wieder. Von weiter weg kamen Lachen und Johlen.

Die Mopeds wurden angeschmissen. Die Geräusche verschmolzen zu einer Wolke aus Geknatter, die nach und nach leiser wurde.

»Sie sind weg«, flüsterte ich.

»Nein ... Hör doch.«

In meinen Ohren wummerte es.

Ich konzentrierte mich. Ja, da war noch etwas. Ein fast unhörbar feines Tappen. Jemand schlich da draußen herum. Einen Lidschlag lang glaubte ich sogar, einen Lichtschein zu sehen, der außen auf der Zeltbahn entlangglitt, gebrochen von den Schatten der Olivenbäume. Ich erwartete jeden Moment, dass der Zelteingang aufgerissen wurde und der Narbige hereinkam.

Was würde Jan dann tun?

Würde er mich verteidigen? Falls er körperlich dazu überhaupt in der Lage war? Er hatte mir von seiner Anhörung bei der Wehrdienstverweigerung erzählt. Dort hatte man ihm genau diese Frage gestellt: *Wenn ein Vergewaltiger Ihre Freundin bedrohen würde und Sie hätten eine Waffe – was würden Sie tun? Würden Sie die Waffe benutzen?*

Jan fand die Frage lächerlich. »Eine persönliche Verteidigung gegen eine Gefahr kann man nicht mit der Teilnahme an einem Krieg mit modernen Massenvernichtungswaffen vergleichen«, hatte er gesagt.

»Das heißt also«, fragte ich, »du würdest mich verteidigen, wenn es darauf ankäme? Auch wenn du den Dienst an der Waffe prinzipiell ablehnst?«

Wie angenehm war es gewesen, diese Diskussion in der Theorie zu führen. Nun waren wir *wirklich* in einer solchen Situation. Oder zumindest nahe dran.

Jan war in der Dunkelheit erstarrt. Ich hörte ihn noch nicht einmal atmen. Er lauschte, genau wie ich.

»Jan«, hauchte ich in seine Richtung. »Tu was.«

»Was denn?«, kam es zurück.

Ich wusste es auch nicht. Aber dann schlüpfte er mit so wenig Geraschel wie möglich aus dem Schlafsack, und ich hörte am leisen Sirren, dass er den Reißverschluss an dem Zelt öffnete. Der Blick nach draußen zu den blinkenden, umherschwebenden Lichtpünktchen in der Finsternis wurde frei.

Jan schlüpfte hinaus. Als er wiederkam, hatte er etwas Großes, Kantiges in der Hand. Er hielt es mir hin. Ich befühlte es. Es war ein Stein – so groß wie eine Grapefruit.

Wir blickten in die Dunkelheit. Erst jetzt fiel mir auf, dass in der Ferne Grillen zirpten. Weit weg schrie wieder der Hirsch. Ganz nah knackte etwas im Gebüsch.

Sie haben uns entdeckt, dachte ich. Einer oder zwei sind nicht weggefahren. Sie wollten nur, dass wir denken, sie seien weg, aber in Wirklichkeit sind sie hier. Und sie haben es auf mich abgesehen. Nur auf mich. Jan ist keine Gefahr für sie. Und wir sind ganz allein. Plötzlich war ich in meinem T-Shirt schweißgebadet. Trotz der kühlen Nachtluft, die durch die Zeltöffnung hereinkam.

»Bitte, Jan«, hauchte ich.

»Was?«, kam es ebenso leise zurück.

»Hilf uns. Hilf mir.«

Wieder ging er. Diesmal blieb er länger weg. Irgendwann gab es ein Stück weiter weg ein dumpfes Plumpsen. Als Jan dann wiederkam, hatte er den Stein nicht mehr.

»Da ist nichts«, sagte er laut und ein bisschen verärgert, als wolle er die eigene Angst überspielen. Er schloss mit einem Ruck das Zelt und schlüpfte in seinen Schlafsack. Wir dösten mehr, als dass wir schliefen.

Im ersten Morgengrauen packten wir alles zusammen und wanderten weiter bis zur asphaltierten Straße. Es war gar nicht mehr so weit – höchstens drei Kilometer. Ein deutsches Ehepaar, das gerade die Rückreise in die Heimat angetreten hatte, nahm uns zum nächsten Ort mit. Von dort ging die Reise weiter wie geplant: San Gimignano, Siena, Arezzo, dann zurück nach Florenz – zum Zug nach Deutschland.

Über die Episode im Olivenhain sprachen wir nicht mehr.

Diese Geschichte ging mir durch den Kopf, als ich über 30 Jahre später wieder in die Toskana kam.

Ich hatte ein Ferienhaus in der Nähe von Volterra gebucht. Die verlassenen Bauernhäuser von damals waren renoviert und wurden von Einheimischen, Touristen oder Ausstei-gern bewohnt. Alle hundert Meter stand am Wegesrand ein

Schild, das darauf hinwies, dass Jagen und das Sammeln von Pilzen verboten waren. Die Toskana war immer noch malerisch, aber wie aufgeräumt.

Jan hatte ich längst aus den Augen verloren. Er hatte Kunstgeschichte studiert und dann einen Job an irgendeinem Museum gefunden. Ich war in den Marketingbereich gegangen, hatte in diesem Job jedoch einmal im Jahr eine Auszeit nötig, zog mich gerne nach Südfrankreich zurück, aber dieses Jahr sollte es eben die Toskana sein. Bücher lesen, Musik mit dem iPod hören, das Internet und E-Mails vergessen ...

Die typischen Schotterstrecken gab es immer noch. Aber der Belag wirkte frisch und gleichmäßig verteilt.

Als ich auf den Nebenweg abbog, wurde mir klar, dass ich genau dort entlangfuhr, wo wir damals gewandert waren. Ich brauchte nicht auf die Karte zu schauen: Ich erkannte das Panorama an den Serpentinen wieder, das Jan auf seinen Block gebannt hatte. Und dann gelangte ich an den Beginn eines Hohlwegs, der von der Straße abzweigte und auch heute noch wie ein Tunnel wirkte.

Ich hielt an und stieg aus. Die Staubfahne, die mein Porsche Cayenne hinter sich hergezogen hatte, legte sich. Die sengende Mittagshitze trieb mich in den Schatten. Und dort, in der Dunkelheit, stand am Rand des Weges, steil aus dem Unkraut ragend, ein Holzkreuz.

Etwas war hineingeschnitzt. Verwittert, nicht leserlich. Ein Name vielleicht.

In einem nahen Hof mit *Agriturismo*, wo man Wein und Olivenöl kaufen konnte, kam ich mit einer älteren Frau ins Gespräch. Mittlerweile beherrschte ich das Italienische ganz gut.

Ja, sagte sie in weichem toskanischem Dialekt, das sei vor ein paar Jahrzehnten gewesen. Sie habe damals hier noch nicht gelebt, aber jeder hier kenne die Geschichte. Der alte Hofbesitzer sei getötet worden. Nachts in der Nähe der Olivenbäume. Man fand ihn erst im Laufe des nächsten Tages. Erschlagen. Mit einem Stein.

»Da waren Jugendliche in der Nähe«, sagte sie.

»Jugendliche?«, fragte ich nach.

»Ach, die waren hier bekannt. Störten alle mit ihren Motorrädern. Klauten manchmal etwas. Einer von ihnen war vorbestraft, der hat es wohl getan. Fünf Jahre war er im Gefängnis. Und der Padrone des Hofes ... Er hatte wohl nur Angst um seine Oliven gehabt. Als er tot war, ging alles bergab mit dem Landgut, dem *Podere*. Seine Frau, ohnehin schon krank, brach endgültig zusammen. Der älteste Sohn übernahm den Hof, wirtschaftete aber alles herunter.« Sie lächelte mich verschwörerisch an. »Mein Mann und ich kauften einen Teil. Vielleicht können wir noch die alten Gebäude am Berg renovieren. Einen Teil davon haben wir schon fertig. Falls Sie eine Unterkunft suchen ...«

Ich lehnte dankend ab und dachte darüber nach, wie ich am besten das Gespräch auf den bestraften Jugendlichen von damals bringen könnte, ohne allzu neugierig zu wirken.

»Treibt der Täter immer noch sein Unwesen?«, fragte ich. »Muss man sich fürchten?«

Der Scherz kam nicht an. Sie blieb ernst. »Paolo sollte eigentlich den *Alimentari* seines Vaters in Volterra übernehmen. Doch als er ins Gefängnis kam, war das nicht möglich. Er arbeitet jetzt als Gärtner in der Villa Proserpina. Nicht weit von hier.«

Die Villa Proserpina kannte ich. Es war ein Anwesen aus dem 17. Jahrhundert, das heute einem deutschen Ehepaar gehörte. Sie veranstalteten dort in den alten Räumen und in einem gut gepflegten Garten Kreativkurse. Bekannte hatten mir davon erzählt, und ich hatte mir die Webseite angesehen, als ich das Ferienhaus suchte.

Ein paar Tage lang mied ich den Weg zur Villa, doch nach einem Ausflug nach San Gimignano kam ich an der Zufahrt vorbei und bog nach kurzem Zögern auf den großen Parkplatz ab, wo viele deutsche Autos standen.

Im Schatten auf einer Terrasse unter einem lang gestreckten Balkon bekam ich einen italienischen *Caffè* serviert und sah den im Park verteilten deutschen Kursteilnehmern beim Abzeichnen von Steinfiguren zu. Dazwischen werkelte ein Italiener in schmutzigen Arbeitshosen herum. Sichtlich bemüht, niemanden zu stören, schnitt er Zweige ab. Als er aus dem Schatten trat, sah ich sein Gesicht. Und die Narbe neben der Oberlippe, obwohl sie sich jetzt zwischen tiefen Falten und Bartstoppeln verbarg.

Als er mich bemerkte, lächelte er kurz. Ein Schreck durchzuckte mich. Hatte er mich erkannt? Unsinn. Ich war mehr als drei Jahrzehnte älter. Ich trug eine Sonnenbrille. Und natürlich hatte er mich ohnehin längst vergessen.

Schon wandte er sich wieder ab, nahm ein Bündel Zweige und verschwand im Schatten der Bäume.

ANNETTE PETERSEN

camping-ilse – keiner willse

Von der Elbe her kam das tiefe Tröten eines Frachtschiffes – wie zur Warnung, aber Maja achtete nicht darauf. Warum auch. Als Camping-Ilse um den Wagen strich, pinselte sie gerade die Nackensteaks mit Marinade ein. Die mussten noch ein bisschen durchziehen. Heiko wollte am liebsten jeden Abend grillen. Ihr war es recht. So brauchte sie nicht zu kochen.

Selbstverständlich verbrutzelte Heiko die Steaks und seine heiß geliebte Bratwurst immer höchstpersönlich. Maja hielt sich an Fisch und Gemüse, die sie vor dem Grillen in Alufolie verpackte. Sollte Heiko seine schwärzlichen Delikatessen ruhig exklusiv genießen. »In Folie grillen«, meinte er, »ist doch Schwachsinn, dann kann ich es ja gleich in den Kochtopf schmeißen.«

Nun also Camping-Ilse, wie Maja aus den Augenwinkeln durch das Plastikfenster sah. Sie straffte die Schultern. Hinter ihr klapperte der Perlenvorhang am Vorzelt.

»Na, das sieht aber gut aus.«

»Tach, Tante Ilse. Ja, wir wollen nachher grillen.«

»Tach Maja!« Camping-Ilses Augen glitten suchend über den Resopaltisch. Maja tat, als bemerkte sie es nicht und pinselte weiter. Gut, dass der Fisch noch im Kühlschrank lag.

Camping-Ilse nickte seufzend. »Ja, bei euch lohnt das wenigstens. Für mich allein mache ich keinen Grill an, da kommt mich die Kohle ja teurer als alles andere.«

Maja schwieg und pinselte.

»Man muss ja als Rentnerin sehen, wo man bleibt.«

»Ja, das ist wohl wahr.« Maja pinselte. Camping-Ilse mochte Steaks nicht, oder vielmehr: Sie konnte sie mit ihren 82 Jahren nicht mehr beißen.

»Na, da wird dein Gatte sich aber freuen. Der Heiko ist ja ein Fleischesser, nicht?« Camping-Ilses Blick wanderte zum Kühlschrank.

»Und wie«, bestätigte Maja und pinselte weiter. Und weiter. Es half nichts. »Magst du ein Bier, Tante Ilse?«

»Ach Maja, mach dir keine Umstände …«

»Ich wollte sowieso gerade eine Pause machen.« Das war nicht mal gelogen, denn nie und nimmer würde sie den leckeren Fisch vor Camping-Ilses gierigen Blicken zubereiten. Sie holte zwei *Jever* aus dem Kühlschrank und öffnete den Schrank, um zwei Gläser herauszuholen.

Camping-Ilse winkte ab. »Nicht nötig, Maja, das geht so.«

Maja konnte es schon nicht leiden, wenn Heiko das Bier direkt aus der Flasche trank. Wenn Camping-Ilse es tat, entwickelte sie Fluchtgedanken, so ekelig fand sie den Anblick. Demonstrativ stellte sie sich selbst ein Glas hin, schenkte es halb voll und setzte sich zu Camping-Ilse an den Tisch. Sie nahm einen Schluck und sah ihrem Gast mit einer Mischung aus Faszination und Widerwillen zu. Camping-Ilse leerte ein Drittel des Flascheninhalts auf einmal. Danach atmete sie durch, unterdrückte halbherzig einen Rülpser und leckte sich über die Lippen. Maja wandte sich ab.

»Und Heiko ist wohl angeln?«

»Nein, ich habe den Fisch diesmal in Stade bei Kramer gekauft.« Sie biss sich auf die Zunge. Scheiße! Zu spät. Camping-Ilse zog die Augenbrauen hoch. »Ach, du machst Fisch?«

Maja nickte betrübt. Camping-Ilse tat es ihr gleich. »Das lohnt ja immer alles nicht für eine Person.« Sie zuckte resigniert die Schultern und fragte: »Was denn Feines? Lachs?«

»Lachs und Dorade.« Jetzt war es auch egal, Maja hatte ohnehin verloren.

»Das habe ich ja schon seit Ewigkeiten nicht mehr gehabt. Bei mir gibt es ja immer nur Leberwurststullen abends, weißt ja ...«

Überhaupt nicht wahr, dachte Maja, erst vorgestern hast du bei Ute Barsch geschnorrt und fast ein halbes Pfund Krabben dazu. Und die hast du Ute auch noch pulen lassen, angeblich weil du Rheuma in den Fingern hast.

»Weißt du, für mich allein lo...«

»Lachs oder Dorade, Tante Ilse, was möchtest du?«

»Am besten von beidem ein Stückchen. Und wenn du Gemüse machst – machst du doch bestimmt dazu – dann davon auch ein bisschen. Nur so ein kleines Probiertellerchen.« Sie deutete mit den Händen die Größe einer Langspielplatte an.

»Kein Problem, Tante Ilse. Mach ich gern.«

Camping-Ilse nahm einen weiteren großen Schluck aus der Flasche, hielt sie gegen das Licht, um den Füllstand zu prüfen und trank den Rest in einem Zug aus.

»Denkst du, du kannst das Essen um sieben Uhr zu mir rüberbringen? Ihr jungen Leute esst ja immer erst so spät, aber ich kann nicht gut schlafen, wenn ich direkt vorher gegessen habe.« Nun rülpste sie doch noch.

Maja schaltete auf Autopilot, um nicht ins Vorzelt zu kotzen. »Klar, Tante Ilse. Um sieben.«

»Das finde ich ganz lieb von dir, Maja. Ich mach's wieder gut, weißt du ja.« Sie sah Maja plötzlich scharf an.

»Ja, ich weiß.«

Sie traten durch den Perlenvorhang vor das Vorzelt, und Camping-Ilse krakeelte über den Platz: »Das war jetzt aber wirklich nicht nötig, Maja. Und nur, wenn es dir nichts ausmacht und wenn ihr genug habt.«

»Kein Thema, Tante Ilse. Bis nachher!«

»*Ilse Bilse, keiner willse*, haben sie mich als Kind immer geärgert.« Sie kicherte heiser.

»Mh«, sagte Maja und dachte: Manche Dinge ändern sich nie.

Gegenüber saßen Beate und Ralf in ihren Regiesesseln mit *Beate* und *Ralf* drauf und lasen die Bildzeitung: sie das Bunte, er den Sport.

»Hallo, Tante Ilse«, grüßte Beate fröhlich. Ralf brummelte etwas halbwegs Verbindliches und hob die Zeitung höher.

»Tach, ihr Süßen«, zwitscherte Camping-Ilse zurück. »Die Maja besteht darauf, mir heute ein kleines Abendessen vorbeizubringen. Die ist so lieb, die Knuddelmaus!« Sie umarmte Maja plötzlich und drückte ihr einen nassen Kuss auf die Wange. Maja stemmte sich gegen die drohende Ohnmacht.

»Lauter liebe Menschen hier auf dem Platz, oder?« Camping-Ilse heischte Zustimmung bei Beate und fand sie in einem strahlenden Lächeln und heftigem Kopfnicken. »Und dein Mann ist ja auch so ein Lieber, Beate. Er hat mir angeboten, mein Vorzelt zu reparieren. Das ist ja schon so oll, überall Löcher. Morgen Vormittag, Ralf?«

Beate warf einen erstaunten Blick zu ihrem Mann. Der Sportteil senkte sich gerade so weit, dass Ralf über den Rand linsen konnte. »Zehn Uhr?«, knarzte er mit dem misslungenen Versuch eines Lächelns.

»Vielen, vielen Dank. Es regnet nämlich schon rein, und fürs Wochenende haben sie schlechtes Wetter angesagt.« Sie machte einen Schritt auf Ralf zu, um ihn ebenfalls zu umarmen, überlegte es sich dann aber doch anders, als der die Zeitung hastig wieder vors Gesicht hob. »Lauter liebe Menschen!«, wiederholte sie stattdessen im Weggehen und winkte den vieren.

»Sie ist die Seele des Platzes, oder? Ein richtiges Maskottchen, unsere Camping-Ilse!« Als weder Maja noch Ralf darauf eingingen, setzte Beate hinzu: »Seit vierundvierzig Jahren Dauercamperin, das muss man erst mal hinkriegen. Wann hast du eigentlich mit ihr gesprochen wegen des Vorzeltes, Ralf?«

Ralfs Gesicht tauchte kurz über dem Porträt von Pep Guardiola auf, was sowohl Beate als auch Maja einen direkten Vergleich aufzwang, der nicht zu Ralfs Gunsten ausfiel. »Neulich«, brummte er und brachte sich wieder hinter dem Bayern-Trainer in Deckung.

»Aha«, murmelte Beate irritiert und verschwand ebenfalls hinter den großen Buchstaben.

Maja ging hinein und machte sich an die Arbeit. Sie musste sich ranhalten, um den Fisch rechtzeitig abzuliefern. Heiko würde toben, weil sie so früh mit dem Grillen anfing. Um halb acht wollte er von der Radtour mit Stefan zurück sein, dann wäre die Glut schon runtergebrannt. Oder sie musste Briketts nachkippen ohne Ende. Es war aber nur noch eine halbe Tüte da. Vielleicht sollte sie Ralf fragen, ob er welche hatte? Nein, besser nicht. Wie sie es auch drehte: Es lief auf einen Ehekrach hinaus.

Von der Elbe her kam das tiefe Tröten eines Frachtschiffes – wie zum Hohn.

Maja erwachte am nächsten Morgen mit einem Mordskater. Sie und Heiko hatten gestritten wie noch nie in ihrer fast 26-jährigen Ehe. Er war fassungslos gewesen, dass sie ohne ihn gegrillt und obendrein die Hälfte weggeschenkt hatte. Sie hatte versucht, es irgendwie zu erklären. Dass Camping-Ilse ihr so leidgetan hätte und dass sie ihr einfach nichts abschlagen könne, ob er das nicht verstehe, und dass sie doch heute wieder grillen könnten, sie würde auch losfahren und Grillbriketts kaufen. Er hatte sie angesehen wie ein verbranntes Nackensteak und war wutentbrannt davongestapft, um mit Stefan noch einmal loszuziehen. »Vielleicht treiben wir irgendwo was Vernünftiges zu essen auf«, hatte er gezischt. Der Zustand, in dem er um zwei Uhr morgens in den Wohnwagen torkelte, ließ allerdings vermuten, dass sie auf Flüssignahrung zurückgegriffen hatten.

Majas Katergefühl kam nicht vom Trinken, sondern von vier Stunden Dauerheulen. Es waren Tränen der Wut gewesen. Wut auf Camping-Ilse und auf ihre eigene Dummheit. Garantiert würde heute auch Ute auftauchen und sich bei ihr beschweren, dass Heiko ihren Mann abends noch einmal zum Besäufnis weggelockt hatte. Maja warf einen Blick auf den schnarchenden Heiko und schob sich vorsichtig an ihm vorbei. Sie brauchte erst mal einen Pulverkaffee im Vorzelt, wo die Luft besser war, und dann eine anständige Dusche. Zum Glück hatte sie inzwischen genügend 50-Cent-Stücke gehortet, um die Münzdusche ausreichend zu füttern.

Auf dem Weg zu den Waschräumen begegnete ihr Ute. Na wenigstens nicht vor dem ersten Kaffee, dachte Maja, man sollte dankbar sein. Es konnte alles immer noch schlimmer kommen. Maja presste die Kulturtasche fest unter den Arm und wappnete sich innerlich gegen die anstehenden Vorwürfe. Ute eilte mit finsterem Gesicht auf sie zu. Maja schluckte. Ute packte sie wortlos am Oberarm und zog sie in die Ecke, die von der Seitenwand der Waschräume und der Hecke gebildet wurde.

Das ging zu weit. »Also, Ute, jetzt hör mal …«, empörte sich Maja, aber Ute fiel ihr ins Wort: »Keine Sorge, es bleibt unter uns. Hörst du? Du kannst dich auf mich verlassen!«

»Was?«

»Nun tu nicht so. Du hast Camping-Ilse gestern garantiert nicht freiwillig Essen gebracht, genauso wenig wie ich am Montag. Die hat hier doch fast schon Ehen zerstört. Was war es denn bei dir?«

Maja sah betreten zu Boden und dachte kurz an den hektischen Quickie mit Ralf in der Zelterküche am Abend von Majas und Heikos Silberhochzeitscampinglatznachfeier. Er war den Ärger entschieden nicht wert gewesen, den Ilse ihr und Ralf machte, weil sie die beiden in flagranti erwischt hatte. Was hatte die überhaupt in der Zelterküche zu suchen!

»Ist ja auch egal«, riss Ute sie aus der unguten Erinnerung. »Bei mir hat sie irgendwie mitgekriegt, dass ich in Seevetal in der Spielbank war.«

»Na und, das ist doch nichts Schlimmes.«

»Aber sie weiß leider, dass ich gewonnen habe, sogar ziemlich viel.«

»Wie schön. Glückwunsch!«

»Pssst.« Ute sah sich um und senkte die Stimme: »Aber Stefan weiß es nicht, und er soll es auch nicht wissen.«

Maja hob verstehend die Augenbrauen. Sie fragte sich, warum Stefan es nicht wissen sollte und warum Ute ausgerechnet sie ins Vertrauen zog, doch sie schwieg lieber, sonst riskierte sie Gegenfragen.

»Gefordert hat sie ja noch nie was«, stellte sie stattdessen fest.

»Nein.« Ute blickte trüb in die Hecke. »Es reicht zu wissen, dass sie weiß …«

»Sie kriegt es immer so hin, dass man ihr selbst was anbietet.«

»Genau. So schnorrt sie sich mit ihrem Wissen durch sämtliche Stellplätze.« Ein kleines Lächeln glitt über Utes Gesicht. »Aber das ist ja jetzt vorbei.«

»Wie kommst du darauf? Ich meine, wieso …«

Ute drückte abermals ihren Arm, diesmal sanft.

»Wir verstehen uns, Maja. Keine Sorge. Alles wird gut. Du behältst meins für dich, ich behalte deins für mich.«

»Ehrlich gesagt, ich verstehe kein Wort.«

Ute nickte ihr wohlwollend zu. »Ist klar. Ist besser so.« Sie zwinkerte.

»Was soll ich denn …«

»Schon gut«, schnitt Ute ihr mit erhobener Hand das Wort ab. »Ich sag nix.« Und weg war sie mit langen Schritten.

Von der Elbe her kam das tiefe Tröten eines Frachtschiffes – wie zur Bekräftigung.

Nach der ausgiebigen Dusche ging es ihr besser. Heiko war offenbar schon aufgestanden. Da das Fahrrad nicht neben dem Wagen stand, war er wohl unterwegs zum Brötchenholen. Maja beschloss, zu Camping-Ilse zu gehen und sich den Teller zurückzuholen, auf dem sie ihr gestern das Essen gebracht hatte. Wenn Heiko bemerkte, dass er fehlte, wäre gleich wieder dicke Luft. Von sich aus den Teller zurückzubringen, womöglich abgewaschen, darauf würde die Alte ja doch nie kommen. Auf halbem Weg kam ihr Ralf entgegen. Richtig, der wollte ja das Vorzelt reparieren. Die Begegnung hätte sie sich lieber erspart. Seit dem Vorfall in der Zelterküche hatten sie einander gemieden.

»Morgen, Ralf, schon fertig bei Camping-Ilse?«

Ralf sah sie erschrocken an. »Ich? Nein, ich – habe meinen Werkzeugkoffer vergessen.« Er zitterte, und Maja sah ihn stirnrunzelnd an. »Alles okay mit dir?«

»Ja, sicher. Alles gut, Maja, wirklich, alles gut.«

Maja sah ihm ratlos hinterher, dann setzte sie ihren Weg fort. Das heruntergekommene Vorzelt wurde von der Vormittagssonne schonungslos in Szene gesetzt.

»Tante Ilse?«

Keine Antwort. Maja blieb vor dem Vorzelt stehen. War sie nicht da? Aber Ralf war doch offenbar eben bei ihr gewesen. Sie stemmte unentschlossen die Hände in die Hüften und sah sich um, als ob dort immer noch Ralf wäre, der ihr die Entscheidung abnehmen könnte. Was soll's, irgendwann musste sie den Teller ja holen. Würde sie halt einfach reingehen, machte Camping-Ilse schließlich genauso. Sie bewegte die bunten Vorhang-Plastikstreifen zur Seite. Na, hier sah es ja aus! Auf dem Boden lag das Kissen, das sie sich immer in den Rücken schob, die Relaxliege war umgefallen, eine Hand lag daneben.

Eine Hand?

»Tante Ilse!«, flüsterte Maja. Sie stolperte um die umgestürzte Relaxliege herum. Noch nie hatte sie einen toteren Menschen als Camping-Ilse gesehen. Genau genommen hatte sie überhaupt noch nie einen toten Menschen gesehen. Aber dass hier nichts mehr zu machen war, stand außer Zweifel. Camping-Ilse lag mit weit offenen Augen und leicht offenem Mund auf dem Boden, Arme und Beine irgendwie unnatürlich verrenkt.

Ralf. Das Kissen. Um Gottes willen, was hatte der Idiot getan! Und nun? Wenn ihn jemand gesehen hatte – alles würde herauskommen! Auf dem Campingtisch stand der Teller von gestern, es lag noch ein kleiner Rest Dorade darauf. Lieber Gott, dachte Maja, lass nicht genau in diesem Moment irgendwen zu Camping-Ilse gehen, sonst bin ich geliefert. Zum Glück residierte sie in der hintersten Ecke des Platzes ohne direkte Nachbarn. Sollte sie mit Ralf sprechen? Lieber nicht. Wenn er wusste, dass sie wusste, wer wusste dann, wozu er in der Lage war. Ganz ruhig bleiben. Alles gut, jetzt war es ja vorbei. Moment, hatte das nicht auch Ute gesagt? Oh Gott, hatte Ute etwa …?

Haltung bewahren! Die Schlotterknie waren zum Glück in der Jogginghose nicht zu sehen. Ruhe bewahren. Sie machte sich gemessenen Schrittes auf den Rückweg.

Heiko war mittlerweile vom Brötchenholen zurück. Die Tüte lag auf dem Tisch im Vorzelt, er saß mit einem Kaffeebecher in der Hand in der Sonne. »Morgen!«, knurrte er zwischen den Bartstoppeln hervor.

»Morgen!«, flötete Maja zurück. Haltung!

Am Nachmittag saßen sie alle vier vor den Vorzelten: Maja und Heiko rechts, Ralf und Beate links des Weges.

»Ich habe Tante Ilse heute noch gar nicht gesehen«, stellte Beate fest. Ralf hob die Bildzeitung höher. Maja lackierte konzentriert ihre Fingernägel blutrot.

»Stimmt«, bemerkte Heiko. »Was für ein herrlicher Tag!« Maja hielt inne und sah ihren Mann von der Seite an. Heiko? Nein, Heiko nicht. Niemals!

»Also echt, Heiko«, tadelte ihn Beate. »Ich mache mir wirklich Sorgen. Vielleicht geht es ihr nicht gut. Warst du nicht heute morgen bei ihr, Ralf?«

»War keiner da«, sagte die Zeitung.

»Ich glaube, ich sehe mal nach ihr.« Beate stand auf.

Maja und Ralf wechselten einen misstrauischen Blick.

Polizei und Krankenwagen waren wieder vom Platz verschwunden, die Camper saßen mehr oder weniger bedrückt in ihren Wagen und Vorzelten. Beate war in Tränen aufgelöst, Ralf stand hilflos und nervös daneben. Maja rieb sich die Arme, als ob sie fror, Heiko hatte fürsorglich den Arm um sie gelegt, der Streit war Geschichte. Maja räusperte sich. »Gibt es denn schon Anhaltspunkte? Ich meine …« Aus den Augenwinkeln sah Maja, dass Ute vor ihrem Wohnwagen stand und zu ihnen herübersah. Sie machte Maja ein Zeichen. *Meine Lippen sind verschlossen.* Maja wurde schlagartig klar, dass Ute glaubte, sie habe Camping-Ilse ermordet. Sie musste am Morgen vor Maja bei Camping-Ilse gewesen sein. Und wenn Ralf es nicht selbst war, dann hielt er sie ebenfalls für die Täterin. Panik stieg in ihr auf. Beate fummelte ein zusammengeknülltes Papiertaschentuch aus ihrer Jeans und putzte sich geräuschvoll die Nase. »Nein«, brachte sie zwischen zwei Schluchzern hervor. »Wann es genau passiert ist, weiß man nicht. Aber wohl schon gestern Abend. Stellt euch vor, die arme Tante Ilse hat da die ganze Nacht«, ihr Kinn begann erneut zu zittern, »tot gelegen!«, heulte sie.

»Schrecklich«, flüsterte Maja und sah Ralf nachdenklich an.

»Gut, dass wir immer nur Würstchen und Fleisch grillen«, schniefte Beate.

Ralf starrte sie an. »Was hat das denn jetzt damit zu tun?«

Beate sah ihn aus rot geweinten Augen an. »Hatte ich das noch nicht gesagt? Die beiden alten Leutchen im übernächsten Wagen neben ihr, Siemers oder wie die heißen, die haben mitgekriegt, wie der Notarzt es den Polizisten gesagt hat: Tante Ilse ist an einer Fischgräte erstickt.«

Von der Elbe her kam das tiefe Tröten eines Frachtschiffes – wie zum Abgesang.

camping am ende der welt

Zu viert standen wir neben dem Zelt beim Leuchtturm und sahen hinunter in den Abgrund.

»Ich bin hierher gekommen, um zu sterben«, versicherte Torsten.

»Ja, ja, das sagtest du bereits«, brummte Frido. Das Problem war, dass Torsten schon seit zwei Jahren dauernd sterben wollte, und sich dafür immer exotischere Plätze aussuchte. Und wir, seine drei Neffen, wir mussten natürlich mit.

Torsten Feldbauer, unser Erbonkel, hatte sein Geld durch Devisenspekulationen verdient – angeblich über eine Million Euro. Das würde bei seinem Ableben für jeden von uns eine hübsche, runde Summe ergeben. Jedenfalls hatten wir uns das so ausgerechnet. Dabei war Torsten nicht wirklich unser Onkel. Aber wir hatten alle drei seine Nähe gesucht, und er hatte uns als ›Neffen‹ akzeptiert. Er hatte gar nichts dagegen, dass wir ihn beerben wollten. Was nach seinem Tode geschah, war ihm gleichgültig. Das Problem war nur: Torsten war zwar todkrank, aber er starb einfach nicht.

Dabei machte er sich dauernd über seinen Tod Gedanken. Wenn er schon sterben musste, so sagte er sich, dann wenigstens mit Stil. So kam er darauf, für sein geplantes Ableben nach Neapel zu reisen. »Neapel sehen und sterben!« Wer kennt diesen Spruch nicht? Also fuhren wir hin, mitten im Sommer. Wir hatten natürlich gehofft, dass die große Hitze Onkel Torsten erledigen würde, und wenn die sommerlichen Temperaturen nicht ausreichen sollten, dann würde ihm wahrscheinlich die Camorra den Rest geben. – Fehlanzeige! Drei Wochen hatten wir ausgehalten, im besten Hotel der Stadt natürlich, und Torsten war weder an Hitzschlag gestorben noch von der Mafia ermordet worden. So hatten wir gemeinsam die ersten 5000 Euro verbraucht.

Das nächste Reiseziel hieß Bali. Torsten hatte im Fernsehen diese wunderschönen Bestattungszeremonien auf der Insel gesehen und entschieden: So wollte er auch diese Erde verlassen. Bali war etwas teurer als Neapel. Wir blieben einen Monat. Wir sahen eine Bestattung nach der anderen. Alles vergeblich – Torsten starb nicht. Das einzig Positive war, dass die Hindus auf Bali die Beerdigungen als ein Freudenfest feierten. So gab es immer reichlich zu essen und zu trinken. Detlef, der Älteste von uns, wurde mit einer Alkoholvergiftung ins Krankenhaus eingeliefert. Torsten nicht. 25.000 Euro ließen wir auf Bali.

Zu Weihnachten hatte irgendein Idiot Onkel Torsten das Buch von diesem Krakauer geschenkt: *In eisige Höhen*. »Das wäre mal ein Tod!«, schwärmte er. »Auf dem Gipfel des Mount Everest von einem Schneesturm überrascht werden und dann miterleben, wie der Körper Stück für Stück zu Eis wird!« Wir versicherten ihm, dass das bestimmt ein einmaliges Erlebnis sei.

Wir begleiteten ihn nur bis zum Basislager. Selbst dort war es kalt genug. Fridos Zehen bekamen zu viel Frost ab; einer musste schließlich amputiert werden. Torsten bestieg den Mount Everest; Torsten kam heil zurück. Da Frido per Hubschrauber ausgeflogen werden musste, kostete dieses Abenteuer knappe 100.000 Euro.

Und schon hatte Torsten eine neue Idee. »Antarktis«, sagte er. »Was haltet ihr davon, wenn wir wie einst Robert Falcon Scott zu Fuß zum Südpol marschieren? Ihr lasst mich schließlich in unserem Zelt allein zurück. Und während ich verhungere und erfriere, schreibe ich rührende Abschiedsbriefe und führe ein Tagebuch, auf das meine Enkel stolz sein werden!«

»Du hast keine Enkel«, erinnerte ich Torsten.

»Wir können uns keine Kinder leisten«, sagte Frido. »Als ehrlicher Handwerker hat man heutzutage ganz schön zu kämpfen.« Frido arbeitete als Tresorknacker. Der schmale Gewinn, den seine Arbeit abwarf, ging für die Beiträge für Amnesty International drauf.

»Nicht einmal Frauen können wir uns leisten«, ergänzte Detlef. Seine Einkünfte als Schmuggler wurden durch die ständig steigenden Kosten für die Bestechung der Zollbeamten immer mehr geschmälert. Dennoch hätte er sich wahrscheinlich eine Ehe leisten können, aber wir alle wussten, dass er schwul war.

»Dein Vorschlag ist im Prinzip gar nicht so schlecht«, sagte ich nach kurzem Überlegen. Und bevor meine angeblichen Brüder ihren Protest äußern konnten, fügte ich hinzu: »Eine Expedition ganz ans Ende der bekannten Welt. Aber dazu brauchen wir nicht bis in die Antarktis zu reisen. Es gibt in Schottland einen Leuchtturm, in dem Unterkünfte vermietet werden. Rua Reidh heißt er. Er steht auf den Felsen am Rande des tosenden Atlantiks …«

»Zu gewöhnlich«, entschied Torsten.

Ich schüttelte den Kopf. »In 5 km Entfernung liegt eine der berühmtesten Whisky-Brennereien«, behauptete ich. »Man erreicht sie durch einen schmalen Pfad am Rande der Klippen. Man muss nur dicht genug an der Steilkante bleiben, sonst gerät man in den Sumpf, und das Moor ist bodenlos.«

»Whisky!«, sagte Detlef, und seine Augen bekamen neuen Glanz.

»Whisky ohne Ende«, ergänzte ich. Diese *Distillery* hatte ich erfunden, aber irgendwie musste ich ja unseren ›Onkel‹ in die Einöde locken.

»Whisky mit Ende«, widersprach Torsten. »Ende mit Whisky. Doch, du hast recht, Kleiner, das scheint mir ein geeigneter Ort, um zu sterben.«

Ich mochte es nicht, wenn er mich »Kleiner« nannte. Immerhin war ich 43 Jahre alt und deutlich größer als er. Aber ich hielt den Mund. Wenn man eine Drittelmillion erben will, muss man manchmal den Mund halten.

Torsten schwärmte: »Ich höre das Brausen der Brandung, trinke einen Whisky nach dem anderen und stürze mich schließlich genau wie bei Schiller mit dem geleerten Becher in die Tiefe.«

»Wunderbar«, sagte ich. Er meinte den *Taucher*. Ich hielt es für überflüssig, ihn darauf hinzuweisen, dass in dem Gedicht niemand nach dem Verzehr einer Überdosis Whisky zu Tode gekommen war.

So machten wir uns auf den Weg. Alle waren zufrieden. Wir ›Brüder‹, weil die Kosten dieses Ausfluges deutlich geringer sein würden als bei einer Expedition zum Südpol, sodass für uns doch noch ein schöner Anteil von Torstens Erbe übrig bleiben würde. Und auch Torsten war zufrieden, weil diese Art des Todes doch immerhin die gewünschte Dramatik bot.

Alles wäre perfekt gewesen, wenn ich das Quartier im Leuchtturm vorher gebucht hätte. Konnte ich ahnen, dass das nötig war? Wer würde sich denn zu dieser Jahreszeit in Sturm und Regen in einem Leuchtturm am Ende der Welt einmieten wollen? Aber offenbar gab es genug Verrückte, die genau dies vorhatten. Alle Zimmer im Leuchtturm waren belegt.

Zum Glück hatte ich vorgesorgt und für eventuelle Notfälle ein Zelt mitgebracht. Allerdings war es nur ein Zelt für zwei Personen. Es stammte noch aus der Zeit, als ich mit Elke zusammen in Urlaub gefahren bin. Das ist inzwischen auch lange her; Elke sitzt für die nächsten zehn Jahre hinter Gittern, weil sie sich bei einem Raubüberfall hat erwischen lassen.

»Das ist aber klein«, maulte Detlef.

Ich versicherte ihm, dass das Zelt auch durch Nörgelei nicht größer würde. Und da wir nicht bei einbrechender Dunkelheit die paar Dutzend Meilen auf der schmalen Straße durch das Moor zurückfahren wollten, mussten wir uns mit dieser behelfsmäßigen Unterkunft begnügen.

Torsten schüttelte den Kopf. »Du mutest mir auf meine letzten Tage einiges zu«, sagte er.

Tage? Es konnte sich nur noch um Stunden handeln. Ich erinnerte ihn an den Whisky. Da wurde er still. Das Problem war nur, dass es in der näheren und weiteren Umgebung überhaupt keine Whisky-Brennerei gab. Nur das Moor, die steilen Klippen und die tosenden Wellen. Aber ich war mir sicher, es würde auch ohne den Whisky alles gut ausgehen.

Ich hatte vier Luftmatratzen mitgebracht. Wir brauchten aber nur zwei, weil mehr in das Zelt nicht hineinpassten.

»Als Nichtraucher«, sagte ich zu Torsten, »hast du bestimmt die beste Puste. Wahrscheinlich ist es am sinnvollsten, wenn du die Luftmatratzen aufbläst.«

»Ich soll mich nicht anstrengen«, sagte Torsten. »Das hat mir mein Arzt verboten.«

Detlef lachte: »Soll das etwa heißen, dass du das tust, was dein Arzt dir sagt?«

Natürlich nicht. Torsten blies mit großem Eifer die Luftmatratzen auf, so dass er schließlich krebsrot war und nach Luft japste wie ein Fisch auf dem Trockenen. Aber sonst ging es ihm prima. Er erholte sich schnell.

»Seid mal still«, sagte er plötzlich. »Ich höre da was.«

Wir hörten nichts.

»Das ist dein Tinnitus«, meinte Frido.

»Unsinn!«

Nein, es war wirklich nicht der Tinnitus, sondern es war ein Streifenwagen der schottischen Polizei.

Detlef schlenderte unauffällig zum Rand des Parkplatzes, schwang sich über den Zaun und verschwand in der Tiefe. Er hatte ständig ein schlechtes Gewissen. Hoffentlich hatte er vorher nachgesehen, wie tief unter ihm der Strand lag. Torsten sagte: »Ich muss mich hinlegen.« Er verkroch sich im Zelt. Frido murmelte: »Pilze. Wahrscheinlich gibt es hier irgendwo Pilze.« Er machte sich mit der Taschenlampe auf die Suche.

Ich ging hinüber zu den Polizisten. »Ist irgendetwas passiert?«, fragte ich.

Der eine der beiden Polizisten schüttelte den Kopf. »Nein, wir sind nur zu Besuch hier. Zwei unserer Leute haben sich über das Wochenende im Leuchtturm eingemietet. Wir bringen ihnen die Lebensmittel.«

Sein Kollege war schon dabei, zwei Kisten Bier in den Leuchtturm zu schleppen. Er wurde von seinen Freunden mit lautem Jubel begrüßt.

Fest stand, dass die Polizisten sich nicht für uns interessierten. Ich half Detlef, die steile Kante vom Strand wieder hochzusteigen, holte Torsten zum Kartoffelschälen aus dem Zelt und rief Frido vom Moor zurück – zu spät, er war inzwischen schon bis zu den Knien im Morast eingesunken. Ich zog ihn raus und nahm seine Taschenlampe. Bei unserer Ankunft hatte ich bemerkt, dass es hier Hühner gab. Ich machte mich auf die Suche nach den Eiern.

Es gab Bratkartoffeln mit Rührei. Unsere Stimmung war nicht ganz so gut wie die der Polizisten, die wir im Leuchtturm feiern hörten. Wir hatten nur zwei Dosen Bier, mit denen wir sehr sparsam umgehen mussten. Torsten schlug vor, ich sollte die Polizisten fragen, ob sie uns ein paar Flaschen ausleihen könnten, aber das traute ich mich nicht. Womöglich wussten die hier in Schottland, dass ich per Haftbefehl gesucht wurde. Außerdem tat mein rechter Fuß weh; ich war damit bei der Eiersuche in eine Felsspalte geraten.

Wir gingen früh schlafen. »Was ist, wenn jemand mal muss?«, fragte Detlef im Halbschlaf.

»Der Klappspaten liegt direkt am Zelteingang.«

Am nächsten Morgen war die Stimmung auf dem Tiefpunkt. Das Geschrei der Möwen hatte uns viel zu früh geweckt. Torsten wollte endlich den versprochenen Whisky zum Frühstück haben, wo er schon am Abend keinen gekriegt hatte. Wir hatten aber keinen Whisky. Wir hatten nicht einmal mehr Bier. Der nächste Supermarkt war Dutzende von Meilen entfernt; niemand erwog ernsthaft, dort jetzt hinzufahren. Es gab auch kein Müsli. Die Hühner hatten es im Vorzelt entdeckt und sich darüber hergemacht. So blieb uns nur die Milch. Ich hatte sie vorsichtshalber in Form von Trockenmilch aus Deutschland mitgebracht, da ich nicht geglaubt hatte, dass wir auf der Insel irgendetwas anderes als Alkohol trinken würden.

»Milchpulver mag ich nicht«, maulte Frido.

Ich ging in den Leuchtturm und holte Wasser. »Jetzt sieht es aus wie Milch.«

Nach dem Frühstück stand die angekündigte Expedition zur Whisky-Brennerei auf dem Programm. Beim Aufbruch war Torsten in Hochstimmung: »Der letzte Tag meines Lebens ist zugleich der schönste Tag meines Lebens! Whisky ohne Ende bis zum Ende und dann der Sturz in den tosenden Atlantik! Wunderbar!«

Was den tosenden Atlantik anging, verlief der Auftakt zu diesem großen Tag jedenfalls verheißungsvoll. Der Wind hatte gewaltig aufgefrischt; das Meer zeigte Schaumkronen auf den dunkelgrauen Wellen, und ein vorwitziges Huhn wurde von einer Bö erwischt und über die Kliffkante geblasen.

Als es losgehen sollte, sagte ich: »Ich kann nicht mitkommen.«

Torsten sagte: »Meine Trauerfeier habe ich mir so vorgestellt, dass ihr alle mit dabei seid!«

Ich wies auf meinen geschwollenen Fuß. »Den habe ich mir gestern Abend verstaucht, als ich im Dunkeln die Hühnereier gesucht habe.«

»Schade. – Aber deine ›Brüder‹ sollen dir wenigstens auf dem Rückweg ein paar Flaschen Whisky mitbringen.«

Ja, das versprachen meine ›Brüder‹. Schade nur, dass es überhaupt keine Whisky-Brennerei in dieser Gegend gab. Der Plan war, dass Torsten bereits auf dem Weg zu dieser angeblichen Brennerei ums Leben kommen sollte. Wenn sie ein Stück weit gegangen waren, würden sie eine Pause einlegen und ein zweites Frühstück verzehren. Detlef hatte extra zu diesem Zweck ein Brötchen mit einem vergifteten Fisch präpariert. Wenn dieses aus irgendeinem Grunde scheitern sollte, weil Torsten vielleicht keinen Fisch mochte, so würde den beiden nichts anderes übrig bleiben, als unseren lebensmüden Erbonkel eigenhändig in den Abgrund zu stürzen.

Ich sah zu, wie die drei Wanderer sich auf den Weg machten. Torsten winkte mir noch einmal fröhlich zu, dann verschwanden sie auf dem schmalen Pfad, der unmittelbar an der Oberkante des Steilufers entlang in Richtung Norden führte. Dann zog ich mich in den Windschutz unseres Zeltes zurück.

Die nächsten Stunden geschah wenig. Ich konnte vom Zelt aus beobachten, wie ein weiteres Huhn ins Meer geweht wurde. Wenig später kamen die beiden uniformierten Polizisten aus dem Leuchtturm. Sie schwankten ziemlich, aber möglicherweise lag das am Wind. Die beiden Bierkästen waren jetzt leer bis auf eine Flasche, die die freundlichen Männer mir schenkten.

Ich saß also im Zelt, trank mein Bier und überlegte, was ich alles mit meinem Erbe anfangen würde. Mit meinen Überlegungen kam ich nicht weit. Wahrscheinlich waren die Aufregungen der letzten Tage zu viel für mich gewesen; jedenfalls schlief ich nach kurzer Zeit ein.

Es war früher Nachmittag, als ich erwachte. Der Wind hatte nachgelassen; die Sonne zeigte sich kurz zwischen den Wolken, und es wurde warm im Zelt. Ich sah auf die Uhr. Jetzt müssten die anderen allmählich zurückkommen. In der Tat sah ich, dass sich eine Gestalt den Pfad entlang in Richtung Leuchtturm bewegte. Ja, es war tatsächlich nur eine Gestalt. War es Frido? Oder doch Detlef?

Es war weder Frido noch Detlef, es war Torsten. »Es hat nicht geklappt«, sagte er. »Es hat einfach nicht geklappt. Ich hatte ja schon gleich meine Bedenken. Ich habe den Mund gehalten, aber jetzt, nach dieser Pleite, da bin ich mir sicher, wir sollten doch in die Antarktis fahren.«

»Wo sind die anderen?«, fragte ich.

»Futsch«, sagte Torsten.

»Futsch?«

Torsten nickte. Er berichtete, was geschehen war. Der erste Teil der Expedition war offenbar nach Plan verlaufen. Sie waren fast zwei Stunden lang hintereinander hergetrottet, und dann hatte schließlich Detlef vorgeschlagen, dass sie eine Pause machen sollten. Er hatte seine Regenjacke ausgebreitet, damit sie sich in das feuchte Gras setzen konnten, und dann hatte er das Brötchen ausgepackt.

»Mann, hatte ich einen Hunger!«, sagte Torsten. »Der Detlef, der hatte ein so leckeres Fischbrötchen vorbereitet, mit Gurke und Zwiebelringen – einfach perfekt!«

Doch Detlef hatte nicht auf die Umgebung geachtet. Während er Torsten das Brötchen anbot, hatte sich eine Möwe darauf gestürzt, den Fisch gepackt und war damit davongeflogen. Eine Sekunde lang war Detlef wie erstarrt; dann reagierte er und rannte schreiend hinter dem Vogel her. Fast hätte er die Möwe noch gegriffen, aber schließlich schwang sie sich in einer eleganten Linkskurve über das Meer hinaus, und Detlef stürzte in den Abgrund.

»Tot?«, fragte ich.

»Ja, natürlich. Wer da runterfällt, der ist nicht mehr zu retten. Und wenn er wirklich noch leben sollte, wenn er unten ankommt, dann schmettert ihn die Brandung so lange gegen die Felsen, bis kein Leben mehr in ihm ist.«

»Furchtbar«, sagte ich.

»Nein, wunderschön!«, widersprach Torsten. »Aber er wollte ja überhaupt gar nicht auf diese Weise sterben. Dieses Ende war für mich vorgesehen, verstehst du? Und er – er hat es mir weggenommen. Und dann auch noch ohne Whisky, ohne alles! Einfach so ist er in die Tiefe gesprungen! Das war nicht richtig.«

»Nein, das war nicht richtig. Das war so nicht vorgesehen – und wo ist der Frido?«

»Ja, der Frido …« Torsten zuckte mit den Schultern.

»Was ist mit dem Frido passiert?«

»Der Frido – der muss einfach durchgedreht sein. Als er gesehen hat, dass sein ›Bruder‹ sich ohne irgendeinen vernünftigen Grund in die Tiefe gestürzt hat, da hat sein

Verstand ausgesetzt. Er ist plötzlich losgerannt. Direkt auf mich zu! ›Nicht!‹, habe ich noch gerufen, aber er war wie von Sinnen. Ich konnte im letzten Moment noch zur Seite springen, sonst hätte er mich glatt umgerannt. Er ist an mir vorbeigeschossen, direkt über die Kante, und dann abwärts.«

»Wie entsetzlich!«

»Ja, furchtbar. Ich komm' überhaupt nicht darüber weg. Das hat mir den ganzen Tag versaut. Verstehst du: Ich wollte heute sterben! Ich! Mein großer Tag sollte das sein! Darauf habe ich monatelang hingearbeitet, darauf habe ich mich gefreut wie ein Kind auf Weihnachten, und nun haben mir meine beiden ›Neffen‹ dieses fantastische Ende einfach weggenommen. – Ich weiß nicht, was in sie gefahren ist. Sie hätten doch Jahre, wenn nicht Jahrzehnte Zeit gehabt, sich einen eigenen wunderschönen Freitod auszudenken, aber das jetzt – das war nicht fair.«

»Nein, das war nicht fair«, sagte ich mechanisch. Sollte ich ihm einen Vorwurf machen? Alte Menschen denken oft nur noch an sich selbst. Das hatten wir schon immer gewusst, wenigstens, seit wir uns auf diese großartigen Inszenierungen eingelassen hatten.

»Und weißt du, was das Allergemeinste ist?«

»Nein.«

»Das Allergemeinste ist, dass es diese Whisky-Brennerei, von der deine ›Brüder‹ erzählt haben, dass es die überhaupt gar nicht gibt! Noch über eine Stunde bin ich weiter nach Norden gelaufen. Ich habe gedacht, irgendwo muss diese *Distillery* doch sein. Am Ende hatte ich schließlich einen freien Blick über viele Meilen weit, und ich kann dir sagen, dort gibt es nirgendwo eine Whisky-Brennerei.«

»Wahrscheinlich haben die beiden sich getäuscht«, sagte ich.

»Ja, möglich. Vielleicht haben sie mich aber auch einfach reinlegen wollen. Ich hab das schon länger beobachtet: Die beiden haben es nie gut gefunden, wenn ich mich betrunken habe.«

»Sie haben sich Sorgen gemacht«, versuchte ich zu erklären.

Torsten schüttelte den Kopf. »Nein. Das glaube ich nicht.«

Es gelang mir schließlich, meinen enttäuschten Onkel zu beschwichtigen. »Pack das Zelt ein«, sagte er, »wir fahren in die Antarktis. Auf kürzestem Wege. Du organisierst den Flug. Und wir brauchen Hundeschlitten und Motorschlitten und Ponys und jede Menge Konserven und Schreibmaterial für das Tagebuch und die Abschiedsbriefe.«

»Ich glaube nicht …«, versuchte ich ihn zu bremsen.

»Und Whisky natürlich, jede Menge Whisky.«

»Scott hatte Tee dabei«, sagte ich.

»Tee? – Das war sein Fehler! Wenn Scott genügend Whisky gehabt hätte, dann wären seine Abschiedsbriefe bedeutend fröhlicher ausgefallen!«

»Ich komme nicht mit.«

Torsten hörte nicht zu. »Am besten rufst du gleich in Cambridge beim *Scott Polar Research Institute* an; die wissen genau, was man für so eine Expedition braucht. Eine Flagge natürlich; um das Ganze richtig in Szene zu setzen, brauchen wir eine Flagge. Eine deutsche Flagge, schön groß natürlich. Und ein größeres Zelt brauchen wir auch. In diesem lächerlichen Ding hier ist ja nicht genug Platz zum Tagebuchschreiben.«

»Ich komme nicht mit«, wiederholte ich.

Tosten sah mich überrascht an: »Was hast du gesagt?«

»Das ist ein Wahnsinn. Deine ganzen Todes-Inszenierungen sind vollkommen wahnsinnig. Zwei deiner ›Neffen‹ sind schon dabei draufgegangen. Ich will nicht der dritte sein; das mache ich nicht mit.«

Ja, Torsten war wahnsinnig. Mit einem Schrei stürzte er sich auf mich. Er schlug mit dem Klappspaten auf mich ein. Schon lag ich am Boden, das Blut lief mir über das Gesicht. Das war das Ende, dachte ich.

Ich hatte Glück. Die beiden betrunkenen Polizisten im Leuchtturm hatten meine Schreie gehört; sie kamen herausgewankt, packten meinen Nennonkel und legten ihm Handschellen an. Fußschellen wären besser gewesen, aber die hatten sie nicht dabei. Plötzlich rannte Onkel Torsten los.

»Halt, stehenbleiben!«

Er rannte weiter. Die Polizisten waren zu langsam. Torsten erreichte die Kliffkante, und mit einem begeisterten Schrei stürzte er sich in die Tiefe. Ich atmete auf. Und plötzlich wurde mir klar, dass ich jetzt reich war. Das Erbe ging ja nicht mehr durch drei, sondern ich würde alles bekommen – wenn es denn diese Million überhaupt gab. Bei meinem Onkel musste man mit allem rechnen.

Andreas J. Schulte

der wimpel
oder
eigentlich fing alles mit den grillsteaks an

Alle mal herhören! Lisbeth, mach' doch mal die Musik leiser. Lisbeth! So is gut. Also, das hier sind unsere neuen Nachbarn – das sind …?«

»Äh, Klaus Merkmann und meine Frau ist die Heike, da drüben bei den Getränken.«

»Jo, also hier haben wir den Klaus. Und seine Angetraute, die Heike, vergnügt sich drüben bei der Mädchenbowle – Ende der Durchsage.« Mit einem zufriedenen Schnaufen fischte Alfons Kasuhlke eine Bierflasche aus einer Kühlbox, die neben seinem Klappstuhl stand. »Da, Klaus, lass uns auf 'ne gute Nachbarschaft trinken. Ich bin der Alfons, Alfons Kasuhlke, kannst Big Al sagen, sagen sie alle.« Alfons Kasuhlkes flache Hand klatschte zur Bestätigung seines Spitznamens auf eine enorme Wampe, die über den Bund seiner hellblauen Jogginghose aus pflegeleichter Microfaser quoll.

Schlagen Sie mal ein dickes rohes Schnitzel auf eine Tischplatte, dann kennen Sie das Geräusch.

»Ich sach immer, wozu 'nen Sixpack, wenne doch ein Fässchen haben kannst. So, genug geredet. Flasche packen, Kopf in Nacken und Prost!«

Das war vor gut drei Monaten gewesen, beim Angrillen auf dem *Campingplatz Sonnental*. Ich lernte Big Al kennen, und es war nicht der Beginn einer wunderbaren Freundschaft. Mitschuld hatten ganz sicher auch meine Grillsteaks. Also nicht direkt die Steaks … mehr die Marinade. Frischer Knoblauch, bestes Olivenöl, ein Schuss Rotwein, ein paar Rosmarinzweige, ein bisschen Zitronensaft und abgeriebene Orangenschale. Also, meine Steakmarinade ist der Knaller, das müssen Sie mir einfach mal glauben. Und an besagtem Abend hat jeder, aber auch wirklich jeder, meine Steaks gelobt. Die bis dahin unangefochtenen Könige auf dem Grillrost, Kasuhlkes Kräuterbratwürstchen, verschrumpelten unbeachtet auf dem Grill. Ich konnte ja nicht wissen, dass Big Al vieles sehr persönlich nahm. Auch ein verschmähtes Kräuterwürstchen und erst recht ein gutes Dutzend.

Zu dem Stellplatz auf dem Campingplatz Sonnental sind wir nur durch Zufall gekommen. So begehrt, wie die Dauerstellplätze hier sind, musste erst mein Onkel Fred sterben. Er starb den Traumtod eines jeden Campers. Eines schönen Morgens zog Onkel Fred beherzt an der Anlasserschnur seines Rasenmähers und im gleichen Augenblick zog sein Herz den Kürzeren. So konnten wir seine Nachfolge antreten, inklusive der Übernahme eines betagten Wohnwagens mit dunkel gebeizten Möbelfronten und einer gehäkelten Hängelampe.

In den Tagen nach dem Grillfest erkannte ich, dass Big Al die Dauercamper des Sonnentals fest im Griff hatte. Sein Wort war Gesetz und wer sich gegen ihn stellte, musste mit Folgen rechnen.

Sie wollen Beispiele? Bitteschön!

Der Uli von Parzelle 22 war bekennender Schalke-04-Fan. Blauweißer Wimpel im Auto, Dauerkarte für alle Spiele *auf Schalke* von Kindesbeinen an. Big Als Herz schlug dagegen für Rot-Weiß-Essen, das verkündeten die Aufkleber an seinem Kombi. Ich meine ja, dass damit für ihn das Thema erste Bundesliga tabu war. Die Essener Jungs hatten das letzte Mal

Erstliga-Luft geschnuppert, da war Schmidt noch Kanzler und Boney M. auf Platz 1 der Charts. Kurz: Profi-Fußball interessierte Big Al eigentlich nicht die Bohne.

Doch dann machte Ulis Frau eine abfällige Bemerkung über Lisbeths Dauerwelle. Gleich am nächsten Wochenende zogen Kasuhlkes eine Windschutzwand in schwarz-gelben Blockstreifen hoch. Direkt vor Ulis Nase. Und über ihrer Parzelle wehte weithin sichtbar die Borussia-Dortmund-Fahne. Uli hielt das vier Wochen aus, dann rannte er wutschnaubend in Kasuhlkes Vorzelt und fing einen lautstarken Streit an. Plötzlich brach sein Geschrei ab. Totenstille senkte sich über Kasuhlkes Parzelle. Später hieß es, Uli sei auf dem Vorzeltteppich gestrauchelt und unglücklich gefallen. Ein Unfall, keine Frage, dachte ich jedenfalls damals. Doch spätestens die Sache mit Opa Felke hätte mich nachdenklich machen müssen.

Norbert Felke – ein herzensguter Rentner, der von allen nur liebevoll Opa Felke gerufen wurde – sprach sich gegen Big Als Vorschlag für eine gemeinsame Campingfahne aus. Er staunte nicht schlecht, als an einem schönen Samstagmorgen acht nagelneue Glascontainer und eine große Biotonne gegenüber seiner Parzelle aufgestellt wurden. Bei der Planungssitzung war er nicht dabei gewesen. Big Al hatte scheinheilig vorgeschlagen, dass er einen sehr guten Platz für die Tonnen kenne. Opa Felke hielt wacker den ganzen Mai durch – ausgerüstet mit Ohrstöpseln aus dem Industriebedarf. Doch gegen den bestialischen Fäulnisgeruch aus der Biotonne halfen auch keine Ohrstöpsel. In der Spülküche soll er Alfons Kasuhlke zur Rede gestellt haben, sagten später die einen. Die anderen vermuteten, dass er schlicht aufgab. Jedenfalls wurde die große Biotonne am nächsten Tag geleert und keine Seele hat Opa Felke je wiedergesehen. Kasuhlke organisierte einen Nachmieter für den herrenlosen Stellplatz, der alles, inklusive Wohnwagen, übernahm. Glauben Sie an Zufälle? Ich nicht mehr.

Tja, und dann vor drei Wochen erwischte es mich. Ich hatte gerade das Vorzelt ausgefegt, als Horst Tremmer samt Gattin Elke vor mir stand.

»Klaus, du wirst es nicht glauben.«

Elke Tremmer strahlte mich über das ganze Gesicht an.

»Ja, euch auch einen guten Tag«, antwortete ich zögernd, denn Elkes Strahlen hatte etwas Unheimliches.

»Sag du es ihm, Horstilein. Hach, ich bin ja sowas von aufgeregt.«

»Um was geht es denn?«

»Also, wir, ich meine die Dauercamper hier im Sonnental, haben euren Platz für den Cunawi vorgeschlagen. Und …«

»Moment mal, Horst. Cunawi? Was ist das?«

»Aber Klaus«, flötete Elke, »das ist der *Camping- und Naturfreunde Wimpel* unseres Campingplatzes Sonnental. *Der Wimpel*, den musst du doch kennen.«

Kannte ich nicht und ich wusste auch nicht, was das mit mir und Heike zu tun haben sollte.

»Der Cunawi«, erklärte Horst, der meine Ratlosigkeit sah, »geht jedes Jahr an den schönsten Stellplatz. Und ihr seid dieses Jahr in der Endausscheidung.«

»Echt jetzt? Wieso denn?«, fragte ich und schaute mir erstaunt unseren Platz an. Der ganze hintere Teil war seit Wochen nicht gemäht worden, weil ich dafür keine Zeit gefunden hatte. Vorne lagen ein paar alte Autoreifen, die Onkel Fred bemalt und bepflanzt hatte, aber schön sahen die nicht aus.

»Ja, sei doch nicht so bescheiden«, ermahnte mich Elke lächelnd, »diese Wildblumen-Wiese, dieser Rückzugsort für Schmetterlinge, dieses konsequente, bewusste ›Ja‹ zur unbändigen Natur.«

Sprachlos starrte ich Elke an. Es war noch nicht Mittag und sie roch auch nicht nach Sekt. Betrunken war sie nicht.

»Genau«, schloss sich Horst seiner Gattin an, »in drei Wochen wird endgültig entschieden.«

Es war Horsts unsicherer Seitenblick, der mich Böses ahnen ließ, der Seitenblick in Richtung BVB-Windschutz ein paar Plätze weiter. Der Blick hin zum Reich der Kasuhlkes.

»Lasst mich raten, bisher gab es immer nur einen Gewinner: Alfons Kasuhlke, nicht wahr?«, fragte ich. Elke und Horst zuckten kurz zusammen und das schlechte Gewissen stand ihnen ins Gesicht geschrieben. Sie nickten stumm.

»Ach, und da dachtet ihr euch: Da lassen wir doch mal den Neuen in die Löwengrube springen, mal sehen, ob Big Al auch mit dem fertig wird?«

»Nein, nein«, verteidigte sich Horst, »aber wir anderen haben alle schon mal mitgemacht und verloren. Und …«

»Und ihr müsst auch gar nichts tun«, nahm Elke den Faden auf, »in drei Wochen werden die Plätze begutachtet und dann sehen wir ja weiter.« Bevor ich noch etwas sagen konnte, legte mir Elke warmherzig eine Hand auf den Arm, säuselte »Toi, toi, toi« und Horst klopfte mir auf die Schulter. Weg waren sie, und ich hatte von diesem Tag an Big Al zum Feind.

Heike und ich kamen an den Wochenenden ins Sonnental und unter der Woche gab es nur einzelne Dauercamper, daher fand sich auch kein Zeuge, der etwas gesehen haben könnte. Aber Fakt war, am nächsten Freitag hatten sich unsere Wildblumen in eine braun verdorrte Fläche verwandelt.

Sprachlos starrte ich auf die kümmerlichen Pflanzenreste. »Vielleicht eine Krankheit«, vermutete Heike unschuldig, die von der ganzen Wimpel-Sache noch nichts wusste.

»Oder Alfons erster Schachzug«, murmelte ich.

»Was soll denn Alfons damit zu tun haben?«

Ich klärte Heike kurz auf, die das Ganze aber nicht ernst nahm. »Cunawi? So ein Quatsch, mit der Dörrwiese bist du aus dem Rennen. Also vergiss es einfach!«

Heike setzte Kaffee auf und ich untersuchte die eingetrockneten Pflanzenreste. Unter ein paar Blättern, da, wo der Regen nicht hingekommen war, fand ich die Bestätigung für meinen Verdacht. Hellblaue und weiße Kristalle – hier hatte jemand großzügig Streusalz verteilt, Streusalz und womöglich sogar noch Unkraut-Ex. Ein tödliche Mischung für jede Wildblume. In diesem Moment, mit den Kristallen zwischen den Fingern, nahm ich mir vor, es Big Al nicht zu leicht zu machen. Am nächsten Morgen fuhr ich in den Gartenmarkt und kaufte Blumen, um die vergammelten Autoreifen neu zu bepflanzen. Außerdem besorgte ich verschiedene Küchenkräuter und Steine, um auf den bräunlichen Resten der Wildblumen eine Kräuterspirale zu bauen.

Heike schüttelte nur den Kopf und bemerkte milde: »Du spinnst!« Aber sie ließ mich machen. Ich schuftete zwei Tage lang und gönnte mir keine Pause. Umso größer war meine Wut, als am nächsten Wochenende alle Kräuter und jede einzelne Blume in den Autoreifen abgefressen waren. Ich sah nur noch glänzende Schleimspuren zwischen kahlen Stängeln. Ein Heer von Nacktschnecken hatte bei uns gewütet.

»Lass mich raten, die Schnecken hat Alfons hergelockt«, stichelte Heike, als ich fassungslos vor der Kräuterspirale ohne Kräuter stand. Ja, davon war ich überzeugt, nur wusste ich nicht, wie er das gemacht hatte. Heike zog sich in ihren Liegestuhl zurück und ich brütete über das Schicksal meiner Zöglinge.

»Joh, Klaus, das sieht aber ganz übel aus«, Big Als Bassstimme riss mich aus den Gedanken. »Schnecken können schon eine Plage sein. Versuch's doch mal mit Bierfallen, soll ja helfen.« Big Al gluckste vergnügt, während er mit seinem Abwassertank Richtung Toilettenblock weiterzog.

Die Lösung bekam ich erst abends von der kleinen Anne Mitberg serviert. Ich füllte gerade – immer noch stinksauer – Wasser in einen Kanister, als Anne juchzend mit ihrem kleinen Fahrrad bremste. »Ui, 'ne große Schnecke.« Noch bevor ich etwas sagen konnte, griff Anne beherzt zu. Ich hatte immer gedacht, sechsjährige Mädchen würden sich vor Nacktschnecken ekeln. »Was willst du denn mit der Schnecke?«, fragte ich neugierig.

»Och, die bringe ich Onkel Alfons. Wir sammeln doch seit Tagen Schnecken für den. Pro Schnecke ein Schokoriegel. Gut, dass ich mit Oma und Opa die ganze Woche hier war.«

»Und du hast schon viele Schokoriegel?«

»Ja, ganz viele, und die Sarah auch. Ich muss los, Schokolade gibt es nur, wenn die Schnecken noch leben.«

Weg war sie, aber ich wusste, wo all die Schokoriegel-Schnecken ein neues Zuhause gefunden hatten.

Am nächsten Tag fuhr ich wieder in den Gartenmarkt, kaufte Schneckenkorn, neue Pflanzen und ein Springbrunnen-Set aus Naturstein.

»Findest du nicht, du steigerst dich da in was hinein?«, fragte mich Heike spöttisch, als ich völlig geschafft am Abend ins Bett sank. »Verstehst du nicht, hier geht es ums Prinzip, um den Widerstand eines Einzelnen gegen einen Tyrannen«, erklärte ich ihr, doch da war sie auch schon eingeschlafen.

Die neue Woche begann und mich plagten Zweifel. Sollte ich Kontrollen auf unserem Platz durchführen? Doch die Zeit reichte einfach nicht aus. Voller böser Vorahnungen stieg ich nach einer durchbangten Arbeitswoche aus dem

Auto und blickte mich prüfend auf unserem Stellplatz um. Alles sah friedlich aus. Keine verdorrten oder abgefressenen Pflanzen, keine Schneckeninvasion. Ich hatte mir umsonst Sorgen gemacht, dachte ich jedenfalls bis zu dem Moment, an dem ich den Springbrunnen einschaltete. Erst kam kein Wasser, dann ertönte ein lautes Brummen und mit einem mächtigen Knall explodierte förmlich die Pumpe des Brunnens. Plastikteile flogen mir um die Ohren, Wasser schoss aus dem geplatzten Schlauch, schwemmte die frisch eingesetzten Pflanzen der Kräuterspirale heraus und hinterließ eine Schneise der Verwüstung.

»Ich hab dich ja gewarnt, Elektroinstallationen sind nur was für einen Fachmann«, das war Heikes erster Kommentar. »Du hättest Alfons fragen können, der hat doch unter Tage mit Elektroarbeiten, Zündkapseln und so was zu tun gehabt, hat mir Lisbeth mal erzählt.«

Ich fasste einen Entschluss. Das hier war kein Zufall gewesen, kein unglückliches Zusammentreffen von Billigpumpe und Wasserdruck, das hier bedeutete Krieg. Es wurde Zeit für einen Gegenschlag. Wie jeden Samstag in den letzten Wochen zog ich wieder los, nur dass diesmal Bauschaum und Sprühfarbe auf meinem Einkaufszettel standen. Alfons Kasuhlkes Stellplatz wurde von Gartenzwergen, Rehen und Ton-Maulwürfen bevölkert. Aus einem kleinen Holzbrunnen plätscherte Wasser zuerst in einen Holztrog und trieb danach noch das Wasserrad einer Holzmodellmühle an.

Den Eingang verschönerte ein geschnitztes Eichenschild. »Alfons Pichelheim« – ein Hinweis auf Kasuhlkes liebstes Hobby.

Um drei Uhr früh schlug ich zu. Die Stunde der Rache. Mit einem Stechbeitel zauberte ich aus »Pichelheim« ein »Pickelheim« – zugegeben, kein geistreicher Einfall, aber es machte

Spaß. Eine halbe Dose Bauschaum später gaben Brunnen und Wasserrad ihren Geist auf. Die Gartenzwerge erhielten durch die Bank eine blauweiße Zipfelmütze – Uli hätte seinen Spaß dran gehabt.

Natürlich trug ich Handschuhe, alle Beweise entsorgte ich tief im Müllcontainer, bevor ich zufrieden schlafen ging.

Das Wutgebrüll am nächsten Morgen war Musik in meinen Ohren. Den ganzen Tag über arbeitete Alfons Kasuhlke verbissen mit Lappen und Verdünner. Am Abend hatten die Zwerge zwar ihre blauweißen Mützen verloren, aber das leuchtende Rot darunter war einem zarten Rosa gewichen.

Den Brunnen und die Mühle reparierte Big Al am nächsten Tag. Nur zum »Pickelheim« fiel ihm nichts ein. Er schraubte das Schild wutschnaubend ab. Jetzt hat er es begriffen, dachte ich zufrieden. Ich war ein Gegner, der nicht klein beigab, sondern zurückschlug. Samstags drauf sollte die Wimpel-Entscheidung fallen. Ich nahm mir schon am Donnerstag frei, um das Kräuterbeet ein drittes Mal auf Vordermann zu bringen, einen neuen Springbrunnen anzuschließen und Freds Autoreifen aufzuhübschen. Und was soll ich Ihnen sagen? Ich bekam den Wimpel. »Für das gelungene Zusammenspiel von Wasser, mediterranen Akzenten und Tradition«, stand auf der Urkunde, die mir Horst, Elke und ein paar andere Nachbarn zusammen mit einem handgroßen Kunststoff-Wimpel überreichten. »Mit Tradition sind Freds Autoreifen gemeint«, raunte mir Horst beim anschließenden Umtrunk leutselig zu.

»Also, ob sich für dieses Wimpel-Ding die ganze Schufterei gelohnt hat?«, zweifelte Heike. Ich fand, ja, das war es wert gewesen.

Am nächsten Abend wollte ich grillen, aber es war wie verhext, ich konnte unseren Holzkohlengrill nicht finden. Dabei war ich sicher, ihn zuletzt im Gerätezelt gesehen zu haben. Während ich noch fluchend herumsuchte, kam Heike mit einem großen Gasgrill im Arm zurück. »Hör auf zu suchen, nimm den hier, dann können wir essen.«

Ich gehorchte und schloss den Grill an die Gasflasche im Deichselkasten an. Es war eins von diesen neuen Dingern, bei denen man nur auf einen Zündknopf drücken muss. »Tolles Teil, wer hat dir den geliehen?«

»Alfons war so nett, er hat gehört, dass du unseren Grill nicht finden kannst.«

Alfons? Das hier vor mir war sein Grill?!

Propan ist ein hoch entzündliches Gas, da genügt schon ein Funke, wenn es erst einmal ausströmt. Komisch, woran man plötzlich so alles denkt. Als mein Daumen ganz von alleine den Zündknopf drücken wollte, schoss mir noch so ein Gedanke durch den Kopf: Die schönen Grillsteaks, meine Marinade ist echt der Knaller!

MATTHIAS HOUBEN

the same procedure

Fiat lux«, es werde Licht. Der Anblick des Schriftzuges auf
dem Autoschlüssel in seiner Hand ließ überraschenderweise
aus seiner Vergangenheit halb verdautes, verlorenes Wissen
aufsteigen. Licht würde es nur werden, wenn er den verdamm-
ten Wagen auch fand. Er war die lange Reihe der Autos auf dem
Parkplatz jetzt schon mehrfach abgeschritten, hatte allerdings
wider Erwarten keinen Fiat darunter gefunden. Sollten seine
Auftraggeber sich geirrt und ihm den falschen Schlüssel zuge-
sandt haben? Dazu noch einen offensichtlich alten, ohne auto-
matischen Türöffner? Nur ein Stück schwarzes Weichplastik,
aus dem das gezahnte Öffnungsmesser steil aufragte.

Er ertappte sich dabei, in berufsbedingte Bilder zu entgleiten.

Ohne Wagen kein Umschlag, ohne Umschlag kein Auftrag,
ohne Auftrag kein Geld. Nüchtern und logisch, wie die Tatsache, dass er ein Gefährt bisher ignoriert hatte. Den großen
Kasten mit gardinenverhangenen Türen und Fenstern, über-
langer Nase über dem Fahrerhaus, genannt Alkoven, einem
cw-Wert wie der Buckingham Palast, niedlichen bunten
Aufklebern an beiden Seiten, einer offensichtlich eingerollten
Markise und hoch auf dem Dach einer SAT-Antenne. Ausgerechnet hier passte der Schlüssel. Vollkommen abgedreht,
ein Wohnmobil. Extrem unauffällig. Was für ein Auftrag!

Kopfschüttelnd zwängte er sich auf den Fahrersitz und stieß
mit dem Kopf gegen den Rückspiegel, der absolut nutzlos in
der Gegend hing, da er nur das Innere des Wagens zeigte, eine
adrette Küchenzeile und eine halb geöffnete Toilettentür.

Trotz des beträchtlichen Alters des Gefährts, das sich durch eine matte Patina auf dem Plastik zeigte, fand er im Fahrerhaus einen Minibildschirm für die Rückfahrkamera auf der Mittelkonsole, ein Ersatzbirnenset und ein tragbares Navi im Handschuhkasten, einen Feuerlöscher hinter dem Beifahrersitz und Warnwesten hinter dem Fahrersitz, nebst Erste-Hilfe-Kasten und Warndreieck. Mühsam zog er die Schultern ein und zwängte sich zwischen den Armlehnen der Vordersitze und dem Alkoven Dach hinein in das Wohnabteil im Heck.

Bisher hatte er sich für muskulös und untersetzt gehalten, der schmale Einstieg zwischen Leiter und Rücksitzbank ließ ihn das neu überdenken. Er fand sich schnaufend auf den Knien neben der Küchenkonsole und dem Esstisch mit seinen Sitzen wieder. Bemerkte in Augenhöhe auf dem einen Sitz einen Ordner mit der Betriebsanleitung und daneben den erwarteten braunen Instruktionsumschlag. Er ließ sich auf der Bank in Fahrtrichtung niedersinken, stieß sich das Knie am Tischbein, legte beide Hände auf die kalte Tischplatte und blätterte wahllos im Ordner mit seinen darin abgehefteten Anleitungen.

Wie man die Toilette bedient und dabei möglichst genau zielt, vorher irgendeinen Schieber betätigt, damit kein Versehen passiert und die Reinigungsprozedur Zeit und Nerven kostet. Das Gas anstellt, um Kühlschrank, Heizung und Boiler betreiben zu können. Lage von Frischwasser und Abwassertank mit zugehöriger Anzeige waren detailliert bebildert, mit niedlichen Anmerkungen über Gefahren und Bedienung von Gasanlagen. Jetzt hätte er schmunzeln können, gefährlicher Umgang mit Betriebsmitteln war schon eher sein Metier.

Er saß aber nur da, starrte unschlüssig auf den ungeöffneten Umschlag und dachte darüber nach, dass man ihm ein

Gefährt untergeschoben hatte, das einer präzisen Beschreibung zur Erledigung der Darmentleerung bedurfte. Kein guter Anfang.

Er schnipste mit dem Daumennagel den braunen Umschlag an.

Beherzt riss er ihn dann auf, ein Bild und eine eng beschriebene Seite fielen heraus.

Unsympathischer Mittvierziger mit Dreitagebart in Monteurs-Kombi von undefinierbarer Farbe, vor einem Riesenmonstrum von Wagen, eher schon einem unehelichen Kind von Wohnmobil und Wüsten-LKW ähnlich.

Auf dem Papier eine Reihe von Datumsangaben mit nebenstehenden Daten in östlicher und nördlicher Einteilung: 18. Februar, 59 Grad 42 Minuten 6 Sekunden und 7 Grad 44 Minuten und 32 Sekunden, Adlerhorst-Stellplatz und so weiter, eine Reihe von geografischen Angaben und Zeiten.

Sollte er an einer Schnitzeljagd teilnehmen, neumodisch nannte man das ja wohl Geocaching. Die kurzen knappen Anweisungen ließen am wahren Auftrag keinen Zweifel aufkommen: Kontakt suchen und Problem lösen.

Er riss den unteren Teil des Blattes mit der genauen Beschreibung seines Opfers ab, zerknüllte ihn und zündete ihn im Aschenbecher an, sah zu, wie er aufflammte und zu schwarzer Asche zusammensank. Musterte unmutig die übrig behaltenen Zahlenkolonnen und hoffte inständig, dass er nicht mit diesem Monstrum von Wagen die ganze Kolonne von möglichen Treffpunkten würde abfahren müssen.

Immerhin hatte er schon eine vage Vorstellung für die Problemlösung, die Beschreibungen vom Umgang mit Campinggasflaschen, Sperrventilen und Gasöfen hatte ihn sofort inspiriert. Er lächelte versonnen vor sich hin.

Die an den ersten beiden Tagen angefahrenen Stellplätze hatten seine Erfahrung bereichert, er fühlte sich jetzt als Halbprofi in Anschlussfragen. Externe Stromversorgung und Abwasserentsorgung waren nun eingeübt, nachdem er begriffen hatte, dass man Kleingeld zur Hand haben musste. Das Herumtragen des Fäkalientanks mit vergessenem Stopfen der Luftabsauganlage hatte aber ein paar seiner Schuhe ruiniert. Neue Beulen an Kopf und Knien zeigten seine immer noch verlangsamte Anpassungsfähigkeit beim seitlichen Entern des Wohnmobils und der Bedienung der Heckklappe unter der besonderen Berücksichtigung des darüber angebrachten Fahrradträgers.

Noch in der ersten Nacht hatte er auch demütig das Fangnetz in Betrieb genommen, nachdem er sich halb im Traum zwischen Gardine und Aufstiegsleiter im freien Fall wiedergefunden und nur dank seiner eingeübten Reaktionen einen Sturz auf den harten Wagenboden vermieden hatte. Seiner eigentlichen Aufgabe war er aber noch nicht nähergekommen.

Direkt zu Beginn seiner Fahrt hatte er die nervende Frauenstimme des Navis auf die sonore eines Mannes umgestellt, um feststellen zu müssen: das ging gar nicht. Nun lotste ihn wieder die Navi-Frau zum dritten möglichen Treffpunkt. »Folgen Sie dem Straßenverlauf achthundert Meter, halten Sie sich dann links. Links halten. Nach zweihundert Metern links abbiegen. Jetzt links abbiegen.«

Ihm kamen sofort wieder Mordgedanken, aber er folgte den Anweisungen mittlerweile widerspruchslos, da er festgestellt hatte, dass die Dame stets recht hatte.

Außerdem war die Alternative mit: »Bitte wenden« und »Neuberechnung in Gang« noch erniedrigender.

Wie erwartet, führte die Dame ihn auch diesmal zum Ziel, er erreichte wirklich den angestrebten Stellplatz und sah zu seiner Erleichterung das MAN-Ungetüm in Graugrün vor sich stehen. Langsam bugsierte er rückwärts neben eine nicht weit entfernte Stromsäule, den Fahrzeugbug auf die Ausfahrt hin ausgerichtet. Man konnte ja nie wissen.

Nach kurzer Prüfung beim Rundgang um das Wohnmobil entschloss er sich, die Auffahrt-Keile zu benutzen, damit er nicht wieder aus dem Bett fiel, und beglückwünschte sich zu dieser Entscheidung. Der neue Nachbar kam herbeigeschlendert und gab professionelle Handzeichen zu seiner vorsichtigen Auffahrtaktion. Braun gebrannter Mittvierziger, drahtig, barfuß, irgendwie sportlich und zugleich auch merkwürdig unauffällig. »Hallo, schöner Platz hier.«

Mittlerweile hatte er sich in den letzten Tagen auf den besuchten Stellplätzen an die Camping-Small-Talks gewöhnt und konnte am üblichen Gespräch über Nachteile und Vorzüge der Mobile, deren Versorgung und andere Besonderheiten geschmeidig teilnehmen, während er sein Gegenüber taxierte, auf Gefährlichkeit einstufte und sich auf seinen Job vorzubereiten begann.

Er wurde gezwungen, das Monstrum nebenan zu bewundern, halb unter das Ungetüm zu kriechen, die Bodenfreiheit und die Zusatztanks, beheizt und winterisoliert versteht sich, zu begutachten, schaute uninspiriert unter die tischtennisplattengroße Motorhaube und hörte der unausweichlichen Abfolge von Drehmomentzahlen und Verbrauchswerten zu. Danach wurden selbstverständlich Stellplatztipps getauscht und er beglückwünschte sich zu seinem gestrigen Einfall, vor dem Einschlafen im Bordatlas der Stellplätze geblättert zu haben.

Während des belanglosen Plauderns und des Lobes über so viel Stauraum lief seine andere Hirnhälfte allerdings schon im Planungsvollbetrieb. Mögliche Vorgehensweisen wurden schnell angerissen und wieder verworfen, ein kurzer, prüfender Blick auf die doch ansehnlichen Muskelpakete der Oberarme seines Gegenübers ließen ein paar ohnehin sofort ausscheiden. So blieb es bei seiner geschickt in das Gespräch eingeflochtenen Einladung zum Abendessen mit anschließendem Sundowner.

Während er das Essen auf dem Dreiflammer zubereitete, unterhielten sie sich bei einem Bier entspannt aber belanglos. Jeder vermied es offensichtlich, über seinen Beruf zu sprechen, es schien, als seien beide bemüht, das heikle Thema auszugrenzen. So blieben nur allgemeine Themen wie die erfreuliche Zunahme von WLAN-Spots auf Campingplätzen, die Vorteile von sich selbstausrichtenden SAT-Antennen und die Vorteile der Digitaltechnik bei den Wohnmobilen.

Ab und an sah er über die Schulter zu seinem Opfer hinüber, griff unverfänglich mal hier und da nach Gewürzen und anderen Gläschen, deren Inhalt nur er selbst genau kannte und nun zu einem wahrhaft kunstvollen Salatdressing benutzte. Dabei musste er ein Grinsen unterdrücken. Er erinnerte sich an eine länger zurückliegende Szene, in der er ebenso verführerisch und effizient einen Nachtisch zubereitet hatte, der seinem Namen zum Abschluss des Mahls alle Ehre gemacht hatte. Heute sollte der Salat diese ehrenvolle und abschließende Rolle übernehmen.

Er stellte die Salatteller auf den Tisch, achtete dabei sorgsam darauf, sie nicht zu vertauschen und brachte das Hauptgericht dann mit einer schwungvollen Umdrehung vom Gasherd zum Tisch. »Spaghetti à la Burn-out, scharf und vollmundig.«

Sie lachten beide über den Witz und er nahm einen tiefen Schluck aus seinem Bierglas. Nach der Hitze am Herd zischte das richtig.

Obwohl er das Dachfenster geklappt hatte und ein angenehmer, leichter Luftzug zu spüren war, spürte er kalten Schweiß auf seiner Stirn und ein kurzes Ziehen im Magen. Wahrscheinlich hatte er mit den kleinen roten Chilischoten doch ein wenig übertrieben.

Er bemerkte den aufmerksamen Blick seines Gegenübers, der gelassen und ruhig seine Spaghetti auf die Gabel drehte, lobend die Sauce kommentierte und darauf bestand, das Rezept selbst ausprobieren zu müssen. Irgendwie schien sein Opfer das lustig zu finden und schüttelte den Kopf wild hin und her.

Aber es war nicht der Kopf seines Gegenübers, der geschüttelt wurde, das ganze Wohnmobil schwankte und bebte, ruckte hin und her, als stände es nicht auf dem Schotter des Stellplatzes, sondern auf einer schwankenden Eisscholle. Kalt war es geworden, eiskalt, und plötzlich wurde es abrupt dunkel und dann tiefschwarz.

Seine rechte Gesichtshälfte war kalt, sein Körper wie mit Blei ausgegossen, dumpfer Schmerz lähmte Arme und Beine. Vor seinem tränenden linken Auge flackerte gelbes Licht hin und her. Ganz leicht und leise hörte er ein feines Zischen.

Sein Kopf lag seitlich auf der Tischplatte, vor ihm im Aschenbecher brannte eine Kerze mit zuckender Flamme. Er wollte sich aufrichten, war jedoch zu keiner Bewegung fähig. Wie in Zement gegossen lag er mit dem Oberkörper auf der kalten Tischplatte, die brennende Kerze dicht vor den Augen. Er versuchte zu pusten, ihm gelang aber nur ein kurzer schwacher Atemstoß, der nichts bewirkte.

Draußen wurde ein schwerer Dieselmotor gestartet, lief etwas unrund an, um dann hämmernd am Wohnmobil vorbeizunageln und sich mit knirschendem Geräusch der Reifen auf dem Schotterweg zu entfernen.

Was blieb, war dieses leise, vertraute Zischen und die leicht tanzende rötlich gelbe Flamme. Von seiner Stirn tropfte kalter Schweiß auf den Tisch. Das letzte, was er dachte, war: »fiat lux«, dann zerriss es die Welt um ihn herum mit einem gleißenden Blitz.

consiliere

Ich geh' nicht ran, ich geh' nicht ran! Verdammt!« Warum hatte ich mir das zweite Prepaidhandy nicht wiedergeben lassen? Es kam beim letzten Fall oder man musste eher sagen, Unfall zum Einsatz, gedacht zur Verschleierung meines Kontakts zum »Grabetechniker« Sergio.

Nein, es war wirklich katastrophal verlaufen.

Und jetzt kontaktierte mich der leichtsinnige Nachwuchsmafioso erneut? Schiet egal: Ich wollte mit diesem Laien nichts mehr zu tun haben!

Der Klingelton erstarb.

Ich atmete auf.

Im Grunde wollte ich vor der Abreise gar nicht mehr gestört werden. Mein Wohnmobil stand fix und fertig gepackt in Cornelius' Scheune: Volle Wasserkanister, Toiletten- und Wasserzusätze, Kühlbox, Campingstühle und -tisch, Grill, volle Gasflaschen, Zusatzstützen gegen extremes Wackeln des Fahrzeugs, denn Carmen Sutra fuhr mit mir. Ohropax gegen ähnliche Aktivitäten der Campingnachbarn und Kinderlärm, Brandsalbe, Stichcreme, Sonnenmilch, Desinfektionsspray, Pille, davor, danach und dabei (wie gesagt, Carmen wollte mit), Spritzen, Operationsbesteck für kleine Amputationen, einsatzbereite Chemietoilette, Papier für hinterhältige Zwecke, Angelausrüstung, Führerschein und Kfz-Papiere sowie Stellplatzführer, Nahrungsmittel. Öl und Diesel hatte ich aufgefüllt und Oude Genever sowie die obligatorische Flasche Prosecco standen im Kühlschrank bereit.

Eine perfekte Campingwoche im niederländischen Friesland lag vor uns: Grillen, angeln, ausspannen, faulenzen und alles, was zu zweit mehr Spaß macht – Erholung pur, ein Gefühl, das sich schon nach den ersten fünf Kilometer hinter dem Lenkrad des Reisemobils einstellen würde. All das schien bedroht, all das könnte so schön sein, wenn nur das Telefon still, das Klingeln ausbliebe.

Doch schon setzte es wieder ein. Nicht nur das Bimmeln nervte, auch das gleichzeitige Vibrieren des Gerätes; es übertrug sich auf den gesamten Schreibtisch und ließ die Ungeduld des Anrufers erahnen. Ich wurde nervös und hielt es nicht mehr aus! »Ja!?«

»Ole, biste du es?« Die Stimme war zu leise, um den Besitzer genau erkennen zu können. »Ole, melde diche!«

Ich fluchte! Warum nannte der Depp meinen Namen? »Wer ist dran?«

»Iche bin's, – Luigi!« Der Anrufer unterdrückte den Ärger nur mühsam. »Du musste mir helfen! Iche werde verfolgte!« Leichte Panik schwang mit. Ungewöhnlich für den sardischen Mafiaboss. »Iste dein Haus sicher?«

»Sicher ist es sicher!«, entgegnete ich voreilig, denn bevor Luigi auflegte, lud er sich bei mir ein. Ich sollte alles abdunkeln.

Dann saß er mir auf dem Sofa gegenüber; aber nicht nur er! Auch der beknackte Sergio aus Luigis buckliger Verwandtschaft fläzte sich auf meinem Sitzmöbel. Womit hatte ich das verdient?

»Nun, was ist los, Luigi?« Ich war gespannt.

»Ach, Ole. Laange Geschichte, … estremamente grave.«

»Wie?«, fragte ich nach.

»Pericoloso!«, erläuterte der Mafia-Boss ermattet. »Sergio, erzähl due!«

»Also«, begann Sergio, »es handelt sich um eine außerordentlich gefährliche Fehde zwischen der Famiglia, also unserer Famiglia und einer Famiglia aus Süditalien.«

»Wie jetzt? Mafia-Krieg?« Meine Frage wirkte ein wenig direkt, denn Luigi verzog beim Wort *Mafia* etwas pikiert die Mundwinkel.

»Nun ja, reden wir lieber von Unstimmigkeiten unter den Familien; wenn du weißt, was ich meine, Ole«, ergänzte Sergio.

»Unstimmigkeiten, aha. Fein formuliert. Dann hat es also schon Tote gegeben. Und worum geht es?«

»Nun ja, Tote ... eher, wie sagt man, Kollateralschäden. Unsere Familien unterhalten seit Jahrzehnten enge Geschäftsbeziehungen, aber nun gab es vor Kurzem ein Fehl in der Kasse von zehn Millionen Euro. Das hat der Revisor, unser Buchhalter und Consiliere, errechnet. Jetzt soll Luigi als Verantwortlicher für den Schaden aufkommen.«

»Wow, zehn Zacken. Das ist ein Sümmchen«, sagte ich.

»Von der Summe her ist es kein Problem. Es geht im Grunde um die Ehre: Unsere Famiglia kann sich so einen unmöglichen Vorwurf nicht gefallen lassen: Schließlich sind wir rechtschaffene Geschäftsleute«, meinte Sergio.

»Verstehe. Ihr habt also versucht, mit der Familie ... Hat die auch einen Namen?«, fragte ich nach.

»Favelli-Clan.«

»Ihr habt demnach versucht, der Famiglia Favelli eure Argumente darzulegen. Und wie viele Tote hat es nun gegeben?« Ich sah Sergio an.

»Zwei ... auf unserer Seite und ...«, er stockte, »zwölf bei Favelli!« Seine Stimme senkte sich im zweiten Teil des Satzes.

»Ach, nur zwölf. Na prima. Das geht ja noch! – Und jetzt hetzt der Favelli-Clan Luigi durch halb Europa zu mir nach Ostfriesland oder was?«, wetterte ich und ahnte Schlimmes.

»No, Favelli nessun problema. Aber sie haben gekaufte Tschetschenen«, meinte Luigi und Sergio ergänzte: »Eine brutale, erbarmungslose und gefährliche Killertruppe! Der Boss heißt Boris Supkow.«

Ich pfiff durch die Zähne; Supkow war in der Szene kein Unbekannter. Luigi saß in der Tinte. »Soso. Nun denkt ihr, ihr seid ausgerechnet in Ostfriesland sicher vor den Tschetschenen?«, sagte ich skeptisch. »Hoffentlich habt ihr keine Spuren hinterlassen.«

»Logisch, hätten wir sonst das Prepaid-Handy benutzt?«, entgegnete Sergio leicht empört. »Wir sind doch keine Anfän…«

Noch während er sprach, zerstörte eine MG-Salve meine Fensterscheiben. Gleichzeitig ließen wir uns auf den Teppich fallen, bedeckt von Scherben.

»Ihr seid Profis, ich weiß!«, raunzte ich und robbte voran. »Wir müssen abhauen. Und die Scheibe kommt auf die Rechnung!«

»Si!«, entgegnete Luigi nur kurz.

Wir erreichten unbeschadet den Hinterausgang, öffneten die Tür und schlichen nacheinander geduckt zum Gästeblockhaus. Anschließend türmten wir über das angrenzende Feld.

Eine halbe Stunde später saßen wir in meinem Wohnmobil, das ich in der Scheune von Cornelius Cornelius untergestellt hatte. Auf Nebenstraßen sausten wir durch Ostfriesland.

»Wie haben die uns oder vielmehr euch nur gefunden?«, fragte ich die beiden Mafiosi.

»Iche weiß es nichte«, murmelte Luigi.

»Normalerweise schießt Supkow nicht daneben«, sagte Sergio nägelkauend. »Das kann nur bedeuten: Er will uns lebendig schnappen und nach Sizilien bringen. Stimmt's?«

Eine scharfe Kurve, die ich recht sportlich nahm, zwang Luigi sich am Türgriff festzuhalten, ehe er antworten konnte. Dann erzählte er, dass es guter Brauch unter den Familien sei, den Beschuldigten kurz noch anzuhören, bevor man …

Diesmal musste ich eine gefährliche Linkskurve nehmen.

»Bevor man was macht?«, fragte ich interessiert nach.

»… äh … also, bevor man …« Luigi stotterte. Ich ahnte Böses, als er abbrach.

»Also, nun spuck es aus!«, rief ich ärgerlich.

»… bevor man kaufte Sande und so …« Luigi wand sich wie ein Aal.

»Sand und so?« Ich verstand zunächst nicht. Doch dann schlug ich mir mit der flachen Hand vor die Stirn. »Sand kauft, na klar. Aber das Wichtigste hast du ja wohl vergessen, oder? Fehlt nicht noch der Sack Zement?«

Wir schwiegen, denn wir wussten alle, dass die ›Onorata Società‹, die *Ehrenwerte Gesellschaft* unliebsame Personen gerne mit betonschweren Schuhen im Fluss versenken ließ. Hätte ich Luigi darauf angesprochen, hätte er nur die Schultern gezuckt und gesagt: »Tradizione!« Also schwieg ich.

Wir ließen die Stadt Norden hinter uns und steuerten Greetsiel an. Es wurde diesiger. Das würde uns helfen. Der Wohnmobilstellplatz am Ortseingang empfing uns mit grauen Nebelschleiern. Er war nur wenig frequentiert. Ich fuhr mein Mobilheim in einen Parkplatz mit der Frontpartie in Richtung Ausgang, um diesen im Auge behalten und notfalls schnell abhauen zu können. Beim Rangieren sackten die Antriebsräder tief in die aufgeweichte Erde. Hin- und Herruckeln mit überhöhter Drehzahl ließ die Kupplungsscheibe stinkend schmoren; aber der Wagen kam nicht frei. Wir steckten im Wohnmobil fest.

Kurz entschlossen rief ich Cornelius Cornelius an, der mir sofort Hilfe zusagte und sogleich mit Freerk Freerksen, Jann

Janssen und Carmen Sutra im Bulli starten wollte. Er meinte, er müsse vorher nur ein paar Flaschen Bier einkaufen.

Die erste Kiste würde auf meine Rechnung gehen, sagte ich mit Betonung auf *erste*, da ich mich nicht unnötig verschulden wollte.

Alle vier trafen nach einer dreiviertel Stunde gemütlich ein. Freerk nahm das Wohnmobil mit seinem Bulli auf den Haken und platzierte es auf festem Untergrund. Etwas beengt drängelten wir uns anschließend auf den Sitzen. Die Kronkorken flogen von den Flaschen und ein vielstimmiges »Prost« folgte. Hier fühlten wir uns erst einmal sicher. Unsere Stimmung stieg.

»Was für ein Wetter. Man sieht die Hand vor Augen nicht«, meinte Cornelius schließlich. »Kein Wunder, dass nur fünf Fahrzeuge auf dem Platz stehen.«

»Wieso fünf?«, fragte Sergio, »drei Womos, der Bulli und ...?«

»Nichts weiter, nur eine große schwarze Limousine mit getönten Scheiben.«

»Na, wenn schon. Iche make eine kleine Rundgang; frische Luft, capisce?«

Luigi klopfte in Brusthöhe auf seine Jacke, als ob er sich vergewissern wollte, dass er alle notwendigen Utensilien – ich vermutete seinen Püster – dabei hatte. Recht so, dachte ich, man kann nicht vorsichtig genug sein. Er stieg aus und donnerte die Tür des Campers zu, als sei der ein Panzer. Von draußen hörten wir seine Stimme; er führte anscheinend Selbstgespräche auf Italienisch, was einleuchtend schien, da er sich selber ja anderweitig wahrscheinlich nur schwer verstanden hätte.

Eine halbe Stunde verging. Die Luft wurde schlechter. Luigi kehrte zurück. »Scheiße Wetter! Man kann nixe sehen!« Über dem Stellplatz waberten dicke Nebelschwaden.

Wir vertrieben uns die Zeit mit Pokerspielen. Die Enge des Wohnmobils trieb einen nach dem anderen ins Freie, um sich die Füße zu vertreten und frische Luft zu schnappen.

Als ich meine Runde drehte, sah ich sie: Drei Typen saßen bei heruntergedrehten Seitenscheiben in einem schwarzen Mercedes und rauchten. Einer der Männer sprach russisch. Ich verstand zwar nicht, was er sagte, dafür erkannte ich ihn: Boris Supkow. Wie zum Teufel hatten sie uns nur gefunden? Langsam trat ich rückwärts in den schützenden Nebel und kehrte in weitem Bogen zu den Anderen zurück. Lautes Gelächter, Flaschenklirren und Musik schlugen mir entgegen.

»Ihr feiert ordentlich und dort draußen sitzen unsere Henker?« Wütend berichtete ich von meiner Entdeckung. Mucksmäuschenstill war es. Alle dachten bestürzt über eine Lösung der Fragen nach: Wie könnten wir die Killer abhängen? Wieso waren sie überhaupt in der Lage, uns hier finden? Und wie zum Teufel war so ein großes Loch von zehn Millionen in der Kasse entstanden? Ich starrte auf die Prepaidhandys: Konnten die verwanzt sein, mit Peilsendern ausgestattet? Nein, unmöglich!

Ganz ruhig, sagte ich mir. Analysiere die Situation: Es musste eine logische Erklärung geben. Supkow konnte nicht wissen, dass wir über die beiden Handys kommunizierten, und dass wir mein Wohnmobil zur Flucht nutzen würden. Folglich war er auch nicht imstande, es zu präparieren und zu orten. Welche Möglichkeit hatte der Killer also gefunden, um uns zu finden? Ich schlug mir mit der flachen Hand vor die Stirn, doch der Groschen wollte nicht fallen.

»Iche gehe Lufte holen«, sagte Luigi und öffnete die Tür.

»Lufte?«, fragte Freerk, »was ist Lufte?«

»Frische Lufte, atemen, capito. Du kannste nicht immer nur sitzen in deine Gestanke, Stupido«, raunzte Luigi und schlug die Tür zu.

Wir sahen uns an und grienten: »Lufte, Hammer!« Nachdem wir uns beruhigt hatten, hörten wir Luigi draußen reden. Ich blickte durchs Fenster und dachte, mich trifft der Schlag: Der Mafia-Boss redete nicht mit sich selber! Nein! Er telefonierte! Dieser dämliche Luigi telefonierte, und zwar mit seinem eigenen Handy: »Ciao, Bella!« Mit südländischem Temperament quatschte er fröhlich mit Händen und Füßen ins Telefon!

Ungläubig sprang ich ins Freie, packte Luigi am Kragen, entriss ihm das Mobilteil und unterbrach das Gespräch. Mit den Worten, er sei wohl total übergeschnappt, stieß ich ihn zurück ins Wohnmobil, wo er auf dem Schoß seines Neffen landete. Dann brüllte ich zehn Minuten lang auf die beiden dumpfbackigen Mafiosi ein: »Was nützt es, mit dem Prepaid-Handy zu telefonieren, wenn du gleichzeitig mit deinem iPhone deine Frau anrufst?«, wetterte ich weiter. »Es ist doch nichts leichter für Supkow, als dieses Handy auf zehn Meter genau zu orten! Es ist dann auch kein Wunder, dass deine Verfolger hier am Parkplatzeingang auf dich warten!«

Betroffenes Schweigen füllte den Raum. Carmen hielt im Biss in den Apfel inne, Luigi den Atem an und Freerk Freerksen die grüne Bierflasche an den Mund, ohne zu schlucken.

»Aber iche habe nichte gleichzeitig mit Handy und iPhone telefoniert, es ware nacheinander …« versuchte sich Luigi zu verteidigen, während Sergio ihm verzweifelt mit dem Zeigefinger Zeichen gab, er möge still sein.

»Er begreift es nicht! Er begreift es einfach nicht!«, brüllte ich noch lauter und überlegte gleichzeitig, meine Waffe zu zücken und den Mafioso wegen so viel Blödheit stante pede abzuknallen. »Sergio, du kannst doch Handy schreiben, oder? Erklär deinem Onkel, dass man sein iPhone leicht orten kann. Erklär's ihm, diesem technischen Analphabeten und Handylegastheniker.«

Ich drehte mich wütend um und trat ins Freie. Womit hatte ich das nur verdient? Mit energischem Schritt legte ich eine Runde nach der anderen um das Womo zurück. Nur ganz langsam regte ich mich ab. Immer noch trug ich Luigis iPhone in der rechten Hand. Immer wieder schüttelte ich ungläubig den Kopf. Ich war gerade im Begriff auszuholen und das Gerät in Richtung unserer Verfolger zu werfen, als mir eine grandiose Idee einfiel. Mitten in der Bewegung hielt ich inne und überlegte. »Ja, so müsste es gehen«, sagte ich mir schließlich und freute mich über meinen genialen Plan. Ich musste handeln wie Crocodile Dundee, der seine Feinde auf sein eigenes Territorium lockte und sie dort leicht besiegen konnte. Der Heimvorteil sprach für uns, eindeutig.

Luigis Entschuldigung wischte ich einfach beiseite: »Wir sitzen wegen dir hier im Dreck, aber ich werde euch jetzt genau sagen, was ihr zu tun habt, damit wir da wieder herauskommen.« Meine harten Worte duldeten keinen Widerspruch. »Ihr macht nun das, was ich euch sage. Punkt eins: Carmen und Cornelius verstecken Luigi im Bulli und fahren gemeinsam mit uns los. Punkt zwei: An einer Bushaltestelle auf der Strecke zurück nach Norden parkt ihr. Licht aus, Kopf runter! Punkt drei: Wir anderen flitzen mit dem Wohnmobil in Richtung Norden. Anschließend stellen wir Luigis Handy an. Dann wird auch bald Boris Supkow in seiner schwarzen Karre an euch vorbeifahren.«

»Und wenn nicht? Wenn sie sich Luigi einfach aus dem Bulli holen, was dann?«, traute sich Sergio zu sagen.

»Das wird nicht passieren! Ich nehme an, dass Supkow immer Luigis iPhone folgen und auf eine günstige Gelegenheit zum Angriff warten wird. Er fährt am Bulli vorbei und verfolgt uns im Wohnmobil!« Ich blickte in die Runde. Alle nickten zustimmend. »Soweit alles klar? Freerk, wiederhole mal für alle!«

Freerk Freerksen sah erschreckt auf: »Äh … also: Punkt eins, Punkt zwei und … äh … äh …«

»Punkt drei!«, ergänzte Jann Janssen ärgerlich.

»Genau!«, unterstrich ich. »Und nun zum Punkt vier: Mit diesem Prepaidhandy und nur mit diesem ruft ihr mich an, wenn Supkow den Bulli passiert hat.«

»Und wenn nichte? Was iste, wenn Supkow anhälte?«, fragte Luigi besorgt nach.

»Dann, mein lieber Luigi, hat mein Plan versagt und der Favelli-Clan kann schon mal Sand und die anderen Utensilien besorgen!«, antwortete ich grinsend und sah Luigi erbleichen. »Code her!« Etwas widerwillig rückte Luigi den Pin für das Gerät heraus.

»Es geht los!« Luigi, Carmen und Cornelius sprangen in den roten Bulli. Freerk Freerksen, Jann Janssen, Sergio und ich blieben im Wohnmobil. Wir fuhren an. Carmen platzierte das Fahrzeug so neben Supkows Limousine, dass wir im WoMo Sichtschutz hatten und heimlich den Stellplatz verlassen konnten.

Mit hoher Geschwindigkeit rasten wir die Störtebekerstraße zurück nach Norden. Kurz vor Norddeich bogen wir zur Küstenstraße ab. Ich schaltete das iPhone an, während ich die Fahrt beschleunigte. Die Tschetschenen konnten jetzt erneut Luigis Telefon orten und würden zweifellos die Verfolgung wieder aufnehmen.

»Die Ebbe müsste nun schon eine Stunde auf dem tiefsten Punkt gewesen sein. Check das mal im Internet!«, wies ich Sergio an. Mittlerweile hatte er seit unserem letzten gemeinsamen Projekt die Gezeitenwende im ostfriesischen

Wattenmeer studieren müssen. Ich konnte mich auf seine Aussagen verlassen, da war ich mir sicher. Sergio las mir die gewünschten Daten vor.

»Das passt«, sagte ich nur. Kurz darauf klingelte das Prepaid-Handy. Carmen meldete, dass Supkows schwarze Limousine an ihnen vorbeigerauscht sei. Nun hatte ich die endgültige Bestätigung: Die Killer orientierten sich an dem iPhone. Genau das wollte ich mir zunutze machen.

Trotz des Nebels kamen wir gut voran. Es herrschte kaum Verkehr auf den Straßen. Kurz vor dem Ortsschild Neßmersiel schaltete ich das iPhone aus: Ich musste noch etwas Zeit schinden. Wir fuhren durch das Dorf und bogen am Ortsausgang in die Strandstraße zum Hafen. Das Wohnmobil stellten wir auf dem Parkplatz gegenüber dem Anleger ab.

»Und was machen wir jetzt?« Sergio, Freerk Freerksen und Jann Janssen blickten mich gespannt an.

»Abwarten!« Das taten wir dann auch.

Das Wetter änderte sich nicht. Zum Glück.

Ich sah auf die Uhr: »Jetzt!«

»Was jetzt?«, fragte Jann.

»Jetzt stell ich Luigis Handy wieder an und ihr zieht eure Schuhe aus«, sagte ich.

»Hä?«

»Schuhe aus! Hose aus! Socken anlassen!«, befahl ich kurz und knapp.

»Das ist nicht dein Ernst!« Sergio sah mich prüfend an.

»Schuhe aus! Hose aus! Socken und Unterhosen anlassen! Und alle raus!«Aus dem Stauraum des Wohnmobils holte ich ein fingerdickes Seil, Panzertape und ein Unterlegbrett.

»Festhalten!« Ungläubig nahmen alle das Tau in die Hand. Wie Kindergartenkinder überquerten wir im Gänsemarsch am Parkplatz die asphaltierte Straße. Der modrige Geruch des Wattenmeeres stieg in unsere Nasen. »Au!« »Au!« Leicht einknickend stakelten wir auf Strümpfen über die steinige Berme.

»Hinter der Baubude warten wir ab!«, sagte ich.

»Du weißt, was du tust?«, fragte Sergio.

»Ich hoffe«, entgegnete ich; da vernahmen wir auch schon das Motorengeräusch eines näherkommenden Autos.

»Das sind sie!« Supkows Limousine fuhr am Bauwagen vorbei und stoppte nach zehn Metern abrupt ab.

»Los kommt!« Ich zog am Seil. Freerk, Jann und Sergio folgten. Wir rannten am Anleger entlang. Am Rückhaltebecken überquerten wir die Fußgängerbrücke zum Rand der Salzwiese; hier war der Ausgangspunkt für die Wattwanderungen nach Baltrum und Norderney.

»Du willst nicht allen Ernstes bei dem Nebel übers Watt zur Insel rüberlaufen?«

»Schnauze! Weiter!«, befahl ich.

Wir stiegen hintereinander in das glibberige Watt. Die Socken zogen sich voll Wasser, dehnten sich als Beule über die Zehen nach vorne aus und bildeten einen Airbag. »Warum ziehen wir die Mistdinger nicht ebenfalls aus?«, fragte Sergio.

»Weil wir uns damit vor den Schnitten der Sandklaffmuschel schützen können«, erklärte ich und mahnte zur Eile. Von der Sielbrücke hörten wir bereits das Keuchen unserer Verfolger.

»Dawai! Dawai! Schneller! Schneller!«, feuerte Supkow seine Leute an. Wir stapften hintereinander durch den Schlick, der an unseren Beinen saugte, und durchquerten einen flachen Priel.

»Du weißt schon, dass Ebbe längst vorbei ist?«, fragte Sergio.

»Logisch. Lass mich nur machen und misch dich nicht ein. Es ist noch gar nicht lange her, da wusstest du nicht einmal, was Ebbe und Flut bedeutet«, entgegnete ich barsch.

»Schon gut, schon gut!«

Wir kamen an den zweiten Priel, der sich in zwei Läufe splittete. An der Abzweigung, die in Richtung Insel führte, nahm ich Luigis Handy aus der Tasche. Ich band es eingeschaltet mit dem Panzertape auf das Unterlegbrettchen und setzte es in die Strömung.

»Da lang!« Ich dirigierte meine Gruppe durch die andere Abzweigung des Priels, die in Richtung Festland führte. Die Verfolger sollten unsere Fußspuren nicht entdecken. Der Weg wurde mühsamer. Wir sackten teilweise bis zu den Knien ein, denn das Watt war sehr tief. Nach einigen Metern erreichten wir eine sandige Stelle.

»Hier warten wir! Und seid still!«

Wir standen dich zusammen und horchten. Supkow ließ nicht locker. Er trieb seine Leute an. Wir rührten uns nicht und verhielten uns mucksmäuschenstill, als sie gefühlte dreißig Meter lautstark fluchend an uns vorbeiliefen. Sie hetzten immer noch dem Signal des iPhones hinterher.

»Wir müssen jetzt schleunigst zurück!«, flüsterte ich und schaute auf mein eigenes Handy, auf dem ich zur Orientierung die Kompass-App gewählt hatte.Wir gingen los und es dauerte nicht lange, da reichte das auflaufende Wasser bis an die Wade. Es stieg immer weiter. Zuletzt standen wir bis an die Oberschenkel in den Nordseewellen und waren froh, dass wir die Salzwiesen am rettenden Ufer erreichten.

Während eine Tischlerei am nächsten Morgen meine zerschossenen Fenster reparierte, saßen wir alle am großen Küchentisch auf Cornelius' Hof beim Frühstück.

»Den Supkow und seine Leute sind wir somit höchstwahrscheinlich los. Es ist zu erwarten, dass sie in zwei bis drei Tagen auf Spiekeroog angespült werden«, sagte ich. »Doch damit ist das Problem mit dem Favelli-Clan noch nicht gelöst!«

»Ah, alles in Ortenung. Iche habe telefonierte mit meiner Frau«, erzählte Luigi aufgeräumt. »No problema. Habe bestellte Sande und Zement!«

»Wie jetzt? Stellst du dir nun deine eigenen Betonschuhe her?«, fragte ich erstaunt.

»No, No. Nichte für mich. Iste für Buchhalter, für Consiliere! Dieser Idiota hat sich verrechnet! Es waren nichte zehn Millionen Miese. Consiliere hat gesetzte falsche Komma!«

schöne blaue adria

*L*ieber Sven,
mir geht es gut, mach dir keine Sorgen. Ich genieße den Sand
und die Sonne. Bis bald!

Deine Carola

Wieso eigentlich *Blaue Adria*? Ich weiß nicht, wie die auf diesen
Namen gekommen sind. Wir sind hier am Rhein, das Wasser
der Baggerseen und des Altrheinarms ist grün oder manchmal
braun – aber blau? Niemals blau, und doch reden alle von
der *Blauen Adria*. So heißt das hier. Und wir sind hier wie zu
Hause. Wir haben endlich einen Dauerstellplatz. Gefällt er dir?
Du musst nichts sagen. Natürlich hätte ich lieber einen Platz
näher am Wasser gehabt, aber die sind auf Jahre vergeben.
Oder man braucht Beziehungen, was weiß ich.

Übrigens, glaub mir, die echte Adria, in Italien, da ist es auch
nicht nur schön! Die Strände sind voll, das Wasser ist alles
andere als blau. Ich war mal in Lido, weiß nicht mehr – mich
hat es nicht begeistert, die ganzen Häuserblocks, also wenn der
Strand und das Meer nicht gewesen wären, man hätte denken
können, man wäre in Mannheim. Lass diesen Sven mal schön
alleine fahren. Soll der sich am Mittelmeer vergnügen. Wir
sind an der *Blauen Adria*, das ist doch nicht schlecht.

Ich mach jetzt erst mal einen Kaffee. Brötchen gibt es im
Kiosk am Haupteingang, müsste schon auf sein. Ich öffne
das Fenster, ich muss ja mal lüften, jetzt ist der beste Zeitpunkt, die Nachbarn schlafen noch. Ich sehe raus, da laufen

schon ein paar Typen rum, immer dieselben Frühsportler und Brötchenholer. Allmählich kenne ich die Leute. Wir sind ja jetzt lang genug hier, oder? Familien aus Mannheim und Ludwigshafen, auch einige ältere Pärchen, die Frauen haben gewaltige Tattoos unten am Rücken, die Männer zeigen nackte Oberkörper und holen die Brötchen, früh am Morgen, sind ja zeitig ins Bett gegangen, soweit das möglich ist, denn in der Nacht ist hier ganz schön Krawall.

Der nächtliche Lärm – das sind die Jugendlichen, weiß nicht, wo die her sind, vermutlich aus Ludwigshafen. Die machen die Musik laut bis zum Anschlag und trinken und rauchen, das ist nicht nur Tabak, das riecht ziemlich verboten. Und weiter links, der große Platz, wo offenes Feuer erlaubt ist, da siedelt eine ganze Horde Althippies mit wuselnden Kindern aus Bottrop oder Boppard, oder wie das heißt, die kommen jedes Jahr und spielen Gitarre und singen bis mitten in der Nacht und dann wackeln die Zelte. Klar, dass die nicht so früh auf den Beinen sind. Wenn die morgens Brötchen wollen, dann sind keine mehr da.

Das Fenster ist auf, das Wasser kocht. Erst mal Kaffee. Brötchen hole ich später, bis neun Uhr gibt es sicher noch welche. Ich mache Prüttkaffee, kennst du das? Man füllt etwas Kaffeepulver in die Tasse, gießt das kochende Wasser drauf, wartet, bis es sich abgesetzt hat - und fertig. Manche Leute stehen da drauf. Ich nicht. Ich hätte mich gefreut, wenn du an Kaffeefilter gedacht hättest, so wie früher. Du hast dich um alles gekümmert, um jede Kleinigkeit, auch um Kaffeefilter. Du hättest sofort neue gekauft, wenn keine mehr da sind. Nein, falsch! Sie hätten niemals gefehlt! Du hast immer dafür gesorgt, dass es uns an nichts fehlt. Vielleicht hätte ich dir das mal sagen sollen. Aber das klingt doch bescheuert, oder? Hat dieser Sven das gemacht? War das vielleicht seine Masche?

»Danke für die Kaffeefilter!« Es stimmt ja, man schimpft so oft, man lobt so selten. Aber: »Danke für die Kaffeefilter!« Was für ein Scheiß! »Danke für die Frühstückseier!« Sonst noch was?

Morgens bin immer ich die Brötchen holen gegangen. Ich habe ein paar Worte mit der Frau am Kiosk gewechselt, dann bin ich zurück. Du hast Frühstückseier gemacht und Kaffee. Wenn das Wohnwagenfenster auf war, habe ich es schon von Weitem gerochen. Diesen Duft, wenn Kaffee frisch aufgebrüht wird, den habe ich immer gemocht. Der sagte mir, es ist Morgen, es ist alles in Ordnung. Jetzt ist er mir egal. Ich bin abgestumpft. Ich kann mich nicht freuen, wenn etwas duftet, ich halte mir nicht die Nase zu, wenn mir was stinkt. Mir ist alles egal. Ich mache mir Kaffee aus Gewohnheit und weil man was trinken muss und weil er mich wach macht.

Ich schließe sorgfältig das Fenster, gehe hinaus, schließe auch die Wohnwagentür und setze mich auf den Vorplatz, auf unsere Terrasse. Jetzt macht der Platzwart seinen Rundgang. Auf der anderen Seite, dort wo die Jugendlichen sind, schaut er nur kurz vorbei, er traut sich wohl nicht richtig hin. Aber hier dreht er jeden Morgen ausgiebig seine Runde, ausgerechnet hier, wo es ruhig ist wie auf einem Friedhof. Heute wird er begleitet von einem Mann in einer braunen Lederjacke. Den habe ich doch schon mal gesehen. Der ist kein Camper, er verbringt die Nacht nicht auf dem Platz, er kommt mit einem Auto von anderswo. Was macht der hier? Vielleicht sind Bauarbeiten geplant, Veränderungen auf dem Platz. Vielleicht ist er Camping-Platz-Planer oder so was.

Wie oft sind wir schon hier gewesen! Weißt du noch, unser erstes Mal an der *Blauen Adria*? Wir hatten ein Zelt aus dem Aldi, es baute sich angeblich fast von alleine auf, ruckzuck in drei Handgriffen. Wir waren eine Stunde beschäftigt, weil wir irgendwas in der Gebrauchsanleitung nicht richtig kapiert hatten, aber wir haben es geschafft, und dann standen wir da, wir und unser Zelt, stolz und schief.

Später dann unser Wohnwagen. Genau genommen ist es mein Wohnwagen, ich habe ihn bezahlt, auf mich ist er zugelassen. Das heißt, eine Zulassung braucht er inzwischen nicht mehr, wir haben ja einen Dauerstellplatz. Also, bis dahin war er auf mich zugelassen. Aber ich habe ihn für uns gekauft. Unser Wohnwagen also! Wir haben so schöne Tage in ihm verbracht, sag mal, das meinst du doch auch? Wochenenden, Sommerferien … Nein, du brauchst nichts zu sagen, ich weiß es, das findest du auch.

Der Kaffee ist zu stark. Er ist bitter und im letzten Schluck sind Reste vom Kaffeesatz. Mit der Zunge pule ich die Krümel aus den Zähnen. Der Platzwart und der Mann mit der Lederjacke entfernen sich wieder. Sie gehen auf einen Wohnwagen zu, der zurzeit leer steht, sie schauen neugierig ins Fenster.

Der letzte Sommer war sehr heiß. Wir saßen in einer der kleinen Buchten oder lagen am Sandstrand, um uns herum das bunte Strandleben mit Liegestühlen, Sonnenschirmen, Sandburgen und spielenden Kindern, da kam man sich wirklich vor wie am Meer. Es kann so schön sein hier. Und wenn man jedes Jahr herkommt, ist einem alles vertraut. Die Wege um die Altrheinarme, der Pfad zur kleinen Halbinsel, die sogenannte Liebesinsel. Die letzten Tage waren eher regnerisch und kühl. Aber man kann doch draußen sitzen, und es soll bald wieder wärmer werden.

Ich bringe die Kaffeetasse in den Wohnwagen. Ich öffne die Tür. Kurz halte ich die Luft an, bis es nicht mehr anders geht, in kurzen Stößen atme ich ein und aus. Ich schließe die Tür. Dann gehe ich zur Spüle und stelle die Kaffeetasse dort ab. Ich gehe zum Esstisch, dort liegt ein Haufen Postkarten.

Ich sehe nicht nach rechts und nicht nach links, nicht unter die Bank, nur auf den Tisch. Ich nehme die oberste Postkarte vom Stapel herunter, ich greife nach meiner Hemdtasche, dort müsste ein Kugelschreiber sein, und ja, so ist es. Ein Blick aus dem Fenster, der Platzwart und der Mann mit der Lederjacke sind nicht mehr zu sehen.

Es ist jetzt fast halb neun. Ich sitze wieder am Tisch vor dem Wohnwagen. Tür und Fenster sind geschlossen. Hier draußen riecht es nach einem Sommermorgen, nach Nadelbäumen, vielleicht Kiefern. Außerdem weht, glaube ich, ein ganz leichter Brackwassergeruch vom Ufer herüber. Aber das könnte auch Einbildung sein. Vor mir liegen ein Schmierzettel und die Postkarte, eine Abbildung von Graureihern am Altrhein. Gedankenverloren knabber ich am Druckknopf des Kugelschreibers. Dann schreibe ich auf den Schmierzettel.

Gestern war es eher kühl!

Deine Schrift gefällt mir gut. Noch einmal.

Gestern war es eher kühl!

Hätte ich etwas anders machen können? Wir haben uns so gut verstanden. Ich finde, an sich gab es keine Probleme zwischen uns, es war alles okay. Also eigentlich fast besser als okay, weil wir haben uns ja nie gestritten oder so. Ich meine, dass nach ein paar Jahren das Feuer ein bisschen kleiner wird ist doch normal, oder? Das ist wie beim Grillen, zum Schluss wird eben nur noch warm gehalten.

Allmählich erwacht der ganze Platz. Die ersten Jugendlichen torkeln vor ihre Zelte. Sie sind es nicht gewöhnt, auf Luftmatratzen zu liegen und stehen auf, obwohl sie kaum geschlafen haben. Als erstes drehen sie die Musik laut, damit auch jeder was von ihrer Anwesenheit hat. Dankeschön. Andere sind so zugedröhnt, dass sie wahrscheinlich erst am Nachmittag wieder auftauchen.

Dich hat die Musik nie gestört. Und manchmal, abends, bist du sogar hinüber gegangen zum offenen Feuer. Hast mit den Leuten Lieder gesungen. Dir hat es hier gut gefallen. Schon deswegen verstehe ich es nicht. Wieso ist auf einmal alles falsch? Was findest du an diesem Sven? Und wieso Italien? Ich habe so viel dafür getan, dass wir diesen Platz hier kriegen. Einen Dauerstellplatz, das heißt: für alle Zeit. Du wolltest es doch auch. Es war meine Idee, gut, aber du hast gesagt, dass du es auch willst. Wir sind jetzt im siebten Jahr hier, und es war doch immer schön. Das hast du jedenfalls letztes Jahr noch gesagt. Du hast mit den Leuten am Feuer gesessen und nachher hast du gesagt, es war schön.

Schon wieder der Typ mit der Lederjacke. Diesmal ist er allein unterwegs, ohne den Platzwart. Er ist verdammt neugierig, geht nah an den Wohnwagen vorbei und schaut in einige hinein. Vielleicht ist es jemand von der Polizei. Falls er Polizist ist, dann sollte er mal zu den Jugendlichen gehen. Da riecht es merkwürdig. Also, ich kenne mich zwar nicht aus mit so was, aber ich glaube, ich weiß, wonach es da riecht.

Doch es ist immer schön hier
an der Blauen Adria.

Was mir vor allem gefällt, ist das geschwungene A. Insgesamt eine mädchenhafte Schrift, nicht sehr erwachsen, nicht ganz ausgereift, aber das A gibt ihr eine besondere Note. Die Carola-Note, das Carola-A.

Es tut mir leid. Ich wollte es nicht. Wenn man jahrelang zusammen Urlaub macht, wenn man einen Plan hat für die Zukunft, wenn es so weiter gehen soll für alle Zeit, und dann plötzlich sagt einer, es ist Schluss, es ist vorbei, es ist aus, dann ist es doch normal, dass der andere die Beherrschung verliert, oder? Das kann doch passieren, dass man da mal ausrastet. Du wolltest weg, zu diesem Sven. Ja, ich habe dich geschlagen, aber der Sturz auf die Tischkante, das wollte ich nicht. Es war ein Unfall.

Vielleicht sollte ich Brötchen holen, bevor sie alle weg sind. Die Frau vom Kiosk wird wahrscheinlich wieder nach dir fragen. Du hast keinen Urlaub, werde ich ihr sagen. Sie ist die einzige, die dich bisher vermisst hat. Außer diesem Sven vermutlich. Aber der weiß nicht mal meinen Namen. Und er kriegt ja Postkarten.

Lieber Sven!
Gestern war es eher kühl. Doch es ist immer schön hier an der Blauen Adria. Ich glaube, es ist besser, wenn wir uns nicht mehr sehen.
Deine Carola

Was mach ich jetzt mit dir? Ich muss mir etwas ausdenken, so geht es nicht weiter. Hier im Wohnwagen kannst du nicht bleiben, nicht auf Dauer.

Der Typ mit der Lederjacke scheint etwas zu suchen. Fehlt noch, dass der bei mir aufkreuzt, ich habe keine Lust mit ihm zu reden. Tatsächlich, er kommt auf mich zu.

Ich hole dann mal Brötchen.

ELKE PISTOR

das kulinarische potenzial meiner campingkollegen

Als Erstes fiel ihnen wohl der Apfel auf. Genau genommen nicht der Apfel, sondern das Drumherum. Eigentlich nichts Ungewöhnliches. Kross gegrillt, appetitlich braune Kruste, nicht zu fett, innen wie immer auf den Punkt durch. Saftig. Nicht trocken. An der Seite bereits angeschnitten. Der Apfel klemmte zwischen den Zähnen. Die Qualität, die meine Gäste von mir erwarteten. Trotzdem standen alle wie angewurzelt. Niemand rührte sich. Stille. Und mir ging auf, dass ich nun doch einen Fehler gemacht hatte.

Dabei hatte es ganz harmlos angefangen. Vor ungefähr vier, nein, halt, vor sechs Monaten, als Hartmut und ich aus unserem Urlaub zurückkamen.

Mein Mann Hartmut ist Platzwart auf dem Campingplatz »Zur schönen Waldheide«, müssen Sie wissen. Seit dreißig Jahren kümmert er sich unter der Woche um die Stellplätze, leert die Münzautomaten der Duschen auf den Touristenplätzen und drückt immer mal wieder ein Auge zu, wenn die lustige Dauercamperrunde einmal länger als 22 Uhr vor den Wohnwagen sitzt und die Nachtruhe stört. Wobei die meiste Zeit sowieso niemand da ist, dessen Nachtruhe gestört werden könnte, weil ja alle so nett beieinander und niemand sonst auf dem Platz … Aber egal. Prinzip ist Prinzip und Nachtruhe ist Nachtruhe. Hartmut harkt die Kieswege, mäht den Rasen und ist immer da, wenn man ihn braucht. Außer, wenn wir in Urlaub sind.

Der ist ihm heilig, sagt Hartmut immer, weil man sich im Urlaub neue Inspirationen holen kann, die auch den Daheimgebliebenen letztlich zugutekommen. Und ich sage: Er hat recht. Wie mit so vielem. Man soll seinem Mann ja öfter mal das Gefühl geben, dass das, was er sagt, auch Gewicht hat.

Die Sache mit den Zwergen zum Beispiel. Die haben ja schließlich auch eine Persönlichkeit und eine Seele. Sagt Hartmut. Und man kann sie nicht einfach wegwerfen, nur weil an einer Ecke ein bisschen Farbe abblättert und der Lack sich an diversen Stellen löst. »Das ist ja wie bei uns«, sagt Hartmut und streicht liebevoll über meinen Arm, wobei ich mir nur mit Mühe den Seitenblick auf das Foto meines ersten Mannes verkneifen kann, der zum Thema Lack ab auch ein schönes Beispiel abgegeben hätte, wenn er noch lebte. Der ließ sich damals auch nicht so einfach entsorgen.

Aber ich will nicht abschweifen.

Hartmut trug also die aussortierten Zwerge alle zusammen und im Anschluss den Hügel hinauf in den kleinen Birkenhain oberhalb der letzten Stellplätze. Da stehen sie nun zwischen moosbewachsenen Findlingen in der Landschaft herum. Mich erinnern sie mit ihren leeren Augen ja eher an eine Zombiearmee und manchmal träume ich nachts davon, wie sie auf ihren kurzen Stummelbeinchen, gerade nach vorn gestreckten Armen und im Takt wippenden Zipfelmützen vom Berg herunterkommen, über uns herfallen und uns zur Rechenschaft ziehen. Jeder über seinen ehemaligen Besitzer. Dann wache ich schweißgebadet neben Hartmut auf, setze mich in meinem Bett hin und schiebe den Vorhang zur Seite, um mich zu vergewissern, dass das alles nur ein böser Traum war. Keine Zombiezwerge. Sie können sich sicher vorstellen, wie erleichtert ich dann jedes Mal bin.

Vermutlich kommt der schlechte Schlaf aber sowieso eher daher, dass ich in der letzten Zeit zu viel Fleisch esse.

Aber daran ist auch Hartmut schuld. Gewissermaßen. Wir haben uns nämlich im Urlaub wieder inspirieren lassen.

Es war aber auch wirklich sehr beeindruckend. Mal etwas ganz anderes. Kein Camping diesmal. Notgedrungen, wie Hartmut entschuldigend zu den zurückbleibenden Dauercampern meinte, als wir mit dem Taxi am Pförtnerhäuschen abgeholt wurden und davon fuhren.

Das Wohnmobil, das er vor Jahren von Erich Hinterkuhl aus dessen Scheidungsbestand aufgekauft hatte, um zu verhindern, dass Erichs Exfrau Margot es bekommen und womöglich mit ihrem neuen Freund Egon dann direkt neben Erich einen Stellplatz beziehen und für Unfrieden auf dem Platz sorgen würde. Ich war darüber ja nicht so besonders glücklich. Erich Hinterkuhl war nämlich ein begeisterter Zigarrenraucher und wir brauchten Wochen, bis wir den Gestank aus den Stoffen der Sitzbänke und den Sperrholztüren vertrieben hatten.

Aber eben genau dieses besagte und betagte Wohnmobil hauchte seinen letzten Dieselatem aus, als Hartmut es aus dem Winterquartier holen wollte.

»Da habe ich eben notgedrungen eine Kreuzfahrt gebucht«, hatte Hartmut mir und den anderen verkündet.

»Das ist wie Camping, nur auf dem Wasser und mit ein bisschen mehr Luxus«, war seine abschließende Meinung, als wir vierzehn Tage später gut erholt und braun gebrannt wieder vor den Toren des Campingplatzes standen. Du bist unterwegs, siehst alles und hast deine Plörren ganz bequem dabei. Und du musst nicht ständig rangieren, weil das der Kapitän von dem Kahn für dich erledigt.

Die umstehenden Männer schoben sich alle ihre Mützen in den Nacken und zuppelten an ihren Jogginghosen herum. Das Größte, was die meisten von ihnen in den letzten Jahren im Zusammenhang mit Camping rangiert hatten, waren die Handrasenmäher um die auf den Dauerstellplätzen fest installierten Caravans herum. Erich paffte kleine Wölkchen in die Luft und zog ein missbilligendes Gesicht. Die Truppe bot keinen besonders attraktiven Anblick.

Und überhaupt, so stellte ich damals fest, hatte Hartmut an sich die Kreuzfahrt gut getan. Er hatte seine Uraltjeans gegen weiße Leinenhosen und seine rotbraunen Karohemden gegen türkisfarbene Poloshirts eingetauscht. Statt der halb abgeschnittenen Gummistiefel trug er nun Segelschuhe, die er nur ab und an und nur bei Regen gegen ein Paar neue dunkle Stiefel eintauschte, die genauso gut in ein schottisches Hochmoor gepasst hätten. Kurzum – Hartmut hatte sich so sehr zu seinem Vorteil verändert, dass ich nicht umhin kam, das positiv zu vermerken. Deswegen tat es mir auch nachher irgendwie so leid, aber nun ja. Wie sagen die alten Camper? »Der Hering muss geschlagen werden.«

Zunächst einmal ließ sich alles wunderbar an. Seine Idee war aber auch wirklich gut. Um nicht zu sagen: brillant. Stichwort: Campingbuffet. Mit allem Zipp und Zapp. »Warum«, so argumentierte er, »kochen hier eigentlich alle ihr eigenes Süppchen auf dem Gaskocher, wo wir doch alle zusammenwerfen und uns an den Samstagen ein schickes Buffet leisten könnten? Das würde«, so warf er in die Runde, »auch mal ein bisschen Abwechslung bringen. Doppelrahm statt Doppelkopf, Steak statt Skat und Kaviar statt Kniffel.«

Mir kam das insofern gerade recht, weil die kleine familiengeführte Metzgerei, bei der ich gearbeitet hatte, mangels

Nachfolger dichtmachte und ich mir sowieso über kurz oder lang eine neue Arbeit hätte suchen müssen.

Warum also nicht auf dem Campingplatz mit Hartmut in eine Kasse wirtschaften? Je mehr ich darüber nachdachte, umso besser gefiel mir die Sache, hatte ich doch immer schon geahnt, dass in mir mehr steckte, als nur Grillwürstchen und Spareribs für Junggesellenabende abzupacken und in der Mittagspause Koteletts an hungrige Büroangestellte zu verteilen. Mein alter Jugendtraum eines Sternerestaurants erschien mir auf einmal gar nicht mehr so unrealistisch.

Es dauerte keine zwei Wochen des Planens und Vorbereitens, bis das Hinterkuhl'sche Wohnmobil zum Buffet umgebaut und unmittelbar neben die Terrasse des Platzwarthäuschens gesetzt war und wir zur Premiere luden. Hartmut hatte auf mein Drängen neue Pavillons erworben – in noblem Grau mit Seitenwänden. Und ein paar von diesen Heizpilzen, damit wir vom Wetter unabhängiger waren. Auf den festen Papiertischdecken für die Tische der Bierzeltgarnituren hatte ich bestanden, genauso wie auf richtigem Besteck und passenden Gläsern. Einen ganzen Abend hatte ich damit verbracht, die Servietten zu Schwänen zu falten, auch wenn Hartmut gemeint hatte, das sei doch jetzt ein bisschen übertrieben. Vielleicht hätte ich da schon stutzig werden und über unsere unterschiedlichen Prioritäten nachdenken sollen. Hätte ich zu diesem Zeitpunkt schon geahnt, was passieren würde … Nun ja. Wie dem auch sei. Wo war ich stehen geblieben? Ach ja. Die Servietten. Sehr niveauvoll. Auch wenn es den wenigsten auffiel.

Alle hatten sich chic gemacht. Die Damen Kleider, die Herren Jacketts und Krawatte, wenn auch nicht immer in farblich ausgesuchter Harmonie. Sogar die Adiletten waren in den Vorzelten geblieben.

Im letzten Augenblick hatten wir noch eine Speisekarte geschrieben, ausgedruckt und kopiert.

Die Speisenfolge lehnte sich eng an die Sonderangebotswochen des nahe gelegenen Discounters an, weil meine Mittel beschränkt waren, aber ich hoffte, dass die wohlklingenden Namen etwas davon ablenken würden und »Pumpernickel-Schinkenausschnitt an Gemüsevinaigrette« klang definitiv besser als »Schinkenschwarzbrot mit Gewürzgurke«. Besonders stolz war ich auf die Käseplatte, auf der außer mittelaltem Holländer so ziemlich alles zu finden war, was das Gourmetherz begehrte. Hier hatte ich keine Kosten und Wege gescheut, um wirkliche Raritäten zu erstehen, die ich zwischen Weinblättern auf einer glatt gehobelten Baumscheibe darbot.

Die ganze Sache war ein Riesenerfolg. Alle waren begeistert und so wurde beschlossen, das nun jeden Samstag zu machen.

Meine Woche bestand nun darin, mir Gerichte auszudenken, einzukaufen und ab spätestens Donnerstag stand ich in der Küche des Kiosks und kochte vor. Zum Glück hatten wir ausreichend große Tiefkühlkapazitäten.

Ich entwickelte Ehrgeiz, doch je mehr Energie ich in die Sache steckte, umso mehr schien es mir, als ob Hartmut lieber wieder Rasen mähen, statt Schnittlauch schnippeln würde. Ihm wurde das alles zu viel. Nicht, dass er was gesagt hätte. Aber ich kannte ihn lange genug, um seine Blicke richtig zu interpretieren. Und die waren vielsagend und gingen deutlich in Richtung Feierabend. War er es ursprünglich gewesen, der die Idee gehabt hatte, so war ich es zunehmend, die sie vorantrieb, ausweitete und zur Perfektion bringen wollte. Immer meinen Traum im Blick. Jeden Samstag kamen mehr Gäste, auch Platzfremde.

Ob das der Grund war, warum die Sache schließlich eskalierte, kann ich nicht beurteilen, aber es ist auch egal, weil letztlich nur das Ergebnis zählt.

Zunächst waren es nur Kleinigkeiten. Dass die Gäste bereits fünfzehn Minuten vor der Eröffnung des Buffets am Eingang drängelten und sich dann über die Handtaschen aufregten, die unsere Dauercamper bereits am Nachmittag auf den Sitzen platziert hatten, um einen möglichst guten Tisch zu bekommen, konnte ich noch gut ignorieren. Nur die Handtücher, die einige statt der Handtaschen benutzten, gefielen mir nicht. Auch das Durcheinander von Vor- und Hauptspeisen auf den Tellern war zu ertragen. Den Leuten schmeckte es halt so. Etliche gingen sogar so weit, sich die Nachspeise zu sichern, bevor sie den ersten Löffel Suppe im Mund hatten.

Beim Käse allerdings war meine Grenze erreicht. Es tat mir in der Seele weh, wie da die Messer gänzlich ohne Gefühl in Laiber gestoßen und große Stücke grob herausgerissen und weggetragen wurden, als ob es kein Morgen gäbe. Rücksichtslos, blind für die Ästhetik meiner Arrangements und sabbernd wie ein Rudel Wölfe vor dem ängstlichen Reh metzelten sie die Platte nieder, bis nur noch kümmerliche Rindenreste und blässliche Spuren der Bries auf dem Brett zurückblieben.

Als die Erste in ihrer Gier, einer spontanen Eingebung folgend, von mir sanft unterstützt, über die Stufen des Hinterkuhl'schen Wohnmobils in das Käsemesser stürzte, reagierte ich blitzschnell und schob sie, Besorgnis vortäuschend, in die ehemalige Nasszelle, was sich nachher auch als gute Entscheidung herausstellen sollte, weil es gar kein Problem war, die Blutflecken vom Hartplastik zu entfernen. Erstaunlicherweise fragte niemand nach ihr. Der Appetit auf die dargebotenen

Köstlichkeiten und die Angst, womöglich zu kurz zu kommen, war wohl stärker. Auf jeden Fall lag sie da nun erst mal gut und ich hatte Zeit, mir zu überlegen, was ich mit ihr anstellen sollte. Zu viel Zeit allerdings auch nicht, weil immer noch sommerliche Temperaturen vorherrschten und es in so einer kleinen Nasszelle rasch einmal ziemlich heiß und in diesem Zusammenhang olfaktorisch unangenehm wird. Da ich mir im Laufe der letzten Wochen das ein oder andere Profiwerkzeug, darunter auch ein japanisches Kochmesser, angeschafft hatte, ging es mit dem Zerteilen dann überraschend schnell. Die auf den Punkt gebratenen Filets und der Tafelspitz wanderten in die Tiefkühltruhe neben die in gebrauchsfertige Portionen abgepackten Speckstücke. Besonders stolz war ich auf die, aus den weniger gut als Ganzes zu verarbeitenden Fleischstücken, hergestellten Gartenzwerge aus Hackfleischbällchen. Ich nähte aus Filz kleine bunte Mützchen und steckte Augen aus rotem Pfeffer an. Die passende Deko musste ich mir einfach nur vom Zombiezwerghügel pflücken.

Das Ganze erwies sich nicht nur als äußerst budgetfreundlich, sondern auch als Quantensprung in der Qualität. Die Dame war sehr sportlich gewesen und ich musste nun nicht mehr auf die Discounterware zurückgreifen. In Folge zog der gute Ruf unseres Campingbuffets immer weitere Kreise und immer mehr Gäste nahmen an unseren weiß gedeckten Biertischtafeln Platz, genossen die Speisen und das ungewöhnliche Ambiente, sodass meine Fleischvorräte sich rasch dezimierten und ich über Nachschub nachdenken musste.

Mittlerweile hatte ich allerdings einen gewissen Standard und Qualitätsanspruch entwickelt, was Sie sicher verstehen können. Ich bin nun mal eine kleine Perfektionistin und die Vorstellung meines eigenen Sternerestaurants schien mir immer greifbarer. Deswegen kam es gar nicht infrage, auf den Zufall zu hoffen, sondern die Sache wollte gut vorbereitet sein. Zum einen die Qualität des Fleisches. Nicht zu fett, aber auch nicht zu mager. Muskulös, aber nicht zäh. Kurz erwog ich eine von den Kühen zu nehmen, die auf der Nachbarwiese neben unserem Platz sich durch ihr friedliches Leben grasten, aber ich brachte es nicht übers Herz, ihnen ein Haar zu krümmen, als sie mich aus ihren dunklen sanften Augen ansahen.

Zum anderen musste ich das Logistikproblem lösen. Es durfte ja niemand von unseren Dauercampern sein, weil das Fehlen natürlich sofort aufgefallen wäre. All das musste ich bedenken. Was ich dann auch tat. Der junge, allein reisende Mann auf Wanderung, den ich schließlich ausgesucht hatte, erfüllte alle Kriterien und niemand zweifelte an meiner Aussage, dass er bereits in aller Frühe sein Zelt zusammengepackt und aufgebrochen war. Er war aber auch wirklich ein Leckerchen. Das bestätigten alle, die am darauffolgenden Samstag das Carpaccio an Rucola, Pinienkernen und Zitronenmelisse kosteten.

Als Thema für das Buffet Anfang Herbst wählte ich Wildbret. Das erschien mir passend, hatte doch die Joggerin, die ich ganz früh morgens in der Nähe des Birkenhains mit Hilfe einer Drahtschlaufe erlegte, etwas von einem scheuen Reh gehabt. Keule, Schulter und Rücken zauberten ein verzücktes Lächeln auf die Lippen meiner Gäste, unter denen sich an diesem Abend auch ein Restauranttester befand, der seine Lobeshymnen freimütig in der Presse verbreitete und auf diese Weise zu dem nicht mehr abreißenden Strom an hungrigen Gourmets beitrug.

Erstaunlicherweise ging es mit jedem Mal einfacher. Man entwickelt ja eine gewisse Routine. Und damit meine ich jetzt nicht nur die neuen Ideen für die Zutaten und Gerichte.

Ziegengulasch, -schaschlik und -ragout aus der älteren Dame, die, zu neugierig geworden, einen Blick in meine Tiefkühltruhen warf, Pute aus der Restantin eines Mädelabends, die allen Ernstes Ketchup zum Risotto haben wollte, und Jungbullensteaks aus … nun ja.

Die Gäste waren begeistert, mein Ruhm wuchs über die Grenzen des Ortes hinaus und immer mehr und mehr begeisterte Besucherscharen kamen. Mittlerweile hatte ich den Freitag und den Sonntag dazugenommen und stand die komplette restliche Woche in meiner kleinen Küche. Kurz gesagt: Ich war am Ziel meiner Träume.

Natürlich blieb es dabei nicht aus, dass der ein oder andere Restaurantbesucher auch das Campen für sich entdeckte. Zuerst erschienen sie mit Zelt für ein Wochenende, dann für eine Woche im geliehenen Wohnwagen und schließlich rollten blitzende Caravans auf Anhängern über unseren Platz, um hier ihre dauerhafte Heimat zu finden. Das brachte nicht nur Unruhe in unsere eingeschworene Gemeinschaft, sondern auch meinen Hartmut an die Grenzen seiner Belastbarkeit. Ständiges An- und Abreisen, versiffte Duschen, überquellende Mülleimer, nächtliche Ruhestörungen, Altglas im Kunststoffcontainer, totrangierte Rasenstücke, verstopfte Toiletten, Frühstücksbrötchenbestellungen und – darüber regte er sich am meisten auf – eines Nachts die Enthauptung mindestens der Hälfte der Zombiezwerge. An Beschaulichkeit war nicht mehr zu denken.

»Das muss aufhören«, sagte er zu mir, ohne auf meine Einwände im Bezug auf mein Restaurant zu hören. »Sofort«, ergänzte er noch, bevor er sich seine nun nicht mehr ganz so neu wirkenden Stiefel von den Füßen zog und sie in unserem Vorzelt abstellte. »Schluss mit den Buffetabenden, dann werden sie sich schon von alleine wieder verziehen.«

Entgeistert sah ich ihn an. Wollte er wirklich um seiner Bequemlichkeit Willen meinen Traum zerstören? Ich öffnete den Mund, suchte nach den passenden Worten und Argumenten, aber noch bevor ich einen Ton sagen konnte, gebot er mir mit einer knappen Handbewegung Schweigen und stieg in den Wohnwagen.

Vielleicht wäre alles anders gekommen, wenn ich ihm nicht in diesem Moment den Tritthocker unter den Füßen weggezogen, er gestolpert, mit dem Kopf auf die Drehknöpfe des Gasherds geschlagen und bewusstlos geworden wäre. Wenn ich nicht dagestanden und überlegt hätte, wie es wäre ohne Hartmut, aber mit meinem Restaurant. Wenn dieses Überlegen nicht so lange gedauert und ich gezaudert hätte, während das Gas leise zischte, weil es schon etwas anderes ist, eine dahergelaufene Joggerin oder einen Wanderzelter zu verarbeiten, als den eigenen Mann zu … also, Sie wissen schon.

Und wenn nicht Erich mit seiner glimmenden Zigarre vorbeigekommen wäre und hilfsbereit zu ihm in den Wohnwagen gestiegen wäre …

Aber um es kurz zu machen: Die Hitze entwickelte die ideale Temperatur und alles garte auf den Punkt. Nur den Apfel zur Dekoration, den hätte ich mir nachher wohl sparen sollen. Der war ein Fehler. Definitiv.

ALEXA STEIN

Zugvögel

Das Einzige, was seit Tagen bei Kalles Imbiss anklopft, ist der Regen. Kalle ertränkt zwei Grillwürstchen in Curry-ketchup, irgendjemand muss seine Vorräte ja vernichten. Die wenigen Campinggäste, die es zu dieser Jahreszeit und bei dem Wetter auf Borkum gibt, verlaufen sich nicht bis zu diesem abgelegenen Zeltplatz. Wieder einmal schwört er sich, endlich die Bude hier aufzugeben. Nur was dann?

»Tach auch.«

Kalle verschluckt sich fast. Vor seinem Tresen steht ein Mensch. Genauer gesagt ein Mann, Mitte fünfzig. Lange Haare, von denen der Regen auf mit Tattoos verzierte Oberarme tropft, gegen die Kalles Oberschenkel wie Hühnerbeine wirken.

»Ist hier noch ein Plätzchen frei?«

»An meinem Tresen?«

Der Langhaarige zieht die Oberlippe nach oben. »Zelt-platz!«

Kalle deutet mit dem Kopf nach links. »Platzwartbude ist da drüben.«

»Da ist keener.«

»Mittachspause. Wurst? Bierchen?«

»Pommes rot-weiß.«

Kalle setzt seinen Wegen-dir-werd-ich-bestimmt-nicht-die-Fritteuse-anschmeißen-Blick auf, aber der Typ kapiert nicht. »Fritten sind aus. Wurst?«

Endlich, er hat kapiert und nickt. »Wohl nich so viel los hier, wa?«

139

»Nebensaison«, sagt Kalle und öffnet zwei Jever.

»Ist überhaupt jemand da?«

Kalle reicht ihm eine der Flaschen und sieht ihn mit hochgezogenen Augenbrauen an. »Nee. Sechsachtzig.«

»Ganz schön gepfefferte Preise, wa.«

»Inselzuschlag.« Kalle deutet mit dem Finger auf die Wiese rechts vom Imbiss. »Hier kannste dein Zelt aufbauen.«

»Dachte, das macht der Platzwart?«

»Bin die Vertretung«, sagt Kalle und schiebt ihm einen Zettel über den Tresen. »Hier. Und leserlich schreiben!«

Ein paar Minuten später kommt der Typ, der auf der Anmeldung unter Namen lediglich Skaletti angegeben hat, mit einem klapprigen Ford Taunus zurück. Kalle macht sich noch ein Jever auf. Dies sind die wenigen Momente in seinem Job, die er genießt. Sich zurücklehnen und anderen bei der Arbeit zusehen. Zudem verrät die Campingausrüstung eine Menge über die Menschen, wenn man von dem, was der Typ da gerade aus dem Kofferraum holt, überhaupt von Ausrüstung sprechen kann.

»So ein Scheiß ej …«

Kalle beugt sich über den Tresen und ruft: »Is'n Wurfzelt, das musst du an der Lasche nehmen und dann auswerfen. Wie beim Angeln, verstehste?«

Skaletti kratzt sich am Kopf und tut so, als würde er den Beipackzettel studieren. Von den Nebenwirkungen steht da sicher nichts drin, denkt Kalle, während Skaletti ausholt, wirft und der frische Nordseewind sich das Zelt krallt.

»Hier solltest du das allerdings nicht tun, zu viel Wind.«

»Moin, Kalle.«

Svetlana, er hat sie gar nicht kommen sehen. Kalle lächelt und deutet auf Skaletti. »Super Show.«

»Neuzugang?«

»Ist sein erster Campingurlaub. Hundert pro.« Kalle zieht den Bauch ein, so gut es geht. Svetlana ist seit letztem Herbst für die Ordnung auf dem Platz zuständig. Der heißeste Feger, der ihm je untergekommen ist. Seitdem versucht er, bei ihr zu landen, leider bisher erfolglos.

»Weißt du, was der hier will?«

»Campen.«

»Und wie lange?«

Kalle legt die Stirn in Falten, sie findet ja wohl keinen Gefallen an diesem Typen? »Tippe mal, nach zwei Nächten ist der durch mit dem Thema.«

Am nächsten Morgen hat es endlich aufgehört zu regnen. Schlotternd und mit krummem Rücken kommt Skaletti zum Imbiss, kaum dass Kalle geöffnet hat. Wortlos stellt er ihm einen Kaffeepott hin. Skaletti ergreift ihn dankbar und klammert sich daran fest, als könne er sich damit in ein Luxushotel beamen.

»Wie lange bleibste eigentlich?«, fragt Kalle.

Skaletti sieht ihn mit zusammengekniffenen Augen an. »Was interessiert dich das?«

»Platzmiete.«

»Ach so … äh, paar Tage. Weiß noch nicht so genau.«

Kalle schneidet gerade Brötchen auf, als Skaletti durch die Zähne pfeift. »Geiles Fahrgestell.«

Reflexartig zieht Kalle den Bauch ein, aber es ist ein Auto, das Skaletti anstarrt. Genauer gesagt einer von diesen Luxusgeländeschlitten für Möchtegernranger.

»Moin!«

Immerhin versteht der Besitzer, sich gepflegt auszudrücken. Kalle nickt ihm zu. »Kaffee?«

»Gern. Und? Noch ein Plätzchen für mich und meine Pferdchen frei?« Kalle macht eine weitschweifige Handbewegung über den Platz. »Wie man sieht, alles belegt.«

Der Kutschenbesitzer grinst. »Witzig, echt witzig. Heinrich Kuhlmann. Und Sie sind?«

Kalle will schon antworten, als er merkt, dass die Frage nicht an ihn, sondern an Skaletti gerichtet ist. Der zeigt statt einer Antwort auf den Wagen. »Aus Hamburg?«

Kuhlmann nickt. »Aus Berlin?« Er deutet zum Taunus hinüber.

»Klassiker. Gibt's nicht mehr viele von.«

»Schon klar«, sagt Kuhlmann.

Skaletti hebt grüßend die Hand und verschwindet in Richtung Dusche. Kuhlmann trinkt seinen Kaffee und sieht ihm hinterher.

»Vierfünfzig«, sagt Kalle und hält die Hand auf.

»Ganz schön gesalzen.«

»Inselzuschlag.«

Ehe Skaletti aus der Dusche zurückkommt, hat Kuhlmann ein Viermannzelt mit Sonnendeck und kompletter Innenausstattung aufgebaut. Daneben sieht Skalettis Wurfzelt wie ein Maulwurfshügel aus.

Als am Nachmittag ein dicker Caravan auf den Platz geschaukelt kommt, reibt Kalle sich die Augen. Und gleich noch einmal, als eine Blondine aussteigt, die nach allem, was er über Schwerkraft gelernt hat, eigentlich vornüberkippen müsste.

»Haay!« Sie beugt sich nach unten, bis ihre Augen die seinen treffen. »Ich würde gerne ein paar Tage auf Ihrem kuschligen Plätzchen hier abhängen.«

Kalle nickt und bemüht sich, den Blick nicht wieder tiefer sinken zu lassen. »Klar«, sagt er, »wo immer du willst. Würstchen?«

Sie sieht an ihm hinunter und lächelt.

Kalle wird tatsächlich rot, so etwas ist ihm nicht passiert, seit er im Alter von fünf Jahren im Supermarkt in die Hose gemacht hat. Auch Skaletti und Kuhlmann ist der Neuzugang nicht entgangen. Wie geifernde Hunde kommen sie angelaufen. Nur gut, dass man die wedelnden Schwänze nicht sehen kann.

Jeannette Duve nennt sich die Dame, nach eigenen Angaben Schauspielerin – in welcher Art Filme braucht Kalle nicht zu fragen.

Kalle schenkt fleißig ein. Unglaublich, was die vertragen können, besonders dieser Kuhlmann, wundert sich Kalle, als er zufällig sieht, wie Kuhlmann heimlich seinen Kurzen ins Gebüsch kippt. Ach, kieckmol an, denkt Kalle, Mister Cool ist gar nicht so cool, will wohl vor den dicken Möpsen den dicken Macker spielen. Scheint nur nicht so ganz zu klappen, denn Jeannette schmachtet eindeutig Skaletti an.

Als Kalle endlich in seinem Bett im hinteren Teil vom Imbiss liegt, schüttelt er immer wieder den Kopf. Was für schräge Typen. Was wollen die hier? Kalle steht auf, um etwas von dem abendlichen Bier zu entsorgen, als er draußen einen Schatten herumhuschen sieht. Hat also doch einer von den beiden vor, zwischen Jeanettes Kuschelkissen zu nächtigen. Neugierig, wie er gar nicht ist, geht Kalle näher ans Fenster. Mister Kuhlmann, nur schleicht er nicht in Richtung Caravan, sondern auf Skalettis Ford zu. Er sieht sich um, verschwindet kurz unter der Schrottkarre und wieder in seinem mobilen Domizil. Wat zum Klabautermann is hier los?

Am nächsten Morgen versammeln sich alle an Kalles Bude. Kalle schenkt Kaffee aus, während seine Gäste sich gegenseitig ausfragen. So beiläufig, dass es schon wieder auffällig ist.

»Was ist eigentlich mit denen los?«

Kalle grinst Svetlana an, die sich die Gummihandschuhe abstreift. »Wenn ich das mal wüsste.«

»Wie lange wollen die denn bleiben?« Auch diese Frage kann Kalle ihr nicht beantworten. Er nutzt die Situation, sie für heute Abend einzuladen, aber Svetlana lehnt dankend ab, sie hat andere Pläne. War ja zu erwarten.

Gegen Abend trudeln alle wieder bei Kalles Bude ein. »Wurst?«

»Haste nich mal was anderes?«

»Wenn ihr alle welche nehmt, schmeiß ich die Fritteuse an, Fritten nach Ostfriesenart.«

»Ostfriesenart?«, Kuhlmann sieht ihn fragend an und Skaletti lacht über seinen eigenen Witz, ehe er ihn losgelassen hat. »Klar, extragroß, weil die dümmsten Bauern die größten Kartoffeln haben.«

Kalle zieht nur die Augenbrauen nach oben und zeigt auf die weiß-rote Flagge, die an seinem Imbiss baumelt.

»Och, nö ne. Pommes rot-weiß, die gibt's ja wohl überall.«

»Also, Fritten oder Wurst?«

»Moin. Moin.«

Kalle muss sich ein Stück über den Tresen lehnen, um den Mann zu sehen, der um die Ecke schielt. Und schielt ist echt nicht übertrieben. Kalle kann es kaum glauben, noch so ein abgedrehter Typ. Gibt es beim Fährbetrieb eine Marketingaktion? Je schräger sie rüberkommen, desto billiger, oder was?

»Horst Meier, mein Name«, sagt der Typ und tritt nach vorn.

Der setzt dem Ganzen die Krone auf. Kleinkariertes Hemd, Pullunder, dunkelbraune Stoffhose und Gesundheitslatschen.

»Ich habe einen Zeltplatz reserviert.«

Kalle schüttelt den Kopf, Horst Meier nickt. »Über Ihre Homepage.«

Homepage, Schiete, so was gibt's ja auch noch. »Ach äh, ja klar.« Er deutet auf den nächstbesten Platz. »Da drüben, der da.«

»Supi, dann will ich mal gleich. Schönen Tag noch, die Dame. Die Herren.«

Während alle gebannt zusehen, wie Horst Meier sein Zelt aufbaut, werden die Fritten kalt. Wenig später geht Meier an ihnen vorbei Richtung Sanitäranlagen.

Jeanette schmeißt sich in Position. »Wollen Sie nicht noch ein Bier mit uns trinken?«

Meier schüttelt den Kopf. »Bedaure, aber die Nacht ist kurz.«

»So? Was haben Sie denn vor?«

»Nur der frühe Vogel fängt den Wurm!« Er macht eine kleine Verbeugung und verschwindet im Duschhäuschen.

Als es dunkel ist, nimmt Kalle seine Bettdecke und setzt sich darin eingemümmelt ans Fenster. Mal sehen, was sich heute Nacht so tut, denkt er, und während er noch überlegt, sich Kaffee zu kochen, ist er auch schon eingeschlafen.

Als Kalle hochschreckt, beginnt es bereits zu dämmern. »Mist.« Er guckt aus dem Fenster, gerade rechtzeitig, um zu sehen, wie Horst Meier sich mit Rucksack und Feldstecher auf den Weg macht. Keine Minute später krabbelt Kuhlmann aus seinem Zelt, ebenfalls in voller Montur. Kaum ist er um die Ecke, öffnet sich die Tür des Caravans. Nur Skaletti fehlt.

Eine Stunde starrt Kalle auf Skalettis Platz, der inzwischen in der prallen Sonne liegt, aber nichts tut sich.

»Hallo? Skaletti?« Kalle sieht sich kurz um und öffnet das Wurfzelt. Auch hier absolute Ebbe. Kalle durchwühlt Skalettis Sachen, außer dreckiger Wäsche ist nichts zu finden. Vorsichtig nähert er sich dem Taunus und betätigt die

Beifahrertür, sie ist tatsächlich offen. Kalle sieht genauer hin, aufgebrochen. Da war offensichtlich schon jemand vor ihm neugierig. Trotzdem setzt er sich, öffnet das Handschuhfach und zieht ein paar Papiere heraus. Straßenkarte, Tankbelege, ein Foto. Es zeigt zwei Männer, Mitte fünfzig, einer von beiden kommt Kalle irgendwie bekannt vor. Ohne lange zu überlegen, steckt er das Foto ein.

Am Nachmittag ist noch immer keiner zu sehen. Kalle setzt sich in die Sonne, die es heute ungewöhnlich gut mit der Insel meint, und schließt die Augen. Ein laues Lüftchen kommt auf und treibt eine Wolke Kloakengeruch in seine Nase. »Oh nee, nich schon wieder die olle Sickergrube.«

Kalle braucht nicht lange nach der Ursache zu suchen, der Deckel ist zur Hälfte aufgeschoben. Verdammte Sauerei, vermutlich hat hier wieder jemand illegal seinen Dreck abgelassen. Langsam schiebt Kalle die Forke in den Bottich, um zu kontrollieren, dass keiner was entsorgt hat, was da nicht rein gehört. Es blubbert und ein Gesicht schwappt durch die Oberfläche der trüben Brühe. Kalle unterdrückt einen Schrei. Er erkennt es sofort, Skaletti. So schnell er es mit seinen zittrigen Händen zustande kriegt, rückt Kalle den Deckel auf die Grube, lässt die Forke fallen und rennt hinüber in das Duschhäuschen, wo er sich übergibt.

»Alles in Ordnung?«

Kalle richtet sich auf und starrt Svetlana an.

»Nein … ja, ich …« Ich muss sie von hier wegbringen und die Polizei rufen, denkt Kalle und sieht wie in Trance zu, wie Svetlana sich die völlig verdreckten Gummihandschuhe abstreift und sie in ihren Eimer packt. Sie hat doch schon heute Morgen geputzt, schießt es ihm durch den Kopf.

»Ja, ja … die Würstchen … alles in Ordnung«, stammelt er und läuft zu seiner Bude.

Kann das sein, dass Svetlana diesen Skaletti ...? Quatsch nicht Kalle, ermahnt er sich selbst. Wenn den jemand kalt gemacht hat, dann einer von den drei anderen. Er nimmt das Telefon aus der Halterung, tippt 112, und zögert. Vielleicht ist Skaletti ja auch einfach nur besoffen reingefallen? Dann bin ich womöglich selbst dran, wegen fahrlässiger Tötung? »Scheiße!« Kalle legt das Telefon auf den Tisch, geht nach vorn und genehmigt sich erst mal einen aus der Schnapspulle.

»Gibt's was zu feiern?«

Hastig setzt Kalle die Flasche ab, Horst Meier steht vor seinem Tresen. »Schöner Tag, nicht? Kann ich ne Wurst? Und 'n Bier?«

Sich jetzt nur nichts anmerken lassen, denkt Kalle. So lässig wie möglich schmeißt er den Grill an, packt die Würstchen darauf. Nimmt ein Bier aus dem Kühlschrank.

»Ich auch eins!« Kuhlmann. Sein Gesicht ist krebsrot, seine Hose dreckverschmiert. Meier sieht ihn von der Seite an. »Wattwanderung?«, fragt er und Kuhlmann nickt. »Hmm.«

»Wo ist denn Ihre bezaubernde Kollegin?«, fragt Meier. Kuhlmann verschluckt sich fast an seinem Bier. »Sie ist nicht meine Kollegin.« Kuhlmann trinkt das Jever aus und ordert ein zweites.

»Wo ist eigentlich Skaletti?«, fragt er Kalle, der mit den Schultern zuckt. »Hab ihn seit gestern nicht gesehen.«

Als es dunkel wird, schließt Kalle zu und setzt sich ans Fenster, auf dem Tisch liegt noch immer das Telefon. Er nimmt es hoch und packt es in die Ladeschale. Er will jetzt erst mal wissen, was hier gespielt wird.

Bis weit nach Mitternacht ist alles ruhig. Dann plötzlich sieht Kalle einen Schatten.

Als Kalle Jeanettes Caravan erreicht, sitzen sie und Kuhlmann am Tisch, in ein hitziges Gespräch vertieft.

»Verdammt! Dieser Hund hat uns reingelegt. Während wir diesem Irren durch den Schlamm nachgerobbt sind, hat Skaletti in aller Ruhe die Kohle geholt und sich aus dem Staub gemacht.«

»Seine Sachen sind noch da.«

»Die Schrottkarre? Klar, um uns abzulenken.«

»Und wenn es doch dieser Meier ...?«

»Und wieso hat sich Skaletti dann aus dem Staub gemacht?«

»Aber wir haben sein Handy gecheckt.«

»Klar, so blöde ist der auch wieder nicht. Der Kontakt nach Ibiza lief über seinen Cousin. Skaletti kennt Schulze vermutlich noch nicht einmal. So eine Scheiße. Ich hätte ihm den Peilsender an den Arsch kleben sollen, statt an seine Karre.«

»Und jetzt?«

»Ich nehm morgen früh die erste Fähre und du hältst hier die Stellung.«

Vorsichtig zieht Kalle sich wieder in Richtung Imbiss zurück. Kaum hat er ihn betreten, schlägt er sich mit der flachen Hand gegen die Stirn. »Verdammt noch mal. Schulze – Ibiza!« Jetzt weiß er auch wieder, woher er der Mann auf dem Foto aus Skalettis Auto kennt. Schnell lässt er den Rollladen herunter, schmeißt seinen PC an.

›Schulze, der legendäre Entführer wieder auf freiem Fuß und die Millionenbeute noch immer verschollen.‹ Er hatte damals weder seine Komplizen noch das Versteck verraten. Gleich nach der Freilassung im Herbst hatte Schulze sich über Holland nach Ibiza abgesetzt. Holland, denkt Kalle und kratzt sich am Kopf, das hier gleich um die Ecke liegt. Zehn Millionen Schweizer Franken, damit könnte man sich schon mal was anderes leisten, als Würstchen und Bier.

Aber wenn Schulze auf Ibiza ist, dann muss einer der hier Anwesenden das Versteck kennen. Wie es aussieht, haben

Kuhlmann und Jeannette keinen Plan. Skaletti ist tot. Bleiben nicht viele.

Den ganzen Tag lässt Kalle Meier nicht aus den Augen, aber der scheint sich nur für Vögel zu interessieren. Wieder bekommt Kalle dieses komische Gefühl im Magen. Könnte tatsächlich Svetlana was mit der Sache zu tun haben?

Als Kalle hochschreckt, ist stockdunkle Nacht. War da nicht was? Er lauscht, aber außer der sanften Brandung der Nordsee ist nichts zu hören. Er steht auf und sieht aus dem Fenster. Eine Weile starrt er ins Dunkel, dann plötzlich sieht er hinter der Sanddornhecke, neben dem großen Findling, kurz einen Lichtschein. Kalle zieht sich eine Strickweste über den Schlafanzug und schleicht nach draußen bis zur Hecke.

Horst Meier, also doch. Der angebliche Vogelfreund sitzt vor einem tiefen Loch und müht sich mit etwas ab, das Kalle nicht sehen kann. Ein Stück hinter ihm liegt ein Spaten. Wie praktisch, denkt Kalle, schnappt sich den Spaten und reißt ihn nach oben. Doch ehe er zuschlagen kann, trifft ihn etwas hart am Hinterkopf und er sinkt zu Boden.

Wie aus tausend Schichten Seenebel dringt Kalles Bewusstsein Stück für Stück an die Oberfläche. »Er kommt zu sich«, sagt eine Männerstimme.

»Lass mich mal ran.«

Die Stimme jetzt ist weiblich und gehört eindeutig zu …

»Svetlana?«

Sie beugt sich über ihn und schüttelt den Kopf. »Mann, Mann, Mann, Kalle.«

Erst jetzt bemerkt Kalle den Tumult. Blaulichter, unzählige Füße trampeln um ihn herum.

Svetlana sieht von Kalle hinüber zu einem Streifenwagen, in dem Jeanette sitzt, in Handschellen.

Kalle rappelt sich auf, greift sich an den Hinterkopf. »Ihr hab ich die Beule zu verdanken?«

Svetlana nickt. »Ja, sie wollte wohl die Beute weder mit Meier noch mit dir teilen. Meier hat übrigens auch Skaletti auf dem Gewissen, aber das weißt du vermutlich schon. Er war damals einer der drei Entführer. Skaletti war der Cousin des dritten Entführers. Der hat geahnt, dass Meier und Schulze ihn linken wollten, und hat seinen Cousin vorgeschickt.«

»Die Polizei wusste längst alles?«

»Leider nicht alles. Wir wussten nur von diesem Campingplatz, mehr nicht. Deshalb hab ich mich nach Schulzes Entlassung hier als Putzfrau eingeschlichen.«

»Und Kuhlmann und Jeannette?«

»Kuhlmann ist Versicherungsdetektiv und Jeannette beim BND. Auch Kuhlmann hat früher für den BND gearbeitet. Als die beiden hier aufkreuzten und so taten, als würden die sich nicht kennen, hab ich mir gleich gedacht, dass die gemeinsame Sache machen und sich das Geld unter den Nagel reißen wollen.«

Kalle nickt vorsichtig. »Und was passiert jetzt mit mir?«

Svetlana lässt ihn eine Weile zappeln, dann sagt sie. »Ja, gute Frage. So ganz sicher bin ich mir ja nicht, ob du nicht auch vorhattest, dich mit dem Geld aus dem Staub zu machen.«

Kalle sieht betreten auf seine Hände.

»Aber wäre doch schade um die schöne Belohnung.«

»Belohnung?«

»Ja. Ich als Polizistin kann sie nicht annehmen. Aber vielleicht lädst du mich dann mal zu was anderem ein, als zu Fritten nach Ostfriesenart? Bei einer Million sollte das möglich sein, denke ich.«

Kalle reißt den Mund auf und bleibt sprachlos. Eine Million? Wow. Aber was ihn wirklich sprachlos macht, ist, dass Svetlana ernsthaft mit ihm zu flirten scheint.

die tote von loch dubh

Loch Dubh liegt in der Abendsonne. Naja, ob der kleine See wirklich Loch Dubh heißt, bezweifle ich, aber auf meiner Karte hat er keinen Namen und von hier aus sieht das Wasser so torfig schwarz aus wie das Guinness, das ich gestern im Pub in Plockton getrunken habe. Schwarz heißt auf Gälisch dubh, gesprochen »duh«, also …

Aber ich schweife ab. Wie so oft, seit ich in Schottland bin. Irgendetwas an diesem Land berührt nicht nur mein Herz, sondern auch mein Hirn und streut neue Ideen in meinen Kopf. Es muss der Einfluss der Feen sein, die mich seit meiner Wanderung zu den Fairy Pools auf Skye begleiten. Sie dürfen das. Sie stören mich nicht in meiner selbst gewählten Einsamkeit.

Mich stören auch die Leute in den anderen beiden Zelten nicht, die hier auf der Wiese stehen. In dem grünen wohnen zwei junge Frauen, deren butterblumengelbes Auto zwar ein deutsches Kennzeichen hat, die aber englisch miteinander sprechen und praktisch den ganzen Tag unterwegs sind. Zu dem blauen gehört ein Pärchen, das die meiste Zeit im Zelt verbringt.

Dies ist kein Ort, den man im Campingführer findet, aber neben den Kiefern am Rand der Wiese steht ein Steinhäuschen mit einer Toilette, einer Dusche mit kaltem Wasser und einem Trinkwasserhahn. Blackface-Schafe grasen zwischen den Zelten und ich habe den schönsten Ausblick in die Highlands und hinunter auf Loch Dubh. Wobei der See wahrscheinlich gar nicht …

Ähäm.

Vor allem aber gibt es hier keine Melanie!

Also, nicht dass ich grundsätzlich etwas gegen Melanies habe. Wenn Sie jetzt ausgerechnet Melanie heißen, fühlen Sie sich bitte nicht angesprochen. Es geht einzig und allein um Melanie M. aus B.

Dabei fand ich sie zuerst ganz nett, als sie mich vor zwei Jahren nach der Aufführung im Gemeindesaal ansprach. Geschmeichelt war ich auch, denn meist gilt die Aufmerksamkeit ja eher den Schauspielern als der Autorin des Stückes. Vor allem beim Amateurtheater. Aber Melanie fand, meine Krimikomödie »Die Tote von Loch Dubh« hätte unglaubliches Potential. Und wenn ich nichts dagegen hätte, würde sie sich gerne um einen Theaterverlag kümmern, damit das Stück die ganz großen Bühnen erobern konnte. Ob ich ihr ein Interview dazu geben würde? Ich gab. Hätten Sie doch sicher auch …?

Langsam, sehr langsam geht die Sonne hier unter, jetzt, Anfang Juli. Der Wind weht mein Haar aus dem Gesicht und ich bin froh über meinen Pullover, der nicht nur die Kälte, sondern auch die Midges, diese verflixten kleinen Stechmücken, fernhält. Leider hält er die Gedanken an Melanie nicht fern.

Mein größter Fan. So nennt sie sich. Ruft mich zu jeder Tages- und Nachtzeit an, weil sie noch schnell eine Info braucht. Aus der Sache mit dem Verlag ist dennoch nie etwas geworden. Schickt mir zu Dutzenden Mails und Facebook-Nachrichten, um mir irgendwelche Artikel zukommen zu lassen, die für mich interessant und wichtig sein sollen. Steht vor meiner Tür, wenn ich aus dem Haus gehe, um mich mit Freunden zu treffen.

Als ich sie beim ersten Mal unter der Markise der Bäckerei im Nachbarhaus entdeckte, lud ich sie schlechtgewissentlich ein, mitzukommen, weil – man ist doch freundlich. Damit habe ich sozusagen mein eigenes Grab geschaufelt, denn seitdem fungiert sie als mein Schatten.

Die Schatten hier sind nun sehr lang. Ich nehme einen Schluck aus meinem Flachmann. Talisker, ein Single Malt von der Insel Skye, den mir der Wirt in Plockton empfohlen hat. In seinen Augen mit den vielen Lachfalten lag ein Zwinkern, das mich ganz …

Und nein, dies ist kein Abschweifen. Lange, viel zu lange hat mich kein Mann mehr interessiert. Nicht seitdem Melanie angefangen hat, mein Leben zu bestimmen und schließlich mit meinem Freund zu schlafen. Nun ja, man kann sich nicht aussuchen, in wen man sich verliebt. Andererseits – kaum hatte ich mich von ihm getrennt, ließ auch sie ihn fallen, also kann das mit der Liebe ja nicht so wild gewesen sein.

Und ja, ich habe meine Mail-Adresse geändert, mein Facebook-Profil gelöscht und war schließlich bei der Polizei. Die sprach ein Kontaktverbot aus und verbot ihr, sich meiner Wohnung oder der Firma, in der ich arbeite, zu nähern, woraufhin mir Melanie einen großen Strauß roter Rosen schickte. Und mir am nächsten Tag ganz zufällig in einem großen schwedischen Möbelhaus über den Weg lief …

Nun aber blicke ich auf Loch Dubh, während die Sonne langsam hinter dem Horizont verschwindet. Nach einer zugegeben nicht unbedingt geradlinigen Reise, mit der ich Melanie endlich abgeschüttelt habe: In den frühen Morgenstunden mit dem Zug nach Köln, von dort aus per Taxi zum Flughafen. Dann ein Flug von Köln/Bonn nach London Stansted, mit Zug und Underground einmal quer durch London nach Gatwick und von da aus mit dem Flieger nach Edinburgh, wo ich in aller Ruhe meine Campingausrüstung kaufen konnte. Ich habe als Kind schon gerne gezeltet und man bleibt so viel anonymer als im Hotel. Mit einem kleinen Mietwagen in die Highlands und an diesen fast magisch schönen, einsamen Ort.

Ich nehme einen letzten Schluck Talisker und spüre dem herben Geschmack nach. Dann krieche ich in mein Zelt. Ich werde wieder tief und traumlos schlafen.

Natürlich ist es bereits hell, als ich aufwache. Sommer in den Highlands. Ich liege in meinem warmen Schlafsack und lausche dem Grasen eines Schafes, das direkt neben meinem Zelt frühstückt. Das Pärchen im blauen Zelt ist morgenaktiv, leises Stöhnen dringt durch die Zeltbahnen und ich denke unwillkürlich an den Wirt im Pub. Eine Autotür schlägt zu. Die beiden Frauen aus dem grünen Zelt scheinen heute besonders früh aufzubrechen. Doch ich höre sie nicht abfahren. Stattdessen höre ich Heringe klirren und schließlich das dumpfe Klopfen eines Gummihammers beim Einschlagen. Ein neuer Camper.

Ich bleibe noch eine Weile liegen und genieße die Geräusche des Campingplatzes, bis mich die Blase drückt, dann ziehe ich den Reißverschluss auf und krieche hinaus. Höchstens drei Meter entfernt und direkt gegenüber von meinem Zelteingang steht ein grau-rotes Zelt. Als wäre sonst nirgendwo Platz auf der Wiese!

Ich durchquere das taufeuchte Gras in Richtung Klohäuschen. Am Trinkwasserhahn steht eine Frau in Trekkinghosen und -weste. Sie muss mich gehört haben, denn sie dreht sich um und strahlt mich an. Melanie!

Ich verschwinde im stillen Ort, der nun irgendwie gar nicht mehr still und friedlich ist. Meine Hände zittern, als ich die Toilettentür verriegele. Ich kneife mich. Vielleicht träume ich ja noch.

»Ich hab was Leckeres zum Frühstücken mitgebracht«, flötet Melanie von der anderen Seite der Tür. »Ich koch schon mal den Tee. Bis gleich!«

Ich überlege, mich in Loch Dubh zu ertränken – das Wasser soll tief und kalt sein, hab ich im Pub gehört. Doch irgendetwas an diesem Land berührt nicht nur mein Herz, sondern auch mein Hirn. Es muss der Einfluss der Feen sein. Trotzig stapfe ich zurück zu den Zelten.

»Wie hast du mich gefunden?«, frage ich.

Melanie lächelt. »Das ist mein Geheimnis.«

Aber sie wirft dabei einen Blick auf meine Jacke und ich sehe plötzlich ein Bild vor meinem inneren Auge, wie sie verstohlen einen kleinen GPS-Sender darin befestigt.

»Magst du Scones?«, fragt sie nun und öffnet eine Plastikdose mit Butter.

Ich liebe Scones, aber erstens werde ich nichts essen, was von ihr kommt und zweitens ist mir schlecht. Ich laufe zurück zum Klo.

Als ich zurückkomme, bin ich wieder ganz ruhig. Nun muss ich das Beste aus der Situation machen.

»Ich hab mir den Magen verdorben«, behaupte ich und trinke nur einen Schluck Wasser aus meiner eigenen Flasche.

»Oh, du Arme. Kann ich was für dich tun?« Melanie tut besorgt oder vielleicht ist sie es sogar. Wer kann schon in ihr krankes Hirn schauen?

»Nein danke, ich werde einfach ein bisschen spazieren gehen, das wird sicher schnell wieder.« Ich stehe auf und hebe die Hand zum Abschiedsgruß.

»Ich begleite dich natürlich. Nicht dass dir unterwegs schwindelig wird und du umkippst.«

Ich nicke ergeben und wähle den schmalen Pfad, der durch Heide und Farne hinunterführt zu Loch Dubh. Es ist nicht besonders weit bis zum Wasser und ich kenne da eine Stelle, an der ein flacher Felsen ein Stück in den See ragt. Dort will ich Melanie die alles entscheidende Frage stellen.

Trotz ihrer zünftigen Wanderklamotten ist Melanie nicht gerade gut zu Fuß. Fluchend und stolpernd erreicht sie erst einige Zeit nach mir das Ufer.

»Ist das nicht schön hier?«, empfange ich sie. Ich bin ganz ruhig.

»Joa, aber doch sehr einsam.« Melanies Atem geht schnell. »Ich wäre an deiner Stelle ja in Plockton geblieben. So ein reizender Ort, sogar Palmen gibt es dort! Ist das der Golfstrom? Und dieser Graeme …«

»Graeme?«

»Der schnuckelige Pubbesitzer. Der hat sich erstaunlich gut an dich erinnert und mir von diesem komischen Zeltplatz erzählt. Ich hätte dich in dieser Wildnis ja fast nicht gefunden!«

Ihre Stimme klingt vorwurfsvoll und ihre Finger gleiten tastend in eine ihrer vielen Hosentaschen. Sicher trägt sie dort den GPS-Empfänger. Ich kneife die Lippen zusammen. Graeme heißt er also. Und in altbewährter Manier hat Melanie sich erneut in mein Leben gedrängt, sogar in meine geheimsten Gedanken. Es ist Zeit …

»Melanie, willst du mich endlich in Ruhe lassen und dich von mir fernhalten?«, frage ich. Das klingt pathetisch, aber angesichts der Größe der Frage angemessen.

Melanie starrt mich an. »Aber wir sind doch beste Freundinnen!«, sagt sie und schüttelt den Kopf.

Ich schüttle ebenfalls den Kopf. Es nützt nichts.

Ich steige auf den Felsen, der wie ein Steg ins Wasser ragt. Es ist schwarz, kalt und tief. Ich knie mich an den Rand des Steins und starre in den See, als läge dort der Schatz der Feen verborgen.

»Was gibt's da zu sehen?«

Neugierig lässt sich Melanie neben mir nieder, während ich schon wieder aufstehe und den männerfaustgroßen Stein packe, den ich für den Fall der Fälle bereitgelegt habe, als sie noch durch die Heide stolperte. Melanies gebeugter Kopf hat genau die richtige Haltung.

Keine Viertelstunde später mache ich mich auf den Rückweg. Melanie bleibt, sämtliche Taschen ihrer Trekkinghose und -weste mit schottischem Gestein gefüllt, in der Schwärze von Loch Dubh.

Wobei der See wahrscheinlich gar nicht ...

Ähäm.

Ich steige hinauf zum Campingplatz, wo sowohl die beiden Frauen als auch das Pärchen inzwischen ausgeflogen sind. Völlig in Ruhe ziehe ich die Einweghandschuhe aus meinem Verbandskasten an, schlage Melanies Zelt ab und lade es in ihr Auto. Meinen Rucksack, den ich schon gestern Abend für eine Tageswanderung gepackt habe, stelle ich auf den Beifahrersitz, klemme mich hinter das Steuer und mache mich auf den zweistündigen Weg nach Inverness. Dort parke ich den Wagen zwischen all den Touristenautos und nehme den Zug zurück nach Plockton. Eine malerische Strecke, sag ich Ihnen! Bevor ich die letzten paar Kilometer hinauf zum Campingplatz wandere, gehe ich in den Pub.

Graeme lächelt, als ich mich an die Bar setze.

»Hat deine Freundin dich gefunden?«, fragt er.

Ich nicke. »Sie musste aber heute noch weiter«, erkläre ich und bestelle einen Talisker.

Er nickt ebenfalls. Unsere Blicke treffen sich. Was daraus wird, wissen die Feen. Vielleicht nicht einmal die. Wer es allerdings garantiert nicht weiß, ist die Tote auf dem Grunde von Loch Dubh!

Thomas Kastura

showdown im steigerwald

Die Stimme des Kommissars war nur ein Flüstern. »Endlich ist es so weit. Es geht los.«

»Wer spricht da?«, fragte Staatsanwalt Brandeisen. Auf den ersten Blick konnte er die Nummer auf dem Telefondisplay nicht zuordnen. »Sind Sie das, Küps?«

»Da qualmt's! Der schmeißt seine Drogenküche an. Ich hab die ganze Zeit recht gehabt!«

»Immer der Reihe nach, alter Freund. Wo befinden Sie sich überhaupt?« Brandeisens Tonfall war begütigend, als spräche er mit jemandem, dessen Geisteszustand langsam, aber unaufhaltsam auf einen Punkt völliger Zerrüttung zusteuerte. Vor einigen Wochen war der Kommissar noch ein ganz normaler oberfränkischer Polizist gewesen: zuverlässig, pragmatisch, ein wenig antriebslos und nur dann unwirsch, wenn er bei seinem Feierabendbier gestört wurde. Doch er hatte sich verändert ...

»Tütschengereuth, am Sportplatz«, raunte Küps in sein Handy. »Kamera läuft. Ich schalte jetzt das Richtmikrofon ein. Beweisaufnahme im Fall Truppach, 5. Juli, 11 Uhr 42. Tag 27 der Observation.« Er konnte ein Gähnen nicht unterdrücken. Wann hatte er zuletzt ein paar Stunden am Stück geschlafen? Er wusste es nicht mehr.

»Na gut.« Der Staatsanwalt seufzte und erhob sich. »Ich bin in einer halben Stunde bei Ihnen.«

»Kommen Sie allein, möglichst unauffällig, wenn's geht. Und bringen Sie bloß keine Verstärkung mit! Küps Ende.«

»Verstärkung?«, wunderte sich Brandeisen, während er sein Büro verließ und die Treppe zum Parkplatz hinunterstieg. Da war wohl der Wunsch Vater des Gedankens. Kein Bamberger Bulle würde auch nur einen Finger rühren, um Küps in Tütschengereuth zu unterstützen. Offenbar schritt der Realitätsverlust des Kommissars weiter voran. Brandeisen stieg nur deshalb ins Cockpit seines sargschwarzen Jaguars XJ Portfolio, weil er sich verpflichtet fühlte, Küps den Klauen des Wahnsinns zu entreißen.

Es hatte mit einem neuen DVD-Paket in der Sammlung seines langjährigen Ermittlungspartners begonnen: *Breaking Bad*. Dabei handelte es sich um eine erfolgreiche amerikanische TV-Serie. Hauptfigur: ein biederer Chemielehrer, der nach und nach zu einem eiskalten Drogenbaron aufsteigt. Für die Herstellung von Methamphetamin macht er sich sein Fachwissen zunutze und gerät immer tiefer in einen Strudel aus Gewalt und Verrat. Das Fernseh-Drama war mit Auszeichnungen überhäuft worden und besaß eine weltweite Fangemeinde, die ständig wuchs.

Küps hatte sich von der Story fasziniert gezeigt. Denn der Verkauf und Gebrauch von Methamphetamin, umgangssprachlich Crystal Meth, stellte in Franken zunehmend ein Problem dar. Die aufputschende Droge barg immense Gesundheitsrisiken. Aufgrund der hohen Beschaffungskriminalität platzten die Gefängnisse aus allen Nähten. Doch weil das Zeug überwiegend in Osteuropa produziert wurde, kam die Polizei nicht an die Wurzel des Übels heran. Immer mehr Crystal Meth kursierte, anscheinend konnte die Staatsmacht nichts dagegen tun. Und das stank Küps gewaltig. Angeregt von *Breaking Bad* entwickelte er eine Theorie. Was wäre, wenn die Droge inzwischen in einem geheimen fränkischen Meth-Labor gekocht wurde, von einem Chemiefreak, den das große Geld lockte?

Der Kommissar verbiss sich regelrecht in sein Konstrukt, erstellte Täterprofile, umriss einen Verdächtigenkreis und grenzte ihn schrittweise ein. Als seine Recherche jedoch eine zeitraubende Observation erforderlich machte, wollte ihm niemand glauben. Eine Meth-Küche in Franken? Lächerlich! Der Etat sei ohnehin knapp, beschied ihm sein Vorgesetzter. Wutentbrannt hatte Küps Urlaub genommen und war auf eigene Faust losgezogen.

Die Landstraße in Richtung Tütschengereuth, einem Dorf an den nördlichen Ausläufern des Steigerwalds, empfing Brandeisen mit sommerlicher Grellheit. Er fuhr durch Bischberg, bog bei Trosdorf von der B 26 auf eine Landstraße ab und brauste mit durchgedrücktem Gaspedal weiter.

Der Sportplatz lag laut Navi am Ortseingang. Brandeisen stellte den Jaguar neben einem Kartoffelacker ab. Von Ferne sah er die Operationsbasis des Kommissars und ließ alle Hoffnung fahren: ein beschlagnahmter VW-Camping-Bus T3 von Westfalia mit Aufstelldach, vorwiegend rostrot und mit Graffitis verziert, quasi die Pestbeule im Fuhrpark der Bamberger Polizei. Die vormaligen Besitzer dieses Wracks, ein Lehrerinnenpärchen auf Altersteilzeit, hatten am Stettfelder Baggersee den Summer of Love gefeiert – mit 40-jähriger Verspätung. Brandeisen hatte damals auf eine Anklage verzichtet. Für die beiden Blumenkinder war die Vernichtung ihrer Marihuanavorräte aus eigenem Anbau niederschmetternd genug gewesen. Seither dämmerte der VW-Bus im Dornröschenschlaf vor sich hin. Küps musste ihn für seine Beschattungszwecke wachgeküsst haben.

In hundert Metern Entfernung stand das exakte Gegenteil des traurigen Gefährts: ein funkelnagelneues Hymermobil mit Bronzemetallic-Lackierung, mindestens sechs Meter lang. Aus dem Dachabzug drangen Dampfschwaden.

Brandeisen klopfte an die Schiebetür des T3.

»Da sind Sie ja!« Küps empfing ihn mit Mehrtagesbart und dunklen Ringen um die Augen. Ein löchriges Feinripp-Trägerunterhemd spannte sich über seinen Bierbauch. »Rein mit Ihnen! Na los!«

Dem Staatsanwalt schlug ein strenger Geruch entgegen. Kein Zweifel, der Kommissar hatte sich seit Längerem nicht mehr gewaschen. Er nahm auf einer Art Sitzgelegenheit Platz und schlug wieder seinen milden Tonfall für Irre an. »Was haben Sie denn herausgefunden, mein Bester?«

Küps kontrollierte die Kamera auf dem Stativ. »Beweise, Brandeisen! Beweise! Ich bin schon auf die blöden Gesichter der Kollegen gespannt!«

»Am Telefon sprachen Sie von einer Drogenküche.«

»Was machen die wohl da drüben in ihrem scheiß Wohnmobil? Gulasch aus der Dose? Ferien am Sportplatz? Nein, die brauen Crystal.«

»Für eine Anklage brauchen wir ein bisschen mehr. Wen haben Sie da überhaupt im Visier?«

»Einen Chemiker namens Truppach, Matthias. Steht schon seit zwölf Stunden da drüben. Arbeitet eigentlich an der Uni Erlangen, lebt in Bamberg, verheiratet, zwei Kinder, Reihenhaus, total unauffällig. Aber in seiner Freizeit verdient er sich einen ordentlichen Batzen dazu, da können Sie Gift drauf nehmen. Seit einer Ewigkeit bin ich an dem Kerl dran.«

»Und wie kommen Sie darauf, dass Truppach … «

»Vor Kurzem ist er im Baumarkt gewesen, Großeinkauf. Mit den Gerätschaften, die er sich da besorgt hat, kann man ein ganzes Forschungslabor ausstatten. Riesige Glaskolben, Edelstahltanks, Röhren und Schläuche von hier bis zum Mond. Der Kerl will in die Serienproduktion einsteigen. Was er in seinem Hobbykeller zusammengemixt hat, reicht ihm nicht mehr. Und deshalb hat er sich diese mobile Hexenküche eingerichtet. Um in der Pampa ungestört Drogen zu panschen.«

»Na ja, verdächtig ist das schon«, gab Brandeisen widerstrebend zu.

»Verdächtig? Das ist der Anfang vom Ende. Sobald ein paar Chargen von dem Teufelszeug fertig sind, geht das in den Straßenverkauf. Franken wird bald in einem Atemzug mit Mexiko genannt werden oder Kolumbien. Dann sind wir hier Meth-Produzent Numero Uno.«

»Haben Sie keine anderen Anhaltspunkte? Als Chemiker könnte Truppach doch irgendwelche Versuche anstellen, sagen wir, für ein neues Mittel gegen Heuschnupfen.«

»Gestern Abend hat er vor einer dubiosen Bar gehalten und jemanden aufgegabelt. Bestimmt war das sein Gehilfe, vielleicht ein Junkie, der sich in der Drogenszene auskennt – genau wie in *Breaking Bad*! Leider war die Person im Dunkeln nicht zu erkennen.«

Küps machte sich ein Bier auf. Etwas früh am Tag, fand Brandeisen, aber der Kommissar schien Nervennahrung nötig zu haben. Nach dem Mief in diesem Iltisbau zu urteilen, schwitzte er den Gerstensaft gleich wieder aus.

»Wie auch immer …« Der Staatsanwalt stand auf. »Marschieren wir doch einfach zu dem Wohnmobil hinüber und ertappen Truppach in flagranti.«

»Dann verraten wir unsere Tarnung.«

»Irgendwann muss man handeln. Nehmen wir den Mann hops.«

»Und wenn er bewaffnet ist?«

Brandeisen machte Anstalten, die Schiebetür zu öffnen. »Das Risiko gehe ich ein.«

In diesem Moment hörten sie, wie der Motor des Wohnmobils ansprang. Langsam tuckerte es zur Straße.

»Scheiße, der haut ab!«, rief Küps. »Sie haben ihn aufge-schreckt!« Trotz seiner Körperfülle quetschte er sich blitz-schnell zum Fahrersitz durch und startete den VW-Bus. Beim dritten Versuch sprang er an. »Du entkommst uns nicht, Truppach! Heute ist Zahltag!«

Der Kommissar nahm die Verfolgung auf. Er wendete, die Reifen drehten kurz durch, Schotter spritzte. Kamera und Richtmikrofon kippten um, doch das war ihm egal. Starr hielt er den Blick auf das Zielfahrzeug gerichtet. Brandeisen klammerte sich an einen Haltegriff und an die Bierflasche, die er gerade noch gerettet hatte. Er leerte sie auf gerader Strecke. Da ihm die düsteren Obsessionen seines Freundes Kummer bereiteten, war er einem unorthodoxen Frühschoppen nicht abgeneigt.

Truppach bretterte durch Tütschengereuth Richtung Trabelsdorf und bog nach Lisberg ab. Von dort ging es weiter nach Burgebrach. Er fuhr einen flotten Reifen, als wäre ihm ein vollschlanker, übernächtigter und nichtsdestotrotz hart-näckiger Polizist auf den Fersen, dessen Deodorant versagte.

Währenddessen kam Küps ins Spekulieren. »Truppach hat die ganze Nacht hindurch Meth gekocht. Jetzt ist er auf dem Weg zu dem Dealer, der die Ware für ihn vertickt. Dadurch erfahren wir, wer seine Geschäftspartner sind.«

»Oder er gondelt einfach nur durch die Lande«, wandte Brandeisen ein.

»Nie im Leben! Da hat jemand eine Verabredung mit seiner Geldquelle. Typen wie Truppach machen sich nicht im Vertrieb die Hände schmutzig, die bleiben schön im Hin-tergrund. Er trifft seinen Mittelsmann und übergibt ihm die frische Produktion.«

»Abwarten.«

Das Wohnmobil fuhr jetzt über die B 22 nach Westen in den Steigerwald. Küps folgte ihm mit entsprechendem Abstand und kurbelte die Scheibe herunter. Der Wind bemühte sich vergeblich, das kümmerliche Resthaar auf seinem Schädel zu verwuscheln. Wenigstens blieb er dadurch wach.

»Ich kann nur hoffen, dass Sie sich in nichts verrannt haben.« Der Staatsanwalt zweifelte immer noch. Wie konnte er den Kommissar bloß überzeugen, von dieser *idée fixe* abzulassen?

Zehn Minuten später erreichten sie Ebrach. Am Ortsende bog das Hymermobil zum Campingplatz Weihersee ab. Doch schon nach wenigen Metern verlangsamte es die Fahrt und parkte neben dem Naturbad AcquaSana.

Truppach stieg aus. Kariertes Freizeithemd, Flanellhose, Sandalen – er wirkte so harmlos und spießig, wie Brandeisen es vermutet hatte. Eine Sporttasche hing ihm über die Schulter.

Doch er war nicht allein. Die Beifahrertür öffnete sich, eine attraktive Blondine stöckelte zu Truppach und gab ihm einen dicken Schmatz auf die Wange. Ihre Oberweite, von einem weißen Bikini-Oberteil nur unzureichend im Zaum gehalten, war ihr dabei ein wenig im Weg, aber das störte den Chemiker nicht. Gemeinsam betraten sie das Naturbad.

Küps brachte den Mund nicht mehr zu.

Brandeisen ging es genauso. Nach einer Weile fand er die Sprache wieder. »Wer hätte das gedacht: eine alte Bekannte. Erinnern Sie sich noch an den Mord im Bordell? An den Stadtrat mit der Viagra-Überdosis? Das war einer unserer ersten Fälle.«

»Und ob ich mich erinnere!«, stieß der Kommissar hervor. »Wie hieß die Frau noch mal?«

»Karin Gundlitz, mit Künstlernamen Fiona Felucci. Hat damals als Zeugin ausgesagt. Ohne sie hätten wir den Täter nicht gefasst.«

»Truppach ist verheiratet, aber definitiv nicht mit diesem blonden Gift!«, fügte Küps hinzu. »Das muss seine Komplizin sein.«

»Gespielin, würde ich eher sagen.« Brandeisen überlegte. Jetzt sah die Sache anders aus. War Truppachs Wohnmobilaktion nur ein Vorwand für ein Sexabenteuer auf dem Lande? Dann gab es hier nichts zu ermitteln. Am besten war es wohl, diese fehlgeleitete Observation sofort einzustellen, dem Kommissar einen guten Psychotherapeuten zu empfehlen und seine Extratour unter den Teppich zu kehren, errare humanum est. Doch dass Truppach ausgerechnet an eine Stripperin geraten war, machte den Staatsanwalt stutzig.

»Folgen wir dem seltsamen Pärchen«, sagte er schließlich. »Bisher konnte ich mich auf Ihren Riecher immer verlassen.«

Am Kassenhäuschen mussten sich die beiden Badehosen und Handtücher leihen, um als Freunde des kühlen Nasses durchzugehen. Sie suchten sich ein abgelegenes Plätzchen auf der Liegewiese. Küps hatte sich in graue Bermudashorts gezwängt, die ihm die Anmutung eines Presssacks im Naturdarm verliehen. Brandeisen trug schwarze Pants. Aufgrund seiner langen, dünnen Gliedmaßen sah er damit aus wie ein ausgestorbener Flugsaurier, der im Begriff stand, auf seine Beute herniederzustoßen.

Truppach vergnügte sich derweil mit seiner Begleiterin im Schwimmbecken. Die Frau zog alle Blicke auf sich. Nun tendierte ein weißer Bikini bei Wasserung ohnehin schon zu einer gewissen Transparenz, welche die hervorstechendsten Eigenschaften seiner Trägerin betonte. Das dehnungsfreudige Material – Spandex, zwei Nummern zu klein – unterstrich dieses Phänomen. Doch Karin Gundlitz verstand es zudem, ihre jahrelange Erfahrung im Ausdruckstanz effektvoll einzusetzen. Es war ein perlendes Lachen, Hüpfen, Haare-Zurückstreichen, als stünde Ebrach zur Mittagsstunde unter dem göttlichen Schutz Aphrodites, der Schaumgeborenen.

Truppach genoss den Neid des männlichen Publikums in vollen Zügen. Und als seine Karin am Ende des Badespaßes huldvoll durch den Niedrigwasserbereich watete und den Fluten entstieg, kam ihre Bikinihose erst richtig zur Geltung: ein briefmarkengroßes Nichts, dessen Schnürchen irgendwo in der Anatomie verschwanden.

Brandeisen und Küps lagen vorsichtshalber auf den Bäuchen. Keiner rührte sich. Sie beobachteten die Darbietung mit der Verstandeskälte professioneller Fahnder.

Auf der Liegewiese lief bereits die Fortsetzung. Karin Gundlitz sank auf ihr Badetuch und wurde von Truppach liebevoll abgefrottiert. Nach dieser dramatischen Pause richtete sie sich auf, nahm das Oberteil ab und cremte sich ausgiebig mit Sonnenmilch ein.

Brandeisen hatte keine Ahnung, ob oben ohne im Acqua-Sana erlaubt war. Aber ebenso gut hätte man gegen einen Tsunami protestieren können. So etwas passierte einfach, und jedermann nahm es mit der Handykamera auf. Den anderen Badegästen blieb die Spucke weg. Sogar die Kinder bekamen große Augen wie bei »Welt der Wunder« auf Pro7.

Verschämt schaute Brandeisen zu Küps. Kein fränkisches »Leck mich fett!« oder zumindest Grunzlaute der Anerkennung? Stattdessen blickte der Kommissar sinnend in die Ferne, als sei der Parkplatz viel interessanter.

Aus Gründen des UV-Schutzes bearbeitete Karin Gundlitz ihre Brustpartie besonders nachdrücklich. Dann legte sie sich flach hin, und Truppach salbte ihr den Rücken. Kurz darauf bat sie ihn, ihr den String aus den Gesäßfalten zu pflücken, von wegen nahtloser Bräune. Die Zuschauer hielten die Luft an.

»Das ist wie beim Tesafilm. Man muss nur den Anfang finden«, spottete Brandeisen.

Doch Küps war mit seinen Gedanken und Blicken woanders. »Irgendwas tut sich da.« Er richtete sich auf.

»Wie meinen?«

»Truppachs Wohnmobil. Da sind Leute.«

»Wahrscheinlich Sommerfrischler. Still jetzt!« Brandeisen, sonst nur schwer erregbar, war wie gebannt. Unendlich langsam löste sich der String von Karin Gundlitz' nacktem Hintern. Dieser Truppach schien ein Genießer zu sein.

Küps hatte einen Feldstecher eingeschmuggelt. Er linste hindurch. »Die haben ein Brecheisen. Knacken grad die Tür.« Er holte sein Dienstwaffe aus dem Kulturbeutel und stürmte los. »Zugriff!«

Die Pobacken erzitterten, als Truppach die Schnürchen ganz entfernte. Ein paar Schwimmgreise kämpften mit ihrem Kreislauf, die örtlichen Jungmänner sabberten.

Brandeisen riss sich von dem Anblick los und folgte dem Kommissar. Der war weit voraus. Schüsse krachten. Drehte er jetzt vollkommen durch?

Der Parkplatz war in eine Staubwolke gehüllt. Man konnte gerade noch das Heck einer schweren Limousine erahnen, die sich mit aufheulendem Motor entfernte. Küps verschoss den Rest seines Magazins, zu spät. »Die sind jetzt über alle Berge.«

»Wer denn, zum Teufel!«, rief der Staatsanwalt.

»Na, die Meth-Dealer! Wetten, dass die den ganzen Stoff aus dem Wohnmobil geklaut haben, vor der geplanten Übergabe? Das kommt davon, wenn man sich mit der Unterwelt einlässt.«

Durch die aufgebrochene Tür gelangten die beiden Ermittler ins Innere. Es sah tatsächlich aus wie in einem Labor, verschiedene Behältnisse, Messzylinder, Abfüllröhrchen, Schläuche, alles in heilloser Unordnung. Doch es roch kaum nach Chemikalien, sondern irgendwie … malzig.

Inzwischen waren Truppach und die mit einem Badetuch umwickelte Karin Gundlitz herbeigeeilt.

»Haben *Sie* hier so gewütet?«, fuhr der Mann Küps an. »Was geht hier vor?«

»Das waren Einbrecher – Ihre neuen Freunde.«

»Bleiben Sie, wo Sie sind! Ich rufe die Polizei!«

Der Kommissar wies auf seine Waffe. »Nicht nötig, Kripo Bamberg.« Er stellte sich und Brandeisen vor. »Wir beobachten Sie schon seit Wochen. Jetzt erklären Sie mal, was es mit diesen Apparaturen auf sich hat.«

»Geht Sie gar nichts an.« Truppach klang eingeschüchtert.

»So? Dann nehme ich Sie fest, und wir unterhalten uns auf der Wache weiter. In dem hiesigen Knast ist für Drogenköche sicher noch ein Plätzchen frei.«

»Drogen? Ich verstehe nicht …« Schließlich begriff der Chemiker. »Wo denken Sie hin? Ich habe hier mit Bier experimentiert.«

»Etwas genauer, bitte«, sagte Brandeisen.

»Synthetisch hergestelltes Rauchbier, im Auftrag einer Großbrauerei. Die Industrie hat enormes Interesse daran, den langwierigen Gärungsprozess zu umgehen. Die wollen ein künstliches Produkt, dem Original geschmacklich ebenbürtig, aber viel billiger in der Herstellung.«

»Was für ein Frevel!«

»Stellen Sie sich vor, es funktioniert! Natürlich ist das streng geheim. Ich kann Ihnen meine Aufzeichnungen mit der Formel zeigen.« Er blickte sich suchend um. »Wo ist denn mein Notebook? Vorhin lag es noch auf der Arbeitsplatte.«

»Hat wohl den Besitzer gewechselt. Ihre Formel ist weg.« Küps erzählte von der flüchtigen Limousine.

»Das muss die Konkurrenz gewesen sein, diese Konzerne reißen sich um meine Forschung.« Truppach sackte in sich zusammen. »Alles umsonst!«

»Und wie hat die Konkurrenz Wind von der Sache bekommen, wenn alles geheim war?«, wollte Brandeisen wissen.

Stille. Die Männer musterten einander, bis es ihnen dämmerte: Karin Gundlitz hatte sich klammheimlich verabschiedet.

Zu dritt versuchten sie, sich aus dem Wohnmobil zu zwängen. »Ihr Busenwunder hat Sie im Freibad abgelenkt«, sagte Küps. »Damit die Diebe hier alles auf den Kopf stellen konnten. Karin Gundlitz steckt mit denen unter einer Decke.«

»Sie heißt Fiona.«

»Hab ich auch mal gedacht«, räumte Brandeisen ein.

»Ich wollte mich scheiden lassen! Wir waren Seelenverwandte!«

»Witzbold.«

Irgendwie schafften sie es, ins Freie zu gelangen und sahen gerade noch, wie die treulose Stripperin auf einem offenbar gestohlenen Rennrad zur Hauptstraße eierte. Karins Exitstrategie ließ zu wünschen übrig, zumal sich das Badetuch löste und sie splitternackt weiterradelte. Ebrach hatte unverschämtes Glück an diesem strahlenden, perfekt ausgeleuchteten Julitag. Brandeisen fühlte sich an das Video zu dem Queen-Song *Bicycle Race* erinnert.

Küps saß schon im VW-Bus. »Das Mistding springt nicht an!«, fluchte er. Mittlerweile waren sie von Schaulustigen umringt.

»Dann nehmen wir mein Wohnmobil«, schlug Truppach vor – ohne zu bedenken, dass der Kommissar aus Versehen einen Reifen zerschossen hatte.

Es dauerte eine Weile, die Batterie des T3 zu überbrücken. Mit Karacho fuhren sie zur Hauptstraße. Wohin jetzt? Karin Gundlitz konnte verschiedene Richtungen eingeschlagen haben. Ihre Chance auf eine Mitfahrgelegenheit war groß, wozu nicht zuletzt der Rennradsattel ein Erkleckliches beitrug.

Küps bog nach Bamberg ab. Ein Fehler, wie sich herausstellte. In der Ortsmitte gerieten sie prompt in eine Polizeikontrolle. Anscheinend waren die Ebracher Kollegen von aufrechten Mitbürgern alarmiert worden.

Dummerweise trug das Trio Infernal immer noch Badehosen, die Ausweise befanden sich im AcquaSana. Brandeisen entrüstete sich wortreich, doch es half nichts, sie mussten am Straßenrand warten, während die Ebracher Kollegen den VW-Bus filzten. Küpsens Dienstwaffe wurde beschlagnahmt, was die Lage nicht wirklich entspannte. Drei aufgepeitschte, halb nackte Individuen in einem Hippie-Gefährt, die irgendwelche Märchen über chemische Formeln und eine Diebesbande erfanden – das konnte doch nur eines bedeuten ...

Der Motorblock des T3 befand sich im Heck und war schwer zugänglich. Nur echte Experten mit Oldtimerkenntnissen wussten, wo sie suchen mussten.

Am Ende gelang Hauptwachtmeister Hans Höppel eine Woche vor dem wohlverdienten Ruhestand der Coup seines Lebens: zehn Kilo hochpotentes Marihuana, versteckt hinter dem Vergaser. Ein bisschen alt, aber das spielte keine Rolle. Und so wie diese schrägen Vögel aus Bamberg aussahen, war da sicher noch mehr zu holen.

»Leibesvisitation«, ordnete er an. »Haben wir noch Einmalhandschuhe?«

nadjas trauma

Na gut. Wirklich. Alles wird gut. Man muss nur daran glauben. Positives Denken. Ich hatte es mir vorgenommen.

»Welche Träume haben Sie?«, fragte mich gestern mein Abreißkalender. Ausgerechnet. Doch, ich hatte mal Träume, letzte Woche noch: Urlaub mit Horst-Michael in einem Fünf-Sterne-Wellnesshotel mit Beauty-Spa und Ayurveda-verwöhngedöns plus romantischem Fünf-Gang-Dinner bei Kerzenlicht mit Blick auf den Sonnenuntergang am See. Welchem auch immer. Ich erträumte mir sanftes, also schmeichelndes Licht auf meinem Profil, rosa Champagner, Rekeln in Daunen, Sex in der Badewanne. Jedenfalls träumte ich niemals, niemals vom Zelten mit meinem neuen Lover und von Sex auf Iso-Matten!

Es wurde nämlich langsam Zeit, dass wieder Geld in meine Kasse kam.

Gut, er sprach gestern Abend beim Edel-Italiener nicht von »Zelten«, sondern von »Campen«, aber ich sah sofort ein militärgrünes dreieckiges 2-Mensch-Zelt, einen wackeligen Propangaskocher mit Blechtopf; ich spürte unmittelbar schwabbelige Luftmatratzen unter meinem Po, roch feucht-schimmelige Waschräume, fror vorausschauend auf nächtlichen, schwach beleuchteten Wegen zu den Toiletten, erinnerte aus fernen Jugendzeiten eine Maus unter meinem nackten Fuß, drohende Schatten hinter Büschen, Ameisen im Kochtopf, Mücken im Schlafanzug, keifende Frauen im Nachbarzelt, grölende Holländer, regendurchweichte Klamotten nach dem Zeltaufbau. Horror, ewiges Trauma. Ich sah wieder die Bierbäuche in Feinripp auf knarzenden Plastikstühlen, beige Schirmmützen auf rot verbrannten Halbglatzen, sah gräuliche Zellulitis aus zu kleinen Bikinihöschen quellen, roch verkohlte Grillwürstchen und Zigeunersoße. Ich sah Rüdiger neben mir auf der Luftmatratze schlafen. Spürte fast realistisch meine Tränen, die ich ob dieses Höllenurlaubs jede Nacht neben ihm zwischen den in den Nachbarzelten schnarchenden, furzenden und stöhnenden Menschen geweint hatte.

Mir wurde schlecht.

Ich entschuldigte mich hastig auf die Toilette und kotzte die »Baby-Calamari in Rotwein« aus.

»Traummann!« Das hatte Isa gesagt.

Denkste. Von außen ja, durchaus. Aber ein Camper! Und das mir.

Nachdem ich mich wieder hergerichtet hatte, bestellte ich erst mal einen Grappa.

»Zelt aufbauen? Ach, Kindchen, wann warst du denn das letzte Mal campen?« Horst-Michael klang entsetzt – und amüsiert. Als er »Kindchen« sagte, wäre ich am liebsten schreiend davon gelaufen. Rüdiger hatte das auch immer gesagt, aber das war über 20 Jahre her und inzwischen hatte sich doch die Auffassung durchgesetzt, Frauen seien erwachsen.

Aber wohin sollte ich davonlaufen? In die einsamen Wochenenden vor dem Fernseher? In die »Drittes-Rad-am-Wagen-Urlaube« mit meiner langweiligen Cousine und ihrem noch langweiligeren Mann? In die Mädelsabende mit Isa und Sabine, die immer betrunken und heulend im Gejammer über die ewig falschen Männer enden? Und mit verrückten Ideen, wie wir unsere nächsten Botox-Behandlungen finanzieren sollen.

Sabine hat einen Witwer an der Hand, der aber leider ziemlich rüstig ist und Isa bedient sich bei Bedarf am Sparbuch ihrer Mutter, was aber nicht mehr lange gut geht, da die Mutter ins Heim muss. Isa lässt sich schon mal Sterbehilfeangebote aus der Schweiz kommen, obwohl die Mutter gar nicht stirbt und sich aufs Heim freut.

Nein. Mit 45 Jahren bin ich nicht mehr so wählerisch. Soll er »Kindchen« statt Nadja sagen. Botox wird auf die Dauer zu teuer für mich. Und es ist schon ein paar Jahre her, dass Eckardt mir seine Eigentumswohnung vererbte, das Geld von Rüdiger ist sowieso längst verbraucht. Aber ein Camper? Vielleicht tut man für Geld doch nicht alles?

Horst-Michael ist ein »Geschenk des Himmels für unsere Nadja«, sagte meine Freundin Isa, die muss es wissen, sie wollte ihn selber gerne abschleppen auf dem Straßenfest vor drei Wochen, aber aus unerfindlichen Gründen gefiel ich ihm besser. Irgendetwas in seinem Gesicht kam mir vage vertraut vor, es gab jedenfalls etwas in seinen hübschen Zügen, das ich gleich mochte. Ich hoffte, mit so einem Mann um die Witwer-Nummer herumzukommen.

Vielleicht suchte Horst-Michael nur eine Begleitung für seinen Camper-Urlaub und ich wirke durchaus willig, freundlich und anschmiegsam in jeder Hinsicht.

Für Geschenke muss man dankbar sein. Noch dazu, wenn sie nicht allzu frisch geschieden, gut verdienend und 10 Jahre jünger als man selber ist. Damit bin ich ausnahmsweise mal im Trend, Frau nimmt sich jetzt jüngere Männer. Auch wenn es in diesem Falle umgekehrt ist, Horst-Michael hat sich mit mir eine ältere Freundin genommen.

Konnte ich nach der ersten erfreulichen Nacht ahnen, dass dieser zweifellos gut aussehende und angesichts seines Porsches und seines Penthauses augenscheinlich nicht unvermögende Mann ausgerechnet ein begeisterter Camper ist?

Und das mir, die ich mir mit 22 nach meinem Zelturlaub mit Rüdiger auf einem holländischen Campingplatz geschworen hatte: Ein Mal und nie wieder, kein Mann wird mehr das Recht haben, mich mit Campingurlauben zu traumatisieren. Gut, Rüdiger, meine erste große Liebe, hatte erstaunliche 50.000 D-Mark auf seinem Sparkonto gehabt, dessen Kennwort – damals machte man sich noch nicht so viele Gedanken um diese Dinge – natürlich mein Vorname war. Für ihn als Bluter war es bedauerlicherweise ganz verkehrt, dass er betrunken und barfuß auf dem nächtlichen Weg zu den Waschräumen in Glasscherben trat und vermutlich relativ schnell verblutete. Seine Latschen konnte er nicht finden, da ich sie versteckt hatte, aber er musste dringend pinkeln, nachdem ich ihm fürsorglich vom billigen Lambrusco nachgeschenkt hatte. Niemand kam auf den Gedanken, dass ich die Scherben nach drei Regenwochen auf dem Campingplatz ausgestreut hatte, weil mir klar wurde, dass ich Rüdiger niemals heiraten würde. Es gab viele aus Flaschen saufende Holländer, die man aber natürlich nicht für die Scherben belangen konnte. Eigentlich sollten die Scherben Rüdiger auch nur verletzen, damit er die Gefährlichkeit dieser Art von »Urlaub« einsah. Dass er sein Sparbuch in die Luftmatratze eingenäht hatte, um zu verhindern, dass es zu Hause gestohlen wurde – wer konnte das ahnen? Ich.

Bestimmt fuhr Horst-Michael so ein Riesenwahnsinnsgefährt mit allen Schikanen und ich würde mich fühlen wie im Wellnesshotel, tröstete ich mich heute Morgen beim Einpacken von Mückenabwehrspray und Mückensticherstbehandlungsstift, Ameisentod, extrastarker Taschenlampe und Ohropax.

»Und überhaupt, liebe Nadja«, hatte Isa am Telefon gesagt, sie ließ sich stündlich über den Fortgang meiner Beziehung zu Horst-Michael (»den ›Horst‹ musst du jetzt mal so hinnehmen, kannst ja ›Schatzi‹ sagen«) unterrichten, »es gibt heutzutage wahre Luxus-Campingplätze mit Pool und Work-out-Spa und allem Pipapo, der fährt doch nicht mit dir auf einen Platz mit stinkenden Klos! Der hat doch Geld.«

Der Mann vor Horst-Michael, Eckardt, mit »dt«, das war ihm wichtig, mit dem musste ich immer auf und in die Berge! Gucken ist ja ganz schön, das gebe ich zu, aber warum man da rauf muss, kann ich nicht nachvollziehen. Mich hat das nie gereizt, senkrecht geradeaus zu gehen. Und man muss sich dauernd den Hals verrenken, um zu gucken, wie hoch es noch ist und wie weit man schon ist und wie lange das noch dauert. Ich bin mal mit Eckardt mit einer Seilbahn rauf, da hatten die, die zu Fuß gekommen waren, nicht viel von dem Panorama, weil sie völlig erledigt waren. Eckardt schwärmte immer davon, dass man die Weite als solche spüre und ein Gefühl für die Ewigkeit an sich bekäme, wenn man als kleiner Mensch auf und zwischen diesen gewaltigen Gipfeln stünde. Ich kann auch auf gepflegten Talwegen gehen und mich irgendwie klein fühlen, falls ich das gerade brauche. Eckardt führte auch gerne und häufig Diashows von seinen Bergtouren vor, alle Berge sahen gleich aus und etwa 73 Fotos zeigten, wie Eckardt sich windzerzaust, mit Sonnenbrand auf der Nase auf seinen Wanderstock stützte, ein Bein vor und ein Bein ein bisschen zurück und ein bisschen abgeknickt in der Taille und die Augen zusammengekniffen in die Weite guckend.

Eckardt sagte, es gehe ihm um das Gemeinschaftserlebnis. Weil, wenn einer nicht weiterkommt, weil es zu steil ist, dann hilft ihm der andere und das ist eine Kameradschaft, die es nur im Berg gibt. Ich wollte eigentlich keinen Kameraden, sondern einen Lover mit Geld. Ich hab's trotzdem versucht, weil man sich mit den Interessen des Anderen vertraut machen muss, wie Isa immer sagt, ich hab's wirklich versucht, ihn zu halten, aber ich hatte eben keine Erfahrung. Niemand machte mir einen Vorwurf, denn ich hatte vernünftige Schuhe an, das Wetter war gut, wir nahmen keine abgelegenen Wege, aber Eckardt wollte unbedingt an dieser einen steilen Stelle eine Abkürzung nehmen, weil ich ein Foto von ihm an genau dieser einen Zwischengipfelstelle machen sollte und ich war schon so fertig und verschwitzt, und als er ausrutschte, war meine Hand einfach zu glitschig, um ihn festzuhalten. Es war ein bisschen schade um ihn, denn eigentlich war er nett, aber er hatte gerade sein Testament geändert, damit ich seine Eigentumswohnung bekommen sollte, falls ihm mal was passieren würde auf seinen Bergtouren. Dass das so schnell geschehen würde, hatte er vermutlich nicht gedacht, aber ich werde ja nicht jünger.

Na gut. Alles wird gut. »Glauben Sie an Ihre Träume«, hatte der Abreißkalender mich heute aufgefordert. Mein Traum ist ein unsportlicher, gut aussehender, vermögender Mann. Einer, der nicht auf Berge klettert und der nicht campen will, aber gerne rasch sein Vermögen mit mir teilen will.

»Man ist super unabhängig«, hatte Horst-Michael gestern Abend beim abschließenden Tiramisu geschwärmt, »man fährt einfach ins Blaue und irgendwann findet man einen traumschönen Campingplatz am Meer. Und bleibt ein paar Tage. Man muss keine Frühstückszeiten einhalten, keine unbequemen Hotelbetten in Kauf nehmen, keine muffeligen Kellnerinnen …«

Nee, dachte ich, aber man muss sein Frühstück selber machen, auf knubbeligen Polstern schlafen und muffelige

Hausfrauen am Propangaskocher Ravioli aus der Dose aufwärmen sehen. Bevor mir wieder schlecht wurde, lächelte ich und sagte: »Was hast du denn für ein Wohnmobil?«

Horst-Michael strahlte, er spürte mein Interesse: »Ein Schätzchen, Kindchen, ein Prachtstück, du wirst dich wundern.«

Und das tat ich.

Um Punkt 10 Uhr klingelte es.

Ich sah aus dem Fenster. Horst-Michael in schicken Bermudas, mit Baseballkappe und Ray-Ban-Sonnenbrille stand neben einem Audi Q 7 (oha, der Porsche war nur das Zweitauto! Du lieber Mann!), an dem ein merkwürdig knubbeliger Wohnwagen mit schmalen Fenstern hing. *Eifelland* stand in blauer Schreibschrift über dem hinteren Fenster.

Kein Wohnmobil, ein primitiver Wohnwagen! Und offensichtlich antik, beziehungsweise retro. Ein »Schätzchen«. Ach nein, Kindchen!

Ich wollte aufgeben. Es gibt noch mehr Männer mit Geld und für eine Botox-Behandlung reichte mein Geld noch. Gearbeitet hatte ich lange nicht mehr, aber die Miete aus Eckardts Eigentumswohnung finanzierte einigermaßen meinen Lebensunterhalt und meine kleine Wohnung.

Aber Horst-Michael hatte ganz eindeutig richtig viel Geld. Entweder würde er es mit mir teilen oder ich musste mir etwas ausdenken. Ich war durchaus bereit, eine Weile mit ihm zu leben, vielleicht konnte ich ihm das Campen ausreden. Immerhin, er wollte »Richtung Südfrankreich«, nicht nach Holland wie Rüdiger, nicht in die Berge wie Eckardt, was ja zum Campen vermutlich auch nicht gerade ideal wäre. Aber was weiß ich über Camper-Gewohnheiten? Auch auf Almen lässt sich möglicherweise zelten.

Er strahlte: »Na, was sagst du? Baujahr 1972, habe ich echt nach suchen müssen, legendäres Teil, *Eifelland* aus Mayen. Guck mal!«

Er nahm mich an die Hand, stellte ein Plastikbänkchen vor die schmale Tür, immerhin stieß ich mir nicht den Kopf am Türsturz. Links Schlafpolster, rechts Polsterbänke, dazwischen eingehängt ein Brett als Tisch, geradeaus Kühlschrank, darüber Zweiflammengaskocher, ein schmaler Spind neben dem Eingang. Keine Toilette. Zum Rekeln lud das Polsterbett nicht gerade ein.

»Nett, aber man sieht gar nicht so viel von der Landschaft, wenn man drin sitzt«, sagte ich nicht gerade enthusiastisch, aber obwohl ich eine gute Schwindlerin bin, überwog die Enttäuschung. Vierzehn Tage in diesem komischen Ei?

»Es gibt natürlich ein Vorzelt, Kindchen«, sagte Horst-Michael etwas herablassend, während wir uns in seinen Luxusschlitten setzten, der mir wirklich besser gefiel als der Anhänger, »darunter sitzen wir dann mit romantischem Blick auf den Sonnenuntergang am Meer und lauschen den Wellen, trinken einen feinen Rotwein und dann kuscheln wir ...«

Die Aussicht, mit dem großen Horst-Michael auf dem schmalen Polsterpodest rumzuturnen, machte mich nicht an. Überhaupt festigte sich immer mehr der Gedanke, das Ganze sei ein Fehler: Ich hätte mir doch einen senilen Witwer suchen sollen, den ich nach drei Monaten aufopferungsvoller Pflege hätte beerben können. Aber mit Rüdiger und Eckardt hatte alles so gut geklappt und mein Leiden im Zelt und auf dem Berg war letztlich erträglich gewesen, sicher erträglicher als Altenpflege.

Ich hatte immer noch keine Ahnung, wie ich an Horst-Michaels Geld kommen sollte. Vierzehn Tage Südfrankreich in dieser Schachtel, okay, danach ein paar Wochen im Penthaus entspannen und dann?

Im ersten Stau war ich noch vergnügt, Horst-Michael fuhr sicher und zügig, ich döste ein wenig, tröstete mich mit der Aussicht auf guten Wein, malte mir üppige Wochenmärkte mit frischen Krustentieren, gediegene Gasthöfe mit französischer Landhausküche aus – man muss ja nicht Ravioli auf Gasflammen vermatschen. Im zweiten Stau – Horst-Michael trommelte wirklich mit den Fingern aufs Lenkrad, ich hatte immer gedacht, Rüdiger sei der einzige Mensch auf der Welt, der das tat – ahnte ich: Das Ganze war eine fatale Fehleinschätzung gewesen. Eigentlich mag ich gar keine Bermudas, auch wenn Horst-Michael keine Socken in seinen Sandalen trug. Gepaart aber mit meiner tiefen Abneigung gegen Campingplätze und der äußerst vagen Aussicht auf einen Anteil an Horst-Michaels Vermögen war diese Unternehmung schlecht geplant und nicht bis ins Letzte durchdacht. Das kommt davon, wenn man es dem Zufall und dem Glück überlässt, männliche Begleiter zu verlieren, anstatt raffinierte Morde zu konstruieren! Aber Glück und Zufall konnten mir auch jetzt noch zu Hilfe kommen.

Wir schafften es nach dem vierten Stau kurz vor Mitternacht bis vor die Grenze nach Frankreich. Der Campingplatz bot weder Meer noch Krustentiere, stattdessen an jedem Baum einen Zettel mit der Warnung »No Credit Cards«. Ich musste erst mal dringend auf die Toilette und das Waschhaus war natürlich genau so, wie ich diese Einrichtungen in Erinnerung hatte. Zwar sauber, aber mit feuchtem Boden und dem Geruch nach Seife, Schweiß und Schimmel.

Im kleinen Kiosk gab es nur Bier und keinen Rotwein, aber immerhin Ravioli in der Dose, die Horst-Michael warm machte. Mir wurde wieder schlecht. An Sex war erfreulicherweise nicht zu denken, denn Horst-Michael schlief nach der langen Fahrt sofort ein.

Ich nicht. Ich nahm mir seine Brieftasche vor: drei verschiedene Kreditkarten, 1620 Euro Bargeld. Ich beschloss, gewaltlos ein paar Hundert Euro einzustecken, eine von den Kreditkarten zu nehmen, vernünftige Schuhe anzuziehen und mit meiner guten Taschenlampe ausgestattet den Campingplatz Richtung Frankreich zu verlassen. Horst-Michael würde mich kaum anzeigen, Männern ist so etwas peinlich. Ich stand schon mit einem Fuß auf dem Bänkchen, als mich der vorgeblich fest schlafende Horst-Michael plötzlich herumriss und mir eine schallende Ohrfeige gab, die Handtasche entwand, das Geld und die Kreditkarte herausriss.

Ich war völlig geschockt. Noch nie hatte mich jemand geschlagen. Mein erster Impuls war, ohne das Geld wegzulaufen, aber Horst-Michael hielt mich fest.

Ich starrte in sein wütendes Gesicht und plötzlich wusste ich, an wen mich seine Zügen erinnert hatten: an Rüdiger.

»Na, dämmert's?«, zischte Horst-Michael und quetschte meinen Arm. »Rüdiger war mein Bruder. Ich habe niemals geglaubt, dass sein Tod ein tragischer Unfall war! Ich habe lange gebraucht, um dich zu finden, du Mörderin! Ich weiß, dass dir niemand etwas nachweisen kann, aber du sollst nicht ungeschoren davon kommen! Ich hatte einen sehr guten Plan zu deiner Beseitigung im Atlantik, aber die Staus haben alles umgeworfen und ich hatte nicht damit gerechnet, dass du deine Geldgier so wenig beherrschst. Ich werde mir etwas Neues ausdenken müssen. Rüdiger und mich hat viel verbunden, vor allem die Liebe zum Campen.«

Er weinte und dabei lockerte sich sein Griff um meinen Arm etwas. Ich griff mit der Linken an ihm vorbei nach der leeren Raviolidose, die auf dem Kühlschrank stand, und rammte ihm die scharfe Kante des Deckels ins Handgelenk. Gewalt erzeugt Gegengewalt, dachte ich.

Der Zeltplatzwächter rief den Notarzt. Der versicherte, heutzutage hätten Bluter gute Überlebenschancen. Unglaublich, fand er, wie leichtsinnig manche Leute und dann noch ein Bluter, mit Konservendosen umgingen.

Ich steckte die 1200 Euro und die Kreditkarte wieder ein und weinte ein wenig beim Zeltplatzwächter, der mir einen Tee kochte und erzählte, dass er kürzlich verwitwet und ein bisschen einsam sei.

Wenn man nicht in einem Zelt oder einem Wohnwagen lebt, ist es auf Campingplätzen durchaus angenehm. Man lernt viele interessante Menschen kennen, die leichtsinnig mit ihren Geldbeuteln und Wertsachen umgehen, weil sie sich auf einem bewachten Campingplatz sicher fühlen. Ich muss viele weinende Menschen trösten, aber das kann ich gut, sagt Eberhard. Nächstes Jahr wollen wir in ein Fünf-Sterne-Wellness-Hotel nach Süd-Frankreich fahren. Isa vertritt uns dann.

Petra Steps

das besorger-paradies

Was da über dem Wasser der Talsperre Pöhl an die Oberfläche kam, war mit Sicherheit kein Taucher. Und sollte der dort treibende Mensch seine Freizeit mit Tauchen verbracht haben, gehörte er in dieser Sportart garantiert nicht zu den Erfolgreichen. Denn er war tot. Mausetot. Man musste kein Experte sein, um den ganz persönlichen Finalzustand der etwas komisch aussehenden Gestalt nicht schon von Weitem zu erkennen.

Bruno war in der Morgendämmerung mit seinem Hund am Ufer entlangspaziert, als er dieses dunkle Etwas unweit vom Strand in der Helmsgrüner Bucht entdeckt hatte. Der Wasserspiegel stand wegen der Bauarbeiten an der Staumauer mehrere Meter unter Normalhöhe, deshalb hatte ihm die Talsperre diesen unerwarteten Fund beschert. Zuerst dachte Bruno, dass sich ein Baumstamm nahe dem Ufer verkeilt hatte. Schließlich war das Vogtländische Meer anstelle einer bewohnten Kulturlandschaft entstanden. Überreste des früheren Dorfes wurden regelmäßig sichtbar, wenn das Wasser zurückgegangen war. Auch größere Baumstümpfe und sogar der Kalkofen, in dem einst Kalk für viele Bauten in der Region gebrannt wurde. Oder die Fortsetzung der Straße, auf der man direkt bis ins Wasser fahren könnte, wenn man denn lebensmüde war.

Bruno zog die Schuhe aus und krempelte die Jeans nach oben. Bevor er ins Wasser ging, warf er ein Stöckchen weit hinauf auf die Liegewiese des FKK-Strandes, damit der Hund beschäftigt war. Zwar gehörte dieses Stück der Effi-Halbinsel zum Hundestrand, aber Bruno wollte seinen Vierbeiner bei der Erkundungstour im Wasser lieber nicht in der Nähe haben. Er watete ein paar Schritte über morastigen Untergrund, der eher an das Wattenmeer bei Ebbe als an die vogtländische Talsperre erinnerte. Dann blieb er abrupt stehen, zog sein Handy aus der Tasche und wählte die 112. »Hier ist Stier, Bruno Stier. Mich starrt eine Leiche an. Ich glaube, es ist ein Mann.« Sein Wissen um die berühmten W-Fragen war ihm temporär entfallen.

Der Mitarbeiter der Rettungsleitstelle musste mehrfach nachhaken. »Wo sind Sie?«

»An der Talsperre Pöhl.«

»Wo genau?«

»Am Effi, in Helmsgrün, an der Spitze der Halbinsel.«

»Und Sie sind sicher, dass der Mann nicht mehr lebt?«

»Ganz sicher!«

»Bleiben Sie vor Ort, ich schicke jemanden vorbei!«

Bruno sah das Blaulicht schon von Weitem. Sein Hund war inzwischen an der Leine und an einer der Metallbegrenzungen festgebunden. Um diese Zeit war außer dem Hundebesitzer noch keiner am Strand und er hätte eigentlich längst am Tisch sitzen und den ersten Pott heißen Kaffees in sich schütten wollen. Bruno winkte den Beamten zu, obwohl sie ihn auch ohne Bewegung gesehen hätten. Etwas fröstelnd wartete er, bis die Funkwagenbesatzung die letzten Schritte über die Wiese zurückgelegt hatte. Den Experten hatte ein Blick ins Wasser genügt, um sich Brunos Meinung anzuschließen. Der Mann war tot. Mausetot. Dann war das Vollprogramm angelaufen: Rettungswagen zurückpfeifen, Tatortgruppe mit Spusi ordern, Umgebung weiträumig absperren.

Als Bruno schon sicher war, dass er nicht mehr gebraucht wurde, kam einer der Beamten auf ihn zu. »Kriminalhauptkommissar Rudi Kleiner, ich leite die Ermittlungen«, stellte er sich vor.

Der Name steht im Gegensatz zu der stattlichen Figur, dachte Bruno, bevor er über sein morgendliches Erlebnis sprach. Sprechen war dabei zu viel gesagt, denn Bruno war redefaul.

»Ich habe im Wasser etwas Dunkles gesehen und in der Leitstelle angerufen. Das war's«, stellte er lapidar fest. Viel mehr Substanz brachten auch die Nachfragen des Kleiner-Hünen nicht ans Licht.

Nach und nach waren die Dauercamper der Siedlung erwacht und wollten sich zu den Sanitäranlagen begeben. Dabei mussten sie in Richtung Wasser laufen. In respektvollem Abstand zur Polizeiabsperrung schauten sie zuerst der Polizei und dann dem Bestatter bei der Arbeit zu. Rudi Kleiner bat die Zaungäste einen nach dem anderen unter die überdachte Sitzgruppe, um jeden Einzelnen zu befragen. Die illustre Runde hätte alle Klischees einer Camper-Soap im Hartz-IV-TV erfüllt. Dieser Bruno mit dem Hund, die in eine Dederonschürze gehüllte Hausfrau, mit Lockenwicklern im Haar, die Schnapsdrossel, der man ihren Alkoholkonsum ansah, bevor man ihre Fahne riechen konnte, der Grillmeister, dessen Bauch ganz sicher alles Darunterliegende verdeckte, die aufgetakelte Blondine mit leicht untervögelt-blassem Teint, die gutmütig dreinschauende Oma mit dem grauen Dutt, der Kerl mit dem Muckibuden-Waschbrett … Und die etwas jüngere Frau, die ihm wegen ihres Mutes aufgefallen war.

Schon nach wenigen Blicken hatte er ihren eigenwilligen Stil bemerkt. Die engen, bunt bedruckten Hosen und die etwas zu kurz geratene weiße Bluse hätten zu einer 90-60-90-Frau gepasst, aber nicht zu dieser hier. Und dann noch ihr Vorname! Arabella-Shirin. Shirin – die Süße, Schöne, Angenehme. Arabella – Ara, der Papageienvogel. Bella – die Schöne. Die Doppeldeutigkeit passte irgendwie. Ein schöner Paradies-Vogel. Vogel – Vöglein – vögeln …

Rudi rief sich schnell zur Ordnung, bevor sein Gedanken-karussell weiter kreiste. Er fragte Frau Paradiesvogel nach ihren Beobachtungen und sah, wie ein Hauch von Röte über ihr rundes Gesicht huschte. Dabei hatte er rasch versichert, dass es um reine Routine ging. Ein bisschen zu rasch viel-leicht. Was hatte dieser schlecht verhüllte Figur-Unfall nur an sich, das seine Gedanken so aberwitzige Pfade einschla-gen ließ? Die Frau war nicht sein Typ, ganz und gar nicht. Trotzdem musste er sie immer wieder anschauen. Wer ist hier eigentlich nervöser – ich oder sie?, fragte er sich insgeheim.

Unter ihrer dünnen, weißen Bluse stellten sich die Brust-warzen auf und traten riesengroß aus dem durchsichtigen Stoff hervor. War das Erregung, gepaart mit Verlangen, oder eine Stressreaktion? Ahnte sie etwa, was er gerade dachte? Sein Mund wurde trocken, er griff hastig nach der Wasser-flasche, die er auf dem Tisch abgestellt hatte, und erkundigte sich bei der Dame nach dem Grund für ihren Aufenthalt in der Siedlung. Was hatte sie gesagt? Hatte er jetzt auch noch etwas mit den Ohren? Es reichten doch wirklich schon die Verirrungen seines Sehorgans und die daraus resultierenden Hirngespinste!

»Ich habe Sie akustisch nicht verstanden«, hechelte er ihr zu. Diese steifen Brustwarzen erinnerten ihn an Nipple-Patches, diesen paillettenverzierten Brustschmuck beim Bur-lesque-Tanz. Immer, wenn er im Angel-Laden das Sortiment an Anglerblei auf der Ladentheke erblickte, befielen ihn diese

Fantasien von der sparsam bekleideten Burlesque-Tänzerin, die vor ihm posierte, während die Bleigewichte bei jeder Bewegung an den Quasten baumelten. Vielleicht benutzte seine fast schon Angebetete manchmal diese Brustwarzen-stimulierer, um ihre süßen Tütchen zu formen. Oder um ... Du spinnst ja, dachte er. Aber er konnte weder das Tag-traumbild löschen, noch seine Gedanken an prickelnden Lustschmerz einfangen. Kleiner sah eine Szene vor sich und die hatte etwas mit ihm und ihr zu tun: Baumelnde Blei-gewichte an den schmalen Schnüren des Brustschmucks, während ihr Becken um seinen Schwanz kreiste und er ihren Hüftschwung mit den Händen in seinen Rhythmus zwang. Sicher war eine Menge Mastix-Hautkleber notwendig, damit ihm die Dinger nicht samt Blei um die Ohren flogen...

Er erschrak über seine Gedanken und versuchte es erst mit Verdrängen oder Ignorieren, dann mit der Suche nach Din-gen, die ihn abtörnten. Eigentlich hat sie eine viel zu kleine Brust im Vergleich zu dem mächtigen Schwimmring. Und warum betonte sie den so auffällig, statt ihn zu kaschieren? A-Cup-Wackeln, Burlesque oder Bauchtanz? Er überlegte, bei welcher Bewegung ihre körperlichen Schwächen am besten zur Wirkung kamen. Oder verbotener aussahen! Du musst dich auf die Befragung konzentrieren, befahl er seine ausgebüxten Gedanken zurück an den Tisch auf der Liege-wiese. Er war doch Profi und ließ sich nicht so leicht aus der Bahn werfen, schon gar nicht von einem solchen Feger!

Als er sie nach ihrem Ehegatten fragte, verdrehte Arabella genervt die Augen und atmete einen Kick zu tief ein. Dieser Axel Beinbrech war einer der Camper gewesen, die nahe der Absperrung standen, während die Beamten die Spuren sicherten und der Tote geborgen wurde. Rudi hatte seine Personalien aufgenommen, genau wie die von Arabella und von den anderen Schaulustigen. Er hatte ihn bereits vor ihr befragt.

Zum Glück hat der halbe Hahn ihr nicht noch einen doppelten Familiennamen verpasst. Arabella-Shirin Würker-Beinbrech oder Beinbrech-Würker – das wäre echt der Hammer! Schon wieder so eine wirre Eingebung! Was ist nur mit mir los?, fragte sich Rudi in Gedanken, bevor er das Kompaktklasse-Traum-Wesen erst einmal entließ. Mit den übrigen Dauercampern war er schnell fertig. Keiner hatte etwas gehört, gesehen, gewusst.

Die Identifizierung des Toten hatte nicht lange gedauert. Die Camper kannten den Mann, der da mit Latexmaske und Mundknebel als verschnürtes Paket im Stauseewasser gelegen hatte. Er nannte sich Elias Gotthilf Nievergelt und lebte den Sommer über in der Siedlung, seit er den Bungalow von seiner Erbtante bekommen hatte. Wenigstens zehn Meter Bondage-Seil waren fest um seine Arme, die Beine und den Oberkörper gewickelt. Darunter Spaltlederriemen über Brust, Bauch und um das beste Stück, Lederhalsband, Fuß- und Handfesseln. So verpackt hatte er nicht den Hauch einer Überlebenschance gehabt, selbst wenn er vor seinem Tauchgang noch am Leben gewesen sein sollte. Das hatte der Gerichtsmediziner versichert, bevor er den Ypsilonschnitt gesetzt hatte und erkennen konnte, dass Ertrinken nicht die Todesursache war.

Rudi musste an den Fundort zurück. Die Siedlung, zu der die Schaulustigen und auch das Opfer gehörten, befand sich in unmittelbarer Nähe zum FKK-Strand. Sie war eine der ältesten an der 1964 eingeweihten Talsperre. Gleich nach der Wende hatten die Dauercamper einen Verein gegründet, um ihr Eigentum zu schützen. Ein großer Teil der Siedler hatte die Stabilzelte und Bungalows inzwischen an die nächste

Generation weitergegeben. Zu beschwerlich war die Pflege der Grundstücke und der fast 50 Jahre alten Campingunterkünfte gewesen. Einige der Camp-Anhänger mit ihren massiven Umbauten hatten schon bessere Zeiten gesehen. Die Versuche der Eigentümer, dem zunehmenden Verfall mit Schönheitsreparaturen entgegenzuwirken, waren nicht immer von Erfolg gekrönt. Die Siedlung blieb etwas für Camping-Nostalgiker. Die Neuzeit-Freaks parkten ihre schicken Wohnmobile auf dem Campingplatz am Gunzenberg, an den gefluteten Tagebauen im Leipziger Seenland oder am Zeulenrodaer Meer.

Rudi schaute sich die Talsperrensiedlung an. Ähnlich wie bei den anderen Camperdörfern stand auch hier ein typischer DDR-Flachbau im Gelände. Auf einem riesigen Reklameschild las er: *Besorger-Paradies*. Axel Beinbrech war der *Besorger*, das hatte Rudi schnell herausgefunden.

Zu ihm kamen die Camper mit ihren Wünschen, hier gaben sie ihre Bestellzettel ab und tätigten ihre Einkäufe. Vom *Besorger* ließen sie sich den Korb an den Bungalow bringen.

Rudi hatte einen Termin mit Beinbrech in dessen Domizil vereinbart. Er erhoffte sich von ihm ein paar Informationen, denn wo, wenn nicht bei ihm, lief der Zeltplatzklatsch zusammen! Nach einer kurzen Begrüßung schaute sich der Kommissar den kleinen Laden und den Aufenthaltsraum an. »Hübsch haben Sie es hier.« Beinbrech blickte ihm direkt ins Gesicht. »Das finde ich auch. Reich kann man damit natürlich nicht werden, aber ich mache viele Menschen glücklich.«

Rudi nahm einen leichten Unterton wahr, den er nicht zu deuten wusste. »Und wovon leben Sie?«, wollte er wissen.

»Meine Frau ist Beamtin, sie hat einen gut bezahlten Job in einer Landesbehörde. Und wissen Sie: Um Geld geht es uns nicht! Wir kommen mit wenig aus.«

Rudis Kopfkino hatte sich zugeschaltet, als Beinbrech seine Frau erwähnt hatte. Er sah den schmächtigen jungen Kerl bei einem gewaltigen Stutenritt auf einem überdimensionalen Doppelbett vor sich. Der *Besorger* hatte sich so richtig hineingekniet in seine Arabella-Shirin mit den großen Nippeln und den breiten, gut abgefederten Hüften. Bestimmt denkt der jedes Mal: Alles meins, schoss es Rudi durch den Kopf, bevor eine Eingebung die auflodernden Fantasien verdrängte. *Besorger* – hatte das Wort nicht noch eine andere Bedeutung als die Bezeichnung für jemanden, der sich um den üblichen Warenverkehr kümmerte? Verkehr – ja, das war es. Dieser Beinbrech hatte doch vorhin gesagt, dass er viele Menschen glücklich macht. Obwohl – so ein Hänfling ...

Rudi beschloss, sich ein wenig intensiver in dem Flachbau umzusehen. »Ich weiß ja, dass Sie mir nichts zeigen müssen, aber ich wäre dennoch an einem kleinen Rundgang durch das Haus interessiert«, testete der Kommissar die Reaktion seines Gegenübers.

»Ich habe nichts zu verbergen, es ist nur an einigen Stellen etwas ... unaufgeräumt.« Beinbrech reagierte mit leichter Verzögerung.

Der 1,95-Meter-Hüne begleitete den vergleichsweise mickrigen *Besorger* über den Gang, in dem sich Zimmer an Zimmer aufreihte. Sie besichtigten die Lagerräume und eine Abstellkammer für alles, was man zum Putzen benötigt. Daneben lag ein Raum mit gelben Säcken und Müllbeuteln. Rudi wollte schon weitergehen, als er etwas aufblitzen sah, das seine Aufmerksamkeit erregte. In einem der gelben Säcke befanden sich leere Kondomverpackungen – silberfarbene, schwarze, pinkfarbene, goldene – dazu ein paar Tuben und Blister. Wozu braucht man eine solche Präser-Menge?, begann sich der Kommissar zu fragen, während er sein Pokerface aufsetzte und den Raum verließ. Gleich nach dem Abfallzimmer hatte Rudi die ersten Stufen einer kleinen Treppe bemerkt. Sie musste in einen Keller führen. Beiläufig hatte der Hausherr erwähnt, dass er den Schlüssel gerade nicht dabei hatte und erst aus seiner Wohnung in Reichenbach holen müsste. Rudi winkte ab. »Lassen Sie nur, so schlimm ist das nicht. Ich habe das Wichtigste gesehen«, sagte er zu Beinbrech und überlegte, wie er dem Staatsanwalt die Notwendigkeit eines Durchsuchungsbefehls schmackhaft machen konnte.

Rudi hatte den richtigen Riecher gehabt. Bei der Durchsuchung im *Besorger-Paradies* waren die Beamten auf die *Besorger*-Werkstatt gestoßen. Die Einrichtung hätte jedem gut ausgestatteten Sex-Shop und so manchem Hobbybordell Konkurrenz machen können. Schäferstündchen zu zweit, der flotte Dreier, der Pärchen-Vierer oder die wilde Orgie – auf alles war das Kellergeschoss eingestellt. Das Gruppensex-Eldorado bot Ersatzteile und Hilfsmittel für sämtliche Bedürfnisse. Die Liebesschaukel an der Decke für akrobatische Stellungen, ein überdimensionierter Flachbildschirm, DVD-Ständer mit Pornostreifen.

Rudi las die aufregenden Titel. »Sexpiraten«, »Herr der Inge«, »Das Besteigen der Lämmer«, »Bonnie in Clyde«, »Analdin und die wunde Schlampe«, »Die Schwanzwaldklinik«, »Petry geil«, »In einem Loch vor unserer Zeit« oder »Das Wunder von Bernd«. Rudi konnte nur mit Mühe einen Lachanfall unterdrücken. Er entdeckte Wandhalterungen für die Bondage-Kunststücke der Sexsklavin, Lackkicks und Lackbettwäsche für geile Glitschispiele, einen Riesen-Diwan mit Latexüberzug und gepolsterte Liebesinseln auf dem Boden, ein Regal mit Kondompackungen von Billy Boy bis Fromms in Slimfit, Euro-Mittelmaß oder Übergröße, Gleitgels von Flitschi-Flutschi bis KlatschNass, ein weiteres Regal mit einer Sexspielzeug-Kollektion, deren Vielfalt jeder Dildo-Party zur Ehre gereicht hätte. Liebeskugeln, Penistrainer, Nippelsauger und sogar ein Reizstromgerät für angeblich »elektrisierendes Kribbeln an den geheimsten Stellen« warteten auf ihren heißen Einsatz.

Sein schönes Vögelchen hatte gesungen, nachdem Rudi und die Kollegen vom Kriminaldauerdienst das Liebesnest ausgehoben hatten. Die Mitgliedschaft im Siedlerverein hatte den Dauercampern auch den freien Zugang ins *Besorger-Paradies* beschert. Sie mussten nur die richtigen Zeichen auf ihre Einkaufszettel schreiben, und schon war ein Platz reserviert oder eine Party vereinbart. Axel Beinbrech hatte sich um die tiefer gelegte Beletage gekümmert, die Räume verteilt und es dem beziehungsweise der einen oder anderen auch selbst besorgt. Für ihre Schäferstündchen hatten die Camper ein ausgeklügeltes System entwickelt, das Rudi erst nach und nach begriff.

Sie nutzten dafür ihre Autos mit interpretationsfähigen Kennzeichen. Rudi war schon bei seinem ersten Besuch aufgefallen, dass auf dem Parkplatz sehr viele Fahrzeuge mit Nummern wie 69, 99, 699, 669, 999, 6699, 9999 gestanden hatten. Stellung 9 – allein und traurig – war nichts für die Camper aus der *Besorger*-Siedlung. Beim Rendezvous zu zweit wurden die Zweiernummern vor dem paradiesischen Flachbau abgestellt. Bestand Bedarf an einer höheren Anzahl von Mitwirkenden, kamen die größeren Zahlen ins Spiel. 669 oder 699 hieß Flotter Dreier – Liebesstellung 69 um 90 Grad gedreht und dazu Löffelchen, auch bestürzter Engel genannt. Gleiches bei vier Ziffern, nur mit mehr Beteiligten. 6699 gleich 69 und je ein Engelchen außen. Wenn richtige Orgien geplant waren, standen die Autos mit den großen Nummern auf dem Parkplatz nebeneinander. Dann stürmte alles ins *Besorger-Paradies*, was gerade Lust auf Liebesdienste oder -aktivitäten hatte.

Doch eines Tages war der allseits befriedigenden Freizeitgestaltung etwas in die Quere gekommen. Auch hier war der *Besorger* gefragt. Das war den Beamten schnell klar geworden.

Nachdem Rudis Truppe den Verdächtigen in Richtung Untersuchungshaft befördert hatte, wurden die Camper erneut befragt. Die Oma und die Lockenwickler-Elli überließ der Kommissar gern seinen Kollegen. Er kümmerte sich um die *Besorger*-Braut.

»Es hat perfekt funktioniert, Axel konnte den kleinen Zuverdienst im Keller gut gebrauchen und damit den Verlust im Erdgeschoss ausgleichen. Doch dann kam dieser Idiot«, stieß Arabella-Shirin kurzatmig hervor. Rudi hatte wieder fasziniert auf ihre ungewöhnlich großen Nippel gestarrt, die sich vor Erregung aufgerichtet hatten. »Er nannte sich Elias Gotthilf Nievergelt und spielte hier den Moralapostel, nachdem er den Bungalow von seiner Erbtante bekommen hatte. Geschenkt, wohlbemerkt! Soviel ich weiß, gehörte er einer komischen Sekte an, die ihn aber auch nicht so richtig haben wollte. Überall mischte er sich ein.« Sie suchte nach einem Taschentuch, um die Tränen aufzuhalten.

Rudi nahm eins aus der Packung in seiner Hosentasche. Nach einer kurzen Pause sprach sie weiter. »Am FFK wollte er die Badegäste bekehren! Stellen Sie sich vor: Er hat dort Gutscheine für Badehosen verteilt. Für handgemachte wohlbemerkt. Bei unseren Festen und Feiern hielt er Moralpredigten von Sünde und Fegefeuer, den Alkohol verteufelte er. Aber eigentlich war uns das egal. Wir wollten unser Leben leben und Spaß haben.«

»Warum musste er dann sterben?«, hakte Rudi vorsichtig ein.

Arabella ließ sich nicht lange bitten. »An einem Sonnabend hatten wir uns zu einer kleinen SM-Orgie verabredet. Wie er davon Wind bekommen hat, weiß ich nicht. Jedenfalls tauchte er in unserem Paradies auf. Wir haben versucht, ihn möglichst schnell loszuwerden, doch es war zu spät. Mein Mann hat ihm noch erzählt, dass wir dort unten Märchenstücke proben und Spielnachmittage organisieren. Aber er hatte wohl schon zu viel mitbekommen. Ein paar Tage später wollte er mich erpressen. Ich wäre doch meinen Job los gewesen, wenn er Ernst gemacht hätte. Nach dem Abend habe ich ihn nicht mehr gesehen. Axel hat mir gesagt, dass er ihn in den Keller gelockt hat. Alles andere weiß nur er.«

Rudi klärte sie auf: »Aus ›Schwänzel und Gretel‹, ›Dornmöschen‹ und ›Schneeflittchen‹ wurde ganz schnell ›Mensch, ärgere dich nicht‹ oder besser uns nicht – mit einem toten Tugendwächter. Ihr Mann hat bereits gestanden. Er hat ihn erwürgt, während er ihm demonstrierte, wie man mit einem Bondage-Seil einen Wolf fangen kann, falls sich mal einer an die Pöhl verirren sollte. Der muss nicht nur komisch gewesen sein, sondern auch selten dämlich.«

Als Rudi Kleiner im darauffolgenden Frühjahr wie zufällig in der Siedlung vorbeischaute, erblickte er Arabella-Shirin. Sie bemühte sich gerade, dem Flachbau nach der Winterruhe eine Frischekur zu verpassen. Ihren Job war sie nach den Schlagzeilen in den Medien los gewesen und auch ihren Heiligenschein. Beim Mordprozess wurde ihr Mann verurteilt und sie freigesprochen. Angeblich hatte sie von der Beseitigung ihres Erpressers durch Axel nichts gewusst. Und obwohl Rudi das nicht glaubte, zog es ihn wie an unsichtbaren Strippen zu der Sünderin. Statt eines Grußes raunte er ihr eine Frage zu.

»Können Sie das noch einmal wiederholen? Was war mit Besorgen?«, fragte sie mit ungläubiger Miene.

»Komm meine Herrin, lass mich dein Besorger sein, dein Diener, dein Knecht, dein Sklave ...«, hauchte er ihr mit rauchiger Stimme ins Ohr. Als sie zu ihm hochschaute, wusste sie, dass er es ernst meinte.

EVA ALMSTÄDT

geldregen

Also, manche Kinder schlagen ja aus der Art. So wie meine Tochter Carolin. Ich bin eine grundsolide Hausfrau und Mutter. Früher habe ich noch halbtags in einer Arztpraxis gearbeitet, doch seit mein Chef sich auf Gran Canaria zur Ruhe gesetzt hat, halte ich mich mit einem Party-Service über Wasser. Eine ehrliche und fleißige Frau Ende fünfzig stellt heutzutage ja keiner mehr ein. Und Geld regnet nicht vom Himmel. Also – normalerweise. Im Winter backe und koche ich in meiner Wohnung in Hamburg-Horn, im Sommer auf dem Campingplatz *Abendfrieden* an der Ostsee. Frische Luft, Natur rundherum und eine gut ausgestattete Küche im Vorzelt.

Meine Tochter Carolin studiert jetzt nämlich Jura. Mein Augenstern. Aber seit sie an der »Uni« ist, wird sie ein bisschen hochnäsig. Die schleppt neuerdings Typen an! So gar nichts Handfestes. Ich steh ja mehr auf die Kurt-Russel-Typen, wie in dem Film »Die Klapperschlange«. Hach!

Aber mich fragt ja keiner.

Ihr Neuester – Hubertus – ist Staatsanwalt. Uhu, ob ich sündige Verbrecherin mich etwa vor ihrem Verehrer fürchten soll?, hab ich Carolin gefragt. Sie bringt ihn nämlich heute mit. Er will ihre »Familie« kennenlernen und etwas über ihre »Herkunft« erfahren, weil es ja was »Ernstes« werden soll mit den beiden. Ihre Familie, das bin ich, und im Sommer bin ich nun mal nur auf dem Campingplatz anzutreffen.

Da kommt einer mit suchendem Blick den Weg runter. Er trägt die Expeditionsausstatter-Kollektion rauf und runter.

Das muss Hubertus sein. Er bleibt stehen und hebt seine Sonnenbrille. »Sind Sie Frau Koch?«

»Ah, der Hubertus. Wie schön, dass Sie hier sind! Ich darf Sie doch Hubertus nennen? Wo ist denn Carolin?«

»Sie lässt Ihnen ausrichten, dass es später wird. Ihr ist ein wichtiger Termin dazwischengekommen.«

Am Samstag? Klar. Ich streiche meine Kittelschürze glatt. »Na, kommen Sie erst mal rein in die gute Stube.« Ich ziehe den jungen Mann an der mir dargebotenen Hand in meinen Vorgarten. Hinter dem schulterhohen Windschutz ist er, zumindest wenn er sitzt, vor neugierigen Blicken geschützt. Vor denen der Postbrüder Siegfried und Bert von nebenan, die tagsüber auf der Bank am Weg sitzen und aufpassen, und auch vor Helgas, die rechts von mir residiert. Ich will den jungen Mann erst mal allein begutachten. Also muss der Jüngling eine Etage tiefer. Ich schiebe Hubertus meinen Relax-Campingstuhl mit der dicken Auflage und dem elektronisch hochfahrbaren Fußteil in die Kniekehlen, und er sinkt erleichtert aufstöhnend in den Sitz. »Gut so?« Ich mustere ihn.

»Alles bestens.«

»Na, dann machen wir zwei beiden es uns schon mal hübsch gemütlich.« Ich setzte mich ihm gegenüber. »Schampus, Bier oder gleich 'n lütten Jubi, Hubertus?«

»Mineralwasser bitte.«

Ich stemme mich wieder hoch, um an den Kühlschrank im Vorzelt zu gehen. Sekt, Bier und Kurzen hatte ich schon in meiner Kühltasche unter dem Campingtisch bereitgestellt.

»Wenn es Ihnen nichts ausmacht, bitte stilles Wasser.«

Ich seufze, weil ich dann im Wohnwagen und an die Spüle muss. Drinnen ist es warm wie in einem kongolesischen Puff. So ist das hier in Gottes freier Natur: Wenn ich die Klimaanlage im Wohnwagen und die Küche im Vorzelt gleichzeitig in Betrieb nehme, brennen auf *Abendfrieden* sämtliche Sicherungen durch. Hubertus kriegt also lauwarmes Wasser aus dem Tank. Mit Legionellen gratis dazu, hätte mein alter Chef gesagt.

Aber bitte, *mich fragt ja keiner.*

Wir plaudern. Hubertus zündet sich ein Zigarillo mit seinem schicken Zippo an. Er nippt am Wasser, ich am Jubi.

»Würden Sie denn mit meiner Carolin hier Ihre Wochenenden verbringen wollen?«, will ich von ihm wissen.

Er schaut mich an, als ob ich ihn gefragt hätte, ob er noch ein paar Legionellen in sein Wasser möchte. »Hier gibt es ein paar recht interessante Leute«, setze ich hinzu.

»Bestimmt.« Er setzt Rauchkringel in die Abendluft und lächelt blasiert. Dann sieht er auf seine Armbanduhr. »Wo meine Maus wohl bleibt?«

Ich deute auf sein Handgelenk. »Mein Nachbar Siegfried hier, der hat auch so eine. Aber der nimmt die nur zum Fischeausnehmen, weil die wasserdicht und stoßfest ist.«

»Eine Breitling? Ach nee. Die kostet 5000 Euro.«

»Kein Problem. Mein Nachbar Siegfried und sein Bruder Bert waren zeitlebens bei der Post. 1988 haben sie einen Coup gelandet – Postbankraub – und sind nie erwischt worden. Sie haben nämlich kaum was davon ausgegeben. Die meisten Scheinchen liegen noch in ihrem Wohnwagen herum. In D-Mark. Wird langsam schwierig, die einzutauschen.«

Hubertus drückt sein Zigarillo aus. Er schaut mich an, als habe ich den Verstand verloren. Dann hält er mir wortlos sein leeres Glas hin. Als ich den Wasserkrug hebe, deutet er auf meine Flasche Jubiläumsaquavit – ach so ist das. Ich schenke ihm einen halben Becher voll ein. »Helga von nebenan ist die klassische ›Schwarze Witwe‹«, plaudere ich weiter.

»Nach dem ersten Todesfall war sie noch untröstlich, doch die nächsten drei Ehemänner haben ihr Häuser, Autos, einen Wohnwagen und eine Streuobstwiese hinterlassen.«

Hubertus schüttelt den Kopf, reicht mir erneut sein Glas. Ich fülle uns beiden großzügig nach.

»So viele spannende Leute hier«, sagte er und stürzt den Jubi hinunter. Sein Handy piepst und er nimmt es ans Ohr. »Calorin!« Das Artikulieren anspruchsvoller Vornamen fällt ihm schon schwer. Neuer Anlauf: »Carolin, das kannst du mir jetzt echt nich antun – Erst morgen? – Ja, wir trinken ein Schlückchen – Ich komme surecht – Intere... interssante Leute hier – ciao, Liebling.«

Er sieht mich verwundert an. »Carolin schafft es heute nicht mehr. Ich soll hier auf sie warten. Wir wollen nämlich morgen weiter nach Kopenhagen fahren.«

»My home is your castle.« Ich deute auf meinen Wohnwagen.

»Wir können doch nicht beide ...«

»Sie schlafen im Vorzelt, Hubertus. Das ist doch gar kein Problem. Geben Sie nur ein wenig auf den Platzwart acht. Der schaut hier nachts manchmal nach dem Rechten. So ein Vorzelt bietet wenig Schutz.«

»Sie meinen?«

Ich senke die Stimme. »Der Platzwart hatte früher eine Rossschlachterei. Aber man munkelt, dass er aus Sparsamkeit oder Liebhaberei auch Menschenfleisch verarbeitet hat.«

»Ach nee. Is' ja ekelhaft. Ich nehm' noch einen Absacker von diesem Teu... Teuflszeuch, dann zieh ich mich zurück, wenn's Ihnen rechtis, Carolin-Mutter.«

Als ich aufwache ist es zwei Uhr nachts. Die Zeltplane flattert. Auf *Abendfrieden* schlafe ich im Jogginganzug, sodass ich jederzeit aus dem Bett springen kann und dabei noch präsentabel aussehe. Ich streife meine Adiletten über und schaue nach Hubertus. Das Vorzelt ist leer. Carolins Steppdecke mit den Filly-Pferden drauf liegt sauber gefaltet auf meiner Gäste-Campingliege. Die Liege ist noch warm, also kann er nicht weit gekommen sein. Und in seinem Zustand sollte man nicht Auto fahren. Vor allem nicht, wenn man Staatsanwalt ist. *Aber mich fragt ja keiner.*

Der Weg vor meinem Wohnwagen ist die ganze Nacht beleuchtet, für die armen Schweine, die kein Klo in ihrem Wagen oder Zelt haben. Im Herrenwaschraum flackert eine Neonröhre und stresst die Motten, die sie umschwirren. Ich sehe unter die Türen der Toilettenabteile. Kein Hubertus. Als ich zu meinem Wohnwagen zurückkomme, höre ich nebenan ein Geräusch. Hubertus ist am Wohnwagen von Bert und Siegfried? Das ist gar nicht gut.

Ich erwische meinen Schwiegersohn in spe auf dem Rücken liegend unter dem Wohnanhänger. Seine nackten Beine gucken unter dem Trailer heraus. Ich packe ihn am Fuß. »Kommen Sie sofort da raus!«, zische ich. »Nicht auszudenken, wenn Bert und Siegfried Sie erwischen.«

Hubertus klopft sich den Dreck von seinen Boxershorts. »Wissen Sie, ich hab vorhin ein bisschen auf meinem Smartphone recherchiert. Über das, was Sie mir erzählt haben. 1988 gab es wirklich einen Postbankraub. 200.000 Mark Beute. Die Täter wurden nie ermittelt.« Er deutet lächelnd mit dem Kopf auf den Wohnwagen.

»Was ist denn hier los?« Siegfried sieht hellwach und stinksauer aus.

»Nichts, Siggi. Wir wollten gerade wieder gehen. Mein Gast schlafwandelt.« Ich packe ihn am Ärmel seiner Sweatjacke.

»Hiergeblieben«, flüstert Siegfried rau.

»Guten Abend. Wo haben Sie das Geld versteckt? Ich schätze mal im Abwassertank.« Hubertus lächelt leutselig.

»Ihr kommt jetzt hübsch mit rein und wir erklären euch alles, bevor ihr noch mehr Gerüchte in die Welt setzt.«

Siegfried sieht nicht so aus, als würde er ein »Nein« akzeptieren. Außerdem bin ich neugierig. Auch Hubertus erklimmt freiwillig die Stufe und zwängt sich vor mir durch die Tür in den Anhänger. Wir nehmen auf der Eckbank Platz, Siegfrieds Bruder Bert stellt Gläser und eine Flasche Korn auf den Tisch.

»Kein Alkohol mehr, mir ist schon flau«, sagt Hubertus.

»Wir haben doch noch etwas von Lilos köstlicher Pastete.« Siegfried zwinkert mir zu. »Vom Party-Service und für besonders liebe Freunde.«

Während wir trinken und Hubertus meine Pastete isst, erklären die Postbeamten im Ruhestand ihm, dass das alles nur Gerüchte sind. Der angebliche Bankraub, Helga als »Schwarze Witwe« …

Hubertus guckt enttäuscht. »Wirklich. Ich dachte, mir wehen jeden Moment die alten D-Mark Scheine um die Nase. Die Idee mit dem Tank war so gut.«

»Ja. So ein Geldregen wäre nett.« Siegfried seufzt.

»Helga hätte sicherlich auch nichts gegen Häuser und Autos einzuwenden«, merke ich an.

»Oder die Streuobstwiese«, ergänzt Hubertus. »Ich weiß nicht. Mir ist gerade gar nicht gut. Kann ich mal Ihr Bad benutzen?«

»Hat er etwa Wasser aus dem Tank in deinem Wohnwagen getrunken?«, fragt Bert mich vorwurfsvoll.

Hubertus steht auf und quetscht sich an mir vorbei in Richtung Nasszelle. Der Wohnwagen bebt unter seinen Schritten.

»Halt. Doch nicht bei uns!« Siegfried schreit beinahe.

»Also stimmt es doch? Der Abwassertank.« Hubertus zwinkert den beiden zu.

»Unsinn. Wir putzen nur ungern. Aber gehen Sie schon. Sie geben ja sonst nie Ruhe.«

Als Hubertus in der Nasszelle verschwunden ist, sagt Bert, der alte Scherzbold, zu mir: »Hast du etwa wieder Strychnin genommen für deine Pastete, Lilo? Das dauert immer so lange.«

»Klar. Ich hatte nichts Besseres da«, antworte ich ihm und verdrehe die Augen.

Hubertus Kopf taucht in der Tür auf. »Das hab ich gehört«, schreit er. »Strychnin, verdammte Scheiße. In der Pastete? Ich weiß wohl zu viel. Ihr wollt mich vergiften!«

»Quatsch. Das war ein Insider-Gag.«

»Beruhigen Sie sich«, sagt Siegfried. »Hier ist immer noch Nachtruhe. Der Platzwart auf Abendfrieden hasst Lärm.«

»Wissen Sie, wie egal mir das ist?« Hubertus stürmt aus der Nasszelle, reißt die Tür unter der Küchenzeile auf und greift nach der Gasflasche. »Ihr ruft jetzt sofort den Notarzt, gebt mir ein Gegenmittel, tut irgendwas, oder ich sprenge uns alle in die Luft!« Er dreht die Flasche auf.

»Mensch, das mit dem Strychnin war ein Gag. Versteht ihr feinen Hansel denn gar keinen Spaß?«

»Nein. Ich weiß jetzt Bescheid. Ihr seid Bankräuber, diese Helga ist eine Mörderin und Carolins Mutter backt für ihren Partyservice Giftpasteten auf Bestellung.«

»Vergiss nicht den Platzwart«, sage ich sarkastisch. »Auch eine schöne Story.«

»Herrjemine, legen Sie die Gasflasche weg.« Siegfrieds Stimme zittert. »Ich kann das Gas schon riechen.«

Es zischt leise.

»Erst wenn Notarzt und Polizei hier sind.« Hubertus zieht sein Zippo aus der Jackentasche. »Los.«

»Wenn Sie jetzt Feuer machen, gehen Sie mit uns drauf«, sagt Bert atemlos.

Hubertus bewegt sich mit der Gasflasche und dem Zippo in Richtung Ausgang. »Das werden wir ja sehen. Und immer noch besser als Strychnin, oder? ›Das dauert immer so lange‹«, äfft er Berts Stimme nach.

»Wir sind aber vollkommen *harmlos!*«, ruft Siegfried.

Das Zippo klackt. Zuverlässig erscheint die hellgelbe Flamme. Gar nicht gut. *Aber mich fragt ja keiner.*

Hubertus liegt mit einem Pfeifen in den Ohren in den Trümmern des Wohnwagens, der einst Siegfried und Bert gehört hat. Er wurde herausgeschleudert, aber die anderen sind nicht mehr – jedenfalls der Verwüstung um ihn herum nach zu urteilen. Jemand beugt sich über ihn. Er spricht mit ihm. Hubertus kann ihn nicht verstehen, weil das Pfeifen zu laut ist. Und ihm tut alles weh. Er erinnert sich, warum er hier ist. Die Explosion. Die Geldscheine? Er sucht den Sternenhimmel nach den alten D-Mark Scheinen ab und wünscht sich, dass sie als kühler Geldregen auf ihn fallen sollen. Sein Gesicht und seine Hände brennen.

Der Mann bewegt ihn, hebt ihn hoch. Schmerzen zucken wie Messerstiche durch seinen Körper. Er wird auf einen Anhänger gehievt. Geht das nicht sanfter? Wo sind die anderen Sanitäter? Wo das Blaulicht und der Notarzt?

Beim Anrollen quietscht der Anhänger. Immerhin, er kann es hören. Das Pfeifen wird leiser. »Wer sind Sie?«, fragt Hubertus den Mann, der ihn abtransportiert.

»Alles wird gut.« Der Mann lächelt. »Ich bin der Platzwart.«

Hubertus schließt die Augen. An die Geschichte, die sie ihm über den Platzwart von Abendfrieden erzählt haben, kann er sich gerade nicht erinnern.

ANNA SCHNEIDER

tief verborgen in der erde

Es war stockfinster. Dicht neben mir fühlte ich die anderen. Ihre Nähe gab mir Halt. Obwohl es nichts Beruhigendes an unserer Situation gab. Viel zu lange waren wir hier drin eingesperrt, in dem engen Raum. Seit Tagen schon. Nichts hatte sich geändert. Kein Licht, kein Wasser. Wie lange würde ich das noch aushalten? Steif und unfähig mich zu bewegen, wartete ich auf mein Schicksal. Genau wie der Rest. Wir hatten keine Kraft mehr aufzubegehren. Wir lagen einfach da.

Dann mit einem Mal ein Ruck, die Klappe öffnete sich, gleißendes, blendendes Licht drang in den Raum. Dieses Mal war ich dran. Eine Hand packte mich. Kalt, erbarmungslos. Ohne Gnade. Ein Mann. Ich spürte es an seinen schwieligen, breiten Pranken. Er hob mich hoch, so als wäre ich bloß eine Feder, hätte kein Rückgrat, kein Gewicht. Ich versuchte, mir nichts anmerken lassen. Er sollte meine Angst nicht spüren. Aufrecht wollte ich meinem Schicksal entgegentreten.

Doch das Ende war nah. Unausweichlich. Das wusste ich, als ich die Waffe sah, die er in der anderen Hand hielt. Ein rostiger Hammer. Mein Körper wurde in ein kaltes Erdloch geschoben. Es blieb keine Zeit, um mich zu wehren, mich querzustellen. Irgendetwas zu tun. Ich spürte nasses Gras, dann modrige Erde an meinen Gliedern. Er würde mich hier einfach lebendig begraben. Immer tiefer stieß er mich hinein. Mit einem Mal sehnte ich mich nach dem dunklen, staubigen Gefängnis, in dem ich so lange mit den anderen gelegen hatte. Sie hatten Glück gehabt. Waren verschont geblieben. Würden sie an mich denken?

Nun spürte ich Wasser an meinen Füßen. Es war eiskalt. Kurz bevor mein Kopf in der Erde versank, hörte er damit auf, mich mit seinen Schlägen und Stößen tiefer und tiefer in die Erde zu drängen. Mein Kopf dröhnte von dem harten Eisen, mit dem er erbarmungslos zugeschlagen hatte, als ich erneut erschrak: Ein Strick wurde um mich gewunden. Einmal, dann noch einmal, dann zurrte er das Seil straff. Es riss mich ein Stück aus der Erde. Mein ganzer Körper war unter Spannung und tatsächlich spürte ich das Wasser nicht mehr. Konnte ich dem starken Zug standhalten oder würde es mich stückchenweise hochziehen, in hohem Bogen aus meinem Erdloch katapultieren?

Der Mann entfernte sich. Ließ mich zurück. Wie lange dieses Mal? Stunden nur oder Tage? Sehen konnte ich ihn auch jetzt nicht, nur seine Füße, die sich von mir entfernten. Bebende Erde rings um mich her. Ich spürte es deutlich, auch wenn ich keine Sicht aus meinem Erdloch hatte. Dennoch war ich sicher: Es waren viele. Der Mann war nicht allein.

Er kam zurück, schleppte einen Mitgefangenen mit sich. Ich sah, wie er ihn prüfend musterte, dann packte und seinen Rücken durchbog. Ohne Rücksicht, ohne Gnade. Wieder betrachtete er ihn, schüttelte den Kopf, warf ihn einfach in hohem Bogen weg. Achtlos ließ er ihn zurück, irgendwo im nassen Gras. Unser Peiniger streckte die Hand schon nach einem der anderen aus. Was würde mit meinem Freund geschehen, wenn alles vorbei war? Würde er hier einfach zurückbleiben? Oder würde einer der anderen Menschen Mitleid mit ihm haben?

Ich ergab mich in mein Schicksal. Lenkte meinen Blick auf das Licht. Ich würde hier ausharren müssen. Wenn ich es aushielt, standhaft und gerade blieb, wäre es sicher bald vorbei. Irgendwann würde ich wieder in die Schachtel gesperrt. Dann würde ich wieder warten. Mit den anderen. Bis ein neuer Platz kam, eine neue Wiese, ein neues Zelt, deren Streben ich halten musste. Ewiger Kreislauf. Kein Entrinnen.

FABIAN SKIBBE

campingidyll

Für Marlene

Jürgen und der Platzwart Manni liefen am Bernsteinsee entlang Richtung Campingplatz. Jürgen schirmte die Augen ab,
die Sonne blendete ihn. Er bewunderte das glitzernde Wasser.

Hier werde ich meine Ruhe finden.

Jürgen massierte seine Schläfe, wie immer, wenn er an die
Arbeit dachte. Er konnte nicht abschalten, fühlte sich ausge-
laugt und angespannt. Sein Chef hatte ihm den Jahresurlaub
genehmigt, weil er Angst hatte, dass Jürgen wegen Burn-out
langfristig ausfallen würde.

Umso mehr freute sich Jürgen, endlich den Ort der Erholung gefunden zu haben.

Auf der Höhe des Kiosks stürzte ein Junge vom Mountain-
bike. Er weinte und hielt das Schienbein. Jürgen eilte zur
Unfallstelle, half ihm hoch und stellte das Fahrrad auf den
Ständer. Dann ging er in die Knie und begutachtete die Wunde.

»Glück im Unglück, nur eine Schramme«, sagte er und pus-
tete den Hautdefekt. Anschließend klemmte er den Vorderreifen des Rads zwischen die Beine und bog den Lenker gerade.

Der Junge schluchzte. Jürgen angelte einen Euro aus der
Seitentasche der Bermudahose und schenkte es ihm. »Auf
den Schreck ein Eis?«, fragte er.

Das Kind lächelte und humpelte zum Eiswagen.

Manni, der im Hintergrund stehen geblieben war, wischte
über seinen verschwitzten Nacken und marschierte weiter.

Jürgen stiefelte hinterher und pfiff. Als er die ersten Wohnmobile entdeckte, lief ein Mann an ihm vorbei. Ihm fielen der strenge Seitenscheitel und die eng anliegende Badehose auf, ansonsten beachtete er den Kerl nicht weiter.

Manni wirbelte herum. »Haben Sie den gesehen?«, flüsterte er. »Ein Detektiv. Habe ich engagiert. Zur Überwachung, wegen der ungeklärten Todesfälle.«

Jürgen starrte dem Detektiv hinterher, Manni redete ungehindert weiter. »Auf Dutzenden Campingplätzen im Norden sind Leute umgebracht worden, zuletzt in Dangast.«

Jürgen runzelte die Stirn. »Mord?«, fragte er und kratzte seinen runden Bauch.

»Sage ich doch. Aber keine Angst, mein Platz bleibt sicher, dafür habe ich gesorgt.« Manni zwinkerte ihm zu.

»Wunderbar. Ich will nur in Ruhe campen.« Jürgen versuchte zu lächeln.

Sie liefen noch fünf Minuten, bis Manni anhielt.

»Das ist Ihr Stellplatz.« Er deutete auf die Rasenfläche.

Jürgen nickte zufrieden. »Das riecht verführerisch«, rief er seinem zukünftigen Nachbarn zu, der ein Rinderfilet grillte.

»Sie sind der Neuankömmling?«, fragte der Herr mit der Halbglatze und drehte das Fleisch um.

»Jawoll. Gestatten, Jürgen.«

»Heinz.« Zur Begrüßung gaben sie sich die Hände.

»Ich besorge kaltes Bier und komme gleich wieder«, sagte Jürgen. Heinz hob den Daumen.

Der Platzwart schaute auf die Uhr. »Ich begleite Sie jetzt zurück zur Anmeldung und Sie fahren Ihr Wohnmobil hierher.«

Jürgen nickte und folgte ihm. Am Büro angekommen bedankte er sich für die Hilfsbereitschaft und schlenderte über den Parkplatz zu seinem Reisemobil. So macht campen Spaß, dachte er. Jürgen fühlte sich akzeptiert. Genau wie in seiner

Vorstellung. Er freute sich auf ein Bierchen mit seiner neuen Bekanntschaft, stieg in den Wagen und startete den Motor.

Jürgen fuhr ein paar Meter Schrittgeschwindigkeit. Der Wagen zog zur rechten Seite, er wandte seine ganze Kraft auf, um die Spur zu halten. Er bremste, drehte den Zündschlüssel, schloss die Augen, atmete tief durch und stieg aus, um den Schaden zu begutachten.

»Scheiße«, brüllte er und trat mit dem Fuß gegen den geplatzten Vorderreifen.

Ruhig bleiben.

Er überlegte kurz und ging zurück zur Anmeldung.

Der Platzwart verfolgte das bunte Treiben auf den Überwachungsmonitoren.

»Entschuldigung«, sagte Jürgen, »ich habe einen Platten. Können Sie mir beim Reifenwechsel helfen?«

Manni verzog die Mundwinkel und rollte mit den Augen. »Sie wissen, dass ich keine Werkstatt bin, oder?«

»Ich würde jetzt auch lieber in Ruhe campen«, sagte Jürgen und ärgerte sich über seinen Tonfall.

»Ausnahmsweise.« Manni stand auf, schlurfte in den Nebenraum und kam mit einem roten Werkzeugkasten in der Hand zurück.

Sie gingen zum Parkplatz. Schon von Weitem erkannte Manni das Gefährt. »Ein Fiat Fiorino Böos Top Viva. Ist das Ihrer?«

»94er-Jahrgang«, erwiderte Jürgen lächelnd.

Erst jetzt sah Manni die Schlange, die sich hinter dem defekten Fahrzeug bildete. Sekunden später ertönte das Hupkonzert der anderen Campinggäste.

»Der blockiert die Zufahrt.« Manni rannte die letzten Meter und winkte Jürgen heran. »Na los, Beeilung!«

Jürgens Puls stieg in die Höhe. Sein Kopf lief rot an. Er schnaubte.

Nicht aufregen.

Er atmete tief ein, beschleunigte seinen Gang und half Manni, sein Mobil zurück auf die Parkfläche zu schieben. Jürgen überreichte Manni den Wagenheber. Der schob ihn unter den Fiat, bockte das Fahrzeug auf und beugte sich vor den platten Reifen. Begutachtete die Schrauben, griff den passenden Schraubenschlüssel aus dem Werkzeugkasten und löste sie. Während Jürgen den Ersatzreifen holte, nahm Manni den Platten ab. Dann montierte er den neuen, zog die Schrauben an und entfernte den Wagenheber. Das Wohnmobil war fahrtüchtig.

Jürgen wollte einsteigen, bereit, zu entspannen und die Ruhe zu genießen, als ein Mann vor ihnen stand. Jürgen hätte ihn fast nicht erkannt. Der Typ trug einen bordeauxroten Bademantel und kämmte die nassen Haare zu einem Seitenscheitel.

Manni musterte den Detektiv und baute sich vor ihm auf. »Ich bezahle Sie nicht fürs Schwimmen, sondern für die Sicherheit meiner Campinggäste.«

Der Ermittler ignorierte den Platzwart. »Mir ist aus der Ferne das Wohnmobil aufgefallen.« Er deutete mit einer Geste auf Jürgens Fiat. Jürgen trat einen Schritt zurück.

»Zufällig weiß ich, dass das Fahrzeug im Zusammenhang mit …«

Hundegebell durchbrach den Redeschwall des Detektivs.

Jürgen schloss die Augen und massierte mit Daumen und Zeigefinger die Nasenwurzel.

Ruhig bleiben.

Erneut ein Kläffen. Manni stürmte zur Tür des Reisemobils und riss sie auf. Ein brauner Boxerwelpe sprang heraus.

»Vorsicht«, rief Jürgen, fing den Hund ein, streichelte ihn, und sperrte ihn zurück in den Fiat.

Manni lief hochrot an. »Ungeheuerlich. Wollten Sie den Köter etwa schmuggeln? Hunde kosten grundsätzlich zwei Euro pro Tag und sind an der kurzen Leine zu führen. Bei Nichteinhaltung der Regeln erfolgt ein Platzverweis.« Manni stand mit verschränkten Armen vor Jürgen, als warte er auf eine Antwort.

Jürgens Pupillen weiteten sich. Seine Wangenknochen traten hervor, der Puls schnellte in die Höhe.

Ganz ruhig.

»Ich sehe das Problem woanders«, bemerkte der Detektiv, der vor dem Nummernschild des Fiats hockte. Der Gürtel des Bademantels löste sich und gab die Sicht auf seinen behaarten Oberkörper frei. »Der TÜV ist abgelaufen.«

»Wie bitte?«, riefen Jürgen und Manni im Chor. Zu dritt knieten sie vor dem Schild und starrten auf die Plakette. Manni kam aus der Hocke in den Stand.

»Unter den Umständen lasse ich Sie auf keinen Fall auf den Platz.« Er kam näher und tippte Jürgen auf die Schulter, der noch immer vor dem Wagen kniete. Jürgen verlor das Gleichgewicht, stand auf und ballte die Fäuste. Seine Augen verengten sich zu Schlitzen.

Tief ein- und ausatmen.

Er schloss die Augen und versuchte, sich auf seinen Atem zu konzentrieren.

»Hey, ich rede mit Ihnen«, rief Manni.

Der Detektiv schien unbeeindruckt von Mannis Gejohle.

»Fahren Sie öfter mit Ihrem Wagen campen?«, fragte er Jürgen.

Manni drehte sich zu dem Ermittler um. »Was soll die Frage?«

Der Detektiv hob die Hand, als wolle er Manni stoppen. »Erst beantwortet er mir die Frage!«

Sie stellten sich vor Jürgen und verschränkten die Arme.

Jürgens Hände zitterten. Seine Augen tränten. Er sah auf den Boden. Die Sonne brannte ihm auf den kahlen Schädel.

Ich brauche Ruhe, einfach nur meine Ruhe, dachte er, und trat den Rückzug an. Er wirbelte herum, und wollte loslaufen.

Manni und der Detektiv reagierten sofort und hielten ihn an den breiten Armen fest. Jürgen leistete keinen Widerstand.

»Ich wusste es«, triumphierte der Ermittler, »er ist der Campingmörder!«

Jetzt reicht es!

Jürgens Gehirn setzte aus, wie ein Schalter, der umgelegt wurde. Er befreite sich aus dem Griff der beiden, packte die Haare des Detektivs und schlug dessen Kopf auf die Motorhaube. Der fiel zu Boden und landete mit der Schläfe unglücklich auf dem Wagenheber. Jürgen starrte auf das Gesicht des reglosen Detektivs, das in einer dickflüssigen Lache lag.

Jetzt baute er sich vor Manni auf, der wie angewurzelt dastand, bleich im Gesicht. »Ich bin kein Mörder«, brüllte Jürgen ihm entgegen. Schaum bildete sich in seinen Mundwinkeln. »Ich will einfach nur in Ruhe campen.«

Als er sah, wie Manni im Schockzustand ein Smartphone aus seiner Weste fischte, riss er es ihm aus der Hand. Und holte aus.

»ICH …« Jürgen schrie und schlug das Handy mit aller Kraft von oben auf Mannis Kopf.

»BRAUCHE …« Jürgen hämmerte ein zweites Mal auf seinen Schädel ein.

»MEINE …« Ein drittes Mal. Manni fiel zu Boden. »RUUUUUUUUHE!« Jürgen kniete über Manni. Ein letztes Mal donnerte das Handy auf Mannis Kopf, der sofort zur Seite fiel. Jürgen stand auf und brüllte alle aufgestauten Emotionen heraus.

Tränen schossen aus seinen Augen. Vor ihm lagen Manni und sein Detektiv. In einem Blutbad.

Schon wieder.

Jürgen schüttelte den Kopf und ging zur Fahrertür. Er öffnete den Wagen. Auf dem Beifahrersitz saß der Boxerwelpe. Jürgen setzte sich neben ihn und streichelte den winzigen Hund.

»Glaub mir, Klitschko, ich wollte das nicht«, flüsterte er, seufzte, und wischte eine Träne aus seinem Auge. Dann überlegte er, wie es weitergehen könnte.

»Auf ein Neues«, sagte Jürgen zuversichtlich, mehr zu sich selbst als zu dem Hund, und drehte den Zündschlüssel. Nachdem der Motor ansprang, startete automatisch das Radio.

»... zieht eine Blutspur durch Norddeutschlands Campingplätze.« Schnell schaltete Jürgen das Radio ab.

Er legte den ersten Gang ein und rollte über den Parkplatz des Feriencamps.

Den Campingplatz in Elisabethfehn kenne ich noch nicht, überlegte er. Dort würde er seine verdiente Ruhe finden. Wenn man ihn ließ.

glamping-fieber

Sahara, Niger, 28. August 2015

Meine Fußsohlen brennen, als ginge ich über glühende Kohlen. Ich bin in der Hölle. Der Geruch von verbrannter Haut liegt in der Luft. Einbildung? Albtraumhafte Illusion? Ich wage nicht, nach unten zu sehen und blinzle in die Ferne. Nichts. Nur Sand, Sonne, Himmel und wieder Sand. Eine Maske aus Schweiß, Tränen, Sand, Blut und Haar klebt auf meinem Gesicht. Bloß nicht stehen bleiben, obwohl alles in mir schreit. Immer weiter laufen. Durch meine Eingeweide frisst sich etwas Böses, das mir nicht mehr lange Zeit lässt, Hilfe zu finden. Etwas, das mir mehr Angst macht, als alles andere. Etwas, das unter dem Elektronenmikroskop aussieht wie zwei ineinander verknotete Würmer.

Blut tropft auf den Sand. So eine Scheiße! Aus meinem Shirt reiße ich einen Stoffstreifen, den achten mittlerweile, und stecke die Enden in die Nasenlöcher. Mein freigelegter Bauch ist von blauen Flecken übersät. Aus einem Hämatom in Höhe des Bauchnabels sickert Blut. Viel zu schnell ergreift *es* von meinem Körper Besitz. Vielleicht weil ich geschwächt bin, ausgehungert und ausgedörrt. Was gäbe ich für ein Stückchen Taguella oder einen Schluck Kamelmilch? Doch schon beim Gedanken daran rebelliert mein Magen. Im Gehen würge ich blutige Galle hoch und spucke sie in den Sand.

Wann habe ich zuletzt etwas gegessen? Das Dörrfleisch an meinem Rucksack stinkt. In meiner Wasserflasche kochen vier, vielleicht fünf Schlucke. Bevor sie verdunsten, werde ich sie trinken. Ein letztes Mal das Gefühl von Flüssigkeit in meinem Rachen auskosten. Trotzdem krampft meine Blase. Keine Zeit, um im Sand zu hocken. Der Urin benetzt meine Hose, durch den Wüstenwind kühlt er die Beine ab, nicht genug. Schon fünf Schritte weiter ist die Hose wieder trocken. Unbarmherzig scheint die Sonne auf mich herab. Zusammen mit dem Fieber fühlt es sich an, als würde ich in einem Kessel sitzen. In meiner Lunge kratzt es. Beim Husten landen feine Blutspritzer auf dem Verband meiner rechten Hand, die ich mir wie von selbst vor den Mund gehalten habe. Und dann passiert, wovon ich gehört und wovor ich mich gefürchtet habe. Meine Beine versagen, ich spüre sie nicht mehr, gleichzeitig krampfen meine Arme. Wie ein nasser Sack falle ich in den Sand, schnappe nach Luft. Die Wüste verschwimmt vor meinen Augen und ich denke darüber nach, wie etwas, das sich derart richtig angefühlt hat, so unglaublich schief gehen konnte.

Alles hat mit meiner Scheidung begonnen. Eigentlich davor, nur hat es niemand außer mir bemerkt, wie das öfter vorkommt in langjährigen Ehen. Die Kinder waren flügge, mein Mann und ich hatten uns nichts mehr zu sagen. Zum Glück hatte ich eine Leidenschaft. Schon Jahre vor dem Abitur meiner Jüngsten habe ich heimlich begonnen zu schreiben, im Keller, in der Waschküche. Während der Trockner seine Runden brummte, tippte ich in den Computer, den ich billig im Second-Hand-Laden erstanden hatte, und begann Haushaltsgeld abzuzweigen. Damit erstand ich Jahre später einen Laptop, auf dem mein erstes großes Werk entstand. Den Roman wollte ich verschweigen und publizierte in einem Verlag, der ausschließlich E-Books vertrieb, selbstverständlich unter Pseudonym: Jeff Hicks Debüt war eine Dystopie der etwas anderen Art in einer außergewöhnlichen Erzähl-weise und ungewöhnlich brutal. Obwohl ich den Roman mit Freude und Herzblut schrieb, rechnete ich nicht mit viel Aufmerksamkeit. Mangelndes Interesse an meiner Person war ich gewöhnt. Das Buch schlug jedoch ein, es erhielt nur positive Rezensionen, die Presse war ganz wild nach Inter-views, die ich jedoch nicht geben konnte.

Sie forderten Fotos und drangsalierten den Verlag, meine Identität preiszugeben. Bald meldete sich ein großer Verlag, der mich unter Vertrag nahm, eine Produktionsfirma wollte einen Film daraus machen, denn Dystopien standen Ende des 20. Jahrhunderts hoch im Kurs, schließlich wartete jeder-mann darauf, dass die Maya-Prophezeiungen sich erfüllten. Und dazwischen stand ich: zu kurz für mein Gewicht, flach-brüstig, cellulitegeplagt, mit tiefen Augenringen, Hänge-bauch, abgekauten Fingernägeln und einem Haar, das nie aussehen würde wie Heidi Klums.

Mein Selbstwertgefühl war durch den Erfolg weiter geschrumpft. Was würden die Leser sagen, wenn sie meiner ansichtig würden? In Folge mauerte ich mich noch mehr zu Hause ein, bis sich ein Agent meldete. Er kam mir eher wie ein Animateur oder Guru vor, denn er weckte Dinge, von denen ich nicht einmal wusste, dass sie in mir steckten. Alles änderte sich. Und niemand bemerkte es.

Am allerwenigsten Lars, der nach wie vor an meinem rech-ten Ohr vorbei sah, wenn er mit mir sprach. Es kam, wie es kommen musste: Nach meiner Rundumerneuerung, seelisch wie äußerlich, absolvierte ich mein erstes Interview, gleich im Fernsehen. Lars hatte die Sendung nicht gesehen, aber alle Nachbarn, Freunde und Familie, oder was sich dafür hielt. Danach gab es kein Zurück mehr. Meine Söhne fanden es zuerst toll. Mama war nun berühmt. In der Schule wurden sie deswegen verprügelt und in den Spind gesperrt. Meine Eltern brachen den Kontakt zu mir ab, sie genierten sich. Eine nicht praktizierende Ärztin in der Familie zu haben war löblicher als eine erfolgreiche Autorin. In ihren Augen waren meine Dystopien billiger Schund. Der Schund verkaufte sich wie laktosefreie Milch in China, auch dort bekam man mein Buch.

Drei weitere Romane waren schnell erdacht und zu Papier gebracht. Meine Fantasie war grenzenlos. Lars hingegen wurde immer unleidlicher. Tagelang fläzte er sich untätig auf dem Sofa, nörgelte, schrie die Kinder an, telefonierte mit seiner Mutter, die ihn bemitleidete. Ja, der Mann war wirklich arm, mit einer Frau, die so viel verdiente, wie er in seinem ganzen bisherigen Leben!

In mir schwoll eine Sehnsucht an, die ich lange Zeit nicht richtig zu deuten wusste und über die ich nur mit meinem Agenten sprach, der wie immer eine Lösung aus dem Hut zauberte: Ein Selbstfindungsseminar in Madeira. Grüne Smoothies, Yoga, Chi Gong und vegane Kost waren drei Wochen lang meine Wegbegleiter, und in dieser Zeit reifte der Wunsch, etwas Neues zu wagen. Am besten ganz weit weg von allem, das ich kannte. Raus aus der Box.

Lange schon liebäugelte ich damit, ein Sachbuch über eine fremde Kultur zu verfassen. Afrika hatte es mir angetan, nicht nur Meryl Streeps wegen. Ich teilte meinem Agenten den Entschluss mit, ein Buch über die Tuareg zu schreiben. Was wissen Sie über dieses Volk, fragte er mich. Ich blieb stumm. Ratlos. In dieser Nacht schlief ich nicht. Meine Beine wollten nicht stillhalten, mein Geist nicht abschalten. Mein Unwissen ließ mich erzittern und erstaunen.

Im Internet buchte ich eine Rundreise durch Afrika, die im Süden ihren Anfang nehmen sollte. Ich war nie ein Campingfan gewesen, aber Glamping klang luxuriös und modern. Als ich meiner Familie diesen Entschluss mitteilte, ging Lars zuerst auf die Toilette und entleerte sich laut ächzend. Wortlos packte er im Anschluss die Koffer. Nach einem ausgiebigen Telefonat mit seiner Mutter verließ er das Haus. Zwei Wochen später flatterten die Scheidungspapiere herein. Ich unterschrieb. Gefühlt hatte ich nichts dabei. Meine Söhne wünschten mir eine gute Reise. Zum Abschied überreichten sie mir einen Weidenkorb, darin lagen ein Moskitonetz, Moskitospray, Insektenstichsalben, Taschenmesser, Kompass, eine Flasche, die nur durch Sonnenlicht Wasser desinfizierte und ein Survival-Guide. Damals lachte ich darüber. Ich werde in Touristengebieten sein, sagte ich, mit Buffet und in Zelten mit bequemen Betten schlafen.

In Namibia angekommen, umfing mich die Hitze wie ein zu schwerer Mantel. Das Brennen in meiner Kehle wurde zu einem steten Begleiter. Und ich fragte mich zum ersten Mal, wie man es in dieser Hitze aushalten konnte, ohne Zugang zu sauberem Trinkwasser. Das Zelt war wirklich überraschend glamourös. Gewöhnungsbedürftig war, beim Duschen quasi im Freien zu stehen. Der Vorteil, kein Handtuch zu benötigen, tröstete mich. Sobald das Wasser nicht mehr lief, trocknete meine Haut bereits und beim Koffer angekommen perlten nur noch vereinzelte Tropfen auf meinen Beinen.

Afrika nahm mich sofort in Besitz: die Kargheit der Landschaft, die lächelnden Menschen mit ihren sanften Augen, die wilden Tiere, die ich viel seltener zu Gesicht bekam, als ich dachte. Es war wunderschön. Frei fühlte ich mich nicht.

Suchte ich zu Beginn noch Anschluss an diverse Gruppen, machte auch Safaris mit, bemerkte ich schnell, dass dies nicht mein Weg war. Das pompöse Zelt mit allem Luxus fühlte sich wie ein Fremdkörper in dieser ursprünglichen

Welt an. Irgendwann konnte ich nicht mehr im Bett schlafen. Ich strampelte mir das Laken vom Leib, fluchte, schwitzte, boxte auf das Kissen ein. Am Morgen war ich die Einzige, die mit tiefen Augenringen zum opulenten Frühstücksbuffet schlurfte. Essen wie zu Hause: Kaffee, Honig, Wurst, Marmelade und Käse. Essen wie in Amerika: Baked Beans, Rührei, Speck, Schinken und Muffins. Essen wie in England: Earl Grey, Black Pudding, Corned Beef und Scones. Mit einem Ruck fegte ich die Muffins vom Tablett und lief aus dem Zelt. Dabei stieß ich einen Schrei aus, der jedem Löwen Ehre machte. Draußen setzte ich mich in den heißen Sand, legte den Kopf auf die Knie und beobachtete die Tour-Guides in ihren weißen Gewändern. Kemal, einer von ihnen, sonderte sich ab und hockte sich zu mir. Seine Zähne blitzten, als er in beinahe akzentfreiem Englisch wissen wollte, wie es mir ginge.

»Das ist nicht das Afrika, das ich erleben wollte. Das hier ...«, ich zeigte auf den Eingang in das Speisenzelt. »... ist nur ein mieser Abklatsch.«

Kemal lachte und nickte. Nach einer Weile sah er mir tief in die Augen. »Die Touristen sind nicht wie du, sie wollen das Land genauso so sehen, wie wir es ihnen präsentieren. Sie wollen nicht auf ihre Annehmlichkeiten verzichten, auf das Bett, die Dusche, das Essen, das sie kennen.« Seine Augen glitzerten im Sonnenlicht. Eine Fliege labte sich im rechten Augenwinkel, doch er blinzelte nicht einmal. »Wenn du das echte Afrika erleben willst, musst du von hier weg. Abseits dieser Oasen ist es rau, wild, gefährlich, besonders für eine Frau. Was willst du?«

»Ein Abenteuer. Ich will das Leben aufsaugen, inhalieren. Ich will frei sein. Die Menschen hier kennenlernen, sie begreifen, das Land erleben, es fühlen, mich selbst spüren.«

»Dann tu es.« Er klopfte sich auf die Oberschenkel und stand auf. Bevor er sich umdrehen und weggehen konnte, sprang ich hoch und presste meine Lippen auf die seinen. Er erwiderte den Kuss, als wäre es das Normalste auf der Welt, dass sich zwei wildfremde Menschen küssen. Minuten später waren wir außer Atem, mein Kopf angenehm leer.

Ich grinste. »Das war nur der Anfang. Danke!«

Es war mein letzter Abend im Resort. Zwar schlief ich im Zelt, allerdings nicht im Bett, sondern auf einer Strohmatte daneben, die mir Kemal brachte und auf der wir uns zum Abschied liebten. Zum ersten Mal seit Jahren fiel ich in dieser Nacht in einen tiefen und traumlosen Schlaf.

Am nächsten Morgen brach ich mit einem Versorgungstrupp auf. Ich hatte nur den Rucksack bei mir, mit den Dingen aus dem Weidenkorb, Geld und Papiere. Der Versorgungstrupp führte mich nach Windhoek zu Kemals Cousin. Mit einem Pick-up ging es über Angola in die Republik Kongo, durch den Sudan.

Einen Monat später, nach einer beschwerlichen Reise mit vielen Höhen und Tiefen, kam ich im Tschad an. Die Nomaden nahmen mich auf, die Frauen waren herzlich, die Männer anfangs distanziert und skeptisch. Ich fügte mich rasch in den Stamm ein, wohnte bei einer Familie in deren Lederzelt. Gleich am ersten Tag erhielt ich meinen Teri und mein Aftag, bedeckte mein Haupt fortan mit einem Afar und bemerkte schnell, wie diese Art der Kleidung meinen Körper vor Austrocknung durch die Sonne schützte, dem Sand und dem Wind trotzte, der einem hier sehr oft hart um die Ohren blies. In der Nacht war es in der Wüste kalt, die Stoffschichten wärmten. Ich lernte Taguella zu backen, das Brot der Tuareg und Kamele zu melken. Mit Wasser verdünnt wurde diese Milch zur Hauptmahlzeit getrunken. Die Reste ließen wir in gedhãns, Holzschalen verschiedener Größe, offen stehen, wo sie zu Sauer- oder Dickmilch vergoren. Die Familie hatte zwei Ziegen, aus deren Milch wir Butter und Käse zubereiteten. Alles Weitere wurde am Markt der nächstgelegenen Oase erworben, wo die Männer der Familie selbst geschmiedete Dinge verkauften. Dazu gingen die Söhne zusammen mit den Vätern zum Sammeln.

Industrieschrott, wie Halbachsen von Geländewagen konnten sie gut dafür nutzen. Aber das Leben bestand nicht nur aus Arbeiten. Ich liebte die Abende, an denen wir um das Feuer saßen. Ein Targi, seine Gitarre auf den Knien, die Vorsängerin trommelte auf einem mit Ziegenhaut bespannten Hirsemörser und meine Gastgeberin spielte auf der Imzad, der einsaitigen Fiedel. Es waren schöne, durchaus laute Feste. Der Targi Tebent fühlte sich zu mir hingezogen, was er besonders an Festtagen zeigte, aber ich war mir selbst genug. Abseits der Arbeit schrieb ich an meinem Buch, wie ich es vorgehabt hatte, fühlte mich frei und war glücklich. Alles war gut. Bis zu jenem Tag, an dem dieses Pärchen in unsere Siedlung kam.

Amerikaner, die behaupteten, aus Mali zu kommen. Rachel und Ben waren wie ich viele Monate zuvor beim Glamping gewesen. Allerdings nicht in Namibia, sondern in Nigeria. »Dann wurde eines Nachts alles aus unseren Zimmern gestohlen.« Rachel kratzte sich an der Wange, die bereits blutverkrustet war. »Reisepass, Geld, Handy. Als wir am nächsten Tag zum Frühstück gehen wollten, war es so ruhig und dann haben wir es gesehen.« Rachel schluchzte an Bens Brust. Dabei fiel mir auf, dass ihr am Hinterkopf ein Büschel Haare fehlte und sie seltsame Ausschläge an den Armen aufwies. Ben fuhr fort: »Alle Gäste waren tot. Abgeschlachtet. Sie lagen in ihrem eigenen Blut. Und wir konnten nichts mehr für sie tun. Der Reiseleiter war weg, auch vom Personal war weit und breit nichts zu sehen. Es hat gestunken, es war furchtbar.«

Ich war mir von Anfang an sicher, dass die beiden nicht die ganze Wahrheit sagten, irgendwas an ihrer Geschichte war seltsam unglaubwürdig. »Wieso haben Sie überlebt?«

Beide drucksten eine Weile herum, dann brach Rachel das Schweigen: »Wir waren nicht in unserem Zelt. Es war heiß, wir haben hinter einem Busch … wir sind dort auch eingeschlafen.«

Mir kam diese Erklärung fadenscheinig vor, aber mein Stamm kümmerte sich sofort um die Reisenden, die sehr ausgezehrt wirkten und übel rochen. Rachel musste sich zudem immer wieder übergeben, während Ben hustete.

Mit den Amis kam das Grauen über unseren Stamm. Rachel starb acht Tage nach unserem ersten Gespräch. Zu diesem Zeitpunkt waren bereits zwölf Targi erkrankt. Das Fieber wütete, die Kranken husteten, erbrachen alles, was man ihnen anbot, wälzten sich im eigenen Kot, denn sie waren zu schwach, aufzustehen und ihre Notdurft in einer Sandkuhle zu verrichten, und wir hatten nicht die nötigen Mittel, um sie zu pflegen.

Verzweifelt schlich ich mich eines Nachts zu Tebent und schlief mit ihm, nur um etwas Wärme und Glück zu spüren, während alles rund um uns zusammenbrach. Danach weinten wir, seine Eltern waren ebenfalls krank und keiner von uns wusste, was los war. Hier draußen gab es kein Internet, ich konnte nicht telefonieren, nur mutmaßen, dass es sich um Ebola handelte. Schließlich hatte es in den letzten Jahrzehnten immer wieder Ausbrüche in Afrika gegeben, aber ich hatte seit fast zwei Jahren keinen Kontakt zur Außenwelt. Ich wusste nicht, was jenseits unserer kleinen glücklichen

Siedlung vor sich ging. Als Ben im Sterben lag, durchwühlte ich seine Sachen und fand ein Notizbuch, ein Handy mit leerem Akku und interessanterweise Reisepässe, Geldtasche und Flugtickets.

Was zum Teufel war hier los? Ich stellte ihn zur Rede, er krächzte: »Die Army hat einen mutierten Virus ausgesetzt ... war beim Wissenschaftsteam dabei, wollte Impfstoff entwickeln ... wusste nicht, was sie vorhaben.« Er packte meinen Oberarm und grub seine Fingernägel ins Fleisch. »Nehmen Sie meine Aufzeichnungen, schaffen Sie sie raus und übergeben Sie alles an die europäische Regierung.« Stöhnend verdrehte er die Augäpfel, bis nur noch das Weiß sichtbar war.

Ich wische mir die Tränen von den Wangen, als ich an Tebent denke, der erst vor zwei Wochen in meinen Armen gestorben ist. Der letzte seines Stammes. Seitdem wandere ich von Stamm zu Stamm und finde nur noch Überreste von Leben. Das Kamel, das mich bis vor fünf Tagen trug, musste ich schlachten. In einer Flasche trage ich noch das Blut, das bald ungenießbar ist. Außen an meinem Rucksack hängen getrocknete Fleischlappen, darin befindet sich mein Manuskript und das Messer, alles andere habe ich zurückgelassen. Auch die Stammeskleidung. Es schien mir nicht richtig, sie weiterhin zu tragen, meine Ersatzfamilie ist tot.

Ich bin keine Tuareg mehr, nie eine gewesen. Mein Shirt klebt an meinem Busen, das Einzige, das noch frei von Ausschlag ist. Ich kratze die Wunde an meinem Bauch und blinzele. Am Horizont glitzert etwas. Es blendet meine Augen. Eine Luftspiegelung? Nein, ich höre das Brummen eines Motors. Das Glitzern kommt näher und ich erkenne, was es ist: Ein Jeep fährt auf der Düne. Meine Rettung! Ich versuche zu schreien, doch meiner Kehle entkommen nur heisere

Krächzer. Es dauert gefühlte zehn Minuten, um die Arme zu heben. Der Jeep fährt weiter, bald wird er weg sein, ich muss laufen. Ich muss es schaffen. In meinem Rucksack knistert das Papier. Ich beginne zu rennen, schreie dabei und fuchtle wild mit den Armen. Der Jeep fährt an mir vorbei. Nein!

Tränen laufen mit übers Gesicht. Ich lasse meine Arme sinken. Das war's. In der Ferne sehe ich eine Staubwolke. Der Jeep hat gewendet und kommt zurück. Weinend sinke ich auf die Knie. Zwei Männer in Uniformen steigen aus. Bandagen mit einem roten Kreuz zieren ihre Oberarme. Gott sei Dank!

»Können Sie laufen?«, fragt einer der Männer.

Ich nicke. Durch den Tränenschleier sehe ich die Waffen in ihren Händen. »Ich muss nach Europa.« Meine Stimme klingt wie das Flüstern des Windes.

Der Soldat lacht und spuckt auf den Sand. »Europa? Was wollen Sie denn dort? Über eine Million Menschen sind in den letzten Monaten an Ebola gestorben. Wissen Sie das nicht?«

»Ich habe die letzten zwei Jahre in Afrika verbracht.«

»Aber hier sind sie doch zuerst wie die Fliegen krepiert.«

»Nicht in meiner Siedlung. Erst vor vier Wochen sind Rachel und Ben gekommen und haben …« Ich breche ab, zu schmerzhaft ist die Erinnerung an all das Leid.

»Ben, dieser Mistkerl. Deserteur!«

Ich wusste doch damals schon, dass an den beiden etwas faul war. »Sie gehörten zur Army?«

»Sie haben den Virus entwickelt, waren Drahtzieher, um die Seuche herzubringen und die Überbevölkerung zu stoppen. Sie sind vor der Impfung abgehauen.«

»Es gibt einen Impfstoff gegen Ebola?«

»Nur für ausgewählte Menschen. Wer zudem stark genug ist, um die Seuche zu überstehen, darf weiterleben.«

Ich huste und blicke auf meine blutigen Hände. Der Soldat hebt mich hoch und trägt mich zum Jeep. Auf der Lederbank schlafe ich auf der Stelle ein.

Als ich aufwache, liege ich wieder im heißen Sand. Eine Minute denke ich, dass ich alles nur geträumt habe, den Jeep, die Soldaten, vielleicht alles andere auch. Ein Keuchen und Husten lässt mich zusammenfahren. Ich setze mich auf und erstarre. Ich liege inmitten eines Meeres aus Körpern, Hunderttausende liegen neben, hinter und vor mir in engen Reihen nur auf Matten oder direkt auf dem Sand. Sie husten, weinen, schreien, stöhnen, kratzen sich die Haut blutig, reißen sich die Haare aus.

Da packt mich eine Hand am Oberarm. Schwarze Augen sehen mich anklagend an. »Weißer Dämon!«, schreit er, und spuckt einen Schwall Blut, das auf meine Kleidung spritzt. Ein Zucken geht durch seinen Körper, tot fällt er auf die Matte. Ich versuche aufzustehen, in meinem Bauch gurgelt es. Zwei Reihen weiter sehe ich den Soldaten stehen, der mich getragen hat. Gelassen steckt er sich eine Zigarette in den Mund, zündet sie an, bläst den Rauch aus und grinst.

Ich trinke die letzten Tropfen. Erschöpft bette ich meinen Kopf auf den Rucksack. Die Manuskriptseiten darin knistern. Warm liegt das Taschenmesser in meiner Hand.

GISA PAULY

der massenmörder vom gardasee

Es geht wieder los. Und alles sieht danach aus, als müsste ich mit. Handtücher in Stapeln, T-Shirts, Jeans, Bermudas und Pullover, ebenfalls in Stapeln, aufblasbare Bälle und jede Menge Proviant. Auch Dosen mit Katzenfutter! Entsetzlich! Und dann die Nachbarin, die sich verabschiedet. »Schönen Urlaub! Gute Erholung!«

Nein, sie nimmt mich nicht zu sich, verspricht mir keine Leckerchen und keinen Platz auf ihrem Sofa. Ich schnurre ihr verzweifelt um die Beine, aber es hilft nichts. Als der Katzenkäfig aus dem Keller geholt wird, ist mein Schicksal besiegelt. Sie glauben, dass ich in der Obhut der Nachbarin vor lauter Sehnsucht nach meiner Familie eingehe. Heiliger Mäuseschwanz, was für ein Unsinn!

Dann allerdings wird von irgendwelchen Heringen geredet, die Herrchen nicht vergessen soll, und meine Laune hebt sich geringfügig. Vielleicht geht es mir auf dem Campingplatz tatsächlich besser als bei der Nachbarin, bei der ich noch nie einen Matjes gesehen habe. Zum Heringessen, Heringskopfzerlegen, Grätenablutschen oder Schwanzablecken an den Gardasee zu fahren, finde ich zwar ein bisschen aufwendig, aber immerhin habe ich nun ein Ziel vor Augen, das sich lohnen könnte.

Der Campingplatz ist riesengroß. Nach der langen Autofahrt im Katzenkäfig, in den ich sonst nur verfrachtet werde, wenn es zum Entwurmen oder Impfen geht, bin ich heilfroh, viele Quadratmeter Auslauf, unzählige Bäume zum Klettern,

Leinen zum Durchbeißen und alles Mögliche zum Krallenwetzen zu sehen.

Aber der Spaß wird mir schnell verdorben. An meinem roten Halsband wird eine Leine befestigt und deren Ende am schütteren Zweig eines dünnen Bäumchens. Sie haben mich gefangen gesetzt. Also war meine Abneigung doch berechtigt. Camping ist eine Strafe. Ich weiß nur noch nicht, wofür.

Herrchen hat kaum mit dem Zeltaufbau begonnen, da öffnet sich die Tür eines Wohnwagens, und Hilfe naht. Auf einem Campingplatz wird einem ständig geholfen, ob man will oder nicht. Nicht unbedingt mit Tat, aber immer gern mit Rat. Der Kerl, der jetzt die Arme vor der breiten Brust verschränkt, ist kein angenehmer Zeitgenosse, das wird mir schnell klar, aber er bekommt trotzdem ein Bier von meinem Herrchen angeboten. Seine Frau gefällt mir wesentlich besser. Sie streichelt mich und macht »miez-miez-miez«, was mir sehr gut gefällt. Schade, dass sie ein blaues Auge hat, sonst wäre sie ganz hübsch.

»Mal wieder vor eine offene Schranktür gelaufen«, sagt der Mann und lacht, während sie ihre Sonnenbrille zurechtrückt.

Herrchen sortiert mit wichtiger Miene die Leinen, Frauchen steht daneben und guckt skeptisch. Sie ahnt, dass da jede Menge schiefgehen wird. Aber darüber höre ich hinweg, diese Scharmützel kenne ich. Die gibt es auch vor dem Streichen des Wohnzimmers oder dem Reparieren eines Abflussrohres. Und dann – endlich! - ist von den Heringen die Rede, für die sich die Fahrt an den Gardasee gelohnt haben soll. Und da haben wir schon die nächste Enttäuschung! Einen Schwanz haben diese Dinger nicht, Kopf und Gräten auch nicht, und ihr Geruch erfüllt meine Erwartungen ebenfalls ganz und gar nicht. Heringe nennen die sich? Na, diese Heringe werden mich kennenlernen! Einzeln werde ich sie aus der Erde rupfen und ihnen zeigen, was ich von Heringen halte, die nie die Nordsee gesehen haben!

»Verdammte Heringe!«, findet zu meinem Erstaunen auch Herrchen, nachdem er sich in den Leinen verfangen hat, die an den komischen Heringen befestigt sind. Er ist über sie gestolpert und auf die Nase gefallen, direkt auf den Zweig, an dem meine Leine befestigt ist. Es knackt unter mir. Nun weiß ich, dass ich jederzeit abhauen kann, wenn ich will. Schöner Gedanke!

Herrchen flucht so lange, bis der Nachbar, ein echter Klugscheißer, sich seiner annimmt und auf viel Rat endlich eine Tat folgen lässt. Er hilft bei den Heringen und erklärt jeden Handgriff mit wichtiger Miene. Campingplätze sind voll von Klugscheißern! Die anderen Zelter wissen besser, wo die Toiletten am saubersten sind, die Wohnanhängerbesitzer zeigen gern, wie man den besten Fernsehempfang hat, und die Könige der Campingplätze, die Wohnmobilfahrer, winken jedes neu ankommende Auto mit gönnerhafter Geste auf seinen Platz. »Links einschlagen! Noch ein Stück weiter rechts, sonst stehen Sie mir direkt vor dem Vorzelt!«

Unser Nachbar heißt Schorsch und seine Frau Renate. Schorsch erkennt sofort, dass mein Herrchen praktisch nicht besonders begabt ist, redet so lange über perfekt gespannte Leinen und über die Möglichkeit, eine Chemietoilette kostenlos, wenn auch nicht ganz legal, zu entsorgen, bis er mit einem weiteren Bier für seine Klugscheißerei belohnt wird. Danach legt er noch dar, wie ein Campingplatz besser geführt und das Animationsprogramm abwechslungsreicher gestaltet werden könnte, wie er das marode Service-System der Deutschen Bahn sanieren, sämtliche europäischen Königshäuser abschaffen und Frau Merkel mal so richtig zeigen würde, wo's langgeht. Danach fühlt er sich ausreichend bewundert und verdrückt sich zum Duschen. »So sollten Sie das auch machen. Azyklisch duschen! Morgens und abends sind die Duschen immer dreckig. Aber am frühen Nachmittag ist alles picobello!«

Renate setzt sich zu meinem Frauchen, nachdem sie eine Thermoskanne aus ihrem Wohnwagen geholt hat, und die beiden schauen Herrchen mit einer Tasse Kaffee in der Hand bei den Arbeiten zu, die Schorsch »Der Rest ist eine Kleinigkeit!« genannt hat. Eine gute Gelegenheit, mich zu verdrücken! Der zerbrochene Zweig ist kein Hindernis mehr, den habe ich schnell abgeschüttelt! Auf leisen Katzensohlen mache ich mich auf zu meinem Rachefeldzug an den Heringen, mit denen ich übers Ohr gehauen wurde. Denen werde ich es zeigen! Die werden nicht lange ihre grätenlosen Heringsköpfe aus der Erde recken und die Leinen festhalten, mit denen andere Camper zu Fall gebracht werden. Zum Glück gibt es hier nur lockeren Waldboden, aus dem die Dinger leicht herauszuziehen sind. Dass kurz darauf zwei Wohnwagen weiter das Vorzelt schief steht, merken Herrchen, Frauchen und auch Renate nicht. Und dass das kleine Zelt über dem jungen Pärchen zusammenbricht, bekommen sie auch nicht mit. Aber die Heringe! Die wissen nun, dass mit mir nicht zu spaßen ist!

Ich stolziere über einen kleinen Holzzaun, springe auf einen Tisch, von dem ich umgehend verscheucht werde, fliehe vor Kindern, die mit mir spielen wollen, und lande schließlich vor den Stufen eines Wohnwagens, dessen Tür einladend offensteht. Heraus dringt die Stimme von Schorsch, der angekündigt hat, azyklisch duschen zu wollen. Vorsichtig blinzle ich durch die Tür. Interessant, dass man auch duschen kann, ohne Wasser zu benutzen. Wenn Herrchen oder Frauchen vom Duschen reden, verziehe ich mich immer, denn wenn ich eins hasse, dann ist es Wasser. Dieses Duschen sieht jedoch wesentlich gemütlicher aus. Schorsch duscht mit der dicken Blonden auf dem Bett im Wohnwagen, und die beiden haben keine Zeit, auf den Schinken aufzupassen, der auf dem Tisch steht. Das mit dem Duschen nimmt kein Ende, obwohl es ihnen keinen Spaß zu machen scheint, denn sie stöhnen, als handle es sich um schwere Arbeit. Sie stöhnen sogar noch, als ich den Schinken vertilgt habe und wieder an die Heringe denke, denen ich so richtig die Meinung sagen will.

Es finden sich noch viele, die meine Wut zu spüren bekommen, dann ist Schorsch mit dem Duschen fertig und klettert aus dem Wohnwagen. »Heute Nacht komme ich noch mal vorbei«, höre ich ihn sagen. »Wenn Renate pennt.«

Die Suche nach mir beginnt schon, bevor die Dunkelheit hereinbricht. »Muschi! Muschi!« Ich höre die Rufe mal in der Ferne, dann wieder ganz nah. Aber dass die dicke blonde Frau Käse würfelt, interessiert mich viel mehr. Renate kommt vorbei, anscheinend ist sie bei der Suche nach mir behilflich. Doch mit der Aussicht auf feinste Käsewürfel lasse ich mich nicht auf den Arm nehmen und zu Herrchen und Frauchen tragen. Also lieber unter den Wohnwagen der dicken Blonden kriechen und erst mal abwarten, was passiert!

Gar nichts passiert. Die dicke Blonde lässt sich nicht blicken, Renate schleicht ein paarmal um ihren Wohnwagen herum, ohne dass etwas geschieht. Es kommt mir so vor, als fahndete sie in Wirklichkeit gar nicht nach mir, obwohl sie immer wieder leise »Muschi, Muschi« ruft. Sie versucht nämlich, in das Fenster des Wohnwagens zu gucken und betrachtet verächtlich die Wäsche, die die dicke Blonde aufgehängt hat. Unter den Wohnwagen schaut Renate jedenfalls nicht, und irgendwann macht sie mit ihrer Suche woanders weiter.

Als Renate weg ist, steckt die dicke blonde Frau eine Kerze an und legt sich aufs Bett. Käsewürfel und Gläser stehen auf dem Tisch. Was für ein Glück, dass die Frau bald eindöst! Das mit der Kerze … das ist mir unangenehm, ehrlich. Gewollt habe ich das nicht. Aber so was passiert eben, wenn man zwischen Sektgläsern und Kerzenleuchtern herumstolziert, um an die Käsewürfel zu kommen. Zum Glück bin ich noch rechtzeitig aus dem Wohnwagen rausgekommen. Leider ohne den Käse. Um den tut's mir richtig leid. Aber da ist nichts mehr zu retten. Die restlichen Käsewürfel gehen in Flammen auf. Zu dumm! Den Heringen hätte ich es gegönnt, aber die stehen noch da mit glühenden Köpfen und versuchen nach wie vor, die Leinen zu halten, während der Rest schon zu Asche wird.

Kommt die Polizei etwa meinetwegen? Heiliger Mäuseschwanz! Blaulicht, Sirenen, das volle Programm! Alles wegen der paar Käsewürfel, die ich geklaut habe? Das war doch nicht mal die Hälfte von dem, was auf dem Tisch stand! Lieber Himmel, machen die hier ein Theater um so ein bisschen Käse. Oder steht das Heringausrupfen etwa unter Strafe?

»Verbrannt! Alles verbrannt! Die arme Frau! Allein reisend! Es ging ja so schnell! Niemand, der ihr helfen konnte!«

Helfen, den Käse zu verteidigen? Dann kann ich ja froh sein, dass Schorsch nicht mehr bei ihr war, um ihr zur Seite zu stehen. Mit dem hätte ich mich nicht gern angelegt.

Sie stochern in der Asche herum, Männer in weißen Plastikanzügen und mit besorgten Gesichtern. Uniformierte gehen von einem zum anderen und nehmen Befragungen vor. Mir wird die Sache unheimlich. Gern würde ich mich in unser Zelt verdrücken und mich auf Frauchens Schlafsack kuscheln, aber besser, ich lasse mich nicht dort blicken. Bei Herrchen und Frauchen wird man mich zuerst suchen. Als

Käsediebin verhaftet zu werden, das wäre mir sehr unangenehm.

Den Streit zwischen Schorsch und Renate gucke ich mir nur aus der Ferne an. Zwar bin ich drauf und dran, Renate zu Hilfe zu eilen, als Schorsch ausholt und ihr eine Ohrfeige verpasst, aber dann ist es mir doch zu riskant. Ich werde wegen Käsediebstahls gesucht! Vielleicht sogar wegen Ausrottung diverser Heringe! Da muss man sich unauffällig verhalten! Sich in Schorschs Wade verbeißen, ihn mit Krallen traktieren, das könnte böse für mich ausgehen.

Arme Renate! Ich kann zusehen, wie ihr Auge zuschwillt, das andere, das noch nicht blau ist. Und Schorsch, dieser Widerling, behauptet, er habe keine Ahnung, wie Daniela auf den Campingplatz gekommen sei. »Das kann nur Zufall sein. Mir ist sie jedenfalls noch nicht begegnet.«

Lügner! Er hat mit ihr geduscht, das weiß ich genau!

Schorsch tritt noch dichter an Renate heran. »Aber was ist mit dir? Bist du schon um ihren Wohnwagen rumgeschlichen? Hast du dafür gesorgt, dass er abbrennt und sie nicht rechtzeitig rauskommt?«

Er nimmt Renate bei den Schultern und schlägt ihren Hinterkopf gegen die Wand des Waschhauses. Sie schreit auf und hat es nur dem zufälligen Auftauchen meines Frauchens zu verdanken, dass Schorsch von ihr ablässt und so tut, als hätte sie sich gestoßen.

Frauchen will sich bei Renate ausweinen, weil ihre Katze noch nicht aufgetaucht ist. Ich bin gerührt, als ich höre, dass sie mein Verschwinden viel dramatischer findet als das, was in dem Wohnwagen der dicken blonden Frau passiert ist. Sobald die Polizei weg ist, werde ich zurückkehren, das nehme ich mir fest vor. Herrchen und Frauchen werden mich verstecken und niemals der Polizei ausliefern, da bin ich mir jetzt ganz sicher. Käseklau lasse ich mir ja nicht zum ersten Mal zuschulden kommen. Und noch nie wurde ich dafür zur Rechenschaft gezogen. Auch die Polizei ist noch nie deshalb geholt worden.

Zu dumm, dass ich kurz darauf ausgerechnet von dem fiesen Schorsch beim Heringausrupfen erwischt werde. »Ich wusste es gleich«, keucht er hinter meinem Rücken, »dass eine schwarze Katze Unglück bringt.«

Er will nach mir greifen, aber ich bin natürlich schneller. Er versucht es mit einem Tritt, aber er verfehlt mich. Und dabei passiert es. Ich verheddere mich in einer Leine, reiße sie heraus und nehme dabei mit Schwung einen Hering mit. Der wird an den Kopf des Campers geschleudert, der neben seinem Grill sitzt und darauf wartet, dass seine Wurst braun wird. Der Hering trifft ihn an der Schläfe. Ohne einen Laut sackt er zusammen, das Vorzelt ebenfalls, das schlagartig in Flammen aufgeht, als es auf den Grill fällt. Heiliger Mäuseschwanz!

Ich ergreife die Flucht und Schorsch auch. Aber er trägt nur noch einen Schuh und ist nicht mehr besonders schnell, der andere ist in den Leinen des lichterloh brennenden Zeltes hängen geblieben. Dass er mich nach wie vor fangen will, halte ich für einen Witz. Glaubt der wirklich, dass er mir in den Baum folgen kann, in dessen Krone ich ruckzuck angekommen bin? Fernab von dem Brand, dem Geschrei, den Wassereimern, den Hilferufen. Hier, am äußersten Rand des Campingplatzes, kümmert sich keiner um das Theater. Hier herrscht eine merkwürdige Teilnahmslosigkeit, so eine künstliche Lebensfreude hinter einer transparenten Wand von Gleichgültigkeit. So richtig wohl fühle ich mich trotz der Ruhe nicht, die hier herrscht. Wie finde ich bloß wieder zu Herrchen und Frauchen zurück?

In dem kleinen Zelt, das unter dem Baum steht, wird Wasserpfeife und irgendein komisches Gras neben einem offenen Feuer geraucht. Die dürren Äste, die aus dem Baumwipfel in dieses Feuer fallen, weil sie sich unter meinen Krallen gelöst haben, versetzen die drei jungen Leute in Panik. Mit einem Mal, von einem Augenblick zum anderen, ist Schluss mit ihrer Gelassenheit. Sie sehen Schorsch über den Platz schleichen und glauben, er wolle ihnen das offene Feuer verbieten. Sie befürchten sogar, dass er den Platzwart holen will, und beschimpfen ihn unflätig. »Hier brennt's an allen Ecken und Enden. Kümmer dich um die anderen Feuer! Nicht um unseres.«

So lässt Schorsch nicht mit sich reden. Der Junge von ungefähr sechzehn Jahren, der die größte Klappe hat, wird morgen ein ähnliches Veilchen haben wie Renate. Ich sehe zu, dass ich vom Baum herunterkomme, was mir in der Hektik nicht besonders elegant gelingt. So lande ich auf einer Leine, die von dem überrumpelten Hering nicht gehalten werden kann, und prompt fällt das Vordach des Zeltes ins Feuer. Heiliger Mäuseschwanz! Das wird im nächsten Urlaub nicht mehr zu gebrauchen sein.

Nun gibt es ein großes Geschrei, die Mädchen kreischen, die Jungen brüllen, es kommt zu einem Handgemenge. Schorsch schlägt um sich, wird von einem Jungen und einem Mädchen am Schlagen gehindert und von dem zweiten Mädchen mit einem gezielten Tritt zwischen die Beine schachmatt gesetzt. Jedoch nicht lange! Schorsch sieht nun rot. Ich bin wie erstarrt, als ich sehe, wie er sich auf das Mädchen stürzt. Das setzt sich jedoch derart beherzt zur Wehr, dass Schorsch einen Schneidezahn einbüßt. Ich kann sehen, wie er als blutiger Klumpen in einen Rest Nudelauflauf fällt. Danach mache ich, dass ich wegkomme, denn das ganze Zelt geht in Flammen auf, die schnell auf die unteren Zweige übergreifen und am Stamm hochzüngeln.

Und dann? Heiliger Mäuseschwanz! Schon wieder die Polizei! Kein Wunder, dass Schorsch türmt. Genauso wie die jungen Leute mit ihren Wasserpfeifen. Und so wie ich! Nur der Junge, der in dem Zelt geschlafen hat, der türmt nicht. Dumme Sache, wirklich! Aber Hauptsache, ich komme weg, ohne dass meinem Fell ein Haar gesengt wird.

Frauchen freut sich sehr, als ich ihr um die Beine schnurre. Herrchen natürlich auch, und sogar Renate heißt mich mit »miez-miez« willkommen. Schorsch wird nicht halb so erfreut begrüßt, als er wieder auftaucht.

»Wo ist dein rechter Schuh?«, schimpft Renate. »Und was ist mit deinem Schneidezahn passiert?«

Schorsch versucht sich rauszureden, will mir sogar die Schuld in die Tatzen schieben. Aber nicht lange! Die Polizei erscheint vor seinem Wohnwagen. »Kannten Sie Frau Daniela Reismann?«

Schorsch bestreitet es, Renate bezichtigt ihn prompt der Lüge, und Schorsch fällt ein, dass seine Frau schon seit Wochen grundlos eifersüchtig sei und seiner Kollegin Daniela mehr als einmal den Tod an den Hals gewünscht habe. »Renate ist alles zuzutrauen, wenn sie eifersüchtig ist.«

»Und woher kommt das Sperma, das wir in dem Wohnwagen Ihrer Kollegin gefunden haben?«, fragt der Polizist anzüglich. Und er erklärt Schorsch, dass sie sein DNA-Material mit dem Sperma vergleichen werden, dass er aber jetzt schon weiß, wie das Ergebnis aussehen wird. »Die Frau war Ihre Geliebte! Vielleicht war sie Ihnen lästig geworden? Sie wollten sie loswerden! Hat sie verlangt, dass Sie sich von Ihrer Frau trennen?«

Schorsch bestreitet alles. Auch, dass er den Detektiv, den seine Frau Renate auf ihn angesetzt hat, beseitigen wollte.

»Leugnen ist zwecklos«, sagt der Polizist. »Wir haben Ihren Schuh neben der verkohlten Leiche des Mannes gefunden.« Und dann habe es anscheinend noch Zeugen gegeben, denen Schorsch das Maul stopfen musste. »Geben Sie es ruhig zu. Ihr Schneidezahn fand sich am Tatort. Hat der junge Mann, der sich nicht rechtzeitig aus dem Zelt retten konnte, beobachtet, wie Sie den Detektiv umgebracht haben?«

Schorsch kann machen, was er will, niemand glaubt ihm. Renate nicht und der Polizist erst recht nicht. »Ich verhafte Sie wegen Mordes an Daniela Reismann, an dem Detektiv Pit Wunderlich und an Malte Müller.«

Puh, bin ich erleichtert! Von Käsediebstahl und Hering- vernichten ist zum Glück nicht die Rede. Ich bin noch mal davongekommen. Und weil Frauchen so glücklich ist, mich wiedergefunden zu haben, darf ich mit ihr zusammen in ihrem Schlafsack übernachten. Alles ist gut!

Schade nur, dass Renate am nächsten Tag ihre Sachen packt. Sie will nicht an dem Ort Urlaub machen, an dem ihr Mann diese schrecklichen Verbrechen begangen hat. Schluchzend hält sie Frauchen und Herrchen die Zeitung hin und deutet auf die Schlagzeile. »Der Massenmörder vom Gardasee! Ist das nicht entsetzlich?«

Herrchen hilft ihr, den Wohnwagen abzubocken und an den Ford zu hängen, währenddessen sagt sie immer wieder: »Er war ein Schläger, ein richtiger Grobian. Aber dass er zu einem Mord fähig ist, hätte ich nie gedacht. Sogar drei Morde! Wie man sich in einem Menschen täuschen kann.« Doch sie macht keinen Hehl daraus, dass sie froh ist, Schorsch los zu sein. »Irgendwann hätte er mich auch umgebracht. Jetzt kann ich endlich ein neues Leben beginnen.«

Ich freue mich über ihr Glück, schnurre ihr ein letztes Mal um die Beine, lasse mich noch einmal streicheln, dann sehen wir ihr lange nach, und Frauchen und Herrchen winken.

Kurz darauf begrüßen wir einen neuen Zeltnachbarn. Herrchen hilft ihm bei den Heringen, und seine Frau holt ein Stück Käse heraus. Aber ich rolle mich auf der Luftmatratze ein, schließe die Augen und blockiere meinen Geruchssinn. Nein, nicht schon wieder die Polizei! Besser, ich kümmere mich nicht weiter um die Heringe. Und Käse klauen werde ich auch nie wieder. Versprochen!

mordsaussichten

Fehmarn, dachte Norbert Ulbricht verächtlich, als er den alten Vectra bei strahlendem Sonnenschein über die Fehmarnsundbrücke steuerte. Rechts und links glitzerte die Ostsee im Sonnenlicht, die strahlend weißen Segel von unzähligen kleinen Booten zogen ihre Bahnen auf dem Wasser, doch der knorrige Kommissar hatte kein Auge für die Schönheiten der Gegend.

Ausgerechnet! Dabei wusste jeder, der ihn kannte, dass ihn Inseln krankmachten. Er hasste es, von Wasser umgeben zu sein. Dabei bedeutete der Umstand, dass es die Brücke zum Festland gab, nur einen kleinen Trost für ihn. »Jetzt bin ich Insulaner auf Zeit, obwohl ich diese Wassermengen hasse«, grollte er.

Doch das hatte seine Freundin Maja Klausen nicht davon abgehalten, dem alten Kommissar auf dem Campingplatz »Stukkamp Huk« einen dieser dämlichen Mietcaravans zu buchen. Er würde aus Alutöpfen essen, sich beim Abwasch über Plastikgeschirr ärgern und kilometerweite Wege zur nächsten Toilette in Kauf nehmen müssen. Und wenn es regnete, war er ein Gefangener des Wohncontainers. Ein kümmerliches Leben auf fünfzehn Quadratmetern Blech. Eine Woche lang sollte er nun unter Campern wohnen!

Na Mahlzeit!

Danach würde er dann seine Tochter Wiebke in Nordfriesland besuchen, doch bevor das so weit war, würde er wahrscheinlich schon dem Inselkoller erlegen sein.

Inzwischen hatte er die Brücke überquert und suchte nach den Hinweisschildern, die ihm den Weg zum Campingplatz wiesen. Tatsächlich entdeckte er ein Schild, das ihn über kleinere Straßen zum Ziel führte. Rechts und links vom Wagen breiteten sich jetzt Felder aus. In der Ferne schimmerte das Eisenkonstrukt der Fehmarnsundbrücke in der Morgensonne. Hastig kurbelte Ulbricht das Fenster hoch, als er die mächtige Staubwolke sah, die ein vor ihm fahrendes Auto auf der engen Straße aufwirbelte. Rasch schloss er zu dem vor ihm fahrenden Wagen auf, der im Schneckentempo dahinkroch. Plötzlich gab der Fahrer des weißen Kastenwagens Gas. Nun hatte es der Fahrer offensichtlich sehr eilig, denn er verlangsamte sein Tempo auch nicht, wenn ihm ein Wohnwagengespann entgegen kam. Ulbricht fuhr leicht versetzt und sah, dass die Straße geradewegs auf eine geschlossene Schranke zuführte, die sich im Zeitlupentempo in den wolkenlosen Sommerhimmel erhob.

Doch kaum, dass der Kastenwagen den Schlagbaum passiert hatte, senkte sich die Schranke auch schon wieder. Der Kommissar gab Gas, denn eine Beule auf dem Dach wollte er nicht riskieren. Als Ulbricht den Kick-down betätigte, heulte der Motor gequält auf, mobilisierte aber brav sämtliche Pferdestärken und rang dem altersschwachen Wagen eine ansehnliche Leistung ab, die mit der des weißen Sprinters vor ihm durchaus noch mithalten konnte.

Dann befand er sich auf dem Campingplatz. Er sah eine Art Gaststätte, die sinnigerweise *Zum Huk* hieß, einen kleinen Supermarkt, vor dessen Eingang buntes Strandspielzeug auf die jüngere Kundschaft abzielte und eine Hütte zu seiner rechten Seite, die offenbar den Empfangsbereich darstellte. Eine Mutter schob ihr Kind auf dem Bobbycar beherzt aus der Gefahrenzone, als der Sprinter vor Ulbrichts Opel eine Vollbremsung hinlegte. Der Lieferwagen war vor einem kleinen Häuschen zum Stehen gekommen. Das handgemalte *Willkommen*-Schild neben dem Eingang unterstrich seinen Verdacht. Jetzt stürmten zwei junge Männer aus dem Häuschen. Sie trugen helle Bermudashorts und weiße Polohemden. Das Logo des Campingplatzes auf ihren Brusttaschen wies die Jungs als Mitarbeiter des Platzes aus. Einer kümmerte sich um den Fahrer des Sprinters, der andere näherte sich mit hochrotem Kopf Ulbrichts Vectra. Ohne zu fragen, riss er die Tür auf.

»Was erlauben Sie sich, hier so auf den Platz zu brettern? Das ist lebensgefährlich – hier herrscht Schrittgeschwindigkeit!«, brüllte er. »Außerdem hätten Sie sich erst anmelden …«

»Wer ist hier das Gesetz?«, unterbrach Ulbricht ihn entnervt.

Der junge Mann blickte ihn mit großen Augen an und rang sich ein unsicheres Lächeln ab. »Oder sind Sie … von der Polizei?«

»Allerdings.« Jetzt hatte der Schnösel verstanden, das gefiel Ulbricht. »Kriminalhauptkommissar Norbert Ulbricht, guten Tag. Oder – moin, wie ihr hier sagt.«

»Ich bin Malte. Moin.« Der junge Mann wurde kurz blass, dann wieder rot. Hastig umrundete er die Motorhaube, riss die Beifahrertür auf und sank in den Sitz. »Fahren Sie los«, sagte er. »Ich zeige Ihnen den Weg zum Fundort der Leiche.«

Das war Musik in den Ohren des Kommissars.

Trotzdem wunderte er sich: Was faselte der Knabe da von einem Leichenfundort?

»Machen Sie schon, wir wollen so wenig Aufsehen wie möglich erregen«, drängte der junge Mann ihn. »Folgen Sie einfach dem Kollegen von der Kriminaltechnik!«

Langsam dämmerte es Ulbricht. Der Kastenwagen, der in diesem Irrsinnstempo vor ihm hergefahren war, gehörte zur Spurensicherung.

Wie schön.
Eine Leiche auf dem Campingplatz?
Aus dem Urlaub konnte ja doch noch etwas werden!

Als sich der Sprinter in Bewegung setzte, startete Ulbricht den Motor. Ordnungsgemäß, also im Schritttempo, hängte er sich an den Kastenwagen. Die neugierigen Blicke der bunt gekleideten Camper folgten dem seltsamen Konvoi. Ulbricht beschloss, das Spiel mitzuspielen. Ein Kriminalfall im Urlaub konnte schließlich nicht schaden und im Grunde genommen hatte ein Kommissar niemals Urlaub.

»Ganz schön alt, was?«, riss ihn die versöhnlicher klingende Stimme des jungen Mannes auf dem Beifahrersitz aus den Gedanken.

Ulbricht bedachte ihn mit einem finsteren Blick, während sie an den Parzellen des Platzes vorüberrollten.

»Erlauben Sie mal!«, grollte er.

»Nicht Sie«, beeilte sich Malte zu sagen. »Ich meine den Wagen.«

»Ach so, ja.« Ulbricht musste grinsen. »Erzählen Sie mir lieber was über den Fall, damit ich nachdenken kann.«

»Ein Gast fand heute Morgen um kurz nach sechs einen verdächtigen Müllsack im Container und stellte fest, dass sich darin ein lebloser Körper befand. Eine männliche Leiche, um genau zu sein. Wir haben die Kollegen in Burg angerufen; auch der Notarzt konnte nur den Tod des Mannes feststellen, und jetzt sind Sie von der Kripo am Zug.«

»Schön aufgesagt«, lobte Ulbricht.

Malte strahlte. »Ich bin Tatort-Fan.«

»Wie nett.«

»Da vorne ist es.« Der Junge streckte den Zeigefinger aus. Schraffiertes Absperrband mit der obligatorischen »Polizei«-Aufschrift flatterte im Wind. Streifenwagen standen kreuz und quer, dazwischen ein Notarztwagen und das schwarz lackierte Fahrzeug eines örtlichen Bestatters. Ulbricht ging das Herz auf beim Anblick des Fuhrparks.

Was für ein Empfangskomitee!

Kaum, dass Ulbricht den Wagen angehalten hatte, sprang Malte ins Freie. Er verschaffte sich einen Überblick, dann winkte er Ulbricht zu sich. Uniformierte Polizisten bedachten den Kommissar mit einem Kopfnicken. Während vier damit beschäftigt waren, die Gaffer auf Distanz zu halten, näherten sich zwei junge Kollegen dem Kommissar und dem Fahrer des Sprinters.

Malte übernahm das Reden. »Das ist Kriminalkommissar Ulbricht von der Kripo in …«

»Lass mal gut sein, Jungchen«, unterbrach Ulbricht ihn hastig und schob den Jungen zur Seite. Er betrachtete die beiden Streifenbeamten, offensichtlich waren sie als erste Polizisten hier gewesen. »Also«, sagte Ulbricht, »weiß man schon, um wen es sich handelt?«

»Um Kai Kofer, den berühmten Krimiautor«, erklärte der jüngere der beiden. Ulbricht las den Namen »Jensen« auf seinem Namensschild. Er war blond und blauäugig, passte somit hervorragend in diese Gegend.

Ulbricht pfiff durch die Zähne. »Respekt. Und so einer macht Campingurlaub?«

Jensen schüttelte den Kopf. »Er war zum Arbeiten hier. Heute Abend sollte er eine Lesung halten, hinterm Deich an der Strandbar.« Er lachte humorlos auf. »Die Lesung wird jetzt wohl ausfallen.«

Dr. Möller, ein hagerer Mann mit dünnem, grauem Haar und weißer Arztkleidung, gesellte sich zu den Männern und stellte sich als diensthabender Notarzt vor.

»Gibt es einen Hinweis auf die Todesursache?«, fragte Ulbricht ihn.

Dr. Möller schüttelte das Haupt. »Ich habe Rötungen auf der Haut des Toten festgestellt – möglicherweise die Folge von zu viel Sonne, zumindest für jemanden, der im Alltag kaum Tageslicht zu sehen bekommt. Diese Schriftsteller sind doch die reinsten Nachteulen.«

»Fremdeinwirkung kann also ausgeschlossen werden?«

»Äußere Gewalteinwirkung habe ich nicht feststellen können. Alles andere wird die gerichtsmedizinische Untersuchung in Lübeck ergeben.«

* * *

Der Mietcaravan, den Maja Klausen von zu Hause aus gebucht hatte, war eine richtige kleine Wohnung – es gab neben der Vollausstattung auch noch ein eigenes Klo, fließendes Wasser und sogar eine kleine Dusche. Norbert Ulbricht war positiv überrascht und stellte seine Bedenken bezüglich des Campingurlaubes zum ersten Mal infrage. Nachdem er seine Habseligkeiten aus dem Auto in das Mobilheim verfrachtet hatte, beschloss er, sich ein wenig unter den anderen Campern umzuhören. Schnell war er am Morgen als nordrheinwestfälischer Kommissar im Urlaub enttarnt worden – die zuständigen Kollegen der Polizei Ostholstein hatten ihm klar zu verstehen gegeben, dass er sich nicht in ihre Ermittlungen einzumischen habe. Ein wenig kleinlaut fügte sich Ulbricht seinem Schicksal und erkundete den großen Campingplatz.

»So übel ist Fehmarn gar nicht«, flüsterte er, als er auf dem Deich stand und tief durchatmete. Er genoss die würzige Seeluft, die über die Orther Reede ins Landesinnere zog. Inzwischen war es später Nachmittag geworden. Natürlich war der grausame Fund Thema Nummer eins bei den Touristen. Obwohl noch nicht feststand, dass Kai Kofer ermordet worden war – aber jemand musste ihn ja nach Eintritt des Todes im Container entsorgt haben.

Die Sonne stand tief, als Ulbricht über den Deich wanderte und sich durchpusten ließ. Links lag die Ostsee, rechts unter ihm der Campingplatz. Überall wurde gegrillt. Ulbricht verspürte Lust auf ein kaltes Bier und setzte den Weg zur kleinen Strandbar fort. Hier enterte er einen Strandkorb und genoss das eiskalte Flens, während er den Blick über das Meer schweifen ließ.

Das ist also Urlaub. Zum ersten Mal seit Jahren fühlte er sich frei. Trotzdem – der seltsame Leichenfund am Morgen wollte ihm nicht aus dem Kopf gehen. Hier, an der Strandbar, sollte also heute Abend die Krimilesung stattfinden. Ein seltsamer Ort, normalerweise gab es Lesungen doch nur in Buchhandlungen. In Hörweite saß ein ungleiches Paar auf einer Bierbank. Ulbricht schätzte die zierliche Frau mit den langen dunklen Haaren auf Anfang zwanzig. Ihr Begleiter war mindestens doppelt so alt, hatte einen stattlichen Bierbauch und trug zu einem neonfarbenen T-Shirt Boxershorts und Badelatschen. Während Ulbricht die beiden beobachtete, überlegte er, warum sich eine hübsche junge Frau mit einem solchen Mann abgab. Sie hätte sicherlich etwas Besseres abbekommen.

»Seine Frau wird sich nun dumm und dämlich verdienen an den Tantiemen«, brummte der Mann und schaute an seiner viel jüngeren Frau vorbei zum Wasser.

»Vater, woran du schon wieder denkst«, rügte sie ihn. »Kofer ist tot, und ich ...«

Ach so.

Bei der jungen Frau handelte es sich offenbar um die Tochter des Mannes, nicht um die Geliebte.

»Psst«, raunte er ihr zu und blickte sich um. Ulbricht tat, als hätte er von dem Gespräch nichts mitbekommen.

»Niemand muss wissen, dass du gestern mit ihm allein im Wohnwagen warst, Karen«, brummte der Vater seiner hübschen Tochter zu.

»Dabei hatte ich ihn fast so weit«, jammerte Karen. Tränen traten in ihre Augen, und sie tupfte sich mit einem Taschentuch über das Gesicht. »Eigentlich nimmt er keine Fans mit in den Wohnwagen, eigentlich trinkt er keinen Alkohol. Und es war ja auch nur ein Glas Wein.« Nun lächelte sie schwach. »Danach war er ganz locker.«

»Na und?« Ihr Vater nahm einen tiefen Schluck Bier. »Das Ende seines nächsten Romans hat er dir trotzdem nicht verraten.«

Karen schüttelte den Kopf und blickte auf den sandigen Boden. »Ich hätte ihn nicht alleine lassen dürfen, um das Buch zu holen, das Kai mir signieren sollte.«

»Du hast ihn abgefüllt«, stellte ihr Vater sachlich fest.

»Unsinn. Du weißt, dass ich ein großer Fan von ihm bin … war. Dass er nichts verträgt, konnte keiner ahnen.«

Ulbricht hatte genug gehört. Er erhob sich und verließ den Strand. Eilig suchte er seinen Wohnwagen auf und schaltete das Handy ein. Nachdem er die Telefonnummer seiner Tochter Wiebke gefunden hatte, drückte er die Wahltaste. Wiebke war ebenfalls Kriminalkommissarin, sogar hier im hohen Norden. Sie versah in der Storm-Stadt Husum ihren Dienst.

»Papa«, sagte sie überrascht. »Wie geht es dir …«

»Warte mal«, unterbrach er sie und berichtete ihr in wenigen Sätzen, was sich zugetragen hatte. »Hast du eine Möglichkeit, an ein Obduktionsergebnis der Kollegen aus der Lübecker Rechtsmedizin zu kommen?«

Stille am anderen Ende der Leitung. »Ja«, sagte Wiebke nachdenklich. »Ich kenne da jemanden, der mir noch einen Gefallen schuldet. Aber ich kann nichts versprechen. Außerdem ...«

Ulbricht nannte seiner Tochter den Namen des Toten. »Wann kann ich den Bericht haben?«

»Mit etwas Glück morgen. Sag mal, hast du nicht eigentlich Urlaub und sollst dich erholen? Paps ... du bist unverbesserlich.«

»Ich weiß«, brummte er. »Und wenn es nach mir gegangen wäre, dann wär ich jetzt gar nicht hier, also bitte!« Bevor seine Tochter ihm unbequeme Fragen stellen konnte, unterbrach er die Verbindung. Es gab viel zu tun, und er wollte keine Zeit verlieren.

* * *

Es war ein Kinderspiel gewesen, in den Wohnwagen des toten Schriftstellers zu gelangen. Er war kleiner als der Mietcaravan des Kommissars. Ulbricht war sicher, dass die Kollegen den Wohnwagen längst unter die Lupe genommen hatten. Doch es wäre nicht das erste Mal, dass etwas übersehen worden war. So wie er es mitbekommen hatte, war die junge Frau ein Fan von Kofer gewesen. Sie waren ins Gespräch gekommen, er hatte sie zu sich eingeladen, sie hatten Wein getrunken, Moment – ein Mann wie Kai Kofer war sicherlich verheiratet – oder waren Schriftsteller wegen ihrer unmenschlichen Arbeitszeiten Singles? Wo steckte seine Frau?

Ulbricht schaute in die Schränke des Wohnwagens und entdeckte keine Auffälligkeiten, außer einer toten Biene unter dem Klapptisch. Er bückte sich schwerfällig und betrachtete das Insekt. Der Unterleib des Tiers war abgerissen – ein sicheres Indiz dafür, dass die Biene im Kampf gestorben war: Sie hatte ihren Gegner gestochen, dabei war der Stachel durch den kleinen Widerhaken stecken geblieben und hatte der Biene das Hinterteil abgetrennt – ein schrecklicher Tod.

In der Spüle fand er keine benutzten Gläser – die hatten die Kollegen wohl schon mitgenommen und der kriminaltechnischen Untersuchung zugeführt. Es war zum Mäusemelken!

Gerade, als er den Kleiderschrank des Toten verschließen wollte, fand er zwischen den akkurat gefalteten Unterhosen ein kleines, unauffällig schwarzes Etui. Ulbricht nahm es an sich und öffnete es. Darin verbarg sich eine Art dicker Stift.

»Sieh an«, brummte Ulbricht zufrieden. Bei dem Stift handelte es sich um einen Auto-Injektor, wie ihn Diabetes-Patienten benutzten. Und Allergiker. Hatte Dr. Möller nicht von auffälligen Hautrötungen bei dem toten Schriftsteller gesprochen?

Ulbricht zog die Schutzkappe ab und stellte fest, dass das kleine Gerät keine Nadel besaß. In Notfällen diente der Auto-Injektor als Lebensretter, doch ohne Nadel war er zwecklos. Ulbricht erinnerte sich an das Gespräch mit der jungen Frau in der Strandbar. Hatte sie doch nachgeholfen? Der Kommissar stellte fest, dass sie kein Motiv für die Tat hatte. Ausscheiden tat sie trotzdem nicht, immerhin liefen genug Verrückte herum, die es auf Prominente abgesehen hatten. Sie aber war sichtlich mitgenommen vom Tod des Schriftstellers. Er musste sie sprechen, egal, ob den zuständigen Beamten das nun passte oder nicht. Ulbricht konnte nicht aufgeben, ohne Licht ins Dunkel zu bringen. Hastig stopfte er das Gerät zurück in das Etui und steckte es in die Hemdtasche. Entweder hatten seine Kollegen nicht gründlich nachgeschaut, oder sie hatten dem Apparat keine Bedeutung zugemessen.

Dann machte er, dass er den Wohnwagen des toten Krimiautors verließ.

* * *

»Sie müssen mir glauben, ich wusste nicht, dass er nichts verträgt«, schluchzte Karen Janke unter Tränen. »Ich hatte einfach wahnsinnige Angst. Immerhin war ich es, die ihn zuletzt lebendig gesehen hat. Da liegt der Verdacht doch nahe, dass ich mit seinem Tod etwas zu tun haben könnte.« Sie saßen sich im Wohnwagen ihrer Eltern am Tisch gegenüber. Die Eltern waren zum Abendessen in Burg; sie waren alleine.

»Aber was ist das hier?«, fragte Ulbricht und zog den Injektor hervor.

»Keine Ahnung.« Sie klang ehrlich und betrachtete das kleine Gerät mit nichtssagender Miene. Dann schaute sie dem alten Kommissar tief in die Augen. »Hören Sie«, sagte sie mit tränenerstickter Stimme. »Ich bin ein großer Fan von Kai Kofer, und ich bin extra nach Fehmarn gekommen, obwohl ich Camping hasse wie die Pest.«

Wenigstens das haben wir gemeinsam.

»Mein Vater hat mich angerufen, als die Platzleitung die Plakate aufgehängt hat, die diese Lesung bewerben. Ich habe mich sofort ins Auto gesetzt und bin losgefahren. Dass ich meinen Lieblingsautor hier persönlich kennenlernen durfte … ich kann es immer noch nicht fassen. Und nun ist er tot.« Sie schluchzte auf und barg das Gesicht in den Händen. »Dabei war ich nur kurz weg, um mein Buch zu holen«, flüsterte sie. »Er sollte es signieren. Als ich zurück zu seinem Wohnwagen kam, lag er schon unter dem Tisch. Er war tot.«

»Was haben Sie unternommen?«

»Ich habe versucht, ihn wiederzubeleben. Zwecklos.«

»Und dann kam die große Angst?« Ulbricht achtete auf jede Regung in ihrem Gesicht.

Karen nickte. »Ich habe mir Vorwürfe gemacht, weil ich ihn zu einem Wein überredet habe, obwohl er nichts trinkt.«

»Für einen Schriftsteller sehr ungewöhnlich«, stellte Ulbricht fest.

»Außerdem war ich die letzte Person, die ihn lebend gesehen hat.«

»Und dann?«

»In Panik bin ich zu meinen Eltern gerannt. Mein Vater hat mir geholfen, Kofer im Container zu …«

»Entsorgen«, beendete der Kommissar den Satz der jungen Krimiliebhaberin. »Sie haben ihn *entsorgt*.«

»Ja. Wir haben kopflos gehandelt.«

»Und Sie lesen Krimis?« Ulbricht schnaufte.

»Ich dachte, dass die Polizei niemals in direkter Nähe zum Fundort des Toten nach möglichen Tätern suchen würde.«

»Blöd gelaufen.«

»Ich habe nicht vorsätzlich gehandelt, im Gegenteil – Sie müssen mir einfach glauben.

»Das würde ich gern, aber …« Ulbrichts Handy machte sich mit einem dumpfen Vibrieren bemerkbar. Er murmelte eine Entschuldigung und meldete sich.

»Wiebke hier, hi Paps! Wir haben Glück, ich habe einen ersten Bericht aus der Lübecker Gerichtsmedizin bekommen. Kofer war Allergiker. Man hat eine Insektenvergiftung diagnostiziert. Vermutlich starb er an einem Bienenstich.«

»Das ist seltsam.« Ulbricht überlegte. »Wie verlässlich ist dieser erste Bericht?«

»Sehr verlässlich«, antwortete Wiebke. »Er ist halt nur noch nicht offiziell und wird wohl erst morgen an die zuständigen Kollegen in Ostholstein rausgehen.«

»Wie schön. Dank dir, ich melde mich!«

Karen Jahnke blickte ihn ängstlich an. »Gibt es Neuigkeiten?«

»Allerdings.« Ulbricht nickte. »Sie sind raus aus der Nummer. Was aber nicht heißt, dass Sie sich nicht verantworten müssen. Sie hätten den Vorfall melden müssen, anstatt Kofer zu entsorgen. So etwas ist respekt- und pietätlos. Aber das werden die Kollegen regeln. Mit dem Tod des Schriftstellers haben Sie nichts zu tun.« Ulbricht nickte ihr zu und ließ sie alleine. »Es war eine Art Unfall. Kofer vertrug nichts Hochprozentiges, zudem hatte er eine Allergie.« Ulbricht rang sich ein schiefes Grinsen ab. »Unter uns gesagt, ist es doch eine Ironie des Schicksals, wenn ausgerechnet ein Krimiautor ermordet worden wäre.«

* * *

Einige Tage später saß Ulbricht wieder an der Strandbar und blickte bei einem Bier hinaus auf das Meer. Am Nebentisch saßen zwei Frauen und unterhielten sich angeregt bei Kaffee und Kuchen.

»Sonst habe ich ihn immer auf seinen Lesereisen begleitet. Ausgerechnet jetzt, wo ich in Berlin war, passiert so etwas.« Gespielte Empörung lag in der Stimme der Frau im schwarzen Kleid. »Kai war so ein fürsorglicher Ehemann.« Sie schüttelte den Kopf und nippte von ihrem Kaffee.

Ulbricht hatte längst auf dem Schirm, dass es sich bei der Dame in Schwarz um die trauernde Witwe des Schriftstellers handeln musste. Seine Neugier war erwacht, und er lauschte dem Gespräch der beiden Frauen unauffällig.

»Übrigens«, sagte die eine und tippte mit der Gabel auf ihren Kuchen. »Der Bienenstich ist genial.«

»Und du bekommst das mit den Verträgen hin?«, fragte die Witwe . »Ich meine, wegen dem Nachlass müssen wir sicherlich noch mal reden.«

Langsam kapierte Ulbricht, was hier vorging. Er wurde zum Zeuge eines Komplotts gegen den toten Kai Kofer.

Die andere Frau nickte angeregt. »Aber natürlich, Süße. In meiner Agentur geht kein Verlagsvertrag raus, in dem die Tantiemen-Regelung nicht enthalten ist. Dein Lebensunterhalt ist also gesichert, Anita.«

Ulbricht hatte genug gehört. Er erhob sich und trat an den Tisch der beiden Frauen. »Vielen Dank«, sagte er und präsentierte seine Dienstmarke. »Die Sache mit dem Bienenstich war ausgeklügelt. Leider nicht gut genug.« Er setzte sich unaufgefordert zu den Damen und blickte in zwei entsetzte Gesichter. »Bienenstich«, sagte er gedehnt und zeigte auf den wundervoll duftenden Kuchen. »Bienenstich ist eine feine Sache. Dass sie aber auch für manche Zeitgenossen tödlich sein kann, wissen nur wenige. Übrigens: Ich habe eine tote Biene im Wohnwagen Ihres Mannes gefunden. Dem armen Tier fehlte das Hinterteil – ein schrecklicher Tod, aber so hat Mutter Natur das vorgesehen. Bei einem Stich bleibt der Stachel hängen. Können Sie sich das erklären?«

Die Witwe schluckte trocken. »Das war ich, das mit der Biene. Wenn ich gestehe, das kleine Biest in den Wohnwagen geschafft zu haben und die Nadel von Kais Injektor verschwinden lassen habe, fällt meine Strafe dann milder aus?«

»Haben Sie auch dafür gesorgt, dass der Stachel des kleinen Todesengels verschwindet?«

Ein schuldbewusstes Nicken genügte dem alten Kommissar. »Also«, hakte die Witwe des Schriftstellers nach. »Bekomme ich mit einem Geständnis mildernde Umstände?«

Ulbricht zückte das Handy, um die Kollegen zu informieren. »Darüber muss ein Richter entscheiden«, sagte er, während sein Blick hinaus zum Meer schweifte. »Ich bin hier nämlich nur im Urlaub.« Und er musste sich eingestehen, dass Fehmarn doch auch seinen ganz besonderen Reiz hatte.

aufs falsche zelt gesetzt

im, wach auf! Hast du das gehört?« Julia rüttelte an ihrem Freund.

»Verdammt, was ist denn los?«, fragte Tim im Halbschlaf. »Leg dich doch endlich hin und mach die Augen zu.«

»Dieses Geräusch«, ließ sie nicht locker. »Was ist das? Weint da jemand?«

»Geh raus und sieh nach«, antwortete Tim genervt. »Hier ist die Taschenlampe.« Er drückte Julia die große MagLite in die Hand und rollte sich samt Schlafsack, den er in dieser heißen Sommernacht lediglich als Decke benutzte, zur Seite. »Und mach nicht so einen Krach, wenn du zurückkommst.«

»Wenn ich in fünf Minuten nicht wieder hier bin, könntest du ja so nett sein und nach mir suchen.« Julia schälte sich aus ihrem Schlafsack heraus und kroch über Tim hinweg. Dann zog sie den Reißverschluss des kleinen Igluzelts auf und verschwand in der Dunkelheit des Campingplatzes.

Als Tim aufwachte, musste er grinsen. Julia kitzelte ihn an der rechten Fußsohle. Nur ganz sanft.

»Mach weiter«, sagte er, als sie nach einer Weile aufhörte.

Julia reagierte nicht.

»Nur noch ein bisschen, bitte.«

Keine Reaktion.

Tim fuhr hoch und blickte sich um. Es war bereits hell, die Sonne kämpfte sich durch die angrenzende Baumgruppe und erwärmte die Luft. Es würde ähnlich heiß wie schon an den Tagen zuvor werden.

Jetzt erst erkannte Tim, weshalb er wach geworden war. Der Stofffetzen des Zelteingangs bewegte sich träge im kaum spürbaren Wind und schlug in unregelmäßigen Abständen an seine Fußsohle. Er blickte zur Seite. Julias Schlafsack lag neben ihm auf ihrer Isomatte.

»Julia?«, flüsterte Tim. Sein Kopf dröhnte, er hatte Kopfschmerzen vom Vorabend. Er hatte viel zu viel getrunken. Mühsam versuchte er, sich zu erinnern: an die gemeinsamen Stunden am Strand. An das Lagerfeuer, das bis spät in die Nacht gebrannt hatte. An den Moment, als sie zurück zum Zelt gegangen waren und Julia die ganze Zeit seltsam nervös gewirkt hatte. An die Geräusche, die sie gehört hatte. An die Taschenlampe, mit der sie das Zelt verlassen hatte. »Verdammt!«, rief er. Hastig zwängte er sich in seine Jeans und sprang auf.

Der Campingplatz auf dem Priwall, direkt hinter der Ostsee und den Dünen, lag still und friedlich vor ihm. Es schien so, als sei noch kein anderer Camper auf den Beinen. Wahrscheinlich schliefen die meisten noch. Am Sonnenstand konnte er erahnen, dass es höchstens sechs Uhr sein musste, womöglich sogar noch früher.

Tim ging um das Zelt herum und ließ seinen Blick kreisen. In der vagen Hoffnung, Julia würde hier irgendwo im Gras liegen, weil sie heute Nacht Lust verspürt hatte, an der frischen Luft zu schlafen. Anstatt in dem stickigen Zelt.

Mit einem Mal verspürte Tim einen heftigen Schmerz in der linken Fußsohle. Er blickte an sich hinab und sah sofort, was der Grund für den Schmerz war. Er war so unglücklich in einen Hering getreten, dass er sich eine mehrere Zentimeter lange Risswunde in der Fußsohle zugezogen hatte. Nur die oberste Schicht seiner Haut hielt das Blut zurück, das sich bereits violettfarben abzeichnete. »Verfluchter Mist!«, rief er und humpelte weiter.

Ein nervöses Kribbeln machte sich in seinen Händen bemerkbar. Es breitete sich über seine Arme aus und fuhr dann in einem Schauer über seinen Rücken. Unbehagen legte sich wie ein Schleier aus Nebel über seinen Körper. Wo zum Teufel war Julia bloß?

Ihm kam eine Idee. Er lief quer über den Campingplatz bis zu den sanitären Anlagen. Vielleicht war Julia wach geworden, weil sie zur Toilette gemusst hatte, redete er sich ein.

Tim riss jede einzelne Kabinentür auf. Ohne Erfolg. Er hatte die Hoffnung schon aufgegeben, als er am Griff der hintersten Tür zog und plötzlich auf Widerstand stieß. Sie war verschlossen.

Hastig stieg Tim auf die Klobrille der benachbarten Toilette und warf einen Blick über die Kabinenwand. Er hielt inne, als er eine ältere Frau sah, die gerade ihr morgendliches Geschäft verrichtete. Ihre Blicke trafen sich, woraufhin die Frau einen schrillen Schrei ausstieß. Tim schrak derart zusammen, dass er von der Klobrille abrutschte, seine Flip-Flops verlor und mit dem rechten Fuß im Klo landete. Voller Ekel zog er den Fuß aus dem abgestandenen Spülwasser und verließ unter dem lauten Gezeter der alten Frau die Kabine.

Auf dem Weg nach draußen warf Tim noch einen verstohlenen Blick in den Duschraum. Doch auch hier war Julia nicht.

Aus dem nervösen Kribbeln wurde mehr und mehr ein Gefühl der Panik. Er rannte zurück auf den Campingplatz. Vorbei an den Zelten zwängte er sich zwischen den Wohnmobilen und Dauercampern hindurch.

Plötzlich stolperte Tim über eine Anhängerkupplung, die er zu spät gesehen hatte, und knallte mit dem Kopf gegen die Rückwand eines in die Jahre gekommenen Wohnmobils. Am

Boden liegend krümmte er sich vor Schmerzen und befühlte seinen Kopf. Auf der Stirn bildete sich innerhalb weniger Sekunden ein walnussgroßes Ei. Das Blut pulsierte so heftig in seinem Kopf, dass er kurzzeitig befürchtete, das Bewusstsein zu verlieren. Es vergingen einige Minuten, ehe sich sein Körper wieder beruhigt hatte. Dann stand er vorsichtig auf und blickte sich um.

Keine Spur von Julia. Sie war weg. Einfach verschwunden.

Seine Panik war mittlerweile so groß, dass er einen Moment lang meinte zu hyperventilieren. Unter größter Anstrengung versuchte er, sich zu konzentrieren und die letzte Nacht zu rekonstruieren. Von irgendeinem Geräusch hatte sie gesprochen. Er selbst hatte nichts gehört, war nur müde und fürchterlich betrunken gewesen. Was für ein Geräusch konnte sie gemeint haben? Etwa das eines Menschen? Oder vielleicht war es auch das Meer mit seiner Brandung gewesen? Oder das Motorenwummern eines Schiffs, das in den Hafen eingelaufen war?

Tim rannte planlos umher. Verließ den Campingplatz und lief in Richtung des Wegs, der hinter den Dünen entlangführte. Und dann weiter bis zum nächsten Stranddurchgang. Selbst in diesem Moment der Verzweiflung hatte er ein Auge für die Schönheit dieses Orts. Der Blick entlang der vom Strandhafer gesäumten Dünen bis hin zum feinen Sandstrand und dem in der Morgensonne glitzernden blauen Meer war jeden Tag aufs Neue wieder einmalig.

Für einen kurzen Augenblick lang glaubte er zu wissen, was passiert war. Julia war aufgestanden und hatte die frühe Morgenstunde genutzt, um ganz allein einige Runden in der erfrischenden Ostsee zu schwimmen. Bestimmt würde sie gleich, wie Halle Berry, aus dem Wasser steigen und seine Sorgen wären vergessen.

Der Weg durch den Sand, bis vor ans Wasser, kam ihm ewig vor. Und die leise Hoffnung, Julia zu finden, verlor sich Meter um Meter. Denn auch hier am Strand war weit und breit niemand zu sehen. Er blickte aufs Meer und wünschte sich nichts mehr, als ihre blonden Haare im ruhig daliegenden Meer erkennen zu können. Oder ihren Armschlag.

Da war jedoch nichts. Am gesamten Priwallstrand und auch im Wasser war keine Menschenseele auszumachen.

Tim wandte sich um und versuchte sich zu orientieren. Wo war bloß die Feuerstelle, um die sie gestern Abend gesessen hatten? Sie hatten gefeiert und zu viel getrunken. Mit bekannten Gesichtern vom Campingplatz, aber auch mit einigen seltsamen Gestalten, die plötzlich aufgetaucht waren. Sie hatten Gras geraucht und Gitarre gespielt, waren nackt baden gegangen und einige von ihnen waren irgendwann spät in der Nacht in den Dünen verschwunden. Julia und er hatten sich den Großteil des Abends mit einem Pärchen aus Dänemark unterhalten.

Tim versuchte sich zu erinnern, wie sie auseinandergegangen waren. Er spürte, dass ihm Teile des Abends verloren gegangen waren. Ein paar Bier zu viel und billiger Lambrusco aus dem TetraPak. Und war es nicht so, dass auch er an der Tüte gezogen hatte?

Da hinten war die Stelle. Er erkannte das aufgestapelte, verkohlte Holz. Plötzlich hatte er es eilig. Tim lief die letzten Meter, stolperte jedoch über eine leere Flasche und landete kopfüber im Sand. Im nächsten Moment durchfuhr ihn ein stechender Schmerz in der linken Handinnenfläche. Das Blut schoss an mehreren Stellen hervor, eine grüne Glasscherbe hatte sich in seine Haut gebohrt.

Schmerzerfüllt raffte sich Tim hoch und zog die Scherbe aus seiner Haut. Er fluchte und trat wütend mit seinen

Flip-Flops gegen die Holzscheite auf der Feuerstelle. Erneut schoss ein fürchterlicher Schmerz durch seinen Körper. Er schrie laut auf und sah, dass sich durch den Tritt gegen das Holz der Nagel seines rechten großen Zehs gelöst hatte und hochgeklappt war. Darunter bildete sich bereits eine Blutblase. Einen Moment lang wurde ihm schwarz vor Augen, dann besann er sich jedoch wieder und rief sich die Bilder der vergangenen Nacht vor Augen.

Diese Dänen waren seltsam gewesen. Sie hatten komisches Zeug dahergeredet. Von ihren Beziehungsproblemen und ihrer sexuellen Freizügigkeit. Ihm war das Ganze mehr und mehr unangenehm gewesen, doch Julia hatte dem Pärchen an den Lippen gehangen und war jeder ihrer Geschichten mit großen Augen gefolgt.

Aufgewühlt ging er zurück zum Wasser. Ein plötzlicher Drang, sich abkühlen zu müssen, überkam ihn. Seine Beine bewegten sich wie von allein. Ehe sich Tim versah, war er bereits bis zu den Oberschenkeln im Wasser.

Die Feuerquallen erkannte er erst im letzten Moment. Zu spät, sie hatten ihn umkreist und ihre Nesseln schlangen sich um seine Beine. Laut schreiend lief er aus dem Wasser zurück an den Strand. Er traute sich kaum, einen Blick an sich hinunter zu werfen. Als er es schließlich doch tat, wurde ihm ganz anders zumute. Seine Beine sahen aus, als hätte ihn jemand ausgepeitscht. Beide Oberschenkel waren voller roter Striemen. Verzweifelt versuchte er sich zu beruhigen. Beinahe war er froh darüber, dass sein Körper nur einen Schmerz auf einmal spüren konnte und das Brennen durch die Berührung mit den Feuerquallen zumindest in diesem Augenblick überwog. Denn seine noch immer blutende Hand und der kaputte Zeh hätten wohl weitaus stärker geschmerzt.

Langsam ging Tim zurück in Richtung Strandübergang. Er spürte, wie seine Augen wässrig wurden. Der Gedanke daran, dass Julia etwas zugestoßen war und er eine Mitschuld daran trug, machte ihn unendlich traurig.

Aus der Ferne kam ihm jemand entgegen. Er schärfte seinen Blick und erkannte einen Mann. Er schien nackt zu sein. Als der junge Kerl, der kaum älter als Mitte zwanzig und somit noch einige Jahre jünger als er selbst war, nur noch ein paar Meter entfernt war, zuckte Tim plötzlich zusammen. Er kannte ihn. Keine acht Stunden waren vergangen, seitdem er um ein Haar auf ihn losgegangen wäre.

Die Bilder des gestrigen Abends erschienen wieder vor seinem inneren Auge. Dieser Däne, der neben Julia gesessen hatte. Mit seinen anzüglichen Geschichten. Er hatte Julia immer wieder angefasst, sie in den Arm genommen. Julia hatte sich dagegen gewehrt. Zwar etwas zaghaft für seinen Geschmack, aber deutlich genug, dass dieser Kerl hätte aufhören müssen.

Und doch hatte er weitergemacht, immer unverschämter. Bis Tim der Kragen geplatzt war und er ihn zur Rede gestellt hatte. Schließlich hatte er Julia am Arm gepackt und sie waren streitend zurück zu ihrem Zelt gegangen.

Tim spürte, wie das Adrenalin durch seinen Körper strömte, während er dem grinsenden, nackten Mann gegenüberstand. Die Schmerzen an Händen und Füßen waren mit einem Mal vergessen.

»Was hast du mit Julia gemacht?«, schrie er. Ohne eine Antwort abzuwarten, stürzte er sich auf den Mann und warf ihn im Ringerstil in den Sand. Er verpasste dem Dänen mehrere Faustschläge mitten ins Gesicht, bis dieser aus der Nase blutete. Doch als er nur einen kurzen Augenblick innehielt, nutzte der Gegner den Moment, um ihm zwei Leberhaken zu verpassen und ihn zur Seite zu drehen.

Jetzt schlugen die Fäuste im Sekundentakt in seinem Gesicht ein. Nase und Jochbein knackten, Tim schmeckte den eisernen Geschmack von Blut in seiner Mundhöhle. Mit letzter Kraft gelang es ihm jedoch, sich gegen den Körper des Mannes zu stemmen und ihn wieder zur anderen Seite zu rollen. Obwohl jede Bewegung einer Tortur glich, landete er mehrere Schläge, die so hart waren, dass der Däne nach einer Weile regungslos im Sand liegen blieb.

»Sag mir jetzt endlich, wo Julia ist!« Seine Stimme überschlug sich. Tim war außer sich vor Wut und würgte den Mann immer weiter. Als der bereits blau anlief, ließ Tim endlich von ihm ab. »Antworte mir jetzt!«

»Lass mich!«, wimmerte der Mann. »Ich habe keine Ahnung, was mit deiner Freundin los ist. Glaub mir, ich habe meine eigenen Probleme.«

»Ich glaube dir gar nichts«, sagte Tim hart. Er packte ihn am Nacken und hob seinen Kopf ein Stück weit an. Dann knallte er ihn mit voller Wucht zurück in den Sand. »Ich gehe jetzt noch einmal zurück zum Campingplatz und suche nach Julia«, sagte er mit ruhiger Stimme. »Wehe, wenn ich sie nicht unversehrt finde. Dann komme ich wieder.«

Als Tim wieder am Zelt ankam, war auf dem Platz noch immer niemand zu sehen. Niedergeschlagen dachte er darüber nach, wo er noch nach seiner Freundin suchen könnte, als er plötzlich aus dem Augenwinkel eine Bewegung wahrnahm. Er fuhr herum und sah, dass Julia aus einem der Zelte in nur einigen Metern Entfernung kletterte. Das Gefühl der Erleichterung war derart überwältigend, dass Tim schwer schlucken musste. Er zögerte keine Sekunde und lief unter starken Schmerzen in ihre Richtung.

Kurz bevor er sie wieder in die Arme schließen konnte, verlangsamte er jedoch sein Tempo. Plötzlich realisierte Tim, was das Auftauchen von Julia tatsächlich zu bedeuten hatte. Ihre Blicke trafen sich. Julia schlug die Hand vor den Mund und starrte Tim mit weit aufgerissenen Augen an. »Um Himmels Willen, wie siehst du denn aus?«

Tim brauchte einige Sekunden, um zu verstehen, was Julia meinte. Die Beule am Kopf. Die wahrscheinlich gebrochene Nase. Die noch immer blutende Hand. Die verbrannten Beine. Und nicht zuletzt sein humpelnder Gang aufgrund der Verletzungen an den Füßen. Es musste tatsächlich ein schlimmer Anblick sein.

»Es ist einiges passiert seit gestern Nacht«, sagte er vieldeutig. »Wo warst du denn?«

»Tut mir leid, dass du allein schlafen musstest«, antwortete sie. »Erinnerst du dich an die Dänin von gestern Abend? Sie hatte Liebeskummer, wir haben die halbe Nacht gequatscht. Irgendwann bin ich dann eingeschlafen. Aber jetzt sag doch endlich, was mit dir passiert ist. Hast du dich etwa geprügelt?«

Tim antwortete nicht, stattdessen trat er einen Schritt auf Julia zu. Er war jetzt so nah, dass er ihren Atem spüren konnte. Prüfend musterte er sie, dann schüttelte er mit einem fassungslosen Lächeln auf den Lippen den Kopf. An ihrem Hals zeichnete sich ein tischtennisballgroßer Bluterguss ab.

»Was bist du bloß für ein Miststück«, sagte er schließlich. »Vögelst mit diesem Idioten im Nachbarzelt und lässt mich in dem Glauben, dass dir etwas zugestoßen ist. Du bist das …«

»Ich glaube, du verstehst da einiges vollkommen falsch«, unterbrach sie ihn.

»Ach ja?«, reagierte Tim aufgebracht. »Willst du mich eigentlich verarschen? Denkst du wirklich, ich bin so blöd, dass ich nicht verstehe, was hier los ist? Wie er dich gestern Abend angegraben hat. Die Blicke, die ihr ausgetauscht habt. Die angeblichen Geräusche heute Nacht. Und dann dieser ekelhafte Knutschfleck.« Tim spuckte Julia vor die Füße und wandte sich von ihr ab.

»Wo willst du hin?«

»Zurück zum Strand«, antwortete Tim. »Es gibt da noch etwas, das ich erledigen muss.«

»Pass auf dich auf«, sagte Julia. So leise, dass Tim ihre Worte nicht mehr hören konnte. Aber sie wusste genau, was er am Strand noch zu erledigen hatte.

Während sie da stand und hinter ihm hersah, legte sich eine Hand auf ihre Schulter. Sie fuhr an ihrem Hals hoch bis ins Gesicht und streichelte sanft über ihre Haut. Dann drehte sich Julia um und gab der Frau, die sie erst gestern Abend am Lagerfeuer kennengelernt hatte, einen Kuss.

»Lass ihn laufen«, sagte die Frau in fast akzentfreiem Deutsch. »Er tut das Richtige für uns zwei.«

ALMUTH HEUNER

die karten lügen nicht

Ich habe meinen Verlobten umgebracht. Glaube ich wenigstens. Um ehrlich zu sein, Frau Kommissarin: Ich erinnere mich eigentlich an gar nichts. Doch, an die gusseiserne Pfanne erinnere ich mich. Die hatte ich extra heimlich eingepackt, um Björn morgens Eier zu braten, wie er es gewöhnt ist. Hoffentlich ist nichts damit, die war nämlich teuer ... Oh. Ach so. Meinen Sie, ich krieg die wieder?

Ich soll von ganz vorne anfangen? Kein Problem. Sie meinen sicher, warum wir uns gestritten haben. Also, wir fuhren im Womo zu diesem Campingplatz, und kurz vorher mussten wir tanken. An der Tankstelle hing ein Plakat, dass hier im Städtchen eine Esoterikmesse wär, und zwar genau an diesem Wochenende. Das fand ich natürlich ganz toll. Björn weniger, das sah ich an seinem Gesicht. Manchmal zieht er mich so ein bisschen damit auf, dass ich mich für alles Spirituelle interessiere, auch wenn ich selbst dafür kein Talent hab, weil es mir an Intuition mangelt. Aber er sagte nichts, als ich gleich für den nächsten Tag plante hinzufahren. Wir wussten da ja schon, dass es einen Bus vom Campingplatz zur Stadtmitte gibt. Ich wollte also erst auf die Messe und gucken, was es da alles gab, und danach ein bisschen shoppen und irgendwo nett Kaffee trinken.

Das Einzige, was Björn an diesem Plan gefiel, war das Kaffeetrinken, weil er doch so ein Kuchenfan ist. Überhaupt ist er ein großer Fan von allem Essbaren, egal ob Muscheln oder Ravioli aus der Dose. Sieht man ihm nicht an, nicht wahr? Wissen Sie, er ist Astrophysiker – nein, das sind die Sternenwissenschaftler, nicht die Sternendeuter. Björn hält nichts von dem, womit ich mich so beschäftige. Horoskope, Kartenlegen, Pendeln, Reiki, ja sogar Feng-Shui, Ayurveda und Homöopathie sind für ihn alles Mumpitz. Aber meist ist er so nett und lässt mich kommentarlos machen, und ich hab ihn auch schon mal dabei erwischt, wie er ein Buch über Tantra gelesen hat. Und weil er mich machen lässt, habe ich ihn ja auch so lieb. Und brate ihm morgens seine Spiegeleier. Auch wenn das im Womo ungewohnt schwierig war.

Ach herrje ... Und nun hab ich ihn umgebracht ... Danke, Frau Kommissarin, ich hab selbst noch Taschentücher.

Ja, und darum ging es beim Frühstück dann auch, also um das Esoterische. Ich hatte noch mal gesagt, dass ich zu dieser Messe wollte, schon allein um zu sehen, warum die in so einer kleinen Stadt veranstaltet wird, also ob es vielleicht eine lokale Berühmtheit gibt, die ich noch nicht kenne. Björn hatte keine Lust mitzukommen. Aber wie immer sagte er dann auch wieder, dass er »das ganze Zeug« für Mumpitz hält, und dann gab ein Wort das andere, und schon waren wir mitten im heftigsten Streit. Doch, das passiert auch in den harmonischsten Beziehungen. Außerdem hatten wir beide nicht besonders gut geschlafen, weil unsere Nachbarn so einen Krach gemacht haben und auch dauernd mit ihren Autos hin und her gefahren sind.

Nein, Björn und ich haben uns bisher nicht sonderlich oft gestritten. Mich regt dann aber immer so auf, dass er stets sachlich argumentiert, während ich nicht mehr weiß, was ich sagen will. Wenn wir zu Hause sind, knalle ich mit einer Tür. Und dann beruhige ich mich auch schnell wieder.

Aber so eine Womotür lässt sich nicht gut knallen. Wir haben draußen gefrühstückt, weil der Morgen so schön frisch und sonnig war, ein zauberhafter Septembermorgen. Es war ja auch unser erster richtiger Urlaubstag. Das mit dem Womo war Björns Idee gewesen, obwohl er sonst kein Campingfan ist. Ich übrigens auch nicht. Wahrscheinlich hat er das Womo irgendwo in einem Katalog gesehen oder von einem Kollegen davon gehört, jedenfalls hat ihn genau dieses Modell so gereizt, weil es so spacig designt ist, wie Raumschiff Enterprise. Ich weiß gar nicht – haben Sie es denn wiedergefunden? Wir haben es ja nur geliehen, und ob die Versicherung dafür aufkommt? Oh, gut. Wo war es denn? Okay, klar, ich erzähle erst mal zu Ende. Aber Sie müssen mir nachher sagen, wo es ist.

Jedenfalls habe ich mich so aufgeregt, dass ich die Pfanne nach ihm geworfen hab. Samt Spiegeleiern. Sie hat ihn am Kopf getroffen, aber ich wollte in dem Moment einfach nur weg, und da war es mir grad egal, was mit Björn ist.

Ja … danke … Hätte ich doch nur gleich nachgesehen! Vielleicht hätte ich ihm noch helfen können! Nein, lassen Sie mal, da muss ich jetzt wohl durch.

Ich hab meine Handtasche geschnappt und bin Richtung Platzausgang gestürmt. Ich hatte ja selbst den Stellplatz ganz hinten ausgesucht. Björn hat geduldig das Womo so lange hin und her manövriert, bis es fengshuimäßig ausgerichtet stand. Mir ist schon klar, dass neben der Abfallstation nicht der allerbeste Ort ist, und es war auch wirklich ein bisschen schlammig da am Bachufer, und blöderweise war die Zufahrt sehr verwinkelt. Aber wissen Sie, das ist ja gerade auch gut, weil der Drache dann – aber vielleicht gehört das jetzt nicht hierher. Ja, das ist Feng-Shui.

Dann bin ich mit dem Bus in die Stadt gefahren und hab auch gleich die Messe im Bürgerhaus gefunden. Natürlich war sie klein, aber doch größer, als ich vermutet hätte. An einem Stand hab ich mir die Karten legen lassen, hauptsächlich, weil mich das Kartendeck interessiert hat – es war eine Variante vom Grand Etteila, die … Ja, 'tschuldigung. Aber in gewisser Weise gehört das alles zu meiner Aussage dazu. Die Frau an dem Stand ließ mich also die Karten mischen und dann sieben ziehen, die ich in einer Reihe ausgelegt habe, und dann hat sie mir dazu jeweils was gesagt.

Ach, Sie interessieren sich doch dafür, was für Karten das waren? Das ist ja witzig, weil die sozusagen total gestimmt haben.

Witzig ist nicht das richtige Wort. Wenn man bedenkt, was mir meine Zukunft gebracht hat.

Die erste Karte stand für mich, ich war diesmal das »Kind«. Das bedeutet auch baldiger Neubeginn. Neubeginn von was, fragte ich mich – ob unsere bevorstehende Hochzeit gemeint war? Dann kam »Verdruss«, na ja, das hatte ich ja schon gehabt. Ich fragte mich kurz, was Björn wohl gerade machte … »Haus« stand für die aktuelle Situation, das brauche ich wohl nicht zu erklären.

Und dann kam der »Tod«. Eigentlich ist diese Karte gar nicht so schlecht, sie bedeutet auch Veränderung, meist eine radikale Veränderung. Aber manchmal bedeutet sie auch einfach Tod. Und die Karte lag in der Mitte der Reihe, war also ganz zentral. Mir war dabei nicht ganz wohl. Wenn ich Björn nun ernstlich verletzt hätte … Entschuldigen Sie, ich brauche doch noch mehr Taschentücher.

Die nächsten drei Karten wiesen auf meine Zukunft hin. Ich war schon überrascht, dass da erst der »Offizier« lag – junger Mann – und dann der »Geliebte«. Die Wahrsagerin interpretierte das im Zusammenhang mit dem »Tod« so, dass ich jemanden Besonderes kennen lernen würde. Nun, sie konnte ja nicht wissen, dass ich bereits verlobt war.

Ich muss sagen, dass mir an dieser Stelle erst einmal die Neugier auf meine Zukunft verging, und ich brach die Sitzung ab. Bedankte mich und lief weiter über die Messe. Aber irgendwie hatte ich den Spaß daran verloren und hab auch gar nicht mehr richtig wahrgenommen, was es da noch alles gab. Ich holte mir einen Kaffee und überlegte, ob ich hungrig war, da stieß ich mit jemandem zusammen und verschüttete natürlich prompt den Kaffee auf ihn.

Was soll ich sagen? Wir sahen uns in die Augen, und es war um mich geschehen. Hätte ich nie gedacht – noch nicht mal mit Björn ist mir das so gegangen, dass ich mich auf der Stelle verliebt habe. Arwed war groß und schlank und dunkelhaarig, und er sagte gleich all die richtigen Dinge. Er entschuldigte sich, bevor ich das tun konnte, bot mir an, einen frischen Kaffee zu holen, setzte sich mit mir hin, und sofort waren wir dermaßen ins Gespräch vertieft, dass ich von dem, was um uns herum war, nichts mehr mitbekam. Arwed erging es genauso.

Während wir redeten, dachte ich noch einmal kurz an Björn. Und dass wir im Grunde viel zu verschieden waren. Das würde sicher nicht gut gehen mit uns. Und nach der Pfanne würde Björn bestimmt auch nichts mehr von mir wissen wollen ... Neubeginn! Tod!

Plötzlich wurde Arwed und mir bewusst, dass die Messestände geschlossen wurden und die anderen Leute gingen. Er bot mir an, mich zurück zum Campingplatz zu bringen. Doch mir war klar, dass ich das allein machen musste – Björn alles erklären und meine Sachen packen und so ... Wir verabredeten uns für den nächsten Tag, und ich schwebte zur Bushaltestelle, obwohl das Wetter umgeschlagen war, während ich all den schönen Sonnenschein in der Messehalle verpasst hatte. Nun war der Himmel dunkelgrau, und es nieselte, aber das machte mir gar nichts aus.

Ich war so in Gedanken, dass ich erst zu spät merkte, welche Strecke der Bus fuhr – nämlich in eine ganz andere Richtung. Der Busfahrer ließ mich jedoch an einer Stelle hinaus, von wo ich – wie er mir erklärte – nur noch entlang des Baches gehen musste und so wieder zum Campingplatz kam.

Inzwischen war es dunkel geworden. Ich stapfte über einen Trampelpfad, der sich im Regen zunehmend in Matsch verwandelte, und sah bald kaum noch etwas. Mir wurde richtig unheimlich zumute. Wenn ich mich nun verirrte? Und vielleicht im Moor versank? Hier war doch bestimmt auch ein Moor. Erst da fiel mir ein, dass mein Smartphone nicht nur eine kleine Lampe hatte, sondern dass ich damit auch Björn Bescheid sagen könnte. Die Lampe funktionierte, nur Empfang hatte ich hier in der Pampa keinen.

Weil ich von der anderen Seite auf den Campingplatz kam, fand ich unseren Platz nicht sofort. Ich irrte so zwischen Womos, Hängern und Zelten herum und sah, dass überall die Leute gemütlich und trocken und warm zusammen-saßen, Schnittchen aßen und sich unterhielten – und plötz-lich entdeckte ich in einem Caravan Arwed! Na, wenn das kein Zeichen ist, dachte ich und wollte schon an seiner Tür klopfen, als ich bemerkte, dass er nicht allein war. Bei ihm saß die Frau vom Kartenstand auf der Messe, und es sah nicht so aus, als wäre sie ihm total fremd.

Sie kennen das sicher auch, Frau Kommissarin: wenn einem blitzartig alles Mögliche auf einmal klar wird. Ich stand also da im Regen und wusste, dass Arwed nur freund-lich zu mir gewesen war, aber bestimmt nicht sofort verliebt. Und ich wusste, dass ich wegen eines tollen Typen, der mir begegnete, oder eines albernen Streits Björn nicht aufgeben wollte. Ich war einfach nur aufgeregt gewesen. Wenn ich jetzt drüber nachdenke, könnten die das ja auch arrangiert haben, die Frau vom Kartenstand und Arwed, der mir zufällig begegnet, nachdem ich den »Offizier« gezogen hatte …

Als ich endlich an unseren Platz kam, war unser Womo weg. Wie betäubt stand ich da und starrte auf die leere, dunkle Fläche. Björn hatte mich einfach sitzenlassen! Erst nach einer Weile fiel mir auf, dass die Fläche nicht ganz leer war - da lag ein Haufen, nein, eine Gestalt. Ich sah nur: kräftig, blonder Wuschelkopf – das war Björn! Er war tot! Ich hatte ihn mit der Pfanne erschlagen! Die Pfanne lag auch noch da, und ich hob sie auf.

Ich glaube, dann habe ich geschrien.

Und dann weiß ich nichts mehr, bis Sie gekommen sind und mich verhaftet haben.

Ich bin nicht verhaftet?

Wieso wollen Sie denn jetzt was über unsere Platznachbarn wissen? Ich sagte ja schon, die waren ziemlich laut. Und haben die halbe Nacht lang irgendwelche Kartons umgepackt, von ihrem Womo in ein Auto und umgekehrt. Nein, ich habe nicht gesehen, was darin war, ich hab schließlich nicht rausgeguckt. Björn schon, der hat denen auch gesagt, dass sie nicht so einen Krach machen sollen.

Und was ist nun mit mir? Gibt es bei Mord nicht so Abstufungen? Ich hab doch nicht gewollt, dass Björn stirbt. Und müsste ich nicht auch – richtig, das mit dem Anwalt haben Sie ja vorhin schon gesagt.

Ja, telefonieren Sie ruhig. Ich werde mir mal richtig die Nase putzen.

Björn lebt? Und das sagen Sie jetzt erst? Ach so, Sie wissen es auch erst seit gerade eben. Ist er noch im Krankenhaus? Es stand auf der Kippe für ihn?

Mann, da bin ich aber froh! Dass es ihm gut geht, meine ich. Und das mit der Pfanne tut mir wirklich leid.

Aber wer war dann der Tote, den ich da gefunden hab? Bestimmt hat dann die Karte »Tod« seinen Tod gemeint. Und »Offizier« bezog sich gar nicht auf Arwed, sondern hatte für mich die Bedeutung »Signal« – und jetzt fällt mir auch ein, dass sie ja eigentlich umgekehrt gelegen hat, was dann in etwa das Gegenteil bedeutet. Vielleicht auch so was Banales wie »kein Empfang«. Und »Geliebter« war natürlich immer Björn, das ist mir jetzt klar …

Ah, jetzt verstehe ich auch, warum ich Ihnen alles erzählen sollte. Sie wollten wohl wissen, ob ich ihn wirklich umbringen wollte. Aber das habe ich Ihnen doch erklärt, das war keine Absicht.

Nein, unsere Platznachbarn habe ich vorher noch nie gesehen, und ich hab doch schon gesagt, dass ich die überhaupt nie gesehen hab, nur gehört.

Oh. Ja, das tut mir jetzt leid, dass ich keine brauchbare Zeugin bin. Woher sollte ich denn auch wissen, dass wir uns ausgerechnet neben einen ganzen Wohnwagen voller Hehler und Diebesgut stellen würden? Und dass die sich so streiten würden, dass es Tote gibt? Na, kein Wunder, dass Björn unser Womo dort nicht stehen lassen wollte und es auf einen anderen Platz rangiert hat. Klar, er konnte mir das nicht sagen, weil ich keinen Handy-Empfang hatte.

Was die letzte Karte war? Die ich nicht mehr erklärt bekam? Das war die »Treue«. Nein, da muss man mir jetzt auch nichts mehr erklären, darauf bin ich schon selbst gekommen.

Und wann bekommen wir unsere Pfanne zurück?

Martina K. Schneiders

nur ein jahr

Er schlug die Augen auf. Sein Blick wanderte über den hellgrauen Resopalhimmel, glitt entlang der sonnengebleichten blassgelben Vorhänge und blieb an der winzigen, braun lackierten Küchenzeile hängen. Wie war er hierher gekommen? Wo war er? An der Tür hingen *sein* Bademantel, *sein* Handtuch und *sein* Duschtuch. Daneben in einem Plastikkörbchen, das mit Saugnäpfen an der Tür befestigt war, *sein* Wasch- und Rasierzeug. Es dämmerte ihm, ja, hier bin ich. So weit unten bin ich gelandet. Mühsam wälzte er sich von der Bank, setzte sich auf und rieb sein kratzig raues Kinn. Er war in seinem Albtraum aufgewacht.

Wozu aufstehen? Bleib doch einfach liegen, flüsterte die Stimme in seinem Kopf. Lohnt doch eh nicht. Aber er dehnte und reckte die schmerzenden Muskeln und bemühte sich, kein Geschirr oder etwas von seinen Vorräten umzuwerfen. Dabei dachte er wehmütig an sein Bett mit Box-Spring-Matratzen zurück, das lichtdurchflutete Schlafzimmer und das mit Terrakotta-Fliesen ausgelegte Badezimmer. Wie gerne würde er jetzt in der frei stehenden Designerwanne liegen, von der er einen fantastischen Blick über den Rhein gehabt hatte.

Er atmete kräftig aus und straffte sich. Bald hatte er es geschafft. Er musste nur noch zwei Portionen verschwinden lassen. So kurz vor dem Ziel würde er nicht schlappmachen. Vorsichtig schob er den Vorhang beiseite und spähte hinaus. Heute würde er trocken ins Waschhaus kommen. Er nahm den Bademantel vom Haken, zog ihn über und band den

Gürtel energisch zu. Das Körbchen mit den Utensilien für die Morgentoilette klemmte er unter den Arm, warf das Duschhandtuch über die Schulter und schlüpfte in seine Slipper. Entschlossen öffnete er die Tür seines Wohnmobils und prallte auf ein durchdringendes »Huhu. Gut geschlafen?« Sein Nachbar. Seit zwanzig Jahren Dauercamper und von unerträglicher Fröhlichkeit. Er musste auf der Lauer gelegen haben. Gestern hatten sie zusammen ein Bier getrunken. Denn Andreas hatte schnell gelernt, dass das zum Camping dazugehörte. Geselligkeit ist Pflicht, wer sich ausschließt, macht sich verdächtig und bekommt Schwierigkeiten, wer mitmacht, dem wird geholfen. Also trank er hin und wieder ein Bier mit und schmiss auch mal den Grill an für ein paar Würstchen.

Gequält lächelte er dem winkenden Nachbarn zu, hob kurz eine Hand zum Gruß und schloss die Wohnmobiltür sorgfältig zu. Er schritt den gepflasterten Weg zum Waschhaus hinunter. Vier aufgekratzte »Guten Morgen. Gut geschlafen?« später war er im Waschhaus angekommen. Zielstrebig steuerte er die hinterste Kabine an, nahm die Badelatschen aus seinen Manteltaschen, warf sie auf den Boden vor die Duschkabine, und tauschte sie gegen seine Slipper, die er ordentlich an die Wand stellte. An die Haken darüber hängte er seinen Bademantel, seinen Schlafanzug und das Duschtuch in Griffnähe. Das Körbchen mit den Zutaten für seine Morgentoilette stellte er in die Duschtasse. Bei seinem letzten Besuch auf diesem Campingplatz hatte ein anderer Camper seine Rasierutensilien ungefragt benutzt. Das sei doch nicht schlimm, meinte er, als Andreas ihn zur Rede stellte, er könne sich ja eine neue Klinge in den Rasierer machen, wenn er sich ekele.

Duschgel und Haarwaschmittel stellte Andreas griffbereit in die Seifenablage, kramte ein Zwei-Euro-Stück aus der

Bademanteltasche hervor, warf es in den Automaten vor der Duschkabine, schloss die Tür und drehte den Hahn auf. Jetzt hieß es Tempo, zehn Minuten gab es warmes Wasser. Zehn Minuten und keine Sekunde länger.

Nach fünf Monaten als Camper war er geübt. Den letzten Tropfen warmen Wassers ließ er sich über den Nacken laufen und konnte dem danach unweigerlich folgenden eiskalten Guss inzwischen sogar etwas abgewinnen. Sein Kopf wurde blitzartig klar, die kleinen grauen Zellen glühten. Frisch gewaschen, rasiert und sogar parfümiert fühlte er sich gestärkt, den Kampf um sein Leben, die Reste seiner Existenz, wieder aufzunehmen.

Kaum am Wohnmobil zurück trompetete sein Nachbar »Oh, heute wohl was vor. Geduscht und duftig, wa?« und erreichte, dass alle umliegenden Camper neugierig die Köpfe aus ihren Vorzelten steckten. Privatsphäre gab es hier nicht. Andreas riss sich zusammen und rief möglichst lässig rüber »Ne, nur mal so. War mal wieder fällig«, und verschwand schnell in seinem Gefährt. Er musste hier weg, das war klar. Die rückten ihm zu sehr auf die Pelle.

Nachdem er zum dritten Mal hier aufgekreuzt war, gehörte er schon fast zur Familie. Seine Fahrten zu anderen Campingplätzen verziehen sie ihm nur, weil er ihnen erzählt hatte, er schreibe an einer größeren Geschichte und müsse deshalb immer mal zu Recherchen weg. Sie waren versöhnt, als er treuherzig versichert hatte, dass ihr Platz doch der schönste sei und er immer froh sei, wenn er wieder bei ihnen sei. Sie wussten ja nicht, dass dies der einzige Campingplatz war, der ihn als Dauercamper, der dennoch gelegentlich sein mobiles Heim bewegte, akzeptiert hatte. So hatte er wenigstens eine feste Adresse, die er dem Amt, das jetzt Agentur hieß, mitteilen konnte.

Noch zwei Portionen. Dann war er das schlimmste Kapitel seines bisherigen Lebens los und konnte wieder durchstarten. Bisher war alles prima gelaufen. Niemand hatte Verdacht geschöpft. Das durfte er auf den letzten Metern nicht gefährden.

Die Chancen standen gut. Die neue Fallmanagerin hatte ihm Hoffnungen gemacht. Sie hätte etwas für ihn. Ihre Stimme und die Art, wie sie sprach, hatte freundlich und verbindlich geklungen. Das machte Mut. Sie schien ganz anders zu sein als ihre Vorgängerin. Tatsächlich fragte sie höflich, ob es ihm passen würde, kurzfristig vorbeizukommen. Nicht mehr dieser Befehlston: *Erscheinen Sie dann und dann. Bei Nichterscheinen müssen Sie damit rechnen, dass Ihre Leistungen gekürzt werden.* Nein, dieses Mal war es anders, musste es anders sein. Ihr Angebot hatte vielversprechend geklungen und sie hatten sich für Dienstag verabredet. Heute war Sonntag. Bis Dienstag würde er es schaffen alles loszuwerden und damit einen Strich unter die Sache zu bekommen. Er suchte seinen Kram zusammen, verstaute ihn sicher und startete sein Wohnmobil. Natürlich vergaß er nicht, dem Platzwart freundlich zuzuwinken, als er vom Platz rollte. Das ist sicherer, dachte er, vielleicht muss ich ja noch mal hierher. Aber hoffentlich nie mehr.

Auf der Autobahn ließ er die vergangenen Monate Revue passieren. Wie schnell war er gesunken, vom angesehenen Chefredakteur einer regional nicht unbedeutenden Zeitung zum Hartz IV-Empfänger, der in einem Wohnmobil auf einem Campingplatz seine neuen feste Adresse hatte. Nur ein Jahr hatte das gedauert. Seine luxuriöse Penthouse-Wohnung mit Rheinblick und großer, teils überdachter Terrasse hatte er verloren. Die war seiner sogenannten Fallmanagerin Iris Weber von der ersten Begegnung an ein Dorn im Auge.

»Na, da wollen wir doch mal sehen, ob Sie in einem Jahr noch dort wohnen«, hatte sie bereits im ersten Gespräch hämisch lächelnd gesagt. Schon im zweiten Gespräch war ihm klar geworden, das war keine flapsige oder ungezogene Bemerkung, das war eine Kampfansage. Und genauso hatte sie seinen Fall gemanagt. Entgegen den üblichen Treffen alle drei Monate, hatte sie ihm eine Meldepflicht alle vier Wochen aufgebrummt. Auf seinen schriftlichen Widerspruch hin hatte sie ihm mitteilen lassen, sie habe vor, eine so qualifizierte Kraft wie ihn intensiv zu betreuen. Vor allem seine Bemühungen um eine freiberufliche Tätigkeit erforderten, ihrer Meinung nach, permanent eingepflegt zu werden. Das Ergebnis war: Für jede Meldung, jeden noch so kleinen Artikel, den er irgendwo veröffentlichen konnte, zog sie ihm die entsprechenden 30 oder 50 Euro Honorar vom Leistungsbezug seines Arbeitslosengeldes I ab.

Nach sechs Monaten Arbeitslosigkeit tadelte sie ihn und hielt ihm vor, er strenge sich nicht genug an. Wütend hatte er ihr den Ordner mit seinen 32 Bewerbungen auf den Tisch geknallt. Vier Vorstellungsgespräche waren daraus entstanden, dreimal war er wegen zu hoher Qualifikation ausgeschieden, einmal, weil er offensichtlich aufgrund seines Alters dem Verleger zu teuer war. Er war gerade fünfzig. »Wir wünschen Ihnen alles Gute für Ihren weiteren Lebensweg.« Er konnte diese Floskeln inzwischen nicht mehr lesen, ohne dass sich sein Magen zusammenkrampfte. »Ja, Herr Schubert«, meinte Frau Weber, »da müssen Sie wohl mal Abstriche machen. Chefredakteur is' nun nich mehr.« Dabei strahlte sie ihn triumphierend an.

»Wenn Sie sich die Mühe machen und einen Blick in den Ordner werfen würden, dann sollte Ihnen klar werden, dass das nicht mein Problem ist. Auch wenn das in Ihr ...« Spatzenhirn hatte er sagen wollen, doch er bemühte sich ruhig zu bleiben. Nein, er wollte ihr keinen Grund liefern, den Sicherheitsdienst zu rufen. Das hier musste er anders durchstehen. Sie blätterte desinteressiert in seinem Ordner. Seine Bewerbungen auf Redakteursstellen bei Tageszeitungen im gesamten Bundesgebiet, Pressestellenmitarbeiter, Texter in Werbeagenturen oder Online-Redakteur bei einem Stadtteilmagazin nahm sie kaum wahr. Erst seine Bewerbung bei einem Anzeigenblatt ließ sie innehalten. »Ach, Anzeigenblatt.« Sie zog die Augenbrauen hoch. Süffisant grinsend kramte sie in ihrem Ablagekorb: »Ja, mh. Da hätte ich vielleicht was.« Sie reichte ihm einen E-Mail-Ausdruck. »Wie wäre es denn als freier Mitarbeiter bei einem solchen Blatt?« Sie wusste genau, mehr als 100 Euro in der Woche waren damit nicht zu machen. Den Kopf wieder über den Order gebeugt, murmelte sie: »Ach, nein, da sind Sie sich ja zu schade dazu. Sie sind ja ein Rosinenpicker.« Dann lächelte sie wieder dieses Lächeln, für das er sie so hasste und das ihn zwang, die Hände festzuhalten, damit seine Faust nicht in ihrem Gesicht landete. Einmal schon hatte seine Hand in Richtung der Ganesha-Figur aus schwerer Bronze gezuckt, die auf ihrem Schreibtisch stand. Doch im letzten Moment hatte er dem Impuls, ihr die Figur an den Kopf zu werfen widerstanden. Die Schlagzeile *Agenturmitarbeiterin mit indischem Glücksgott erschlagen* wollte er dann doch lieber nicht lesen.

Nach neun Monaten Arbeitslosigkeit begrüßte sie ihn damit, dass er ja nun nur noch zwölf Wochen bis Hartz IV habe. Dann blätterte sie in seiner Akte und bemerkte, das käme für ihn ja nicht infrage, er lebe ja in einer Bedarfsgemeinschaft. Sie tat so, als wisse sie nicht mehr, dass seine Freundin ausgezogen war. Iris Weber nötigte ihm noch einmal ab, obwohl er schon vor Wochen die sogenannte

Veränderung seiner persönlichen Verhältnisse angegeben hatte, zuzugeben, dass seine langjährige Beziehung über der Arbeitslosigkeit zerbrochen war. Sie genoss den Augenblick sichtlich. Lapidar erklärte sie: »Na, dann war das ja auch wohl nicht die richtige Frau für Sie«, und wischte damit zwanzig schöne Jahre im Handstreich weg. Fast zwanzig. Das letzte halbe Jahr war die Hölle gewesen. Nach zwei Monaten durchwachter, durchheulter und durchquatschter Nächte, die nichts gebracht hatten, außer, dass er versucht hatte, sich mit Tabletten das Leben zu nehmen und seine Freundin für seine Rettung noch übelst beschimpft hatte, war sie ausgezogen. Sie könne nicht mehr mit ansehen, wie er sich zugrunde richte, hatte sie ihm zum Abschied gesagt.

Iris Weber blätterte weiter und setzte zum nächsten Angriff an. »Na, Ihnen ist aber schon klar, dass wir bei Hartz IV eine so große Wohnung nicht bezuschussen und schon gar nicht in diesem Preissegment. Nicht wahr?« Sie war kurz vor ihrem Ziel. Sie hatte es ihm beim ersten Zusammentreffen angedroht, und wenn sich in den kommenden drei Monaten nichts tat, dann gewann sie den Kampf.

Mechanisch setzt er den Blinker, um auf den Autobahnparkplatz zu fahren. Er öffnete seinen Kühlschrank und holte aus dem Gefrierfach eine der beiden Ein-Kilo-Portionen, die er noch hatte und entleerte den Inhalt des Beutels Nummer 75 in seine Campingtoilette. Er schüttete eine Extraportion Toilettenflüssigkeit dazu, pumpte Wasser in das Sammelbecken schloss den Deckel, stellte die Heizung hoch und setzte sich wieder ans Steuer. In etwa zwei Stunden würde er wieder eine Rast machen und lüften. Wenn die Portion aufgetaut war, roch es doch etwas streng.

Kaum am Steuer und wieder auf der Autobahn, setzte sich sein Gedankenkino fort. Sein Herzschlag beschleunigte sich, als er ihr Gesicht vor sich sah: Iris Weber, die nur mühsam verbergen konnte, welche Genugtuung ihr die Nachricht, dass er seine Wohnung aufgeben werde, bereitete. Sie war am Ziel. 2800 Euro im Monat, das war zu viel. Das konnte er alleine nicht mehr stemmen. Er wollte es auch nicht mehr. Er war auf den 160 Quadratmetern inzwischen einsam. Kurz nachdem er Iris Weber seinen Entschluss mitgeteilt hatte, meldete sie sich bei ihm und stellte ein Jobangebot in Aussicht, als Redakteur bei einer Zeitschrift. Sicher könne er schon kommenden Monat anfangen. Vielleicht hatte er sich ja doch in ihr getäuscht. Vielleicht hatte ihr Triumph sie weich gemacht. Er hatte sein Glück kaum fassen können. Obwohl er von ihr schon zweimal für ein angebliches Jobangebot einbestellt worden war, klammerte er sich an der Hoffnung fest, dass vielleicht doch noch alles gut würde.

Als er bebend vor Hoffnung ihr Büro betrat, lächelte sie ihn mitleidig an. Ja, leider, leider habe der Personalchef der betreffenden Zeitschrift vor fünf Minuten angerufen, um ihr mitzuteilen, dass die Stelle intern besetzt werde. Zitternd vor Zorn und Demütigung hatte er Türen schlagend ihr Büro verlassen. Nie wieder werde er diesen Raum betreten, hatte er sich geschworen. Nie wieder.

Drei Wochen später war er dann doch wieder zum vereinbarten Termin bei ihr. »Tja, nun ginge es ja langsam daran, sich auf Arbeitslosengeld II einzurichten«, begrüßte sie ihn. Wie es denn mit seinen Vermögensverhältnissen bestellt sei, wollte sie wissen. So weit seien sie noch nicht, stieß er hervor, wissend, dass bei ihm nicht viel zu holen war. Sein Barvermögen war zu einem großen Teil in die Miete für seine Wohnung geflossen, in seine Versicherungen und seine Rentenvorsorge. Viel war nicht mehr vorhanden, nur der kleine Teil des sogenannten Schonvermögens und das alte

Wohnmobil seiner Eltern. Doch das wollte er auf keinen Fall zu Geld machen. Das sollte seine Wohnung werden. Ihm war klar, nun musste er jedes zumutbare Jobangebot annehmen. Auch wenn es mit seiner Qualifikation nicht das Mindeste zu tun hatte. Selbstverständlich kam ein solches Angebot von Iris Weber prompt.

Wieder setzte er den Blinker. Der Parkplatz lag einsam. Das passte gut. Andreas öffnete sämtliche Türen und Fenster des Wohnmobils und lüftete gründlich. Er warf noch eine lösliche Tablette gegen den Geruch in die Chemietoilette, schloss alle Fenster und Türen wieder und suchte sich auf dem Navi den nächsten Campingplatz. Ganz in der Nähe lag die Anlage, die er vor sechs Wochen aufgesucht hatte. Dem nahe gelegenen Anglerheim hatte er damals seine propangasbetriebene Gefriertruhe verkauft, die er nicht mehr brauchte, als die letzten Beutel in sein kleines Gefrierfach im Kühlschrank passten. Ob er es wagen konnte, dort noch mal vorbeizuschauen oder ob sie was gemerkt hatten? Aber, was sollten sie gemerkt haben. War doch alles picobello in Gefrierbeutel verpackt gewesen. Er ging das Risiko ein, schon um sicherzugehen. In der Abenddämmerung erreichte er den Campingplatz und wurde sofort erkannt.

Der Vorsitzende der Angler kam auf ihn zu. Andreas wurde etwas mulmig, aber der Mann lächelte. »Mensch Andreas, das ist ja toll, dass du auch kommst. Siehste!« Er zeigte auf die Grillanlage und die vielen Menschen. »Davon haben wir immer jeträumt. Mal alle hier von unserem Fang wat mitjeben zu können. Dat haben wir nur dir und deiner Gefriertruhe zu verdanken. Dat war echt toll, dat du uns die für so wenig Geld überlassen hast.« Er drückte ihm einen Teller mit einer gegrillten Forelle und einem Würstchen in die Hand. »Iss, nur mein Jung! Iss nur!« Andreas aß das

Würstchen und würgte ein Stück von der Forelle herunter, die in seiner ehemaligen Kühltruhe gelegen hatte. Der Kühltruhe, in der noch vor fünf Monaten 76 Ein-Kilo-Portionen fein säuberlich verpackt gelagert hatten.

Das war zu viel. Andreas entschuldigte sich, er sei schrecklich müde und lief Richtung Wohnmobil. Kaum dort angekommen, kotzte er den runtergeschluckten Fischhappen auf Portion Nummer 75 in seine Chemietoilette. Morgen musste er das Ding unbedingt leeren.

In der Nacht erschien ihm Iris Weber im Traum. Sie grinste ihn unverschämt an und rief immer wieder, ja, auch aus Indien finde ich den Weg zu Ihnen, auch aus Indien. So leicht werden Sie mich nicht los. Glauben Sie mir, auch in Indien werden Sie mich nicht los. Dabei wedelte sie mit ihrer Ganesha-Bronze.

Am nächsten Tag leerte er als Erstes seine Campingtoilette. Morgen musste er wieder zur Arbeitsagentur. Seine neue Fallmanagerin, die seine Akte von Iris Weber übernommen hatte, nachdem diese sich so überstürzt ihren Traum von Indien erfüllt hatte, erwartete ihn. Doch vorher musste er noch Portion Nummer 76 loswerden.

Wieder steuerte er die Autobahn an und wieder flogen seine Gedanken zu Iris Weber und seinem letzten Besuch in ihrem Büro. Er wisse ja, dass er nun jede zumutbare Arbeit annehmen müsse, eröffnete sie das Gespräch. Er hatte nur genickt und sein Urteil erwartet. Einen Job auf einem Schrottplatz hatte sie für ihn ausgesucht. 1150 Euro brutto. Also besser als Hartz IV hatte sie gegrinst. Er hatte den Job angenommen. Alles war besser als Hartz IV. Nach einer Woche meldete sie sich bei dem Schrottplatzbetreiber, sie wolle mal nach dem Rechten schauen und sehen, ob sich ihr Sorgenkind auch gut einfüge. Schließlich sei Andreas Schubert ja ein Langzeitarbeitsloser über fünfzig, da gebe es immer mal Eingliederungsprobleme. Der Schrottplatzbesitzer hatte Andreas alles brühwarm erzählt und gemeint, die Olle habe eine Meise.

Zum angekündigten Termin war Andreas allein auf dem Schrottplatz gewesen. Behördenkontakte halte er so gering wie möglich, hatte der Schrottplatzbesitzer gemeint und Andreas alle Schlüssel überlassen. Es ging ja Iris Weber auch nicht darum nach dem Rechten zu schauen. Sie wollte Andreas, dem Bürohengst im Boss-Jackett, diesem Medienvertreter, der seine Nase in seinen besten Zeiten in Dinge steckte, die ihn nichts angingen, noch einmal zeigen, dass sie am längeren Hebel saß und er nun ganz klein war. Aufgetakelt wie für eine Cocktail-Party kam sie auf den Platz und begrüßte Andreas mit einem: »Ach, Herr Schubert, was haben Sie denn da an. Einen Blaumann. Na, passt denn das zu einem ehemaligen Chefredakteur?«

An diesem Tag entschied sich Iris Weber ganz plötzlich und zu ihrem eigenen Erstaunen, ihren Traum in Indien zu leben in die Tat umzusetzen. Säuberlich verpackt in 76 Gefrierbeuteln vom Discounter, nach dem sie Bekanntschaft mit dem Schrottzerkleinerer Arjes, Hammel 950 DK, gemacht hatte.

man zeltet nicht, man wird gezeltet

Als Gabi S. eines Morgens aus unruhigen Träumen erwachte, fand sie sich in ihrem Schlafsack zu einer Mörderin verwandelt. Es kam zugegebenermaßen etwas unerwartet, aber … sie fand das ganz in Ordnung so.

Gabi richtete sich auf die Ellbogen auf. Neben ihr im graugrünen Zwei-Mann-Kuppelzelt mit innen liegendem Gestängebogen lag ihr Mann Schorsch. Niedergemetzelt von ihrer Hand. Das Messer steckte noch in seiner Brust.

Gabi hatte verschlafen. Nach körperlicher Arbeit überkam sie immer eine besondere Bettschwere. Heute war das blöd. Denn draußen auf dem Campingplatz tobte schon der Bär. Sie konnte die Schmittkes von nebenan hören.

»Sollen wir Gabi und Schorsch zum Frühstück rüberbitten?«, erklang die für einen Mann erstaunlich hohe Fiepsstimme von Heinz Schmittke, dem selbst erkorenen Obercamper von Gottes Gnaden. Sie konnte ihn förmlich unter der Markise seines Pössl-Campers sitzen sehen, mit seinem kleinen Notizbuch in der Hand, in das er – nein, keine Verstöße gegen die Platzordnung – in das er Porträts der Frauen auf dem Platz zeichnete. Er war kein Blockwart, er war Spanner. Seine Zeichnungen waren sogar erstaunlich gut. Man erkannte sich wieder. Von Gabi hatte er gleich drei Skizzen erstellt, mehrheitlich mit Schwerpunkt auf ihr zugegebenermaßen üppiges Dekolleté, das unter ihrer strengen No-Carb-Diät nur unmerklich gelitten hatte. Er liebte ihre Möpse.

»Aber Schatz, die wollten doch heute einen Ausflug machen. Schau, das Zelt ist zu. Die sind bestimmt schon los.« Schmittkes Ehefrau Gundl wusste um seine Schwäche für Fremd-Möpse und konnte Gabi nicht leiden.

Gabi seufzte lautlos.

Die beiden Schmittkes fingen mit ihrem Frühstück an. Das konnte man hören. Sie selbst hielten es wahrscheinlich für Essen mit Genuss, Gabi hörte nur schmatzen und kauen und rülpsen und bäh!

Auch alle anderen auf dem Campingplatz schienen schon emsig zugange. Der Platzwart mähte offenbar die Wiese vor dem »Camperstüble«, seine Frau kärcherte das gar nicht mal schlechte Sanitärgebäude, und die Pfleiderers von gegenüber praktizierten wie jeden Morgen nach dem Frühstück und vor dem Tageswanderausflug andachtsvolle Hausmusik mit Zither (Papa Pfleiderer), Querflöte (Mama Pfleiderer), Blockflöte (Petra Pfleiderer, 13) und Freestyle-Schlagzeug (Anselm Pfleiderer, 4, mit Patschehändchen auf Oberschenkel). Wie immer drehte Rocko Mutzmann daraufhin sein Kofferradio auf volle Lautstärke, was die Pfleiderers in ihrer Andachtsfülle aber nicht störte. Nur Gabi, die machte es rasend.

Sonst pflegte sie diesen Moment der Kakophonie immer zu nutzen, um zum Bäcker zu fliehen – das waren nur ungefähr fünfhundert Meter in den angrenzenden Ort hinein, und bis sie zurückkam, herrschte Stille –, aber heute schien ihr das nicht angezeigt.

Gabi sah an sich herab. Sie war über und über voller Blut. So konnte sie unmöglich raus und zum Waschraum am anderen Ende des Platzes, um sich zu säubern. Geschweige denn zum Bäcker. Sie musste es wohl einfach bis in die Nacht hinein aussitzen.

Gabi legte sich wieder flach auf den Rücken. Früher hatte sie gern müßig herumgelegen. Sehr gern sogar. Das hatte Schorsch ihr auch immer vorgeworfen. »Schieb deinen faulen Arsch an die Fleischtheke«, hatte er regelmäßig gestänkert, wenn vorn in der Metzgerei die Glocke von der Ladentür anschlug. Das war vorbei. Nie wieder Gestänkere. Nicht nur, weil er jetzt tot war. Auch, weil sie sich jetzt mit Haut und Haaren ihrem »Sexy in fünfzehn Wochen«-Programm verschrieben hatte. Bewegung war zu einem Teil ihrer Persönlichkeit geworden. Sie hätte jetzt zu gern wenigstens im Liegen ein paar Gewichte gestemmt (ersatzweise Literflaschen Wasser) oder wäre »trocken« Fahrrad gefahren, aber sie fürchtete, dass sie Schatten an die Zeltwand warf, und dann hätten die Nachbarn nachgeforscht.

Neugieriges Pack.

Sie sah zu Schorsch. Roch er nicht schon? Als er noch lebte, fand sie seinen Männergestank unerträglich. Und jetzt, wo er tot war, roch er noch schlimmer. Es war jedoch nicht ganz klar, wo das *Eau de Schorsch* aufhörte und der Verwesungsgeruch einsetzte.

Plötzlich hielt Gabi die Luft an. Etwas stand vor dem Zelt und atmete. Sie schluckte schwer. Das erinnerte sie jetzt sehr an *Jurassic Park zwo*, an die Szene, in der Julianne Moore und das kleine, schwarze Mädchen von einem T-Rex mit Darth-Vader-Röchelatem aus dem Schlaf geschreckt wurden und um ihr Leben fürchten mussten. Nur dass neben Gabis Zelt kein urzeitlicher Dinosaurier schnaufte, sondern offenbar Rolf Sprenger (Fendt-Bianco, Polstervariante Barevo, zwei Standplätze zur Linken). Sie erkannte Sprenger an der Ausbuchtung in seiner Körpermitte. Auch so ein Biertrinker.

Wie ihr Schorsch, Gott hab ihn selig. Dass Männer sich immer so gehen ließen. Was hatte sie an ihren Schorsch hingeredet, sich doch auch an dem Fitness-Programm zu beteiligen! »Ein Metzger darf keine halbe Portion sein, sonst verliert die Kundschaft das Vertrauen ins Fleisch«, hatte er ihr Anliegen stets abgeschmettert.

Gabi riss sich zusammen.

Sprenger bückte sich gerade, wobei er heftiger atmete. Er war Gabi unheimlich. Schon seit ihrer Ankunft waren er und seine ebenfalls rundliche Annika um Schorsch und sie herumgeschlichen.

»Ich wette, die beiden sind Swinger«, hatte Schorsch gemutmaßt. »Die wollen uns zum Partnertausch überreden.« Camping war nicht immer das saubere Familienvergnügen, wie es die Pfleiderers vorlebten ...

Etwas wurde unter der Zeltwand hindurchgeschoben. Ein Blatt Papier.

Wi-der-lich! Bestimmt die handschriftliche Aufforderung von Rolf und Annika Sprenger, sich um Mitternacht in ihrem Wohnwagen zu Erwachsenenspielen zu treffen.

Bäh!

»Gabi?«

Mist! Das angewiderte *Bäh*, das nur hatte gedacht sein wollen, war ihrer Kehle entschlüpft!

Und jetzt?

»Gabi, bist du das?« Rolf schien jetzt neben dem Zelt zu kauern.

Wenn sie sich tot stellte, bestand die Gefahr, dass er Unheil witterte und den Platzwart rief.

Sie zog das Messer aus Schorschs Brust, hielt es mit der einen Hand hinter ihren Rücken und öffnete mit der anderen Hand langsam den Reißverschluss des Zeltes.

»Oh hallo, Rolf.«

»Alles in Ordnung?«

»Äh … ja … wir haben uns wohl den Magen verdorben und brauchen Ruhe.« Sie wollte den Reißverschluss wieder zuziehen.

»Was ist das denn?« Rolf starrte entgeistert auf ihren Busen. Man musste ihm zugutehalten, dass er wohl weniger dessen üppige Rundungen bewunderte, sondern mehr deren ebenso üppige Verzierung aus Menschenblut anstarrte.

In einer fließenden Bewegung packte Gabi ihn am Kragen seines Sweatshirts und zog ihn ins Zelt.

Perplex kam er neben Schorsch zu liegen. Gabi schloss rasch den Reißverschluss des Zeltes, drehte sich um, und noch bevor Rolf, der in diesem Moment in die weit offenen, wenn auch blicklosen Augen von Schorsch starrte, schreien konnte, rammte sie ihm das Messer in den Hals. Sie war nicht umsonst jahrelang Fleischereifachverkäuferin und Ehefrau eines Metzgers gewesen – sie wusste, wo man bestmögliche Resultate erzielte. Rolf war dann auch mehr oder weniger gleich tot. So schnell wie in Tatort-Krimis ging es ja nie. Das Lebenslicht war ein zähes Ding und flackerte immer länger, als man das als Laie dachte. Und bis die circa sechs Liter Blut eines erwachsenen Mannes aus einer klaffenden Halswunde gesickert sind, das dauert durchaus auch.

Tja, das war ja nun schon ihre zweite Leiche.

Wie gut, dass Schorsch auf einem sehr geräumigen Zwei-Mann-Zelt bestanden hatte, in dem man es zur Not auch zu dritt aushalten konnte. Bis zur Dunkelheit zumindest.

Wenn alles gut ging. Aber es geht ja nie alles gut. Nie!

»Hast du das gesehen, Heinz?«, hörte Gabi die Schmittke von nebenan rufen.

»Was?«, fiepte ihr Gatte.

»Der Rolf ist in das Zelt von Gabi und Schorsch gekrochen!«

»Die Sau!« Heinz Schmittke klang nicht ganz neidfrei. Einem flotten Dreier mit der Doppel-D-Gabi wäre auch er nicht abgeneigt gewesen. Aber ihn hatte ja mal wieder keiner gefragt.

»Also ... das geht doch nicht ... es sind Kinder anwesend!«, empörte sich sein Weib.

»Wir mischen uns da nicht ein, Gundl!«, erklärte ihr Mann.

»Ich werde das nicht mit ansehen!« Sie schien aufzustehen und davonzustapfen. Um den Platzwart zu holen?

Auch Heinz Schmittke stand auf. Gabi hörte, wie er sich anschlich. Die Tatsache, dass sie das hören konnte, sprach nicht gerade für seine Fertigkeiten im Anschleichen.

Bestimmt wollte er lauschen!

Gabis Gedanken rasten. Machte es noch Sinn, sich tot zu stellen, wenn die Schmittke den Platzwart informierte? Vielleicht lag ihr Heil doch besser in der übereilten Flucht. Sie könnte ihr Sparbuch plündern und in Brasilien ein völlig neues Leben anfangen. So schlank und rank und durchtrainiert, wie sie jetzt aussah, würde sie sich ganz bestimmt an der Copacabana einen betuchten Rentner angeln können. Aber zwischen ihr und einer erfolgreichen Flucht kniete in diesem Moment Heinz Schmittke.

Die Sonne stand nun schon höher am Himmel, und Schmittke warf einen Schatten. Er hatte das Ohr an die Zeltwand gepresst. Ob er sich vom Acker machte, wenn sie Beischlafgeräusche von sich gab? Nee, das würde sein Ohr nur umso enger mit der Zeltwand verschmelzen lassen.

Sie schlüpfte aus ihrem blutverschmierten T-Shirt – schließlich war sie lernfähig –, zog das Messer aus Rolfs Kehle, hielt es sich wie gehabt mit der einen Hand hinter den Rücken und ratschte mit der anderen den Reißverschluss auf.

»Hallo, Heinz«, gurrte sie. Oben ohne. Seine Augäpfel schienen aus den Höhlen springen zu wollen. Ein Blick über seine Schulter verriet ihr, dass weit und breit niemand zu sehen war. Die Pfleiderers wanderten bestimmt durch Gottes Natur, wie immer nach ihrem Morgenkonzert, die Schmittke war beim Platzwart, und Rocko Mutzmann lag in der Hängematte hinter seinem Zelt und kiffte. Gabi krallte sich in Schmittkes karierte Hemdbrust und zog ihn ins Zelt. Noch im Ziehen rammte sie ihm das Messer ins Herz. Als er zwischen Schorsch und Rolf Sprenger zum Liegen kam, war er schon tot.

Manchmal geht's halt doch schnell mit dem Ausblasen des Lebenslichts.

Allerdings war es im Zelt jetzt einen Tick zu eng. Mit drei Chippendale-Jungs wäre es womöglich gegangen, aber nicht mit Prachtburschen vom Format eines Schorsch, Ralf und Heinz.

Gabi schlüpfte in ein frisches T-Shirt, dann zog sie das Messer aus Schmittkes Herz und schob es in ihren Rucksack. Sie krabbelte aus dem Zelt und zog den Reißverschluss zu. Dabei las sie den Zettel, den Sprenger unter der Zeltwand durchgeschoben hatte. *Einladung zum großen Abschieds-Grill-abend für alle Camper vor Sprengers Wohnwagen*, stand darauf. *Wir haben das Bier und die Würste, bringt Ihr die gute Laune mit.*

Sie hatte dem Sprenger unrecht getan: Er wollte nicht swingen, nur grillen. Na ja, ließ sich jetzt nicht mehr ändern.

Sie richtete sich auf und schulterte ihren Rucksack.

»Auf dem Weg zum Bäcker, wie jeden Morgen?« Plötzlich materialisierte sich Annika Sprenger hinter Gabi, die sich die blutverschmierten Hände auf den Rücken legte. »Hast du meinen Mann gesehen?«

Gabi zuckte mit keiner Wimper. »Nö.«

»Wenn du ihn siehst, dann sag ihm, dass ich in den Supermarkt fahre, um die Getränke für heute Abend zu kaufen. In einer Stunde bin ich wieder da.«

»Mach ich.«

Annika Sprenger zog weiter. Gabi sah ihr nach. *So bin ich auch mal gewatschelt,* dachte sie. *Damals, als ich das »Fünfzehn Wochen Programm« noch nicht kannte. Gott sei Dank sind diese Zeiten vorbei. Ich muss ja auch nicht zwingend nach Brasilien … Südafrika, Tahiti – die ganze Welt steht mir offen!*

Sie musste sich nur einen Vorsprung sichern. Erst wenn sie ihr Konto leer geräumt hatte, durfte man nach ihr suchen. Mist, der Autoschlüssel! Er steckte in Schorschs Hosentasche.

Unschlüssig blieb Gabi stehen. Sie wollte nicht zurück ins Zelt und sich durch drei Männerleichen nach einem Autoschlüssel vortasten. Es musste anders gehen. Sie sah sich um.

Mutzmann!

Den Kiffer rammte sie doch ungespitzt in den Boden, bevor der auch nur *Bob Marley* denken konnte.

»Gabi?«

Sie schreckte zusammen. Die Schmittke! Mitsamt Platzwart. Und dessen Dackel Kuno.

»Hallo Gundl. Kuno, du Süßer!« Gabi ging in die Knie und kraulte Kuno hinter den Dackelohren. Er ließ sich das gefallen, weil sie nach Wurst roch. Als aber dem Geruch keine Wurstzipfel folgten, wurde er zunehmend unruhig.

»Ist alles in Ordnung?«, wollte der Platzwart wissen. Seine Ohren leuchteten hummerrot. Es war ihm sichtlich peinlich, dass er in einer Sittenwidrigkeit ermitteln sollte.

»Ja klar, was soll denn nicht in Ordnung sein?« Gabi richtete sich auf und sah ihn aus großen Augen an. Würden die beiden sie jetzt allen Ernstes fragen, ob sie gerade Sex mit zwei Mitcampern gehabt hatte? Und selbst wenn sie das hätte, in welchem Jahrhundert lebten sie denn?

»Wo ist mein Mann?«, fragte Gundl Schmittke und starrte zum Zelt von Gabi und Schorsch.

Gabi zuckte nur mit den Schultern. »Ich bin auf dem Weg zum Bäcker. Kann ich was mitbringen? Hörnchen? Baguette?«

Die Schmittke guckte misstrauisch, der Platzwart bestellte dankbar einen Laib dunkles Vollkornbrot.

Kuno der Dackel schnupperte höchst interessiert am Zelt und scharrte mit den Füßen.

Gabi sah zu dem Aufsitzrasenmäher des Platzwarts. In weniger als zwei Sekunden hätte sie ihn erreicht und könnte fliehen. Aber wie schnell fuhr so ein Aufsitzrasenmäher?

»Ja, dann geh ich jetzt wohl«, sagte Gabi und streckte ihren Doppel-D-Busen in dem hautengen T-Shirt so weit nach vorn, wie es anatomisch gerade noch möglich war, ohne einen Knick in der Wirbelsäule zu bekommen.

Der Platzwart lief jetzt auch im Gesicht knallrot an. »Also, es scheint ja alles in Ordnung zu sein«, sagte er, und sein Blick huschte zur Schmittke, zu Gabis Titten und wieder zur Schmittke. Die nickte ihm auffordernd zu. »Wir sind ein anständiger Campingplatz!«, erklärte er gehorsam, wurde noch knallroter und zog ab. »Kuno!«, musste er mehrmals rufen, bevor sein Dackel ihm folgte. Vorher warf Kuno Gabi noch einen wissenden Blick zu. Die Nase des Hundes wusste Bescheid.

Die Schmittke ließ es jedoch nicht dabei bewenden. Sie ging vor dem Zelt in die Hocke. »Bärchen?«, rief sie. »Bärchen, bis du da drin?«

Gabi rollte mit den Augen. Dann sah sie sich um. Der Platzwart war wieder aufgesessen und mähte sich in Richtung See. Die Frau des Platzwarts lud den Dackel in ihren Fiat Panda und fuhr davon, vermutlich brachte sie die Kinder zur Schule. Mutzmann kiffte. Sonst war keiner zu sehen.

Gabi lächelte der Schmittke zu. »Wenn Sie mal nachsehen wollen …«, sagte sie, ratschte den Reißverschluss auf und bedeutete ihr, ruhig hineinzuschauen.

Während sie das tat – und noch bevor sie entsetzt aufschreien konnte – zog Gabi das Messer aus dem Rucksack und stach zu. In den Rücken. Vier Mal. Nur um auf Nummer sicher zu gehen. Weil sie nicht genau wusste, ob sie Herz und Lunge getroffen hatte.

Jetzt hatte Gabi allerdings ein Problem. Die Männer hatte sie noch wie eine Pyramide schichten können: unten Schorsch und Rolf und in die Kuhle zwischen ihnen den Schmittke. Frau Schmittke blieb aber nicht von allein ganz oben liegen, sie kullerte immer zur Seite, was zu einer unschönen – und verräterischen – Ausbuchtung der Zeltwand führte. Gabi versuchte, Frau Schmittke quer zu legen, was sie ins Schwitzen brachte, aber letztendlich nichts nützte. Das Zelt war definitiv nicht für vier übergewichtige Leichen geeignet.

»Kann ich helfen?«, fragte plötzlich Rocko Mutzmann.

Durch den Cannabis-Rauch hindurch hatte er gesehen, wie Gabis Hintern in der Zelttür verführerisch wackelte. Ein tief verwurzelter männlicher Instinkt hatte ihn daraufhin aus seiner Hängematte getrieben, obwohl er total high war und sich nur noch dumpf erinnerte, was man mit einem Wackelhintern anstellen könnte.

»Oh nee«, entfuhr es Gabi genervt.

»Boar ey«, entfuhr es Mutzmann, als er die Fleischpyramide im Zelt sah. »Geile Installationskunst.«

»Genau«, sagte Gabi und schob ihn ins Zelt. Jetzt war es vollends auch egal. Mutzmann – der noch eine Weile zuckte – war ein schmalbrüstiger Hänfling, aber er passte nun wirklich nicht auch noch ins Zelt, ohne für verräterische Dellen zu sorgen.

Egal!

Gabi zog den Autoschlüssel für den verrosteten Manta von Mutzmann aus dessen Jeanstasche und ratschte den Reißverschluss zu. Ein wenig Blut sickerte unter der Zeltwand hindurch, und die Anzahl der Fliegen erhöhte sich drastisch.

Der Aufsitzrasenmäher brummte aus weiter Entfernung, im Wald jenseits des kleinen Sees sang jemand *Das Wandern ist des Müllers Lust* – bestimmt die Pfleiderers. Gabi würde nichts von all dem hier vermissen.

Jetzt noch rasch pieseln und dann nichts wie weg.

Vor ihr das Leben!

Gabi lief – den Rucksack geschultert, das blutende Messer in der Hand – zu dem schmucken Steinhäuschen, in dem die Toiletten und die Duschen untergebracht waren. Sie hatte sich noch nie so fröhlich und vor allem so frei gefühlt. Und so leicht.

Zu leicht.

Die Frau des Platzwarts hatte den Fliesenboden enorm gut gekärchert, aber nicht trocken gewischt. Akutes Aquaplaning!

Gabi hätte das mit ihrem früheren Kampfgewicht nicht weiter gekratzt – schwere Körper sind schwerer aus der Ruhe zu bringen als leichte –, aber nun als Fliegengewicht hob sie schon beim ersten Schritt auf rutschigem Grund in die Lüfte ab, die schlanken Beine wurde physikalischen Gesetzen folgend schallmauerdurchbrechend schnell nach vorn geschleudert, während der deutlich schwerere Doppel-D-Busen nur in Zeitlupe an Tempo gewann.

Kurzum, Gabi fiel.

Auf das Messer in ihrer Hand.

Kinder: Nie mit einem Messer in der Hand rennen!

Das Messer spießte sich in Gabis rechte Niere.

Man hätte sie noch retten können, wenn man sie frühzeitig gefunden hätte. Aber es fand sie keiner. Wer hätte sie auch finden sollen? Wer nicht unterwegs war, war tot.

Gabi starb erst Stunden später. Aber sie starb letztendlich mit einem Lächeln. Von allen Leichen auf dem Campingplatz war sie am sexysten!

carawahnsinn

Frauen! Es ist ja jedem erlaubt, Urlaub zu machen, wie er lustig ist. Aber in einem Punkt sollte Mann sich nichts vormachen: Frauen und Campen, das funktionöckelt nicht. Es muss etwas mit den Genen zu tun haben, glaube ich. Da steht bei den Frauen irgendwo drauf geschrieben, dass Natur auf Kitschpostkarten gehört, aber im Schlafzimmer bitteschön nichts verloren hat. Ich meine, nicht dass Sie mich falsch verstehen, von wegen Schlafzimmer. Ich spreche hier nicht von Trieben. Jedenfalls nicht von denen, an die Sie vielleicht denken. Frauen haben da einfach ganz andere Prioritäten. Hat wohl mit Nestpflege zu tun. Da ist ja auch nichts gegen einzuwenden, solange einmal täglich ein leckeres Essen dabei abfällt. Aber wenn man quasi an der Haustür geschuhriegelt wird – also dass man gezwungen wird, die Schuhe auszuziehen, bevor man das Allerheiligste betreten darf, dann läuft da etwas nicht mehr schräg, sondern es ist schon eine Schieflage eingetreten, wo man eigentlich nicht mehr Fünfe gerade sein lassen kann. Was soll das erst geben, wenn man seine Zelte in der Botanik aufbaut?

Dass ich Erika mit einem Zelt gar nicht zu kommen brauchte, war klar wie Kloßbrühe. Aber als ich so kurz vor der Rente die Abfindung kriegte, weil sie mich freigesetzt hatten, von wegen altes Eisen, da gab es halt diesen Moment, wo mir der Gedanke kam, ich könnte mein Leben noch mal ganz neu erfinden. Früher hat man ja mal Western geguckt. Abenteuer und so. Später natürlich Marlboro geraucht wegen dem Geruch von Freiheit. Und das war's dann. Fast ein halbes Jahrhundert im Büro abgesessen. Um am Ende so abserviert zu werden. Der Senefeld, der blöde Schnösel, händigte mir grinsend den Scheck aus, die Kolleginnen sangen: »Niemals geht man so ganz – ein Stück von dir bleibt hier«, und das war so was von gelogen – außer dass ich ihnen natürlich die Yucca-Palme dagelassen hab, die ich selbst von meinem Vorgänger geerbt und kein einziges Mal abgestaubt hatte. Wenn die Putzfrau sich nicht gelegentlich erbarmt und ihr einen Schluck Wasser gegönnt hätte – na, Schwamm drüber!

Als ich jedenfalls nach Hause fuhr, zum letzten Mal, da kam ich an Camping Meier vorbei – und irgendwie hat da bei mir was geschnackelt. Ich bin auf den Hof gefahren, hab mir die Modelle zeigen lassen, und dann hab ich den Scheck umgesetzt. Ein Tabbert. Nix Besonderes. Aber alles dran, was man brauchte. Dachte ich. Und auf jeden Fall hygienischer als ein Zelt. Ich hab da schon auch an meine Frau gedacht! Aber als ich mit dem Hänger vorfuhr, hat die Erika vier Wochen lang kein Wort mit mir gesprochen. Das war gewissermaßen noch der angenehme Teil.

Dass es für mich auch nichts mehr zu beißen gab, tat allerdings schon weh. Immerhin: Die Frikadellen in der Eckkneipe waren nicht von schlechten Eltern. Und irgendwo musste ich ja hin mit meinem Hunger.

Der andere Vorteil war, dass Jürgen und ich uns näher kamen. Schon komisch. Eigentlich sind wir seit einem Vierteljahrhundert Nachbarn. Aber da war immer dieser blöde Maschendrahtzaun zwischen uns. Und die Frauen. Erika und Inge hatten sich vom ersten Tag an gesucht und gefunden. Und wie das so ist. Ganzen Tag zu Hause – integriert ohne Ende. Was ich mir alles über Jürgen anhören musste! Die Tatsache, dass er mit Mitte vierzig schon aus dem Arbeitsleben ausgeschieden war, war da noch das Wenigste. »Furunkel am Volksarsch« nannte Erika seinen Frührentnerstatus. Wo ich mich manchmal fragte, ob so eine lebenslängliche Hausfrau, die nie ein Kind zustande gebracht hatte, aber wie selbstverständlich alle Segnungen des Sozialstaats in Anspruch nahm, die ihr Mann ihr im Schweiße seines Angesichts ermöglichte – ach, blödes Thema! Ich will Erika gar nicht schlecht machen. Sie hat mir vierzig Jahre die Socken gewaschen und das Pausenbrot geschmiert. Sie ist auch eindeutig die *Interlecktuelle* von uns beiden, liest Bücher, Krimis und so. Neuerdings sogar englisch. »Shades of Grey« lautete der Titel auf dem Nachttisch. Irgendwas mit Grauzone, sagt Jürgen. Seine Frau, die Inge, liest das nämlich auch. Und die hat ihn neulich gefragt, ob er nicht mal den Teppichklopfer aus dem Keller holen wollte. Für im Schlafzimmer. Zum Glück traut die Inge sich nicht selbst in den Keller. Da hat der Jürgen gesagt, für den Teppich im Schlafzimmer reicht der Staubsauger. Da gab es für den Jürgen auch nichts mehr zu essen bei der Inge.

Wir haben also einträchtig in der Eckkneipe unsere Frikadellen verzehrt, Fußballübertragungen ohne störende Kommentare genossen, und so ließ es sich eine Zeit lang gut aushalten.

Na, bis eines Abends nichts Gescheites kam und Manni, der Wirt, so lange rumgezappt hat, bis Jürgen und ich wie aus einem Mund »Stopp!« riefen. Da haben wir auf Arte die Masurische Seenplatte geguckt. Gegen Mitternacht stand unser Entschluss fest. Wozu hatte ich den Tabbert schließlich gekauft?

Jürgen hatte noch aus seiner Pfadfinderzeit ein Zelt, sagte er, super Qualität, und weil Inge so eine panische Angst vor Spinnen hatte, müsste es die letzten dreißig Jahren im Keller eigentlich überdauert haben. Im Haus war ja nichts vor der sicher. Wir hatten eine masurische Vision. Außerdem einen Tabbert und ein Zelt. Da gab es nur ein Problem. Vielmehr zwei. Denen mussten wir das jetzt irgendwie verklickern.

Als wir auf dem Heimweg Mannis Bierchen an der Bushaltestelle abließen, hoben wir quasi Seite an Seite die Schwurfinger. Die Seenplatte nahm Form an.

Immerhin sprach Erika wieder mit mir. Wenn auch nur ein Wort. »Nein!« Später steigerte sie sich: »Du spinnst!« Und: »So was Primitives!« Am vierten Tag gipfelte es schließlich in einem Vierwortsatz: »Nur über meine Leiche!«

Ich will damit nichts entschuldigen. Beileibe nicht.

Jürgen grinste. »Das hat irgendwie Charme, findest du nicht?«

Wir beschlossen, die Entscheidung der Frauen zu respektieren. Das mit dem »Nein!«, meine ich. Warum nicht einfach ein Männerding machen? Jürgen wurde am nächsten Tag im Keller fündig. Ich richtete den Tabbert ein.

Drei Tage später bröselte die Front. Ich erwischte die Frauen mit Meister Proper an der Heckscheibe des Wohnwagens. »Man sieht ja gar nichts!«, maulte Erika. Es blieb offen, ob sich die Bemerkung auf den Ein- oder Ausblick bezog. Tatsache war, dass beide kurz darauf sämtliche Fenster von innen wienerten. Dann wurde die Bordtoilette auf Hochglanz gebracht, zu guter Letzt die Küche eingerichtet und das Bettzeug einer gründlichen Revision unterzogen. Als hätte es nie ein »Nein!« gegeben, schienen die Frauen sich einig zu sein, dass der Caravan nun ihr Revier sei, während Jürgen und ich uns dem Flicken des Zelts widmen durften.

Drei Wochen später brachen wir auf. Wir Männer wechselten uns am Steuer ab, Erika und Inge reichten lammfromm von hinten Stullen und Tee an. Ein süßlicher Geruch mit einer scharfen Note verriet uns allerdings, dass auf der Rückbank weitere Köstlichkeiten ausgeschenkt wurden, an denen wir keinen Anteil haben sollten. »Ihr müsst ja noch fahren!«, kicherte Inge, und »Prösterchen!«, rief Erika.

Sie quasselten und gackerten ohne Punkt und Komma. »Wolltest du nicht im Urlaub lesen?«, fragte Jürgen schließlich seine Holde. Da packte die tatsächlich ihr Buch aus, sie und Erika guckten gemeinsam in Inges »Shades of Grey«, hielten aber mitnichten die Klappe, sondern jetzt wurde in den höchsten Tönen gekreischt. Zum Glück mussten sie aber dauernd für kleine Mädchen, so dass wir alle naselang an den Raststätten rausdirigiert wurden. Und als sie sich aufs Klo verpinkelt hatten, hab ich mir das Buch geschnappt und wollte es gerade in den Mülleimer neben dem Tresen versenken, als der Tankwart mich böse anguckte und sagte: »Wenn Sie es sich anders überlegt haben, stellen Sie es gefälligst zurück!« Und zeigte auf das Regal hinter mir. Da standen tatsächlich Hunderte »Shades of Grey«, und das fand ich dann auch eine prima Lösung, stellte das Ding ab, zahlte, und als die Frauen wieder zurück waren, merkten sie es nicht mal, weil sie zuallererst über die Klofrau ablästerten.

In der Höhe von Ludwigsfelde sangen sie: »Ich hab noch einen Koffer in Berlin!« An der Ausfahrt nach Zgierz grölten sie: »Theeeeooo, wir fahr'n nach Lodz!« Vor Warschau schnarchten sie dann laut.

An einer Raststätte tankten wir und überredeten unsere bessere Hälften, dass sie in dem Tabbert besser aufgehoben seien, wo sie sich in den Betten ausstrecken konnten. Zurück im Auto atmeten wir auf. Endlich Ruhe! Die nächsten hundert Kilometer sprach keiner von uns ein Wort.

Im Dunkeln erreichten wir polnisches Gebiet und schließlich die Brücke über den Bug, Grenze zum Wilden Osten. Das Abenteuer konnte beginnen!

Es nieselte. Der Verkehr war spärlich geworden. Ich saß am Steuer, schon ziemlich k.o., aber es war nicht mehr weit bis Pozezdrze. Der Camp Park Sonata war unser Ziel.

Hinter mir blendete ein LKW auf, fuhr dicht ran und hupte. Es ging ihm wohl nicht schnell genug. Idiot! Ich fuhr extra noch ein wenig langsamer. Da scherte er nach links aus und überholte wild tutend, um knapp vor mir wieder einzuscheren. Mein Bremsmanöver brachte den Hänger ins Schleudern, aber ich hielt die Spur, was dem LKW vor mir nicht gelang. Er schlidderte am rechten Bordstein entlang, dann verriss es ihn erst nach links, dann nach rechts. Krachend durchbrach der Wagen die Leitplanke, das Geländer, setzte zum freien Flug an, hielt sich einen Moment fast waagerecht in der Luft, ehe er plötzlich wegsackte, kurz darauf schlug etwas mit dumpfem Platschen unten auf. Ich war in die Eisen gestiegen und brachte unser Gespann unmittelbar vor der Unfallstelle zum Stehen. Jürgen und ich sprangen aus dem Auto. Wo eben noch der LKW gewesen war, klaffte ein großes Loch im Geländer. Vorsichtig äugten wir nach unten. Alles dunkel und still.

»Das geschieht dem recht, dem Arsch«, keuchte Jürgen. »Stell dir vor, es hätte uns erwischt! Der Hänger hat mächtig geschleudert.«

Wie auf Kommando drehten wir die Köpfe gen Caravan. Bewegte sich da etwas in der Dunkelheit?

»Stell dir vor«, sagte ich. Und während ich es sagte, stellte ich mir plötzlich etwas vor, was ich niemals vorher zu denken gewagt hätte. Unsere Blicke trafen sich. Wanderten zu dem Wohnwagen, fanden sich wieder. Jürgens Gesicht verzog sich zu einem Grinsen, das immer breiter wurde.

Das Schöne an Männern ist ja. Man muss gar nicht groß reden. Die Sache lag klar auf der Hand. Wir sahen den Hänger, das Loch im Geländer, schauten uns um. Weit und breit kein Auto.

Wir entkoppelten den Wohnwagen. Dann schoben wir ihn behutsam an dem Auto vorbei und bugsierten ihn zu der Absturzstelle.

»Und tschüss!«, schrie Jürgen. Während der Tabbert abwärts trudelte, klatschten wir uns ab. Kurz darauf hörten wir einen fetten Klatsch von unten. Schade eigentlich, dachte ich. Da geht sie hin, meine Abfindung.

Mein Kichern musste ein wenig hysterisch geklungen haben. Jürgen beobachtete mich besorgt. »Ich fahr«, entschied er und schob mich durch die geöffnete Tür auf den Beifahrersitz. Dann nahm er hinter dem Steuer Platz und legte den Rückwärtsgang ein. Noch während ich überlegte, was er wohl vorhatte, gab er plötzlich Gas und lenkte den Wagen so gegen das Geländer, dass er heftig daran entlang schrammte. Es knirschte, kreischte, rumpelte. »Oh, Gott!«, schrie Jürgen. »Der Wohnwagen! Wir haben ihn verloren!« Er brach in wieherndes Gelächter aus, und da verstand ich das Manöver und geierte mit. Es sollte so aussehen, als wären wir tüchtig ins Schleudern gekommen, so dass der Hänger sich gelöst hatte.

Jürgen steuerte den Wagen zurück auf die Straße und bretterte weiter.

Es brauchte eine ganze Weile, ehe wir die nächste Polizeistation gefunden hatten. Drinnen angekommen versuchten wir es mit Händen und Füßen und brüllten »Ratunku!« – »Hilfe!« Das hatte ich schnell noch im Reiseführer nachgeguckt. Wir sahen mit Sicherheit ziemlich fertig aus. Waren wir ja auch! Hundekaputt nach der langen Reise. Und unter Schock, klar!

Genau genommen war das ja auch nichts anderes als eine Schockreaktion gewesen! Erst der LKW, dann unser Hänger!

Wir hatten das alles doch gar nicht gewollt! Waren ins Schleudern geraten, lieber Himmel, es hätte uns alle erwischen können! Selbst wenn man uns irgendwas hätte nachweisen können, müsste jeder Richter dafür Verständnis haben!

Die polnische Polizei war ausgesprochen freundlich. Man fuhr mit uns zu der Unfallstelle, telefonierte einen Dolmetscher herbei, hörte sich unsere Schilderung an, diskutierte kurz, dann wollten sie wissen, was mit dem Kupplungsseil gewesen sei.

Das Kupplungsseil! Scheiße!

Jürgen fuhr herum: »Sag bloß, du hast das Kupplungsseil nicht befestigt!«, schrie er.

»Wieso ich? Das war doch dein Job!«, brüllte ich zurück.

Die Männer gingen dazwischen, klopften uns auf die Schultern, der Übersetzer brummte: »Rrruhe, nurr rruhig!«

Es würde noch Stunden dauern, ehe sie schweres Gerät zum Heben der verunglückten Fahrzeuge da hätten, aber sie würden mit Polizeibooten, Tauchern und Hundertschaften den Fluss und die Ufer absuchen, sagten sie, bemitleideten uns tüchtig, und am Ende trieben sie ein Quartier für uns auf, etwas zu essen und kümmerten sich um alles Weitere.

Der Tabbert wurde am nächsten Morgen aus dem Bug gefischt. Es hatte ihn komplett zerlegt. Die Frauen musste es hinausgeschleudert haben. Vermutlich waren sie bereits ein ganzes Stück abwärts getrieben.

Der LKW war schwieriger zu bergen. Er stand auf dem Grund des Flusses und musste mit kräftigen Winden geborgen werden. Dem Fahrer hatte es das Genick gebrochen.

Immer noch schöner als zu ertrinken, dachte ich. Wer weiß, vielleicht hatten Erika und Inge auch schon auf dem Weg nach unten den Löffel abgegeben. Soll es ja geben. Vor Schreck oder so. Ich hab's ihnen gegönnt. Erikas Braten war immer ein Traum gewesen. Selbst ihren Putzfimmel fand ich im Nachhinein weniger schlimm.

Solange die Leichen unserer Frauen nicht geborgen waren, sagten die Polizisten, sollten wir besser in der Nähe bleiben. Wir fuhren zum Camp Park Sonata in Pozezdrze und schlugen Jürgens Pfadfinderzelt auf. Die Wartezeit vertrieben wir uns mit Kanufahren und Angeln.

Was für ein Leben! Welche Ruhe! Ja, so konnte man es aushalten!

Warum bloß hatte ich mich mein Leben lang von Senefeld und Erika gängeln lassen? Was für ein Glück, dass Jürgen und ich uns nach einem Vierteljahrhundert in der Eckkneipe gefunden hatten!

Aber das dicke Ende kam bald.

Ich meine, Erika ist nicht wirklich dick. Moppelig trifft es vielleicht eher. Ich finde das völlig okay eigentlich. Aber als wir nachmittags in unserem Zelt vor uns hindösten und plötzlich zwei Gestalten im Zelteingang standen, da wirkten sie alle beide schon ganz schön imposant.

»Hallo? – Wie kann das sein? Wo kommt ihr denn her?«, stöhnte Jürgen. Bedrohlich! Ich meine, was würden Sie sagen, wenn da auf einmal jemand vor Ihnen stünde, der doch eigentlich mausetot sein sollte. Und zwar nicht von ungefähr! Immerhin hatten wir dafür gesorgt, dass Erika und Inge nicht mehr unter den Lebenden weilten. Wenn dann so jemand vor einem steht – das ist so eine Art Abenteuer, das man eigentlich seinem schlimmsten Feind nicht wünscht. Immerhin, mein Zeltmitbewohner hatte anscheinend die gleiche Hallosienation wie ich.

Inge zog etwas hinter ihrem Rücken hervor, und ehe einer von uns »Piep« sagen konnte, hatte sie schon ausgeholt, etwas knallte, und ihr Ehegatte brüllte. Jetzt konnte ich auch erkennen, was das in ihrer Hand war: eine Peitsche!

»Ingelein«, jaulte Jürgen, »ich hab das doch alles gar nicht gewollt!«

»Nee, klar!« Inge ließ es gleich noch einmal zischen. Diesmal jaulte ich auf. Immerhin hatte ich noch blitzschnell die Hände vor mein bestes Stück schlagen können.

»Meiner!«, grollte Erika, riss dem Ingelein die Peitsche aus der Hand – für den Bruchteil einer Sekunde zuckte mir durch das Hirn, sie wollte mich vor weiteren Übergriffen schützen. Eine Salve von Hieben belehrte mich augenblicklich eines Besseren. »Ihr! – Wollt! – Wissen! – Wo! – Wir! – Herkommen?«, stieß meine Angetraute zu jedem Hieb aus.

Wir zogen es vor, die Frage nicht zu beantworten. Zum Glück hatten sie fürs erste genug vom Prügeln, verschränkten die Arme und guckten kalt lächelnd zu, wie wir uns vor ihnen am Boden krümmten.

»Hab ich's nicht gleich gesagt?«, höhnte Inge. »Nichts als Dreck in so einem Zelt!«

»Und den Tabbert haben sie zerdeppert!«, ergänzte Erika.

»Blöd nur, dass wir gerade ausgestiegen waren, weil uns bei dem Geschleuder die Blase bald geplatzt wäre.«

Inge nahm Erika die Peitsche aus der Hand und holte wieder aus. »Um beim Strullern dann zuzusehen, wie ihr Dödel uns den Todesstoß zu versetzen versucht!« Was auf uns herunterregnete, kam einem Todesstoß durchaus nahe. Die Prügelpause hatte mich allerdings einen klaren Gedanken fassen lassen. »Ihr seid nicht zur Polizei gegangen. Warum?«, ächzte ich.

Inge hielt inne und lächelte kalt. »Wir haben Besseres mit euch vor.«

Ich muss schon sagen, man gewöhnt sich an einiges. Und irgendwie ist es ja auch eine Art Neuanfang. Selbst dem Wäschewaschen kann ich mittlerweile etwas abgewinnen. Jürgen und ich haben das Kochen für uns entdeckt und tauschen eifrig Rezepte aus. Ja, in der Hinsicht hab ich ganz neue Seiten an mir erfahren. Nur die Frikadellen kriege ich nicht ganz so hin, wie sie bei Manni schmecken. Aber das mag auch an der Eckkneipe liegen. Geruch von Freiheit und Abenteuer. Wir kehren da nur noch selten ein. Es ist nicht mehr, was es war.

»Die wahren Abenteuer sind im Kopf«, sagt Erika. Deswegen mussten wir auf der Rückreise auch noch einmal an der Tanke halten, wo ich auf der Hinfahrt Inges Buch abgestellt hatte. Da scheinen irgendwelche verrückten Ideen drin zu stehen. So genau will ich das gar nicht wissen. Weil ich sowieso nur eins mit der Peitsche übergebraten kriege, wenn ich frage.

Von mir aus sollen die Frauen den ganzen Tag faulenzen und das Sagen haben. Solange sie uns nicht bei der Polizei verpetzen.

Es gibt nur eines, an das ich mich nie gewöhnen werde. Was Erika am allermeisten liebt. Sie holt dann immer die Peitsche aus dem Schrank und droht mit Ausziehen. Ich muss mich splitterfasernackelich machen, kriege einen Staubwedel in die Hand und ein Schürzchen umgebunden. So lebt sie ihren Putzfimmel an mir aus. Nackt. Tatsache!

das grauen in der bordtoilette

Er warf einen hektischen Blick in den Rückspiegel. »Ich muss Pipiiii!«, quietschte hinter ihm die kleine Cheyenne mit hochrotem Kopf. »Ganz doholl!«

»Ich auch«, stöhnte ihr Bruder Devid und presste mit verzerrter Miene die Hände in den Schritt.

»Tu jetzt was!«, herrschte ihn seine Frau Melanie von rechts an. »Halt sofort an! Da vorne!«

Detlef hatte Schweiß auf der Stirn. Seine Nerven lagen so blank wie die Drähte bei einem durchgescheuerten Stromkabel. »Aber Liebchen, unsere Bordtoilette ...«

»Solange können wir nicht warten! Denk an die Sitze! Fahr ran!«

Detlef kurbelte das Steuer nach rechts, und das Wohnmobil schoss in eine unbefestigte Einmündung, so dass Steine und Grasbüschel durch die Gegend flogen. Im hinteren Teil des Gefährts ertönte dumpfes Poltern. Alles ging jetzt rasend schnell. Die Kinder sprangen aus der Seitentür, Melanie hinterher. Im Laufen half sie der Kleinen, die Hosen zu öffnen. »Du den Jungen!«, rief sie, und während sie selbst ihrem Töchterchen hinter einem dichten Gebüsch in eine hockende Haltung hinein half, die es ihm erlaubte, zu pinkeln, ohne die Klamotten zu treffen, zerrte Detlef an der Gürtelschnalle seines Sohnes herum, die sich partout nicht öffnen lassen wollte. Als schließlich doch der erlösende Urinstrahl in das Laub zu ihren Füßen pladderte, atmete die Familie kollektiv auf, und eine betörende Stille legte sich über die Szenerie.

Jetzt würde alles gut werden. Eine gemütliche Urlaubsreise, die gerade erst vor anderthalb Stunden in der Eifel begonnen hatte, eine gemächliche Fahrt durch die belgischen Ardennen, schön entspannt, ohne dichten Autobahnverkehr, rauf an die Küste, und schließlich irgendwo einen schnuckeligen Stellplatz in Strandnähe, und dann eine Woche süßes Nichtstun. Sandburgen und Spielautomaten für die Kleinen, Shoppen für Melanie, leckeres belgisches Bier für ihn, und … Sein Blick verfinsterte sich. Davon konnte er träumen, so lange er wollte. Es würde am Ende doch alles anders werden.

* * *

(Anmerkung des Verfassers: Die französischen Dialogpassagen im kommenden Abschnitt wurden aus Kostengründen mithilfe eines Gratis-Online-Übersetzungs-Programms der ersten Generation ins Deutsche übertragen.)

»Du hattest sterben nicht sollen erschießen Kassiererin!« Henri schlug mit der flachen Hand auf das Lenkrad, von dem die zerschlissene Kunstlederhülle herunterzottelte. »Selten ich gearbeitet mit solchen ein Crètin wie zusammen dich!« Er hatte den Kopf zwischen die Schultern gezogen und die Wollmütze tief in die Stirn geschoben. Mit seinen gebleckten Zähnen, die laut hörbar knirschten, und der vorgebeugten Haltung sah er aus wie ein Rennfahrer, der alles tat, um aus der alten Karre rauszuholen, was rauszuholen war. Sein Kumpel Mathis versuchte unterdessen, auf seinem Schoß die Beute in den blassrosa Einkaufstüten aus hauchdünnem Plastik zu bändigen. Münzen kullerten zu Boden, Geldbündel ritzten die Folie auf.

»So geschrien Frau hat die, dass tun mir Schmerzen im Ohr.« Es sollte eine Entschuldigung sein, aber es war nichts anderes als erbärmliches Gegreine.

»Nicht dass kein dies Fahrzeug ist zur Flucht«, hörte Henri nicht auf zu zetern. »Ebenfalls alle das Benzin schon in naher Zeit von jetzt!« Sein Goldzahn funkelte angriffslustig.

Mathis jammerte weiter: »Und ich bin Hunger! An Tankstelle gewesen liegen hundert Riegelschokolade. Aber ich nicht darf nehmen keinen nicht einzigen von diese!«

»Weil du erschießen wirst werden haben Kassiererin!« Henri langte mit dem Arm nach rechts und versetzte seinem Beifahrer eine Ohrfeige, dass dessen Locken nur so flogen. Aber im nächsten Moment erhellte sich sein Gesicht. »Da!«, rief er. »Retterei! Wir geholfen!«

Er lenkte den Wagen kurz entschlossen von der Fahrbahn, mitten in ein Gebüsch hinein. Sie schafften es kaum, die Türen aufzustoßen, weil das Gestrüpp sich augenblicklich wieder wie eine dichte Mauer aus Blättern und Ästen um das Auto herum schloss. Sie strauchelten auf den Asphalt zurück und Mathis erkannte, was sein Freund gemeint hatte: Da stand ein leeres Wohnmobil! Die Türen standen geradezu einladend offen.

»Mit dies uns kommt weit hier weg von mehr gut!«, krähte Henri und sprang schon im nächsten Moment auf den verwaisten Fahrersitz. Als der Motor aufheulte, hatte es Mathis mit seinen Plastiktüten, die sich zusehends in ihre Bestandteile auflösten, gerade noch an seine Seite geschafft.

* * *

»Oh, mein Gott!«, schrie Detlef, woraufhin sein Sohn herumfuhr und ihm über die Schuhe pinkelte. »Das Wohnmobil!«

Als das riesige Gefährt zurücksetzte, wurde Staub aufgewirbelt. Ein Schotterregen prasselte ihm entgegen, als er versuchte, hinterherzulaufen. Er ruderte mit den Armen, aber wer auch immer hinter dem Steuer saß, er konnte ihn nicht sehen, denn es dauerte nur Sekunden, bis die Qualmwolke des Auspuffs sich an der nächsten Straßenkehre in Luft auflöste.

»Weg«, keuchte Detlef. »Einfach weg.«

»Das gibt's doch nicht!«, stammelte Melanie, die ihr nacktärschiges Töchterchen hinter sich herzerrte. »Das gibt's doch überhaupt nicht, so was!«

Was sollten sie nun tun? Um sie herum waren nichts als Wald und Wiesen. Der letzte Bauernhof lag etliche Kilometer zurück, und bislang waren ihnen so gut wie keine Autos begegnet.

Die Kinder heulten, und die Eltern stammelten fortwährend unzusammenhängende Wortfetzen vor sich hin. Der Urlaub begann nicht, wie Urlaube beginnen sollten.

* * *

(Anmerkung des Verfassers: Die französischen Dialogpassagen im kommenden Abschnitt wurden aus Kostengründen vom Neffen des Verfassers ins Deutsche übertragen, der über anderthalbjährige Sprachkenntnisse der Gymnasialklasse verfügt.)

»Kann machen muss Augen sehen in Kühlschrank«, setzte Mathis nach einer Weile an. Das wirre Bündel auf seinem Schoß hatte er halbwegs unter Kontrolle. Jetzt konnte er sich darauf konzentrieren, sein Hungergefühl unter Kontrolle zu bekommen.

»Pssst! Du dieses hörst? Eins Geräusch.«

»Magen ich?«

»Kein Sinn!«

Sie lauschten in die Stille und hörten zunächst nichts, außer dem leise vor sich hin dieselnden Motor, aber dann schrien sie beide auf. Ein Kopf hatte sich zwischen sie geschoben. Die alte Frau hatte ein bulliges Nussknackerkinn und strähniges, graues Haar, das zu einem unordentlichen Dutt zusammengeknotet war. Überhaupt gab es viele behaarte Stellen in ihrem Gesicht. Dichte Büschel quollen ihr aus den Ohren und den Nasenlöchern, über dem Kinn standen struppig Schnurrbartborsten ab, und ihre dunklen Augenbrauen waren so buschig wie Schuhbürsten.

»Bongschur, Missjöhs«, schnarrte sie mit knirschendem Bass, und hinter den verschmierten Brillengläsern wanderte ein stechender Blick von einem zum anderen. »Ich bin die Omma.« Als die beiden kein Wort herausbrachten, ergänzte sie: »Die Omma Brock. Trude.«

Henri kriegte den Wagen mühsam wieder in die Spur. Er hatte im Schock das Steuer herumgerissen und die Rabatte der Gegenfahrbahn rasiert. Mathis schnappte nach den Geldscheinen, die er beim Zusammenzucken aus den Tüten in die Luft gepumpt hatte.

»Wo is denn mein Sohnemann mit seiner doofen Frau un den knatschigen Bälgern hin?«, fragte die Alte scheinheilig. »Habt ihr die an der Straße angebunden, als ich auf'm Klo war? Dat war aber ne gute Idee, Jungens.«

Henri und Mathis zeterten durcheinander. Die alte Frau betrachtete in aller Seelenruhe die beiden Verbrecher, ohne ein einziges Wort von deren Disput zu verstehen. Henri riss einen Revolver aus der Innentasche seiner Jacke und versuchte, ihn auf die Alte zu richten, ohne das geraubte Geld unnötig zu verstreuen.

* * *

Detlef deutete auf die Rücklichter eines Fahrzeugs, die im dichten Strauchwerk am Straßenrand gerade noch zu erkennen waren. Er bog ein paar Zweige auseinander. Im Blech der Kofferraumabdeckung klafften ein paar kleine, kreisrunde Löcher.

»Sind das etwa Einschusslöcher?«, hauchte er. »Ein Fluchtfahrzeug. Melanie, das ist ein Fluchtfahrzeug. Die haben das hier abgestellt und fliehen jetzt mit unserem Wohnmobil!«

»Du meinst, es ist gar nicht deine Mutter, die damit abgehauen ist?« Melanie legte die Stirn in Falten. Wenn sie ehrlich war, hätte sie ihrer Schwiegermutter jede Gemeinheit zugetraut, die sich ein Mensch nur auszudenken imstande war. Diese Alte als biblische Plage zu bezeichnen, wäre eine Beleidigung für Hagel, Pest und Heuschreckenschwärme.

Das Heulen einer Polizeisirene schwoll in der Ferne langsam an, und Detlef schrie aufgeregt: »Ich hab's doch gesagt, ein Fluchtfahrzeug!« Er riss die Arme hoch und wollte auf die Straße springen, aber seine Frau stieß ihn kurz entschlossen ins Gebüsch zurück. Und die beiden Kinder gleich hinterher. Sie selbst schaffte es in letzter Sekunde, sich vor dem vorbeirasenden Polizeiwagen zu verstecken, und als ihr Mann sie wenige Augenblicke später fassungslos anstarrte und fragte: »Bist du von allen guten Geistern verlassen? Die suchen irgendwelche Typen, die mit unserem Wohnmobil abgehauen sind!«, erhob sie sich langsam, klopfte sich den Staub von ihrer Jeans und drückte ihm einen Kuss auf die Lippen.

»Mit dem Wohnmobil und deiner Mutter«, flüsterte sie.

* * *

(Anmerkung des Verfassers: Die französischen Dialogpassagen im kommenden Abschnitt wurden aus Kostengründen von Tante Gitti ins Deutsche übertragen, die in ihrer Jugend Frankreich durchquert hat, um ihren ersten Urlaub in Spanien zu verbringen.)

»Ich schieße ableben Großmutter als kürzlich ableben schießen Kassierfrau an Tankplatz!«

Mathis riss den Revolver hoch, und Münzen prasselten durch die Fahrerkabine. Da sein Bewegungsradius jedoch stark eingeschränkt war, gelang es ihm nicht schnell genug, die Alte ins Visier zu nehmen, deren rechte Hand jetzt unerwartet flink nach vorne schoss. Ein dicker, verhornter Finger mit entzündetem Nagelbett und buttergelbem Nagel bohrte sich in sein linkes Auge. Er schrie gepeinigt auf, ein Schuss löste sich und bohrte sich direkt über dem Fahrersitz durch das Fahrzeugdach.

»Du Idiot verdampfender! Haben Sie Tasten komplett in Schranken?«, brüllte Henri und schlug wieder nach seinem Kumpel.

Mathis wimmerte und hielt sich das Auge. Henri stieß die gröbsten Flüche aus, die die französische Sprache bereithielt. Die Omma verstand nichts von alldem und hob scheinbar beiläufig die Waffe auf, die mit ein paar Münzen und Banknoten zwischen Fahrer- und Beifahrersitz auf dem Boden gelandet war.

Voller Panik realisierten die beiden, dass sich das Blatt unerwartet gewendet hatte. Spielerisch ließ sie den Lauf hin- und herwandern. »So, jetz seid ihr zwei Tünnesse mal'n bisschen nett zu der Omma, sonst mach ich euch mit dem Dingen hier en paar neue Nasenlöcher, kapiert?« Sie lachte heiser. Dann deutete sie auf die Überreste der Plastiktüten und sagte fast freundlich: »Hömma, dat is aber'n dickes Portemonnaie. Da muss ne alte Omma lange für stricken.«

Die beiden Belgier sahen sich ratlos an. Die Ruhe, die die Alte ausstrahlte, verunsicherte sie zusehends. So waren alte Frauen nicht. Zumindest keine alten Frauen, die gerade erst von gefährlichen Gangstern gekidnappt worden waren.

Was führte die Alte im Schilde?

Mathis begriff es als Erster. Er deutete auf die Tüte und dann auf sich, die Omma und seinen Kumpel Henri. Dann machte er mit der Handkante eine teilende Geste und zeigte drei Finger.

»Was?«, ereiferte sich Henri. »Bin du in Gänze beim Trösten? Teilen nicht wir mit Senior Frau!«

Die Omma kratzte sich mit dem Pistolenlauf hinterm Ohr. Schuppen rieselten zu Boden. »Nä, nä, Jungs, so wird dat nix. Die Omma muss dat ja auch versteuern. Steuer, versteht ihr?« Sie deutete auf das Lenkrad. »Steuer! Da jeht ja die Hälfte wieder flöten. Dat machen wir anders.« Sie deutete mit der Pistole auf Mathis, dann auf Henri und sagte: »Du nen Teil ... du nen Teil ... un die Omma kriecht zwei Teile, capito?«

In diesem Moment schoss mit ohrenbetäubendem Martinshorn ein Polizeifahrzeug vorbei, ohne Notiz von ihnen zu nehmen.

* * *

Die Kinder quengelten, der Vater prüfte pausenlos auf seinem Handy, ob sie womöglich doch irgendwann in die Nähe eines Funknetzes kamen, und die Mutter streckte mit einem beseelten Lächeln ihr Gesicht der Nachmittagssonne entgegen. Sie malte sich aus, wie es wäre, wenn die Omma erst einmal völlig von der Bildfläche verschwunden sein würde. Ein neues Leben würde das sein. Ferien so, wie andere Leute auch Ferien machten, Feiertage, so wie auch andere sie verlebten, ein Alltag, wie sie ihn sich immer erträumt hatte.

Alle Krankheiten hatten bislang einen großen Bogen um ihre Schwiegermutter gemacht, ja, selbst der Tod hielt respektvoll Abstand.

Der einzige Arzt, den die Alte an sich heran ließ, hatte der Familie erst kürzlich mit betretenem Kopfschütteln gestanden, dass er sie so lange untersuchen konnte, wie er wollte, das Ergebnis bliebe stets dasselbe: Sie würde zweifellos hundert Jahre alt werden.

Melanie seufzte wonnig auf, und Detlef betrachtete sie von der Seite. Wann hatte er seine Frau zuletzt so glücklich gesehen?

* * *

(Anmerkung des Verfassers: Die französischen Dialogpassagen im kommenden Abschnitt wurden aus Kostengründen von einem Akademiker ins Deutsche übertragen, der über umfangreiche Fremdsprachenkenntnisse verfügt, da er u. a. an der Universität von Reykjavik Blockseminare für Graduierte mit gesundheitswissenschaftlichen Themen durchführt.)

»Wat hammer denn da im Klingelbeutel überhaupt so alles drin? Sin dat noch eure doofen Frang, oder habt ihr schon richtijes Geld, so wie wir in Deutschland? Dschörmeni, capito?« Sie grabschte unerwartet nach dem Bündel in Mathis' Schoß. Die beiden Verbrecher wollten ihr Einhalt gebieten und schrien »Nicht fass heran!« und »Finger hinüber!« Das Wohnmobil geriet wieder ins Schwanken. Sie hielt sich ein paar der knisternden Scheine vor die klobige Hornbrille. »Euronen. Prima. Da kann die Omma wat mit anfangen. Kann ich viel Fritten von kaufen, hier im Urlaub.« Sie ließ den Lauf der Pistole durch die Luft sausen. »So, un jetzt rechts ran, ihr Hännesjen. Die Omma hat sich dat anders überlegt. Die nimmt nämlich alles, un ihr zwei jeht ab jetzt zu Fuß weiter.«

Es klickte, als sie die Waffe entsicherte, die nun, ihr Ziel suchend, zwischen den Hinterköpfen von Henri und Mathis hin und herwanderte. »Eins …«, begann die Alte zu zählen.

»Mach irgendein Ding!«, kreischte Mathis.

»Aber welcher denn?«, brüllte Henri.

»Rechts gefahren an sogleich!«

»Gelangt in Frage herein niemals!«

Mathis stieß seinen Kumpel an, der augenblicklich wieder das Steuer verriss. Der schlug erneut mit der flachen Hand nach ihm.

»Zwei …«

Ohne das Lenkrad loszulassen, holte Henri aus, um seinem Beifahrer erneut eine Backpfeife zu verpassen. Allerdings täuschte er den Schlag nur an und packte stattdessen die Waffe, als Omma Brock gerade ansetzte, um »drei« zu sagen. Ein Schuss löste sich und bohrte sich durch eins der abstehenden Ohren von Mathis und die Seitenscheibe, die in zigtausend kleine Glasbröckchen zersplitterte. Ein paar der Geldscheine wurden nach draußen gewirbelt. Mathis' gellendes Geschrei erfüllte das Innere des Wohnmobils. Er hielt sich das blutende Ohr.

Mit einem enormen Ruck brachte Henri, der jetzt triumphierend mit der Pistole wedelte, das Gefährt zum Stehen. Er stieß die Fahrertür auf und sprang ins Freie. Draußen postierte er sich breitbeinig auf der Fahrbahn und schrie: »Kommen, kommen, kommen! Raus her. In dieser Sekunde!«

»Der will dich ausbooten, dein Spannmann«, zischte die Omma. Mathis glaubte für den Bruchteil einer Sekunde eine kleine, spitze, zuckende Schlangenzunge zwischen ihren Lippen erkannt zu haben. »Die Omma kann dir helfen.«

Blut quoll zwischen den Fingern seiner Linken hervor, die er auf sein zerfetztes Ohr gepresst hielt. Er blickte sie unsicher an, und sie schickte rasch hinterher: »Ja, wer hat denn mit der Waffe auf dein Schlappohr geschossen, hä? Die Omma etwa?«

* * *

»Die zieht uns jedes Mal voll beim *Mensch ärgere dich nicht* ab«, sagte Devid mit zusammengekniffenen Augen, während sie die Landstraße entlang stapften.

»Und die hat uns immer alle Süßigkeiten weggefressen«, murmelte die kleine Cheyenne versonnen.

»Sie ist ein Ungeheuer«, flüsterte Melanie so leise, dass nur ihr Mann es hören konnte.

Detlef suchte verzweifelt nach ein paar Worten, mit denen er seine Mutter verteidigen konnte. Aber er fand keine.

Als die kleine Cheyenne an Melanies Ärmel zupfte und fast schon hoffnungsfroh fragte »Kommt die Omma jetzt nicht mehr wieder?«, strich ihre Mutter ihr sanft über den Kopf und sagte: »Wir wollen das Beste hoffen, Schätzchen.«

* * *

(Anmerkung des Verfassers: Die französischen Dialogpassagen im kommenden Abschnitt wurden aus Kostengründen von einer Fleischereifachverkäuferin ins Deutsche übersetzt, die häufig Urlaubsgäste aus dem benachbarten Ausland bedient.)

Der Motor lief noch. Leise pötternd, bereit zum Einsatz und irgendwie sogar geradezu auffordernd.

314

Draußen wurde Henri unruhig. »Mathis! Wohin du bleiben? Kommen bereits, kommen bereits!«

»Ich kommen bereits«, rief Mathis nervös.

»Der ballert dich ab, glaub mir«, knurrte Omma Brock. Da war sie wieder, die zischelnde Schlangenzunge! »Du hast die Knete und den Wagen. Dat is deine Schangse, Knäbchen. Der Typ macht dich sonst kalt und haut alleine mit dem Zaster ab.« In Mathis kämpften die Gewalten. Wem sollte er vertrauen? Diesem verschlagenen, alten Reptil oder seinem langjährigen Freund und Kupferstecher? Seinem Kompagnon, der ihn andauernd ohrfeigte, oder dieser altersweisen Frau?

»Nun ich aber hast völlig die Schnauze Rand bis zum!«, brüllte Henri und schoss in die Luft.

Im selben Augenblick war die Entscheidung gefallen. Mathis warf sich auf den Fahrersitz und legte mit einer kraftvollen Bewegung den Gang ein. Der Wagen machte einen ungestümen Satz nach vorne, und sie konnten gerade noch die schreckgeweiteten Augen und das Blitzen von Henris Goldzahn erkennen, als er aus ihrem Gesichtsfeld verschwand und im nächsten Moment von dem gewaltigen Wohnmobil überrollt wurde.

Mathis stieß einen schrillen Jubelruf aus. Er riss das Steuer herum und vollführte einen wilden Schlenker auf dem Asphalt. Die Fahrertür schwang auf, und als er sich weit nach links beugte, um sie wieder ins Schloss zu ziehen, schaffte es Omma Brock mit einem geradezu lächerlichen Schubs, ihn hinaus zu befördern. Sein triumphierendes Geschrei verwandelte sich in ein langgezogenes Kreischen, als er auf der Fahrbahn aufschlug.

Mit einer Behändigkeit, die man ihrem uralten, kantigen Körper kaum zugetraut hatte, kletterte Omma Brock hinter das Steuer und ließ mit einem kräftigen Tritt auf das Gaspedal den Motor aufheulen.

***

»Das ist doch …«, hauchte Detlef. »Seht ihr, was ich sehe?«

Oh ja, sie sahen es alle. Zuerst nur als kleinen Punkt am Ende der langen, geraden Straße, dann immer größer werden: Das Wohnmobil kam näher und näher. Die Kinder schoben schmollend die Unterlippe vor, seiner Frau Melanie schossen Tränen der Enttäuschung in die Augen, ihre Hände verkrampften sich zu Fäusten.

Aber Detlefs Mundwinkel wurden zaghaft von dem Anflug eines Lächelns umzuckt. Hinter dem Steuer thronte eine bösartige, hinterlistige, skrupellose Greisin, der unsympathischste alte Drachen, der in der ganzen Eifel zu finden war. Seine Mutter!

»Na, ihr Lieben«, schnarrte sie, als sie das Fahrzeug auf ihrer Höhe zum Stehen gebracht und das Fenster der Fahrertür hatte herunterfahren ließ. »Habt ihr die Omma schon vermisst?« In der Ferne war irgendwo ein Flugzeug zu hören. Sonst war es still. »Da hatten doch so zwei Halunken versucht, den Wohnmobil-Apparillo hier zu klauen. Da haben die aber die Rechnung ohne die Omma gemacht.« Sie hielt triumphierend ein paar Scheine in die Höhe. »Hier, fümmunvierzig Euro für die Scheibe und dat Loch im Dach. Den Rest haben die Bengels mitgenommen.« Sie lachte heiser und presste die Hand auf den gewaltigen Busen, in dem es kaum hörbar knisterte.

biografien

Eva Almstädt lebt und arbeitet als freie Autorin in Schleswig-Holstein. Nach einer handwerklichen Ausbildung in den Fernsehproduktionsanstalten der Studio Hamburg GmbH studierte sie Innenarchitektur in Hannover und war im Bereich der Küchen- und Wohnraumplanung tätig. Ihr erster Kriminalroman *Kalter Grund* wurde 2004 zum Auftakt der erfolgreichen Serie um die Lübecker Kriminalkommissarin Pia Korittki. 2014 erschien Eva Almstädts erster Thriller *Dornteufel* und 2014 *Ostseesühne*, ihr neunter Krimi.

Guido M. Breuer, geb. 1967, wuchs in Düren und in der Nordeifel auf, dort vornehmlich auf Campingplätzen. Er arbeitete als Unternehmensberater und lebt heute als Autor in Bonn. Seine Tatorte finden sich vornehmlich in der Eifel. Dort ermittelt auch sein Protagonist Opa Bertold, der mit *Alte Sünden* bereits seinen fünften Fall zu lösen hat. www.guido-m-breuer.de

Oliver Buslau begann Ende der 90er Jahre seine Autorenkarriere als Erfinder des Wuppertaler Privatdetektivs Remigius Rott, der seitdem in acht Krimis seine Fälle löst – zuletzt in *Der Bulle von Berg* (2014). Darüber hinaus schrieb er unter anderem Krimis um das Thema Musik: *Das Gift der Engel, Die fünfte Passion, Die Orpheus-Prophezeiung* und *Schatten über Sanssouci*. Er arbeitete während und nach dem Studium der Musikwissenschaft und Germanistik als Musikjournalist und PR-Texter. 2000 gründete er die Zeitschrift *TextArt – Magazin für Kreatives Schreiben*. www.oliverbuslau.de

Martin Ebbertz, geboren in Aachen, aufgewachsen in der Eifel, ist schon ein wenig herumgekommen, aber nicht im Wohnwagen: Er studierte in Freiburg und Münster, war ein Jahr als Lehrer in Frankreich, lebte als freier Schriftsteller zunächst in Frankfurt am Main, dann fünf Jahre in Thessaloniki (Griechenland) und seit 2000 in Boppard. Er schreibt für Kinder und Erwachsene. Zuletzt erschienen *Der kleine Herr Jaromir* und *Wald und Flur. Geschichten vom Wandern*.

Gitta Edelmann hat schon in ihren ersten Lebensjahren Spaß am Camping entdeckt und diesen später gern mit ihrem Hang zu allem Britischen verbunden. Heute lebt sie in Bonn, schreibt allerlei (Kriminal)Romane, Historisches und Kurzgeschichten für Kinder und Erwachsene und leitet Seminare für Kreatives Schreiben. Sie ist außerdem Vorstandsmitglied des Verbands *Deutscher Schriftsteller VS* in NRW und Mitglied bei den *Mörderischen Schwestern* und im *Syndikat*.

Jürgen Ehlers hat als Geologe gearbeitet und zahlreiche wissenschaftliche Aufsätze und Fachbücher zum Thema Eiszeit geschrieben. Außerdem schreibt er Krimis. *Flucht* (1992) war seine erste veröffentlichte Kriminalerzählung. Seither sind zahlreiche seiner Kriminalstories in Anthologien und Zeitschriften erschienen. Für seine Story *Weltspartag in Hamminkeln* wurde Jürgen Ehlers 2005 mit dem *Friedrich-Glauser-Preis* ausgezeichnet. Spezialisierung auf historische Kriminalromane. Jürgen Ehlers ist Mitglied im *Syndikat* und in der *Crime Writers' Association*. Er lebt in Witzeeze. juergen-ehlers.com.

Almuth Heuner geboren 1962, ist Schriftstellerin und Diplom-Übersetzerin und lebt im Ruhrgebiet. Seit 1990 übersetzt sie Kriminalliteratur und Sachtexte, seit 1999 veröffentlicht sie auch eigene Texte und gibt Kurzkrimibände heraus, zuletzt *Küche, Diele, Mord*. Daneben forscht sie zur deutschsprachigen und internationalen Kriminalliteratur, besonders von Frauen, und wurde dafür 2012 mit der *Goldenen Auguste* ausgezeichnet. Mehr unter www.heuner.de

Matthias Houben, Jahrgang 1951, nach dem Studium von Germanistik, Philosophie und Informationswissenschaften in unterschiedlichen Berufen unterwegs. Lebt und arbeitet als Softwareentwickler in Ostfriesland und schreibt Geschichten, Stories und Erzählungen. Betrachtet sich selbst als Geschichtenerzähler. Nach Erstveröffentlichungen unter seinem Geburtsnamen Matthias Schneider, weitere Veröffentlichungen unter dem Pseudonym Matthias Houben. www.litbit.de

Thomas Kastura, geboren 1966 in Bamberg, lebt ebendort mit seiner Frau und seinen beiden Töchtern. Er studierte Germanistik und Geschichte und arbeitet seit 1996 als Autor für den Bayerischen Rundfunk. Zahlreiche Erzählungen, Jugendbücher und Kriminalromane, u. a. *Der vierte Mörder* (2007 auf Platz 1 auf der KrimiWelt-Bestenliste) sowie *Please Identify. Auf der Jagd nach Laura Adams* (2014). Er ist außerdem Herausgeber der Whiskykrimi-Sammlung *Scotch as Scotch can* (2013). www.thomaskastura.de

Regine Kölpin hat zahlreiche Romane und Kurztexte (auch unter Pseudonym) publiziert und gibt auch Anthologien heraus. Regine Kölpin leitet Schreibwerkstätten in der Jugend- und Erwachsenenbildung, und inszeniert historische Stadtführungen. Mehrfache Auszeichnungen und Nominierungen. *U. a. den Jahrespreis der Ostfriesischen Autoren 2002 und 2004*, den *E.G.O.N. 2009* (Kinderliteratur), das *Stipendium Tat-*

ort Töwerland 2010, Auszeichnung zur *Starken Frau Frieslands* *2011*. Sie ist 1964 in Oberhausen geboren und lebt mit ihrer großen Familie in Friesland. www.regine-koelpin.de

Tatjana Kruse, Jahrgangsgewächs aus süddeutscher Hanglage, lebt und arbeitet im idyllischen Schwäbisch Hall, wo es im Übrigen einen wunderbaren Campingplatz gibt! Mehr Informationen unter www.tatjanakruse.de

Ralf Kramp, geboren 1963 in Euskirchen, lebt heute in Flesten in der Vulkaneifel. Für sein Debüt *Tief unterm Laub* erhielt er den Förderpreis des Eifel-Literaturfestivals. Seither erschienen mehrere Kriminalromane, unter anderem auch die Reihe um den kauzigen Helden Herbie Feldmann und seinen unsichtbaren Begleiter Julius, die mittlerweile deutschlandweit eine große Fangemeinde hat. Seit 1998 veranstaltet er mit großem Erfolg unter dem Titel *Blutspur* Krimiwochenenden in der Eifel, bei denen hartgesottene Krimifans ihr angelesenes »Fachwissen« endlich bei einer Live-Mördersuche in die Tat umsetzen können. Im Jahr 2002 erhielt er den Kulturpreis des Kreises Euskirchen. Seit 2007 führt er mit seiner Frau Monika in Hillesheim das *Kriminalhaus* mit dem *Deutschen Krimi-Archiv* mit 30.000 Bänden, dem *Café Sherlock* und der Buchhandlung *Lesezeichen*. www.ralfkramp.de · www.kriminalhaus.de

Ulla Lessmann ist Diplom-Volkswirtin und Journalistin, arbeitet als freie Schriftstellerin, Moderatorin und Journalistin. Sie veröffentlicht Kriminalromane, Kurzkrimis, Erzählungen, Satiren und Gedichte. Sie gewann u. a. den *EMMA-Journalistinnenpreis* und den Preis zur Förderung satirischer Literatur der Stadt Herne, erhielt das Krimi-Schreib-Stipendium *Tatort*

Töwerland auf Juist und wurde sowohl für den *Kärntner* als auch den *Krefelder Kurzkrimipreis* nominiert. Ulla Lessmann hat zum ersten und letzten Mal 1975 in einem Zelt »Urlaub« gemacht. Die Autorin lebt in Köln. www.ulla-lessmann.de

Gisa Pauly arbeitet seit 1994 als Schriftstellerin, nachdem sie aus ihrem erlernten Beruf ausstieg. Gleich ihr erstes Buch wurde ein Bestseller: *Mir langt's! Eine Lehrerin steigt aus.* Ihre erfolgreiche Sylt-Krimi-Reihe mit Mamma Carlotta, die bei Piper erscheint, landet regelmäßig in der Bestsellerliste. Sie besteht aus 8 Bänden, der 9. kommt im April 2015 heraus. Weitere Romane hat sie im Aufbau-Verlag veröffentlicht, im nächsten Jahr wird bei Piper auch ein Toskana-Krimi erscheinen.

Annette Petersen, Jahrgang 1964, lebt mit ihrer Familie in Hannover. Die Diplom-Geographin war zunächst der Wahrheit verpflichtet als Print- und Hörfunkjournalistin. Später wandte sie sich immer mehr der Fiktion zu. Neben dem Roman *Luft und Lüge* und dem E-Book *Inselkind* hat sie zahlreiche Kurzkrimis in Anthologien veröffentlicht und war nominiert für den *Agatha-Christie-Krimipreis*. Sie hat das *Krimifest Hannover* aus der Taufe gehoben und bis 2013 organisiert. Drei Jahre lang war sie Vizepräsidentin der *Mörderischen Schwestern*. Sie ist außerdem Mitglied des *VS* und des *Syndikats*. www.annette-petersen.de

Elke Pistor musste bereits als Kind zelten und leidet bis heute darunter. Ob das und der später erfolgte Umstieg auf den Wohnwagen zu ihrer »kriminellen Karriere« beitrugen, ist bis heute nicht geklärt. Auch wie viele ihrer Kriminalromane und Kurzgeschichten auf Campingplätzen geschrieben wurden, ist nicht statistisch erfasst. Sie lebt in Köln. Sie arbeitete als Jurorin für den *Jacques-Berndorf-Förderpreis* (2012+2014) und den *Friedrich-Glauser-Preis* (2012), wurde 2011 für den *NordMordAward* nominiert und erhielt 2014 das *Töwerland-Krimistipendium*. Seit 2014 ist sie Sprecherin des *Syndikats*, der Autorenvereinigung deutschsprachige Kriminalliteratur.

Regina Schleheck, geboren 1959, nach Kindheit in Köln Studium in Aachen und Familienzeit in Herford, seit 1996 in Leverkusen wohnhaft, ist hauptberuflich Oberstudienrätin an einem Berufskolleg, daneben freiberufliche Referentin, Autorin, Lektorin, Herausgeberin und fünffache Mutter. Seit 2002 veröffentlicht sie – schwerpunktmäßig im Bereich Kurzprosa und Hörspiel. Die vielfach ausgezeichnete Autorin – u. a. mit dem *Friedrich-Glauser-Preis* in der Sparte Kurzkrimi – ist Mitglied im Netzwerk der *Mörderischen Schwestern* und im *Syndikat*. www.regina-schleheck.de

Jobst Schlennstedt, 1976 in Herford geboren und dort aufgewachsen, studierte Geographie an der Universität Bayreuth. Seit Anfang 2004 lebt er in Lübeck. 2006 erschien sein erster Kriminalroman. Hauptberuflich ist er als Projektleiter in einem Lübecker Beratungsunternehmen tätig. Im Emons Verlag erschienen die Westfalenkrimis *Westfalenbräu* und *Dorfschweigen*. Außerdem die Küstenkrimis *Tödliche Stimmen, Der Teufel von St. Marien, Möwenjagd, Traveblut, Küstenblues, Todesbucht* und *Spur übers Meer*. www.jobst-schlennstedt.de

Andreas Schmidt ist verheiratet und Vater von drei Kindern. Er lebt und arbeitet mit seiner Familie in Wuppertal. 1999 gab er mit *In Satans Namen* sein Krimi-Debüt. 2002 gelang ihm mit *Das Schwebebahn-Komplott* der Durchbruch. Inzwischen sind sieben Wuppertal-Krimis, eine Anthologie sowie ein Thriller erschienen. Seit 2008 ist er hauptberuflich als Autor sowie als

Freier Redakteur tätig. Seine Hauptfigur, Kommissar Ulbricht, ermittelt inzwischen auch erfolgreich im Weserbergland und an der Nordseeküste. www.andreasschmidt.org

Manfred C. Schmidt lebt in Esens/Ostfriesland, studierte in Köln bzw. Oldenburg Sonderpädagogik und Germanistik. Er ist mit seinen Texten in zahlreichen Anthologien, Zeitungen/ Zeitschriften vertreten und veröffentlichte 2007 seine Krimisammlung *Mord im Milieu*, 2010 seinen Debüt-Kriminalroman *Gut Schuss* und 2013 den zweiten Kriminalroman *Kaltblut*; Mitglied im *VS* sowie im *Syndikat*. www.esens-krimis.de

Anna Schneider, 1966 in Bergneustadt geboren, lebt heute in der Nähe von München. Sie schreibt Romane und Shortstories für Jugendliche und Erwachsene. Für ihre bisherige Arbeit erhielt die Autorin unter anderem den 1. Preis des Women's Edition Kurzgeschichten-Wettbewerbes, gewann das Stipendium *Tatort Töwerland* und wurde 2013 für ihren Jugendthriller *Blut ist im Schuh* auf Lovelybooks zur *Besten deutschsprachigen Debütautorin* gewählt. Weitere Informationen zur Autorin und ihren Büchern gibt es auf der Homepage: www.schneideranna.com

Martina K. Schneiders lebt als freie Dozentin, Journalistin und Autorin in Düsseldorf. Sie hat ein Fachbuch und zahlreiche Kurzkrimis veröffentlicht, u. a. auch einen Sammelband mit den Krimis rund um ihren Serienhelden Robert Ritter. Ihr erster Kurzkrimi erschien 2006 in einer Anthologie zum Thema Garten. Schneiders ist Mitglied bei den *Mörderischen Schwestern* – deren stellvertretende Vorsitzende sie von 2007 bis 2010 war – und im *Verband deutscher Schriftsteller VS* in ver.di. www.martinakschneiders.de

Jan Schröter, geboren in Hamburg, seit 1992 Autor und lebenslang Camper. Er veröffentlichte zahlreiche Krimis (*Der Rikschamann, Freundschaftsdienste*) und Romane (*Kreisverkehr, Rettungsringe*). Außerdem schrieb er zahlreiche Drehbücher für Spielfilme und bekannte TV-Serien wie *Großstadtrevier, Alphateam* und *Das Traumschiff*.

Andreas J. Schulte, Journalist und Autor, Jahrgang 1965, verheiratet, zwei Söhne. Geboren und aufgewachsen in Gelsenkirchen, lebt er heute mit seiner Familie in einer alten Scheune zwischen Andernach und Maria Laach. 2013 erschien sein historischer Kriminalroman *Die Toten des Meisters*, dem folgten die beiden Bände *Die Spur des Schnitters* und *Die Ehre der Zwölf*. Neben den historischen Romanen schreibt und veröffentlicht er auch Kurzgeschichten und moderne Krimis. Mehr unter: www.andreasjschulte.de

Fabian Skibbe, Jahrgang 1980, lebt seit seiner Geburt in Oldenburg. Er spielte in diversen Kurzfilmen, bevor er sich dem Kreativen Schreiben widmete. Mit der Kurzgeschichte *Kein Entkommen* gewann er einen Weihnachtsregionalkrimi-Wettbewerb. Zurzeit arbeitet er an der Plot- und Charakterentwicklung seines ersten Thrillers. Mehr Informationen unter: www.facebook.com/fabian.skibbe

Klaus Stickelbroeck, 1963 in Anrath geboren, lebt in Kerken am Niederrhein und arbeitet als Polizeibeamter in Düsseldorf. Sein erster Kriminalroman *Fieses Foul* erschien 2007. Sein Kriminalroman *Fischfutter* (2010) wurde für den *Friedrich-Glauser-Preis* als bester Kriminalroman des Jahres nominiert. 2014 erschien *Schrott*, sein fünfter Kriminalroman mit dem Privatdetektiv Hartmann. 2013 erschien *Schnell erledigt*, eine

Zusammenstellung seiner besten Kurzkrimis. Stickelbroeck ist einer der fünf Krimi-Cops, deren vier Kriminalromane, zuletzt *Bluthunde* (2013), ebenfalls im KBV-Verlag erschienen sind.

Alexa Stein, gebürtige Nürnbergerin, lebt mit Mann und drei Katzen im niedersächsischen Umland von Bremen. Seit 1997 schreibt sie Kurzgeschichten und Romane unterschiedlicher Genres, sowie Bühnenstücke. 2008 debütierte sie mit dem Kriminalroman *Kronus' Kinder*. Sie ist Mitglied im *Syndikat* und bei den *Mörderischen Schwestern*. Seit 2011 ist sie die Organisatorin des Bremer Krimifestivals *Prime Time – Crime Time*. Mehr unter: www.alexa-stein.de

Petra Steps, Jahrgang 1959, waschechte Vogtländerin, im Kuckucksnest Zwickau geboren. Diplomphilosoph und Hochschulpädagogin, Journalistin, Herausgeberin, Autorin. Beiträge in Regionalia und Krimianthologien, (Mit-)Herausgeberin des Geschichtenbandes zu den Stadtjubiläen von Reichenbach und Netzschkau/Vogtland, der Krimianthologien *Mordssachsen* 1+2 (Gmeiner), *Wer mordet schon im Vogtland* (Gmeiner 2015), *Gauner, Geigen, Griegeniffte* (KBV), Mitarbeit an *The very Best of Vogtland* I/II. Für den Förderverein Schloss Netzschkau e.V. Intendantin der KrimiLiteraturTage Vogtland. www.krimi-literatur-tage.de

Jennifer B. Wind, geboren 1973 in Leoben; wohnt mit ihrer Familie bei Wien. Die ehemalige Flugbegleiterin schreibt Romane, Drehbücher und Kurztexte. Zahlreiche Kurzgeschichten, Ratekrimis, Rezensionen und Gedichte wurden in Literaturzeitschriften, Zeitungen, Anthologien und Magazinen veröffentlicht. Ihre Texte wurden bereits mit mehreren Preisen ausgezeichnet. Ihr Debütroman *Als Gott schlief* stand in den

Top 10 bei Thalia in AUT, D und CH, auf Platz 1 bei Amazon und Weltbild und wurde für den Wiener Kriminachwuchs-preis nominiert. Sie ist Mitglied im *Syndikat*, den österrei-chischen Krimiautoren und bei den *Mörderischen Schwestern*, deren Website sie auch betreut. www.jennifer-b-wind.com

Ralf Kramp (Hg.)

DAS CAMPEN IST DES MÖRDERS LUST

Taschenbuch, 304 Seiten
ISBN 978-3-95441-519-9
13,00 EURO

Freiheit, Frischluft, Meuchelmord

Auf ins Urlaubsvergnügen! Mit Caravan, Wohnmobil oder Zelt geht es in die Ferne, weg vom Alltag und hinein ins Abenteuer! Doch wieviel Abenteuer kann man vertragen? Gehören Mord und Totschlag auch dazu?

Lauert nicht die Gefahr schon an der Raststätte? Wartet das Böse womöglich in der Campingplatzdusche oder am Lagerfeuer? Ist die Kleinfamilie im Nachbarcaravan womöglich die Spitze eines Mafia-Clans, die Oma im Einmannzelt eine rüstige Auftragskillerin, der nette Platzwart vielleicht sogar ein Serienmörder? Wenn sich die Campingplatzschranke schließt, gibt es kein Zurück mehr …

In den Geschichten von Tatjana Kruse, Klaus Stickelbroeck, Peter Godazgar, Carsten Sebastian Henn und vielen anderen Krimi-Spezialisten geht es jedenfalls mörderisch unterhaltsam zu.

»Wer auf skurrile und amüsante Krimi-Kurzstories steht, der ist mit dieser köstlichen Anthologie bestens bedient.« (mywoman.at zu »Aufgebockt und abgemurkst«)

»Ein tolles Buch und wunderbare Kurzkrimis für Camper. Die Geschichten sind wie mitten aus dem Leben…« (Fachbuchkritik.de zu »Chillen, killen, campen«)

KRIMINALGESCHICHTEN

KBV

Regine Kölpin (Hg.)

AUFGEBOCKT UND ABGEMURKST

Taschenbuch, 312 Seiten
ISBN 978-3-942446-42-6
12,00 EURO

Die Leiche im Zelt nebenan …

Auf der Suche nach Erholung packen Jahr für Jahr Tausende von Campingfreunden das Hauszelt ein, bestücken den Wohnwagen mit Konserven, polieren das Wohnmobil auf Hochglanz und machen sich auf die Reise. Sie rotten sich auf großen Plätzen zusammen, bevölkern Wälder, Wiesen und Küsten … dem Campingfreund scheint keine Grenze gesetzt. Und doch wartet in diesen 25 höchst unterhaltsamen Kriminalstorys auf all jene, die mit Esbitkocher und Mobil-Klo losgezogen sind, niemand Geringeres als Gevatter Tod!

Bernd Stelter, Tatjana Kruse, Thomas Kastura, Jürgen und Marita Alberts, Klaus-Peter Wolf und viele andere Krimigrößen haben sich auf Einladung von Regine Kölpin auf eine mörderische Survival-Tour begeben und den Häring zur Tatwaffe erkoren.

»Wer auf skurrile und amüsante Krimi-Kurzstories steht, der ist mit dieser köstlichen Anthologie bestens bedient.« (mywoman.at)

»Kurzkrimis, wie sie das Leben hoffentlich nicht schreibt, die aber lange Sommernächte vor dem mobilen Urlaubsgefährt ganz prächtig würzen können.« (Wohnmobil & Reisen)